Une délicieuse erreur

Mariés sur le papier

KAREN BOOTH

Une délicieuse erreur

Traduction française de
MARIE MOREAU

PASSIONS

HARLEQUIN

Collection : PASSIONS

Titre original :
FOUR WEEKS TO FOREVER

HARPERCOLLINS FRANCE
83-85, boulevard Vincent-Auriol, 75646 PARIS CEDEX 13
Service Clients — www.harlequin.fr
ISBN 978-2-2804-8811-2 — ISSN 1950-2761

Édité par HarperCollins France.
Composition et mise en pages Nord Compo.
Imprimé en janvier 2024 par CPI Black Print (Barcelone)
en utilisant 100% d'électricité renouvelable.
Dépôt légal : février 2024.

FSC
www.fsc.org
MIXTE
Papier issu de sources responsables
FSC® C159065

Pour limiter l'empreinte environnementale de ses livres, HarperCollins France s'engage à n'utiliser que du papier fabriqué à partir de bois provenant de forêts gérées durablement et de manière responsable.

1

Corryna Lawson venait d'ajouter une pivoine parfaite à son bouquet quand elle se trouva brusquement plongée dans le noir. La musique qu'elle écoutait se tut et tous les éclairages de son magasin de fleurs s'éteignirent.

— Bon sang, que se passe-t-il ? demanda-t-elle tout haut alors qu'elle était seule dans l'arrière-boutique.

Hannah Waters, la vendeuse qui travaillait avec elle, était partie depuis plusieurs heures. Corryna aimait rester tard, profitant du calme pour dessiner et composer des bouquets en compagnie de ses chansons préférées. C'était son amour pour les fleurs et l'aspect artistique de son métier qui l'avaient incitée à créer Royal Blooms et lui donnaient encore aujourd'hui l'énergie de se démener au quotidien. Le soir, elle pouvait s'adonner à cette passion sans être interrompue par les demandes de ses clients et de ses employés. Elle aurait sans doute été plus pressée de rentrer chez elle si quelqu'un l'y avait attendue, mais ce n'était plus le cas maintenant qu'elle était divorcée.

Elle prit son téléphone portable posé sur le bord de sa table de travail et alluma la lampe de poche pour se rendre à l'avant de la boutique. La vitrine donnait sur une rue du centre-ville de Royal, qui était aussi inhabituellement sombre. Manifestement, les autres commerçants subissaient la même panne qu'elle, tout comme l'éclairage public. Corryna déverrouilla sa porte d'entrée et sortit sur le trottoir. Un instant aveuglée par les phares des voitures qui passaient, elle parvint finalement à distinguer les silhouettes des clients qui sortaient du Royal Diner, le restaurant situé un peu plus bas. La panne avait dû les empêcher de finir leur repas.

Cette coupure d'électricité tombait au plus mauvais moment pour Corryna. Elle avait de grandes quantités de fleurs entreposées dans sa chambre froide, en vue non seulement de commandes à honorer, mais aussi de la préparation de l'événement que tout le monde attendait à Royal. Cet événement, qui aurait lieu en juin, n'était autre que le mariage entre le célèbre écrivain Xavier Noble et l'actrice et productrice Ariana Ramos, star de Hollywood. Corryna, qui vivait à Royal depuis près de huit ans, connaissait l'ancienneté et l'importance de la famille Noble dans la région. À trois mois du mariage, on disait déjà que ce serait la plus grande fête de l'année, et c'était un privilège d'avoir été choisie pour participer à l'organisation.

Morgan Grandin, propriétaire de The Rancher's Daughter, la boutique de vêtements haut de gamme qui jouxtait Royal Blooms, sortit à son tour.

— Salut, Corryna, dit Morgan en maniant sa lampe de poche pour fermer sa porte à clé. Quelle plaie, hein ? Je n'avais pas prévu de partir maintenant, mais impossible de continuer à travailler.

Corryna éteignit la lumière de son téléphone pour économiser la batterie. Le clair de lune lui permettait tout juste de discerner le sourire et la belle chevelure rousse de Morgan.

— Tu as une idée du temps que va durer la panne ?

Morgan haussa les épaules et répondit :

— Je viens de parler avec ma sœur Chelsea. Nolan, son mari, lui a dit que l'électricité de toute la ville était coupée. J'espère que le problème sera vite réglé, mais qui sait, nous en avons peut-être pour des jours.

— Des jours ? répéta Corryna avec angoisse. Non, c'est impossible.

Si ses fleurs se fanaient, elle allait perdre plusieurs milliers de dollars ! Ce serait une véritable catastrophe. Les finances de son commerce étaient tout juste à l'équilibre, alors qu'elle ne se versait qu'un salaire minuscule. Elle ne pouvait pas se permettre de perdre une telle quantité de marchandises. Si cela arrivait, il lui faudrait des mois pour s'en relever.

— Je dois sauver mes fleurs, dit-elle. Elles sont toutes dans ma chambre froide, qui ne fonctionne déjà pas à merveille. Si je ne fais rien, d'ici quelques heures, elles commenceront à se faner. J'ai des mariages ce week-end. Qu'est-ce que je vais faire ?

Morgan s'approcha et regarda la vitrine de Royal Blooms en fronçant les sourcils.

— C'est vrai, répondit-elle. Je n'y avais pas pensé.

— Sérieusement, Morgan, j'ai besoin que tu m'aides à réfléchir. Tu n'aurais pas une idée ?

— Tu as besoin d'une chambre froide, c'est ça ?

— Oui. Assez spacieuse.

Contrairement à Corryna, Morgan, par chance, avait l'air très calme.

— Mais toute la ville est privée d'électricité, poursuivit Morgan. Il faut donc trouver un endroit doté d'un générateur.

Corryna poussa un soupir désemparé.

— C'est vrai, murmura-t-elle.

— En temps normal, dit Morgan, tu aurais pu t'adresser au TCC.

Elle parlait du Texas Cattleman's Club, le cœur de la vie sociale de Royal.

— Mais je sais malheureusement que leur générateur est défectueux.

Corryna se sentait de plus en plus paniquée.

— Tu n'aurais pas une autre idée ? Il faut à tout prix que je trouve une solution.

— Qui d'autre en ville possède un générateur et une grande chambre froide ? Ça ne pourrait être qu'un restaurant.

À peine Morgan avait-elle prononcé ces mots que Corryna eut la réponse à cette question. Une réponse qui ne lui plaisait pas du tout. Une réponse qu'elle aurait préféré oublier aussitôt. Si seulement elle avait eu le choix...

— Sheen, par exemple ?

— Oui, tu as raison ! s'exclama Morgan en saisissant le bras de Corryna avec enthousiasme. Ils ont la place et les équipements qu'il faut !

— Le seul problème, dit Corryna à contrecœur, c'est Colin Reynolds.

Il lui inspirait une telle aversion qu'elle avait du mal à prononcer son nom. Le propriétaire et chef cuisinier du célèbre restaurant Sheen n'était qu'un type arrogant, froid et radin.

— Il ne m'aime pas, ajouta-t-elle. Et c'est réciproque.

— Non. Comment est-ce possible ? Tout le monde t'adore.

— Pas Colin. Il se trouve que nous avons eu deux altercations par le passé. C'était il y a longtemps, mais elles ont laissé des traces.

— Ah bon ? demanda Morgan avec une curiosité évidente.

— Oui. La première fois, c'était quand il a voulu m'offrir un verre au Silver Saddle.

Ce soir-là, assise au bar du restaurant à tapas installé dans le grand hôtel Le Bellamy, elle avait essayé de découvrir quel fleuriste Ariana et Xavier avaient choisi pour leur mariage.

— Je lui ai répondu que j'étais une cause perdue et qu'il ferait mieux d'aller aborder quelqu'un d'autre, raconta Corryna. Selon moi, je ne faisais que me dénigrer, mais à en croire son air vexé, il s'est senti gravement insulté.

— Donc tu n'as jamais de relations amoureuses ? s'étonna Morgan.

— Non. J'aimerais bien, mais il faudrait que je rencontre la bonne personne au bon moment. Ce qui est sûr, c'est que je n'ai pas besoin de quelqu'un comme Colin. Ses liaisons ne durent jamais longtemps.

— Il paraît que c'est un sacré séducteur, renchérit Morgan avec un sourire amusé.

C'était précisément ce que Corryna avait entendu dire. Colin Reynolds avait un succès fou auprès des femmes, et pour cause. Avec son mètre quatre-vingt-quinze, sa carrure d'athlète, ses cheveux châtains en bataille et ses yeux verts, il était d'une beauté à couper le souffle. Mais à qui pouvait plaire le caractère que dissimulait cette enveloppe parfaite ?

— Deux jours plus tard, reprit Corryna, il a annulé le contrat que je devais signer avec Sheen. Cela a porté un coup terrible à mes finances. Sans compter qu'il l'a fait d'une façon très désagréable. « Mes clients s'intéressent à ma cuisine, pas à vos fleurs. » Tels ont été ses mots.

Elle entendait encore l'écho de l'adorable accent irlandais avec lequel il avait prononcé ces paroles infectes. Pour son malheur, Corryna avait justement un faible pour les hommes qui parlaient avec un accent.

— Il a agi uniquement par vengeance, affirma Corryna. Il a dû faire le lien entre la femme qui l'avait éconduit au bar et celle qui tenait le magasin de fleurs et a décidé de me faire payer mon rejet. Son ego ne pouvait visiblement pas supporter un tel affront.

— J'aimerais avoir une autre solution à te proposer, dit Morgan, mais je n'en vois aucune. À part lui, personne n'a de chambre froide assez grande pour toutes tes fleurs.

— Bon, marmonna Corryna. Puisque je n'ai pas le choix...

— Tu vas lui téléphoner ?

— Non, je suis sûre qu'il refusera si je lui demande la permission. Je préfère miser sur l'effet de surprise et arriver sans prévenir avec ma camionnette chargée de fleurs. Je pense avoir plus de chances de réussir de cette façon.

— Et s'il n'est pas là ?

— Oh ! il sera là. Il ne fait que travailler.

C'était un point qu'ils avaient en commun.

— Tu as l'air d'en savoir beaucoup sur cet homme que tu détestes soi-disant, observa Morgan.

Corryna avait fait des recherches sur Internet le soir où il avait annulé son contrat, dans l'espoir de trouver les points faibles de Colin Reynolds. Hélas, il ne semblait pas en avoir. Il avait connu une ascension fulgurante dans le milieu de la gastronomie. Tout le monde le trouvait brillant. Il était en train de faire fortune, comme ses parents avant lui.

— Les gens parlent, prétendit-elle. Je les écoute.

— Bon, dit Morgan. Si tu veux, je peux t'aider à mettre les fleurs dans ta camionnette.

— C'est vrai ? Tu ferais ça ?

— Bien sûr. Allons-y.

Après avoir garé sa fourgonnette devant la porte située à l'arrière du magasin, Corryna conduisit Morgan jusqu'à la chambre froide. À la lumière de leurs lampes de poche, elles transportèrent les seaux remplis de fleurs et mirent vingt bonnes minutes à charger le véhicule.

— Morgan, dit Corryna quand elles eurent fini. Vraiment, je ne sais pas comment te remercier.

— Je t'en prie. Bonne chance avec Colin.

— Merci. Je sais que je vais en avoir besoin.

Sur ces mots, Corryna se mit au volant et prit la direction de Sheen. Tous les feux de signalisation étant hors service, elle dut redoubler de vigilance en conduisant. Le fait de rouler à une lenteur d'escargot dans ces rues familières où plus aucune lumière ne brillait lui donnait l'impression d'avoir atterri sur une autre planète. Même le restaurant lui fit une impression étrange lorsqu'elle arriva à destination. Fait tout en verre, il brillait d'ordinaire comme un coffret à bijoux. Pas ce soir. Seule une faible lueur venant de l'intérieur indiquait que le générateur fonctionnait bien.

Une fois sur le parking, elle se gara à côté de la Jaguar noire de Colin. Lors de ses recherches en ligne, elle avait découvert, entre autres choses, qu'il venait d'une famille irlandaise riche et influente. Faire fortune dans la restauration était apparemment une tradition chez les Reynolds.

Corryna se sentit tout près de se laisser intimider et de s'en aller sans rien demander. Mais il n'était pas question qu'elle perde son commerce à cause de cette panne d'électricité. Elle n'avait donc pas d'autre choix que d'affronter ce bel homme arrogant, d'obtenir de lui ce qu'elle voulait et de repartir au plus vite. Colin Reynolds n'était pas quelqu'un avec qui elle avait envie de s'attarder.

Les pieds posés sur son bureau, Colin Reynolds savourait son whisky irlandais vingt-sept ans d'âge quand la lumière de deux phares entra par la fenêtre donnant sur le parking. Il se leva aussitôt en se demandant qui pouvait bien venir au restaurant un soir de panne générale. Par la vitre, il vit une camionnette blanche, sur laquelle il reconnut le logo de Royal Blooms. Les phares s'éteignirent, et juste avant que leur lumière disparaisse complètement, Corryna Lawson sortit du véhicule.

Avait-il des hallucinations ?

C'est vrai qu'il en était à son deuxième verre de whisky et qu'à quarante-deux ans il n'avait plus une vue aussi sûre qu'autrefois. Cependant...

Non, c'était bien elle. Il en fut certain en l'observant tandis qu'elle marchait vers l'entrée de Sheen. Décidément, la vie était pleine de surprises.

Il alla aussitôt à la porte pour lui ouvrir.

— Si vous êtes venue pour dîner, déclara-t-il d'emblée, nous sommes fermés.

Même dans l'obscurité, le visage de Corryna rayonnait. C'était cette beauté radieuse et sensuelle qui avait incité Colin à lui proposer un verre au Silver Saddle, la première fois qu'il l'avait vue. À sa grande consternation, elle avait refusé. Il lui était arrivé une fois ou deux qu'une femme repousse ses avances, mais ce soir-là il l'avait très mal vécu. Elle lui avait conseillé de passer son chemin en prétendant n'être qu'une cause perdue, mais il suffisait de la regarder pour savoir que c'était faux.

— Je ne suis pas là pour vous demander une table, répondit-elle. J'ai besoin de votre aide.

Elle était froide et sur la défensive, comme si elle s'attendait à ce qu'il dise non.

Colin avait l'orgueil de croire qu'il n'était pas totalement prévisible. De surcroît, il avait envie de lui tendre la main. Lors de leur dernier contact, il s'était montré assez désagréable envers elle et son commerce de fleurs, ce dont il n'était pas très fier. Il avait réagi à chaud, par esprit de revanche.

— Bien sûr, dit-il. Que puis-je faire pour vous ?

Corryna avança d'un pas et le fixa en plissant les yeux. Elle portait un chemisier blanc et un jean qui laissaient deviner les merveilles de sa silhouette. Ses cheveux ondulés, qui allaient du blond foncé au châtain, tombaient en cascade sur ses épaules. Colin avait connu beaucoup de belles femmes au cours de sa vie, mais aucune ne l'avait fasciné comme Corryna Lawson. Elle ne semblait même pas avoir conscience de son pouvoir de séduction, ce qui la rendait encore plus sexy à ses yeux.

— Où est le piège ? demanda-t-elle avec méfiance.

— Nulle part. Vous dites avoir besoin de mon aide. À quel sujet ?

— Comme vous le savez, toute la ville est privée d'électricité. Contrairement à vous, je n'ai pas de groupe électrogène. Or j'avais pour des milliers de dollars de fleurs entreposées dans ma chambre froide.

— Vous voudriez donc utiliser la mienne.

— Si cela ne vous ennuie pas, oui.

— Évidemment, il n'y a aucun problème.

— C'est vrai ?

Elle ne semblait pas encore convaincue.

— Oui. Venez, allons chercher vos fleurs.

Il passa devant elle pour aller ouvrir l'arrière de sa fourgonnette. La quantité de fleurs était impressionnante, mais il trouverait bien le moyen de les faire toutes entrer dans sa chambre froide. Il n'allait pas faire marche arrière maintenant.

— Il faut les manipuler avec précaution, l'avertit Corryna. J'ai deux mariages ce week-end.

— Qu'est-ce qui vous fait penser que je ne vais pas faire attention ?

— Oh ! je ne sais pas, répondit-elle d'un ton ironique. Je crois me souvenir que vous n'attachiez pas une grande importance aux fleurs.

— Ce n'est pas ce que je voulais dire.

Il attrapa plusieurs seaux et les transporta à l'intérieur du restaurant. Il traversa la salle pour rejoindre la cuisine, au fond de laquelle se trouvait la grande pièce réfrigérée. Là, il posa les seaux pour ouvrir la porte.

— Dépêchons-nous, dit-il à Corryna qui le suivait. Je ne préfère pas laisser la porte ouverte trop longtemps, pour économiser l'énergie du générateur.

Corryna se hâta de porter ses seaux à l'intérieur.

— Vous pouvez les mettre au fond, dit Colin. Faites juste attention au bœuf, nous sommes en train de le faire sécher. Il y a beaucoup d'argent sur ces étagères.

— Évidemment, répliqua-t-elle avec agacement. Je ne vais pas tout renverser.

— Ce n'est pas la peine de vous énerver. Je voulais seulement vous prévenir.

Elle soupira et se tourna vers lui.

— Désolée. Je suis un peu nerveuse, d'accord ?

Il regretta sa remarque. C'était normal que Corryna soit tendue. Elle avait eu peur de perdre toute sa marchandise.

— Non, dit-il, ne vous excusez pas. C'est moi qui ai eu tort de vous parler comme cela. Venez, allons sauver le reste de vos fleurs.

Ils firent encore six ou sept trajets pour vider la camionnette et mettre tous les seaux au frais.

— Merci, Colin, dit Corryna quand ils eurent fini.

— Puis-je vous offrir un whisky ?

— Je ferais mieux de rentrer chez moi.

— Vous n'avez pas ménagé vos efforts, et j'imagine combien cette soirée a été éprouvante pour vous. Je vous propose juste un verre. Le temps de nous asseoir et de bavarder un peu. Vous pourrez me dire pourquoi vous ne m'aimez pas.

— C'est vous qui ne m'aimez pas ! riposta-t-elle.

— N'est-ce pas moi qui vous ai abordée un soir au Silver Saddle ? Ce n'était pas seulement pour m'amuser, vous savez. Je l'ai fait parce que je vous ai trouvée splendide. Je l'ai fait parce que vous me plaisiez. Et vous me plaisez toujours.

— Vous mentez très mal.

— C'est pourquoi je ne le fais jamais. On peut lire en moi comme dans un livre ouvert. Et je n'invite pas les gens que je n'aime pas à boire un verre avec moi.

— Je ne sais pas...

Elle haussa les sourcils, tout en paraissant avoir envie de se laisser convaincre.

— C'est un whisky d'exception, assura Colin. Vous n'en trouverez pas de meilleur.

— D'accord. Je suis partante. Qu'ai-je à faire d'autre, après tout ? Rentrer chez moi et rester assise dans le noir ?

Colin s'efforça de réprimer un sourire satisfait.

— Voilà qui fait plaisir à entendre, dit-il. Venez, c'est par là.

Il la mena jusqu'à son bureau, où sa belle bouteille était restée sortie. C'était un endroit qu'il aimait particulièrement, une pièce décorée et meublée dans des tons de bois, dont l'ambiance était à la fois moderne et chaleureuse.

— C'est magnifique, dit Corryna en caressant du bout des doigts le dossier d'un fauteuil en cuir. Mon bureau doit faire à peu près le quart du vôtre.

— Merci, c'est vrai que j'y suis très bien. C'est une chance, vu le temps considérable que j'y passe.

Il sortit un deuxième verre du bar aménagé dans un coin de la pièce et le remplit à la même hauteur que le sien.

— À l'entraide ! dit-il en trinquant avec Corryna.

Après avoir fait tinter son verre contre celui de Colin, elle fit tourner son verre pour contempler le whisky, puis le goûta et laissa échapper un murmure de plaisir.

— C'est vrai qu'il est excellent, reconnut-elle.

— Comme tout ce qui vient d'Irlande, répondit-il d'un ton volontairement séducteur.

Ce n'était pas parce qu'elle l'avait rejeté une fois qu'il n'allait pas retenter sa chance.

— Vous êtes infernal.

— Je suis aussi excellent.

Corryna secoua la tête en riant, puis s'assit sur le bord du bureau de Colin.

— Pouvez-vous me répondre franchement cette fois ? demanda-t-elle. Avez-vous, oui ou non, annulé mon contrat avec Sheen parce que j'avais refusé vos avances au Silver Saddle ?

— Comme j'ai essayé de vous l'expliquer, j'ignorais que vous étiez une seule et même personne avant que vous débarquiez au restaurant pour vous en prendre à moi. À ce moment-là, c'était trop tard. J'avais déjà arrêté ma décision.

Elle prit une deuxième gorgée avant de répliquer :

— Pourquoi ai-je encore du mal à vous croire ?

— Vous l'avez dit vous-même, je mens très mal. C'est une chose que je ne sais pas faire.

— D'accord. C'est toujours bon à savoir.

Elle n'avait pas l'air convaincue.

— Je n'ai rien à cacher, assura-t-il. Demandez-moi ce que vous voulez.

— Pourquoi moi ? Ce fameux soir, au bar ? Il y avait des dizaines de femmes séduisantes.

Elle n'avait pas tort.

— Je vous l'ai dit. Vous êtes splendide. Et j'ai senti qu'avec vous, cela n'allait pas être facile. J'aime avoir des défis à relever. Cela me donne l'énergie de me surpasser.

— Alors pourquoi avoir renoncé aussi facilement ?

— Parce que vous avez cherché un argument pour me dissuader de continuer. Et en général, cela n'arrive pas sans raison.

— Mais vous aviez quand même l'air déçu.

Ce n'était pas un sujet dont Colin parlait aisément. Il n'aimait pas ressasser ses échecs. Cela lui rappelait les critiques de son père, qui avait toujours aimé pointer du doigt tous les moments où Colin n'avait pas été à la hauteur de ses attentes.

— Bien sûr que j'étais déçu. C'était brutal. La femme la plus fascinante venait de me repousser. J'avais cru avoir une chance et, malheureusement, je m'étais trompé.

Elle ferma la bouche en serrant les lèvres, puis répondit :

— En fait, vous ne vous êtes pas vraiment trompé. Si j'avais été dans un meilleur état d'esprit, je vous aurais sans doute dit oui.

— Cela m'aurait rendu extrêmement heureux.

Il tendit la main pour effleurer celle de Corryna du bout des doigts.

— Et je sais que j'aurais pu vous procurer le même bonheur.

Dans la lumière tamisée, elle regarda la main de Colin sur la sienne, puis leva vers lui ses yeux vert pâle. Elle était toujours assise sur le bureau et lui debout face à elle. Ils étaient si proches qu'il sentait la chaleur de son corps.

— Vous êtes un séducteur, n'est-ce pas ? Vous n'aimez pas les relations sérieuses ?

Il répondit par un haussement d'épaules, puis prit entre ses doigts l'une des mèches qui encadraient le visage de Corryna et l'enroula lentement autour de son index.

— Je peux être ce que vous voulez, chuchota-t-il.

— Ce que je veux ? Vraiment ?

Il la contempla se mordiller la lèvre inférieure et sut qu'il pouvait se permettre de continuer. Il lui caressa la joue en la regardant dans les yeux.

— Depuis combien de temps un homme ne vous a pas fait de bien, Corryna ?

— Depuis un moment.

— Je veux dire beaucoup, beaucoup de bien.

— Cela fait longtemps. Très, très longtemps.

Il s'approcha un peu plus, en mettant une jambe entre celles de Corryna. Après avoir glissé les mains sous ses cheveux soyeux pour les faire passer derrière ses épaules, il se pencha pour frotter doucement son nez contre son cou.

— Est-ce que ça fait du bien ? susurra-t-il.

— Oui.

Sa voix, à la fois douce et suppliante, éveilla en un instant le désir de Colin. Il mourait d'envie de lui donner du plaisir. De la voir s'abandonner entre ses bras.

Tandis qu'il commençait à déguster sa peau du bout des lèvres, elle se cramponna à ses épaules et émit un murmure d'excitation. Puis elle releva le genou pour toucher son érection.

— Corryna, dit-il dans un souffle, j'ai autant envie de toi que le soir où je t'ai parlé au Silver Saddle. Peut-être encore plus.

— Prouve-le-moi.

Colin ne se fit pas prier. Sans cesser de l'embrasser dans le cou, il se hâta de déboutonner le chemisier de Corryna. Il le fit ensuite glisser le long de ses bras fins, puis passa les mains derrière son dos pour dégrafer son soutien-gorge. Elle plaqua alors le bas de son corps contre lui, comme pour mieux sentir son sexe à travers leurs vêtements.

Il soupira de désir en prenant ses seins nus dans ses mains. Il les massa avec délice et prit possession de sa bouche, surpris et séduit par l'ardeur avec laquelle elle répondait à son baiser. Était-elle toujours comme cela ou était-ce lui qui avait provoqué une telle fièvre ?

La réponse à cette question ne lui importait pas vraiment. Pas maintenant.

Elle se leva pour qu'il finisse de la déshabiller. Quand elle fut nue, debout devant lui, il brûla de lui faire l'amour sans attendre une seconde de plus. Mais il lui avait promis de lui faire du bien et avait toujours été un homme de parole.

— Assieds-toi, lui enjoignit-il. Dans le fauteuil.

Il la regarda s'installer sur le siège et s'adosser en le fixant droit dans les yeux. Fou de désir, il se débarrassa à la hâte de tous ses vêtements avec la ferme intention de lui laisser un souvenir mémorable.

Il se mit à genoux devant elle, prit l'une de ses jambes pour la poser sur son épaule, puis la saisit délicatement par les hanches pour la faire venir jusqu'au bord du siège. Là, il mit les pouces entre ses cuisses et se pencha pour passer la langue autour de son clitoris. Elle enfouit aussitôt les mains dans les cheveux de Colin et se mit à gémir. Apparemment, il était sur la bonne voie. Il continua et accentua progressivement les mouvements de sa bouche sur son sexe, jusqu'au moment où elle poussa un cri d'extase.

— Colin, dit-elle d'une voix haletante, j'en veux encore.

— Tant mieux. Moi aussi.

Il eut à peine le temps de lui répondre qu'elle se redressait déjà et le poussait pour qu'il s'étende sur le dos, à même le sol. En une seconde, elle se mit à califourchon sur lui et le fit entrer en elle. Ils n'avaient pas parlé de préservatif.

Elle prend sûrement la pilule, songea-t-il.

Elle s'allongea sur lui. Serrés ainsi l'un contre l'autre, ils ondulèrent au rythme de leur plaisir en s'embrassant. Il n'avait jamais ressenti autant d'excitation. Posant les mains sur ses fesses rondes et douces, il les tint fermement et se mit à bouger plus vite, plus fort, jusqu'à ce qu'il se sente tout près de l'orgasme. Alors qu'il craignait de ne plus pouvoir tenir longtemps, Corryna jouit une deuxième fois en enfouissant le visage dans son cou pour étouffer ses cris. Ivre de plaisir, il put se laisser aller à son tour.

Elle s'effondra sur lui, à bout de souffle. Il avait toujours ses fesses dans ses mains. Son corps était un trésor inestimable. Il avait envie de lui faire l'amour encore, et encore, et encore. Cette panne d'électricité était la meilleure chose qui soit jamais arrivée.

— C'était fabuleux, dit-il.

Elle prit appui sur ses mains pour se redresser et le regarda.

— Euh, oui, répondit-elle.

Elle se dégagea de son étreinte, ramassa ses sous-vêtements et se leva.

— C'était sympa.

— Sympa ? répéta-t-il, interloqué. Sympa, ce n'est pas mon style.

Il se tourna pour l'observer à loisir tandis qu'elle se rhabillait.

— Nous nous sommes amusés dix minutes dans ton bureau, lança-t-elle. N'en fais pas toute une histoire.

— Dix minutes ? Je dirais plutôt un bon quart d'heure. Et tu as quand même eu deux orgasmes, Corryna. Ne me dis pas que c'était seulement *amusant*.

— Je n'ai pas compté les points.

Elle reboutonna son chemisier avec précipitation. Pourquoi semblait-elle aussi énervée ? Colin ne comprenait pas sa réaction après ce qui venait de se passer entre eux.

Lui, au contraire, se sentait incroyablement bien. Détendu. Prêt à continuer.

— Je n'ai pas dit que tu devais compter. Je pensais juste mériter un peu plus d'égards.

— S'il te plaît arrête de me parler.

Colin se résolut à se lever et à remettre son caleçon. Il n'allait pas rester couché par terre indéfiniment.

— Je ne comprends pas pourquoi tu es aussi pressée, dit-il. À moins que tu veuilles qu'on aille chez moi. Ou chez toi.

— Non, répondit-elle en fermant son jean. Désolée, ça n'arrivera pas.

— Pourquoi ?

— Parce que les hommes sont mauvais pour moi, et tu es un homme.

Il resta figé en entendant ses mots. Ce n'était pas le genre de choses qu'il avait l'habitude d'entendre après avoir couché avec une femme. En général, c'était lui qui devait trouver les mots pour faire comprendre à ses partenaires que les choses n'iraient pas plus loin.

— D'accord…, marmonna-t-il.

Elle marcha rapidement jusqu'à la porte, puis se retourna pour le regarder.

— Je reviendrai chercher mes fleurs quand le courant sera revenu, déclara-t-elle. Si tu n'es pas là, est-ce que quelqu'un pourra m'ouvrir la chambre froide ?

— Je suis toujours là.

— Colin, c'était une façon de te dire que ce serait mieux pour moi si tu n'étais pas là.

Elle lui tourna le dos.

— Dis-moi ce que tu ressens vraiment, insista-t-il. Corryna.

— Quoi ?

— Tu peux m'éviter pendant quelques jours, mais tu ne pourras pas m'ignorer éternellement.

— Bien sûr que si. Tu as annulé ton contrat avec moi, tu te rappelles ?

— Je ne parle pas de ça. Je parle du mariage d'Ariana Ramos et Xavier Noble. Nous faisons tous les deux partie de l'organisation.

— Quoi ? Non. Tu essayes juste de me contrarier.

Il haussa les épaules et ramassa son jean. Il n'avait plus la force de discuter avec elle.

— Écoute, conclut-il, nous verrons bien.

2

Un mois plus tard

En ce lundi matin, Corryna arriva avec quelques minutes d'avance pour son rendez-vous avec Rylee Meadows, l'organisatrice du mariage d'Ariana Ramos et Xavier Noble. Elle n'avait pas voulu prendre le risque d'être en retard. Ce mariage pouvait être décisif pour l'avenir de son commerce. Si elle se montrait à la hauteur de l'événement, les propositions des membres de la haute société locale pourraient affluer à l'avenir. En revanche, si elle décevait, sa situation financière ne s'améliorerait pas. Elle pourrait même empirer. Cette deuxième possibilité, elle refusait de l'envisager. Elle avait deux employés auxquels elle était très attachée et qui comptaient sur elle. Elle pensait aussi à Dan, son ex-mari, qui s'attendait à ce qu'elle tombe face contre terre un jour ou l'autre. Il avait toujours affirmé qu'elle n'avait pas le sens des affaires. Chaque jour passé sans qu'elle ait mis la clé sous la porte prouvait qu'il avait eu tort.

Elle se gara sur le parking du Texas Cattleman's Club et regarda le bâtiment qui se dressait devant elle. Imposant, construit en pierre sombre et en bois, et surmonté d'un toit en ardoise, il accueillait la plupart des grandes fêtes de la ville depuis plus d'un siècle.

Corryna avait de bons et de mauvais souvenirs liés au TCC. C'était ici qu'elle avait découvert Royal, huit ans plus tôt, à l'époque où elle vivait encore à Dallas avec Dan. Ils étaient venus pour un mariage et, en un week-end, ils étaient tous les deux tombés amoureux de cette ville. Corryna travaillait alors pour un fleuriste et rêvait d'ouvrir son propre commerce, sans pouvoir trouver à Dallas un local abordable. C'était en se promenant avec Dan dans le centre-ville qu'elle avait vu la boutique libre qui allait devenir Royal Blooms. Pour la première fois, son mari s'était montré plein d'enthousiasme pour exaucer son souhait. Non seulement il avait voulu signer le bail sans attendre, mais il avait aussi décidé de transférer ici sa propre activité dans l'immobilier. Selon lui, il pouvait vendre des maisons n'importe où. Corryna avait trouvé cela si romantique ! Évidemment, elle aurait vu les choses autrement si elle avait su qu'il cherchait seulement à fuir le mari d'une de ses maîtresses. C'était à cause des multiples trahisons de Dan que, même six ans après son divorce, elle ne faisait pas confiance aux hommes. Mais le Texas Cattleman's Club évoquait aussi un épisode beaucoup plus heureux. C'est ici que Corryna avait rencontré sa meilleure amie Jessica Lewis, qui avait travaillé comme serveuse lors de ce même mariage. Sa passion pour les fleurs et son amitié avec Jessica étaient les deux choses qui avaient aidé Corryna à surmonter l'épreuve de son divorce. Désormais, elle était si attachée à Royal qu'elle ne s'imaginait plus vivre ailleurs.

Elle descendit de voiture et lissa machinalement sa robe, un fourreau blanc cassé qui lui donnait une allure très professionnelle et qu'elle avait accessoirisé avec une ceinture en cuir marron foncé et des chaussures à talons hauts assorties. Ce n'était pas du tout sa tenue de travail habituelle. En semaine, généralement, elle portait un jean et des baskets avec un joli haut pour pouvoir travailler confortablement sans être négligée pour autant.

Elle traversait le parking quand elle aperçut Rylee, une grande femme blonde absolument magnifique.

— Rylee ! appela-t-elle en marchant vers elle.

À l'occasion de leur rencontre, environ un mois plus tôt, Corryna avait offert un superbe bouquet à Rylee en espérant lui prouver ainsi son talent de fleuriste. Dès le lendemain, Rylee s'était présentée à sa boutique accompagnée de Dionna

Reed, meilleure amie et future demoiselle d'honneur d'Ariana Ramos. Par chance, Corryna connaissait Tripp Noble, le cousin de Xavier, qui l'avait gentiment prévenue de leur visite. Corryna avait donc pu se préparer afin de montrer Royal Blooms sous son meilleur jour et séduire Rylee et Dionna. C'est ainsi qu'elle avait décroché le contrat pour le mariage.

— Bonjour, Corryna, dit Rylee en lui serrant chaleureusement la main. Merci d'avoir accepté ce rendez-vous, je suis heureuse que nous puissions nous voir. Ariana et Xavier tiennent à ce que l'organisation se déroule sans le moindre accroc, et pour cela, il faut que je prête attention à tous les détails.

— Je comprends.

Corryna n'avait qu'une seule envie : satisfaire les désirs des mariés et de l'organisatrice du mariage. Rien ne lui faisait autant plaisir que d'enchanter les gens avec ses créations florales.

Elle entra avec Rylee dans le vaste hall du TCC, très haut de plafond et inondé de lumière grâce à ses nombreuses fenêtres.

— En dehors de notre couple de stars, expliqua Rylee, la réception comportera deux éléments essentiels : les fleurs et les mets. Ariana et Xavier veulent que leurs invités vivent une expérience sensorielle inoubliable. C'est la raison pour laquelle nous nous réunissons tous les trois aujourd'hui.

— Tous les trois ? répéta Corryna avec étonnement.

Rylee poussa la porte qui donnait sur la principale salle de réception du club.

— Oui, répondit-elle. Vous, le traiteur et moi.

C'est alors que Corryna le vit. Colin. Debout à côté d'une table, il portait un jean foncé, une chemise blanche impeccable et une veste bleu nuit qui semblait taillée sur mesure pour ses larges épaules. Il était si sexy qu'elle dut retenir de justesse un soupir de désir. Aussitôt, des souvenirs de leur étreinte aussi brève qu'intense lui revinrent à l'esprit. Elle crut sentir de nouveau ses mains puissantes sur sa peau nue et le goût envoûtant de ses baisers. Il lui avait fait perdre la tête. Il avait tout fait à la perfection, et pour cela, elle n'était pas loin de le détester.

— Bonjour, dit-il quand elle fut face à lui. Je suis Colin Reynolds.

Corryna serra la main qu'il lui tendait. À l'instant où leurs paumes se touchèrent, elle eut l'impression de prendre feu.

— En fait, nous nous connaissons, précisa Corryna en se tournant vers Rylee. Colin essaye juste d'être drôle.

— Certaines personnes me trouvent hilarant, répliqua-t-il avec un haussement d'épaules.

— Visiblement, ces personnes n'ont pas pu venir aujourd'hui.

— Euh, y a-t-il un problème ? demanda Rylee. Parce que j'ai entendu des rumeurs sur vous deux et je perçois une certaine tension. C'est une chose que nous ne pouvons pas nous permettre. Je n'accepterai aucun conflit. Les différents fournisseurs doivent impérativement collaborer en bonne intelligence. Je ne veux entendre parler ni de désaccords, ni de problèmes personnels. La préparation du mariage doit se dérouler de façon fluide et harmonieuse.

— C'est noté, répondit Colin.

Puis il montra la boîte à gâteaux posée sur la table.

— J'ai apporté des croissants au chocolat, préparés ce matin par Elena, ma cheffe pâtissière. Il ne peut y avoir de tensions ni de problèmes quand il y a du chocolat et des viennoiseries faites maison.

— Oh ! s'exclama Rylee. C'est très gentil de votre part.

Comme si Colin n'était pas en lui-même une tentation suffisante... Il avait en plus fallu qu'il apporte les viennoiseries préférées de Corryna ! Comment rester concentrée dans ces conditions ?

— Bien, dit Rylee en s'asseyant à table. Je vous propose que nous commencions notre réunion.

Quand Corryna s'assit à son tour et que Colin prit place à côté d'elle, elle fut cette fois perturbée par le parfum qui émanait de lui. C'était ce merveilleux mélange de cèdre et d'agrume qu'elle avait déjà senti un mois plus tôt, quand il l'avait tenue entre ses bras.

— Comme je le disais à Corryna en arrivant, poursuivit Rylee, Ariana et Xavier m'ont donné des instructions très précises. Ils vous font entièrement confiance à tous les deux car vous leur avez été recommandés par Dionna et Tripp. Le thème du mariage sera le vieux Hollywood. Xavier étant écrivain et

Ariana vedette de cinéma, ils attachent tous deux une grande importance à la créativité. Ils tiennent à ce que les repas et les fleurs occupent une place centrale tout au long du week-end et à ce qu'ils s'accordent parfaitement. Nous vous demandons donc à tous les deux de travailler en étroite collaboration afin de créer une harmonie visuelle et olfactive. Vous êtes chargés de composer une symphonie pour les sens en réfléchissant ensemble aux couleurs, aux textures et aux senteurs. Rien ne doit être laissé au hasard.

Corryna ne pouvait s'empêcher de se crisper à mesure que Rylee parlait.

— Nous pourrions échanger nos notes, proposa-t-elle à Colin.

— J'ai déjà mis au point plusieurs hors-d'œuvre qui ont été approuvés par les deux témoins, rétorqua Colin. Il faudra donc que Corryna s'adapte à ce que j'ai fait. J'espère que c'est clair. Il n'est pas question que le menu soit élaboré en fonction des fleurs, cela ne marchera jamais.

— Voilà justement un sujet dont nous devons discuter, dit Rylee.

Elle se tourna ensuite vers Corryna et ajouta :

— Échanger vos notes ne sera pas suffisant. Je vous demande d'avancer de concert.

Elle fut interrompue par la sonnerie de son téléphone portable et regarda rapidement l'écran.

— Je suis désolée, dit-elle, je dois décrocher. Veuillez m'excuser une minute.

Rylee se leva et s'éloigna pour parler à son interlocuteur.

— Chouchou, grommela Corryna.

— Je ne vois pas ce que tu veux dire.

— *Chouchou*, répéta Corryna. On n'utilise pas cette expression dans les écoles irlandaises ?

— J'ai fait presque toute ma scolarité aux États-Unis, dit Colin. Dans un pensionnat. Et j'ai dit ça pour plaisanter, au cas où tu ne l'aurais pas compris.

— Tu as vraiment besoin d'améliorer ton sens de l'humour.

Il la regarda et posa la main sur la sienne.

— Excuse-moi, dit-il. Tu voudrais bien me dire pourquoi tu

es aussi désagréable ? C'est toi qui t'es enfuie après avoir couché avec moi, je te rappelle.

Corryna regarda avec angoisse en direction de Rylee. Heureusement, elle était trop loin pour les entendre et ne semblait pas avoir remarqué le geste de Colin.

— C'était du *sexe*, Colin. Rien de plus. Je suis sûre que cette notion t'est familière, non ? C'est en tout cas ce que tout le monde dit de toi à Royal.

— Je ne vois pas en quoi cela nous empêche de rester cordiaux l'un envers l'autre.

Elle savait qu'il avait raison, mais pour elle ce n'était pas aussi simple. Elle s'en voulait d'avoir cédé à son désir pour lui ce soir-là. De s'être laissé séduire par ses belles paroles et ses gestes de séducteur. Oui, il lui avait donné plus de plaisir qu'elle aurait pu l'imaginer. Seulement, depuis la trahison de son ex-mari, elle préférait garder ses distances avec les hommes, et elle s'était juré que si jamais elle entamait de nouveau une relation, ce serait avec quelqu'un de gentil et de dévoué. Pas avec un apollon à l'ego surdimensionné qui collectionnait les conquêtes féminines !

Ce que Dan lui avait fait l'avait rendue méfiante, et cela, elle n'y pouvait rien.

— Désolée, dit-elle. Je vais faire de mon mieux pour être plus aimable.

— Je sais que tu en es capable, assura Colin. Tout le monde dit que ce qu'il y a de plus agréable dans ta boutique, c'est toi.

— C'est vrai ?

Elle ne voulait pas paraître avide d'en savoir plus, mais cela faisait toujours plaisir de recevoir des compliments de ses clients.

— Oui, c'est vrai. Tu es connue pour ta disponibilité et ton amabilité. Les gens disent que tu es toujours accueillante et chaleureuse avec ceux qui entrent dans ta boutique.

Sous la table, il lui toucha la cuisse et la caressa du bout des doigts, lui donnant l'envie folle de lui arracher ses vêtements.

— Merci, dit-elle. J'en suis ravie. Tu peux arrêter de me toucher la jambe maintenant.

Il fit une grimace et posa ses deux mains à plat devant lui.

— À ton tour de me dire quelque chose de gentil, lui enjoignit-il.

Elle l'interrogea du regard.

— Tu veux vraiment que je te répète ce qu'on dit de toi en ville ? demanda-t-elle.

— En tant que cuisinier, oui. Rien de personnel, s'il te plaît. Sinon notre conversation risque de dégénérer.

Elle rit en silence et secoua la tête. Il était vraiment charmant. Hélas, elle ne pouvait pas le nier.

— D'accord, répondit-elle. Les gens disent que ta cuisine est exquise. Novatrice, mais pas prétentieuse. Parfaitement équilibrée et toujours délicieuse.

— Pas mal. Tu pourrais tenir une rubrique gastronomique, tu sais.

— Mais je n'ai jamais goûté ta cuisine.

Il écarquilla les yeux de façon comique et porta la main à son cœur en s'affalant au fond de son siège.

— Un coup de poignard, dit-il. Tu viens de m'asséner un coup de poignard.

— Tu devrais t'en remettre, plaisanta-t-elle en lui tapotant le bras. Il paraît que Sheen est complet tous les soirs.

— C'est vrai.

— Tu vois ? Tu n'as pas besoin de moi.

— Mais j'aimerais quand même faire la cuisine pour toi.

Il se pencha vers elle et murmura tout contre son oreille :

— En fait, non. Je *dois* faire la cuisine pour toi.

Elle lui donna un petit coup de pied et attrapa un croissant.

— Commençons déjà par ce que tu as apporté, suggéra-t-elle.

Elle prit une bouchée et laissa échapper un murmure de plaisir.

— Ça te plaît ? demanda-t-il.

Elle ne voulait pas admettre à quel point elle se régalait. Entre ce croissant irrésistible et la voix sensuelle de Colin, elle était de nouveau en train de vivre un grand moment de faiblesse. Il fallait à tout prix qu'elle se ressaisisse.

— C'est bon, répondit-elle sobrement. J'aurais mis un peu plus de chocolat.

Colin n'avait jamais été aussi excité. Surtout pendant un rendez-vous professionnel. Si ce n'était pas dans ses habitudes de penser à une femme de façon obsessionnelle, il devait bien reconnaître que le souvenir de son étreinte avec Corryna restait gravé dans sa mémoire depuis un mois. Cela avait été si rapide, si intense, si éphémère... Forcément, il se demandait ce qui se passerait si elle lui accordait une nuit entière, s'il pouvait prendre le temps de savourer chaque parcelle de son corps de rêve et si elle en faisait autant avec lui.

— Je transmettrai tes commentaires à ma cheffe pâtissière, dit-il.

Rylee revint à ce moment-là.

— Excusez-moi, dit-elle en se rasseyant à sa place. Donc comme je vous le disais, vous devrez travailler en collaboration rapprochée.

Colin se retint tout juste de rire. Leur situation était pour le moins absurde.

Cela ne semblait pas amuser Corryna, qui croisa les jambes en s'écartant de lui.

— Colin, dit Rylee en ouvrant un gros classeur, je suis désolée, mais ce que vous aviez convenu avec Dionna et Tripp n'est plus d'actualité. Les futurs mariés vous demandent de créer de nouveaux hors-d'œuvre. Ils veulent plus d'originalité.

Cette fois, il n'eut plus du tout envie de rire. Il était très susceptible quand il s'agissait de sa cuisine.

— Je vous demande pardon ? Plus d'originalité ?

— Ariana et Xavier vous demandent des recettes qui n'ont jamais été à la carte de Sheen. Ils veulent des choses nouvelles, excitantes, mémorables.

Corryna mordit de nouveau dans son croissant. En la voyant sourire, Colin se demanda si elle prenait seulement du plaisir à manger ou si le revers qu'il venait de subir la réjouissait. Peut-être les deux.

— Ma cuisine possède déjà toutes ces qualités, se défendit-il.

— Dans ce cas vous n'aurez aucun mal à proposer d'autres idées, n'est-ce pas ? répliqua Rylee.

Colin s'éclaircit la voix. Même s'il était contrarié, il n'allait pas protester davantage. Ce contrat était trop important pour lui.

— En effet, répondit-il.

— Parfait. Pour en revenir à votre collaboration, gardez bien à l'esprit que les invités doivent vivre une véritable expérience.

Comment était-il censé faire cela avec Corryna ? Il existait bien une alchimie entre eux, mais qui n'avait rien à voir avec le travail. Ils n'avaient connu que deux choses ensemble : l'hostilité et la passion physique. C'était loin de constituer une base professionnelle solide.

— Colin ? Ce délai vous convient-il ? s'enquit Rylee.

Il se rendit compte qu'il ne l'avait pas écoutée et s'efforça de se concentrer.

— Pardon, dit-il, puis-je vous demander de répéter ?

— Oui. Vous avez un mois pour élaborer le menu complet et nous le faire goûter. Pendant cette même période, Corryna mettra au point ses compositions florales en accord avec vous. Pour l'un comme pour l'autre, le processus de création devra donc se nourrir d'un échange permanent entre vous deux. Vous nous présenterez le fruit de votre recherche commune à la même date, dans un mois.

Rylee tendit une feuille de papier à Colin en ajoutant :

— Voici la liste de tous les plats, desserts et hors-d'œuvre que vous aurez à prévoir. J'ai également noté les restrictions alimentaires à envisager.

— Très bien, répondit-il avec une assurance feinte. Comptez sur nous pour travailler ensemble et vous apporter entière satisfaction.

— Parfait, conclut Rylee en se levant de table. Nous nous reverrons donc dans quatre semaines pour la présentation de vos échantillons respectifs. Cela nous laissera le temps d'apporter les éventuelles corrections nécessaires avant de passer les commandes définitives. D'ici là, nous restons en contact et je compte sur vous pour me tenir régulièrement au courant de vos avancées. Mais je préfère vous prévenir, j'ai un emploi du temps très chargé et je n'aurai pas beaucoup de temps à vous consacrer.

— Ne vous inquiétez pas pour nous, affirma Corryna en se levant pour serrer la main de Rylee. Nous serons dans les temps. Et merci pour votre confiance, vous n'imaginez pas comme je suis heureuse de participer à l'organisation de ce mariage.

— Ariana et Xavier tenaient beaucoup à faire appel à des fournisseurs locaux.

Rylee se tourna ensuite vers Colin et le salua à son tour.

— Je suis impatiente de goûter vos recettes, dit-elle en lui souriant poliment.

— Merci, répondit Colin. Au revoir, Rylee.

Comme elle s'éloignait, il baissa la tête et mit les doigts sur ses tempes. Il fit un pas pour s'écarter de Corryna et tenter de s'éclaircir les idées.

— Colin, ça va ? demanda Corryna en lui touchant le dos.

Cela lui fit du bien de sentir sa main sur lui. Dans un autre contexte, il aurait pu savourer ce délicieux contact, mais...

— Je suis contrarié, lâcha-t-il. Rien de grave.

Il se dirigea vers la porte, le cerveau déjà en ébullition. Il devait tout de suite se mettre au travail. Repartir de zéro. Être créatif et brillant, sur commande.

Corryna était sur ses talons.

— Colin, attends. Parle-moi. Si nous sommes censés travailler ensemble, tu dois me dire ce qui se passe.

Comment lui donner une explication sans avoir l'air d'être trop fier de son propre travail ?

— Je n'ai pas apprécié ce qu'a dit Rylee sur ma cuisine, déclara-t-il. Pour être honnête, je l'ai pris comme un coup de poing en pleine figure. Mais ce n'est rien. Je vais me démener encore plus que d'habitude. Me renouveler.

— Je ne comprends pas ce qui t'énerve à ce point. D'ailleurs, as-tu vraiment besoin de ce contrat ? Tu gagnes suffisamment bien ta vie, non ?

— Qu'est-ce que tu en sais ?

Elle eut un mouvement de recul et parut décontenancée.

— Eh bien, de toute évidence, tes affaires marchent bien, répondit-elle. Sheen est complet tous les soirs.

— C'est vrai.

— Alors pourquoi t'en faire à propos de ce mariage ?

— C'est une question de fierté, Corryna. Pas d'argent.

— On fait appel à toi pour toutes sortes d'événements prestigieux. Ce n'est pas celui-ci qui va changer ta vie ou ta carrière.

— Non, concéda-t-il. Mais cela fera mauvais effet s'ils changent d'avis et font appel à un autre chef. Sheen perdra d'un coup sa réputation de meilleur restaurant de Royal et ne sera de ce fait plus considéré comme l'un des meilleurs du Texas. Et des États-Unis.

— Ah, d'accord.

— Quoi ?

— Rien. Je constate juste combien nos points de vue diffèrent.

— C'est-à-dire ?

— Mon souci, c'est de pouvoir payer mes employés et rembourser mon emprunt. Toi, c'est d'être reconnu comme le meilleur des meilleurs.

Colin comprit seulement à cet instant que Corryna se trouvait dans une situation très difficile. Or elle avait besoin de lui pour satisfaire les attentes de Rylee et des futurs mariés. Sur ce point, l'organisatrice du mariage avait été très claire. C'était ensemble qu'ils devaient élaborer un projet séduisant.

— Nous avons tous les deux beaucoup à gagner en réussissant notre collaboration, dit-il. Alors faisons de notre mieux pour y arriver. Quand veux-tu que nous nous voyions pour commencer à travailler ? À mon avis, mieux vaut nous y mettre aussi vite que possible. Il me sera difficile de me libérer la journée, mais mon équipe peut assurer le service du soir sans moi. Tu serais libre demain ?

Elle leva la tête, dévoilant dans son mouvement son cou gracieux. Colin se revit alors en train de l'embrasser, de se délecter de la douceur et du parfum de sa peau. Comment allait-il faire pour travailler avec elle pendant un mois entier en résistant à un désir aussi brûlant ? Cela lui paraissait impossible.

— Nous serons mardi, dit Corryna en réfléchissant tout haut. Oui, ce doit être possible. Tu veux que nous commencions par la cuisine ou les fleurs ?

— Les fleurs. Je n'y connais pratiquement rien, à part celles qui se mangent comme les capucines.

— Je dois t'avouer que l'idée de me lancer la première me rend un peu nerveuse.

— C'est une crainte que tu devras surmonter si tu veux que nous travaillions ensemble.

Elle respira profondément et hocha la tête.

— D'accord, répondit-elle. Demain soir à ma boutique ? Je t'attends à 18 heures ? Ce sera le moment de la fermeture.

Elle n'imaginait pas à quel point il avait hâte d'être en tête à tête avec elle.

— Tu veux bien que j'apporte une bouteille de vin ?

— Oui. Mais pas de whisky, s'il te plaît.

Il ne put s'empêcher d'être irrité par sa remarque.

— Pourquoi ? demanda-t-il. Je croyais que tu l'avais aimé.

— Je l'ai adoré. Mais il m'a attiré des ennuis. Je n'avais plus les idées claires.

Colin inclina la tête et fixa Corryna dans les yeux.

— Voyons, murmura-t-il, ce sont les meilleurs ennuis du monde. J'aimerais beaucoup m'attirer de nouveau ce genre d'ennuis avec toi.

Elle appuya le bout de son index contre son torse.

— Colin. Nous travaillons ensemble. Il n'en est pas question. Tu as entendu Rylee. Elle ne tolérera aucune tension entre nous.

— Et c'est le meilleur moyen de s'en débarrasser.

Elle lui répondit par un regard de réprimande.

— D'accord, céda-t-il. Tu as sans doute raison. Mais cela ne veut pas dire que je renonce pour autant.

Il posa les yeux sur le doigt de Corryna dont il sentait toujours la pointe à travers sa chemise. Ils étaient seuls dans la grande salle du TCC. Presque aucun bruit ne leur parvenait. La table à laquelle ils s'étaient assis un instant plus tôt semblait assez solide. Sinon, il y avait le mur. Les idées ne lui manquaient pas. Tout ce qu'il voulait, c'était la tenir de nouveau entre ses bras, l'embrasser, la caresser en remontant sa robe…

— Je peux te raccompagner à ta voiture ? demanda-t-il.

— Pourquoi pas. Attends, dit-elle en se retournant, nous n'allons pas abandonner tes croissants ici.

— Certainement pas. Vas-y, prends-les.

Il masqua son amusement et se réjouit intérieurement d'avoir découvert au moins l'un de ses points sensibles.

— Je peux facilement en avoir d'autres, tu sais, ajouta-t-il.

— Ne me dis pas ça. J'ai l'impression de devoir être gentille avec toi.

Elle prit la boîte à gâteaux et la tint fermement contre elle.

— Tu n'as pas envie d'être gentille avec moi ?

— Je crois que je préfère m'en tenir à ce que tu as dit tout à l'heure. Être cordiale.

— Pourquoi seulement cela ?

Elle le dévisagea un moment en serrant les lèvres. Pensait-elle la même chose que lui ? Que leur attirance mutuelle était évidente et valait la peine qu'ils s'y abandonnent ?

— Parce que c'est probablement le meilleur moyen pour moi d'éviter les ennuis.

3

Corryna avait besoin de s'occuper l'esprit pour éviter de penser à son rendez-vous de ce soir avec Colin. Elle fut donc soulagée d'avoir une journée particulièrement chargée chez Royal Blooms. Les commandes à livrer se succédèrent et un jeune couple vint se renseigner en vue de son mariage. Il y eut aussi un événement plus triste : le décès de Winston Alderidge, de la banque du même nom. De nombreuses personnes de la région voulurent lui rendre hommage avec des fleurs, ce qui créa aussi un surplus d'activité. Corryna aimait le fait que son travail l'amène à participer aux moments importants de la vie des gens : naissances, mariages, diplômes, mais aussi, oui, deuils et commémorations. Ces occasions plus sombres méritaient tout autant la présence de ce qu'il y avait de plus beau à ses yeux : les plantes.

— J'ai fini ma tournée ! annonça Mike, son livreur, en entrant dans le bureau de Corryna en fin de journée.

Il accrocha les clés de la camionnette au tableau avant de se tourner vers elle en souriant. C'était un jeune homme grand et maigre, roux avec des taches de rousseur.

— Y a-t-il quelque chose à faire avant que je rentre chez moi ? demanda-t-il.

Assise devant son ordinateur, elle leva les yeux des tableaux de chiffres avec lesquels elle se battait depuis un long moment. La comptabilité était le seul aspect de son métier qu'elle détestait.

Malgré le temps qu'elle y consacrait, elle n'y comprenait toujours rien, et hélas, la santé financière de son entreprise s'en ressentait.

— Non merci, Mike. Il est grand temps que tu partes après une aussi grosse journée. Va vite embrasser ton adorable bébé.

Mike et sa femme, Serena, avaient une petite fille de six mois baptisée Penelope. Ceux qui rencontraient cette enfant tombaient instantanément sous son charme, mais Corryna était sans doute la plus éprise de tous.

Mike sourit avec fierté.

— C'est toujours la première chose que je fais en rentrant du travail, confia-t-il. C'est tellement merveilleux de voir son visage s'illuminer. Cela donne la force d'affronter n'importe quelle difficulté.

Corryna sentit son cœur se serrer. À une époque, elle avait imaginé avoir elle aussi une vie de famille, un compagnon à aimer et un enfant à qui elle aurait tout donné. Malheureusement, son existence avait pris une tout autre direction.

— Tu diras bonjour à Serena de ma part, dit-elle. Et encore merci pour tout ce que tu as fait aujourd'hui. Les funérailles de Winston Alderidge auront lieu vendredi, donc la semaine va continuer à être chargée.

— C'est noté.

Corryna regarda l'heure sur son ordinateur. Il ne restait qu'une demi-heure avant la fermeture, ce qui voulait dire que Colin n'allait pas tarder à arriver. Elle se demandait bien comment les prochaines semaines allaient se passer. Rylee leur avait enjoint de « travailler en étroite collaboration » et « d'avancer de concert », mais ce n'était pas si simple... Il allait falloir pour cela que Colin et Corryna soient sur la même longueur d'onde, se comprennent et se fassent suffisamment confiance pour parvenir à créer ensemble. Mais comment se rapprocher de lui tout en gardant une attitude professionnelle, alors qu'il la faisait fondre de désir ?

Elle allait devoir rester forte. C'était la seule réponse possible. Elle allait devoir établir des limites claires et s'y tenir. Le problème, c'était que la création impliquait de s'ouvrir en toute confiance à ses partenaires de travail. D'être dans l'échange et le partage. Or, depuis son divorce, la seule personne à qui elle parvenait à faire entièrement confiance était Jessica. Dan lui avait fait tellement de mal que la blessure provoquée par sa trahison n'était pas encore refermée. Par réflexe, elle avait dressé des murs autour d'elle pour se protéger. Seul Colin avait réussi à les faire tomber, ce fameux soir, aidé par son physique irrésistible, ses manières habiles de séducteur... et son excellent whisky.

Par chance, Corryna pouvait compter sur une chose pour garder l'esprit clair : sa volonté tenace de maintenir son commerce à flot. Le mariage d'Ariana et Xavier représentait pour elle la clé du succès, ce qui voulait dire qu'elle devait rester sérieuse et ne plus céder à son attirance pour Colin. Il n'était plus question de le toucher. Ni de l'embrasser. Encore moins de faire l'amour avec lui. C'était arrivé une fois, soit. Mais cela ne devait se reproduire sous aucun prétexte.

Elle sursauta en entendant sonner son portable posé à côté d'elle. C'était Jessica.

— Salut, comment vas-tu ? demanda-t-elle en décrochant.

— Très bien, répondit Jessica. Je voulais te proposer de faire une petite randonnée demain matin. Tu serais partante ? C'est mon seul moment libre cette semaine et tu me manques. J'ai envie de te voir.

Malgré sa semaine chargée, Corryna n'envisagea pas une seconde de dire non à sa meilleure amie. D'autant que le début du mois d'avril était au Texas la pleine saison des fleurs sauvages.

— Avec plaisir, répondit-elle. C'est une très bonne idée. Tu peux me rejoindre à la boutique à 9 heures ? Je viendrai travailler très tôt pour pouvoir m'échapper une partie de la matinée.

— Je ne veux surtout pas te déranger, Corryna. Tu travailles tellement dur...

— Tu ne me déranges pas du tout. Au contraire. En plus... Il y a quelque chose dont j'aimerais te parler.

— Quelque chose ? Mais encore ?

Quelqu'un aurait été plus juste. Corryna eut l'envie soudaine de tout dire à Jessica dès maintenant, mais elle eut peur que Hannah, qui était toujours présente dans la boutique, l'entende.

— Je te raconterai demain si tu veux bien. C'est une longue histoire.

— Bon, plaisanta Jessica, maintenant je vais passer toute la nuit à me demander ce que tu as à me dire. Tu ne veux pas me donner au moins un petit indice ?

Corryna soupira. C'est vrai qu'elle en avait trop dit ou pas assez.

— Tu te rappelles le jour où Colin Reynolds a annulé mon contrat avec Sheen ? s'enquit-elle. J'étais furieuse contre lui. Eh bien... Nous avons eu l'occasion de nous revoir ces derniers temps. Et c'est un peu compliqué.

Corryna s'en voulut d'avoir caché son aventure d'un soir à Jessica, d'autant que son amie connaissait Colin pour avoir travaillé avec lui à plusieurs reprises en tant que serveuse. Mais elle était gênée d'admettre qu'elle avait complètement perdu le contrôle pendant ce moment passé dans son bureau.

— Je ne peux pas t'en dire plus pour l'instant, conclut-elle.

— D'accord. Je vais patienter jusqu'à demain matin.

— À demain, Jess.

Après avoir raccroché, Corryna regarda de nouveau l'heure. Elle n'avait plus que cinq minutes devant elle avant l'arrivée de Colin. Elle se leva et alla dans l'espace de vente, où Hannah était occupée à essuyer le grand comptoir en bois. Hannah était une jeune femme souriante et pétillante, qui travaillait chez Royal Blooms depuis quatre ans. Elle avait commencé alors qu'elle était encore lycéenne, et maintenant qu'elle approchait de ses vingt ans, elle avait toujours la même gaieté insouciante. Corryna avait été comme elle autrefois, et cela l'amusait et la touchait de retrouver ses anciens traits de caractère dans la personnalité de sa jeune vendeuse.

— Où en es-tu ? lui demanda Corryna.

— Je dois encore passer le balai, répondit Hannah en mettant son chiffon dans la poche de son tablier. Ensuite, il n'y aura plus qu'à fermer la caisse.

— Je m'en occupe, dit Corryna en passant derrière le comptoir.

Elle tapota sur l'écran tactile de la caisse dernier cri que Dan avait tenu à installer pour l'ouverture de Royal Blooms. Si Corryna en maîtrisait parfaitement le fonctionnement désormais, elle avait eu du mal à s'y faire au début. Elle avait toujours été plus à l'aise avec un papier et un crayon qu'avec une machine moderne. Mais elle devait reconnaître que c'était pratique d'avoir seulement à appuyer sur une touche pour obtenir le récapitulatif des ventes de la journée et l'état de son stock. Une fois par semaine, le système lui indiquait les produits dont elle commençait à manquer – même si elle connaissait déjà par cœur les quantités de fleurs qu'elle avait en magasin.

Elle leva les yeux en entendant tinter la clochette de la porte. Colin entra, une bouteille de vin à la main, et avança de son pas souple et assuré. Il portait un simple jean foncé et un T-shirt noir, mais il n'en fallait pas plus pour mettre en valeur son physique d'athlète. En voyant ses bras musclés, Corryna se rappela malgré elle l'ardeur avec laquelle il l'avait serrée contre lui et ne put s'empêcher de frissonner d'excitation.

— Bonsoir, Colin, dit-elle en s'efforçant de maîtriser ses émotions.

— Bonsoir, mesdames.

Il s'approcha et posa sa bouteille sur le comptoir.

— Tu es prête à te mettre au travail ? demanda-t-il à Corryna.

Elle regarda Hannah qui fixait Colin en clignant des yeux comme si elle croyait à un mirage.

— Colin, je te présente Hannah, une employée exemplaire qui travaille tout en suivant des études au Royal Community College pour devenir fleuriste. Hannah, voici Colin Reynolds, propriétaire et chef cuisinier du restaurant Sheen.

Hannah rougit jusqu'aux oreilles en serrant la main de Colin. Apparemment, il possédait un pouvoir de séduction sur les femmes de tous âges.

— Enchantée, balbutia Hannah.

— De même, répondit-il. Dites-moi, Hannah, comment est-ce de travailler pour Corryna ?

— Euh...

Hannah regarda Corryna en se demandant visiblement ce qu'elle devait répondre.

— Tu es libre de t'exprimer en toute sincérité, lui dit Corryna d'un ton encourageant.

Hannah se tourna de nouveau vers Colin.

— C'est génial, déclara-t-elle. J'adore mon travail, et en plus, Corryna finance mes études afin que je puisse passer mon diplôme. Elle me permet même de partir plus tôt le vendredi pour que j'assiste aux matchs de football de mon ancien lycée.

— Merci pour ces informations, Hannah, dit Colin avec un sourire amusé. Maintenant je sais où je postulerai le jour où mon restaurant ne marchera plus.

Il prononça ces mots en regardant Corryna avec une telle intensité qu'elle eut l'impression d'être hypnotisée.

Les tempes battantes, elle s'ordonna en vain de détourner les yeux.

— Tu peux y aller, Hannah, dit-elle. Je prends le relais.

— D'accord, répondit Hannah. À demain, Corryna. Au revoir, monsieur.

Elle se dirigea vers le bureau où se trouvaient ses affaires. Un instant plus tard, Corryna l'entendit ouvrir et refermer la porte arrière.

— Tu as une très jolie boutique, Corryna, commenta Colin quand ils furent seuls.

— Je sais que ce n'est pas aussi luxueux que Sheen, mais je m'y sens bien. Je suis ici comme chez moi.

— C'est ce qui compte. Aurais-tu des verres ? lança-t-il en pointant la bouteille du doigt.

Elle se demanda si c'était une bonne idée de boire du vin. Elle était partagée entre sa volonté de garder les idées claires et son envie de dissiper sa nervosité.

— Je n'en prendrai qu'un fond, dit-elle.

— Comme tu voudras.

Elle alla dans la petite salle de pause qui jouxtait son bureau et y prit deux verres droits qu'elle rapporta dans la boutique.

— Je n'ai rien de mieux à proposer, dit-elle.

— Cela fera l'affaire. Et par chance, on trouve maintenant de très bonnes bouteilles avec des bouchons à vis.

Il versa du vin dans les deux verres et en tendit un à Corryna.

— Maintenant montre-moi comment tu travailles, dit-il.

Elle le conduisit dans son atelier, qui était loin d'avoir l'élégance du bureau de Colin. Le sol était en béton et les tables sur lesquelles elle créait ses bouquets étaient de simples grandes planches de bois usées.

— Avant tout, expliqua-t-elle, j'écoute attentivement la demande du client. Puis je m'efforce de donner vie à ce qu'il a imaginé.

— Pour l'instant, dit Colin en s'asseyant sur un tabouret, nous savons seulement que nos clients ont choisi le thème du vieux Hollywood et qu'ils nous demandent d'être créatifs, en harmonie et originaux... Si j'ai bien retenu les mots employés par Rylee lors de notre réunion d'hier.

— Et nous sommes censés coordonner nos deux disciplines, pourtant très différentes l'une de l'autre, compléta Corryna en s'appuyant contre sa table de travail.

Elle essaya de se concentrer sur cette question, et surtout d'ignorer à quel point Colin était sexy quand il réfléchissait.

— Je crois que le plus important pour l'instant, dit-il, c'est que nous trouvions la meilleure façon de travailler ensemble.

— Oui. Je suis d'accord.

Quel soulagement de l'entendre dire cela !

— Tant que nous n'aurons pas résolu ce problème, ajouta-t-elle, nous ne pourrons rien faire.

— Faisons donc un premier essai. Voici ce que je te propose : je te décris un plat proposé à la carte de Sheen, nous en discutons ensemble, puis tu choisis les fleurs que cette recette t'évoque et tu les assembles selon ton ressenti. Qu'en dis-tu ?

— C'est une bonne idée.

— Bien sûr, comme tu n'es jamais venue au restaurant, tu devras imaginer le goût de ma cuisine.

— Très drôle. Je t'écoute, parle-moi de l'une de tes spécialités.

— Commençons par un hors-d'œuvre. Mon célèbre chèvre

chaud espagnol assaisonné de vin blanc, de citron et de thym, servi sur un toast de pain au levain fait maison.

C'était fou comme dans la bouche de Colin, la description d'un plat devenait sensuelle.

— Ça a l'air délicieux, commenta-t-elle.

— Est-ce que cela te donne des idées ?

Elle n'aimait mieux pas lui révéler les idées qui lui venaient à l'esprit…

— Oui, répondit-elle. Je crois. Attends, je reviens tout de suite.

Elle se rendit dans la chambre froide et y prit de la lavande, des iris blancs, des branches de citronnier, ainsi que l'une de ses fleurs préférées, qui avait une couleur verte et dont le nom risquait de plaire à son invité. Après avoir rassemblé toutes ces plantes, elle les mit dans un petit seau à moitié rempli d'eau et les emporta dans l'atelier.

— Figure-toi que ces fleurs originales s'appellent des clochettes d'Irlande, dit-elle en voyant que Colin contemplait sa collecte.

Il sourit et se pencha sur les longues tiges semblables à des grappes de petites fleurs vertes.

— Très jolies. Qu'est-ce qui t'a donné envie de les choisir ?

— Le vert m'a fait penser au thym. J'ai choisi les iris parce qu'ils sont à la fois architecturaux et délicats, et qu'ils poussent bien dans les climats arides comme celui de l'Espagne. C'est le chèvre espagnol qui m'a inspirée. La branche de citronnier s'explique d'elle-même. J'ai pensé à la lavande pour son parfum herbacé, mais je ne suis pas encore sûre qu'elle trouvera sa place dans le bouquet. J'ai peur qu'elle soit trop odorante. Cela pourrait gêner la dégustation des plats.

— Je peux ? demanda Colin en prenant l'une des branches de lavande dans le seau.

Il l'approcha de son nez et inspira en fermant les yeux.

— C'est divin, dit-il.

Corryna se sentit chanceler en admirant ce spectacle.

— Mais ? dit-elle.

— Mais je crois que tu as raison. Elle sent trop fort.

— Bon, ponctua-t-elle. C'est bien.

Elle hocha la tête tandis que se formaient dans son esprit des images de ce qu'elle avait envie de créer. Elle commençait à voir des pistes à explorer. Pour la première fois, elle eut le sentiment que cette collaboration entre Colin et elle était possible et avait une chance d'aboutir à quelque chose.

— Maintenant je veux te voir à l'œuvre, dit-il. Ignore-moi. Fais comme si je n'étais pas là. Fais ce que tu aimes, laisse s'exprimer ton talent artistique.

Ignorer la présence de Colin ? Voilà qui était plus facile à dire qu'à faire. Il était tellement charismatique, tellement attirant ! Mais elle devait y arriver. L'avenir de Royal Blooms dépendait de la réussite de ce partenariat.

— D'accord, j'y vais, répondit-elle.

Elle poussa le seau pour faire de la place devant elle, choisit un vase moderne de forme cylindrique et attrapa sa paire de ciseaux en acier forgé à la main. C'était un instrument très professionnel, le premier investissement sérieux qu'elle avait fait en se lançant dans le métier. Ces ciseaux lui rappelaient que quoi qu'il advienne, elle devait toujours croire en elle.

Ne pouvant s'empêcher de jeter un regard furtif vers Colin, elle vit qu'il la fixait en sirotant son verre de vin et se rendit compte que c'était le moment ou jamais de rassembler toute sa confiance en elle. Il était aux aguets et pouvait d'un mot lui faire perdre ses moyens.

Colin n'avait pas prévu d'être à ce point fasciné par le spectacle qui lui offrait Corryna. En la regardant arranger son bouquet de fleurs, il observa une qualité qui le fuyait depuis un certain temps : l'inspiration. Elle semblait habitée par le feu de la créativité. C'était comme si elle s'était coupée du monde extérieur pour se concentrer uniquement sur son œuvre. Il reconnaissait cet état. Dans ses meilleurs moments, quand il parvenait à se focaliser sur l'essentiel au lieu de courir après le prestige et les honneurs, il pouvait être comme cela. Sans le savoir, Corryna était en train de lui donner une leçon en assemblant ses fleurs avec assurance, en s'en remettant à son instinct plutôt qu'à l'analyse. Colin avait su faire la même chose quand il avait commencé la cuisine. Faire preuve d'inventivité et de spontanéité. Mais désormais sa seule obsession était de dépasser ses parents et de se faire un nom. C'était la mission qu'il s'était donnée. Il ne laisserait pas son père gagner, même s'il devait pour cela adopter une approche plus astreignante et impitoyable qu'il l'aurait souhaité.

Quand Corryna eut terminé, elle recula d'un pas, respira profondément et examina le résultat de son travail.

— Alors ? demanda-t-elle.

Colin se leva de son tabouret et se tint le menton, comme s'il réfléchissait sur le sens de l'univers. Juste quelques secondes, pour s'amuser à ménager le suspense. Puis il répondit :

— C'est sensationnel.

Tu es sensationnelle.

Il n'arrivait pas à oublier sa frustration de l'avoir vue partir si vite de son bureau, le soir de la panne de courant. Le délicieux avant-goût qu'il avait eu lui donnait terriblement envie d'aller plus loin avec elle.

— C'est une chose que je serais incapable de faire, ajouta-t-il. Tu utilises la douceur pour élaborer une structure. Tu prends la beauté de la nature, qui est déjà sans défaut, et tu lui apportes encore plus de profondeur.

— Waouh ! plaisanta Corryna. Toi aussi, tu es prêt à prendre la plume !

— Que veux-tu ? dit-il en riant. Te regarder faire un bouquet, c'est comme observer un peintre face à sa toile. Je ne savais pas du tout quelle direction tu allais prendre quand tu as commencé. Franchement, je n'avais pas imaginé une telle splendeur.

Elle haussa les épaules et répondit modestement :

— Merci. C'est correct. Cela demande d'être amélioré. Je ne suis pas encore sûre du dessin asymétrique. J'ai parfois besoin de jouer avec mes fleurs pour trouver ce que je veux.

— Je te comprends ! Je passe mon temps à bricoler avec mes ingrédients. Je goûte. J'ajoute un peu de ci ou de ça. Il m'arrive d'être coincé, et dans ce cas, je mets ma recette de côté et j'y reviens plus tard. Et là, je trouve la solution.

Il fut tenté de lui dire qu'il avait aussi très envie de revenir à ce qu'ils avaient commencé ensemble un mois plus tôt, mais ce n'était pas le moment. Il tenait à bien travailler avec elle. Cette mission était importante pour lui, même s'il n'avait pas *besoin* de la rémunération qui allait avec. Il s'était démené pour élever la réputation déjà remarquable de Sheen. Une révocation serait une tache indélébile sur son parcours jusque-là irréprochable.

— Voilà, approuva-t-elle. C'est exactement ça.

Il resservit du vin dans les deux verres sans que Corryna proteste, malgré ce qu'elle avait dit au début. C'était trop tôt pour qu'il parte, il voulait encore rester avec elle.

Il tira un tabouret pour le mettre près du sien et s'assit en faisant signe à Corryna de venir à côté de lui.

— Alors, dit-il. Explique-moi. Pourquoi n'es-tu jamais venue au restaurant ?

— Sheen n'est pas tout à fait dans mes prix.

— Ah bon ? Pourtant j'imagine que tes affaires marchent bien. Ce n'est pas le cas ?

— Non.

— Je ne comprends pas pourquoi.

— Mes comptes sont à peine à l'équilibre. Ce qui est en partie ma faute. Mes dépenses ont grimpé, mais je suis réticente à l'idée d'augmenter mes prix. J'ai été contrainte de le faire à plusieurs reprises durant les mois qui ont suivi l'ouverture de mon commerce et mes clients s'en sont plaints.

— Corryna, les prix de vente doivent suivre les coûts. Toujours. C'est la seule façon de faire des bénéfices.

— Je sais bien, répondit-elle en soupirant. Mais ce n'est pas aussi simple.

— Tu finances les études de Hannah. Cela aussi, c'est de l'argent que tu sors de ta poche.

— Il faut croire que je ne vois pas les choses de cette façon. Selon moi, c'est un investissement pour l'avenir. Une fois que Hannah sera diplômée, elle pourra m'aider encore davantage, ce qui me permettra de développer mon commerce. Je crois que cela en vaut la peine, même si ma situation actuelle est pour le moins délicate.

Colin avait du mal à comprendre. Il savait que la vente de fleurs offrait des marges importantes, et le loyer de cette boutique devait être assez bas.

— Qui se charge de ta comptabilité ? demanda-t-il. Tu as peut-être besoin que quelqu'un d'extérieur y jette un œil et te donne quelques conseils.

Il était prêt à se porter volontaire, mais il ne voulait pas avoir l'air de mettre le nez dans ses affaires.

— C'est moi qui m'en occupe, répondit-elle. À contrecœur, mais c'est moi.

Elle but une gorgée de vin avant d'ajouter :

— Je ne suis pas très à l'aise avec les chiffres. Je préférais laisser ce travail à mon mari.

Colin avait entendu des rumeurs sur l'ex-mari de Corryna, mais il ignorait si elles étaient fondées.

— J'ai cru comprendre qu'il ne s'était pas comporté en gentleman avec toi, lança-t-il.

Elle laissa échapper un rire ironique.

— Oh ! non, confirma-t-elle. Je pense qu'avec six maîtresses, on peut considérer qu'il ne s'est pas placé dans la catégorie des gentlemen, en effet.

C'était donc pire que ce qu'il avait entendu dire !

— Je suis navré, dit-il. Tu as dû beaucoup souffrir.

— Et encore, ce ne sont que les liaisons dont je suis au courant. Je pense qu'il y en a eu d'autres, mais je ne préfère pas le savoir.

— Comment as-tu découvert qu'il te trompait ?

— Le mari d'une femme avec qui il couchait est venu le chercher ici, dans le magasin. Il poussait des hurlements de rage. Nous avons eu peur, mes employés et moi. Bien sûr, après cette scène, j'ai dû affronter Dan pour le faire parler. Il a voulu nier, mais l'homme que j'avais vu en savait beaucoup sur lui, et quand j'ai répété ses propos à Dan, il a fini par avouer.

— Je n'imagine pas combien c'était dur pour toi. Et les autres femmes ?

— J'ai appris leur existence au cours de la procédure de divorce. Mon avocat avait engagé un détective privé.

Colin sentit la colère monter en lui. Sans avoir jamais rencontré l'ex-mari de Corryna, il mourait d'envie de lui mettre son poing dans la figure. Certes, la violence n'était jamais une solution, mais cette pulsion était plus forte que lui.

— Je suis sincèrement désolé que tu aies eu à vivre tout cela, déclara-t-il.

Il lui prit la main et éprouva de nouveau cette délicieuse sensation que lui procurait le moindre contact avec elle. Elle baissa les yeux, regarda leurs mains et retira doucement la sienne.

— Comme si ce n'était pas suffisant, dit-elle, je suis presque sûre que Dan a volé de l'argent à Royal Blooms quand nous étions mariés.

Le sang de Colin ne fit qu'un tour.

— Qu'est-ce qui te fait penser ça ? demanda-t-il en s'efforçant de garder son calme.

— C'est assez simple. Comme je te l'ai dit, c'est lui qui faisait la comptabilité. Et il ne cessait de me répéter que les finances du magasin étaient très justes. C'est quand nous avons divorcé que j'ai constaté à quel point c'était vrai. Les comptes étaient à peine à l'équilibre. Mais quelque temps plus tard, je me suis aperçue que depuis son départ il y avait plus d'argent qu'avant à la fin de chaque mois, alors que les ventes n'avaient pas particulièrement progressé. La seule vraie différence, c'était qu'il n'était plus là. C'est un peu suspect, non ?

— C'est le moins qu'on puisse dire !

— Mon avocat voulait faire appel à une sorte de comptable spécial pour mettre les choses au clair, mais le divorce me coûtait déjà très cher et j'étais pressée d'en finir, alors j'ai dit non.

— Un expert-comptable judiciaire.

— C'est ça. Je ne comprends même pas en quoi consiste leur travail.

C'était un métier que Colin connaissait bien, notamment

parce que son père y avait souvent fait appel lors de conflits avec ses associés. Son père était toujours convaincu que les autres essayaient de le voler.

— Ils passent tes comptes et tes relevés bancaires au peigne fin pour trouver d'éventuelles anomalies. Dès qu'un mouvement leur paraît suspect, ils le suivent à la trace pour s'assurer qu'il était bien justifié.

— Ah, d'accord. Eh bien, cela aurait sans doute été utile sur le moment, mais comme je te l'ai dit, je voulais mettre un terme une fois pour toutes à ce mariage et passer à autre chose. Six ans sont passés, donc il est trop tard de toute façon.

— Je ne connais pas exactement la législation du Texas sur cette question, mais il ne s'agit pas de votre mariage. Plutôt de votre association professionnelle.

— Pourquoi faire une telle démarche maintenant ? demanda Corryna d'une voix pleine de douleur. Pour que je découvre une nouvelle trahison de sa part ? Je n'ai pas très envie de replonger dans le passé.

— Tu ne veux pas connaître la vérité ? En plus, nous pourrions le poursuivre pour le contraindre à rendre l'argent, s'il l'a effectivement volé.

— Nous ?

Colin s'éclaircit la voix.

— Pardon. *Tu* pourrais le poursuivre, rectifia-t-il. Ou ton entreprise, plus particulièrement. Le procureur retiendrait peut-être même de lourdes charges contre lui. Le détournement de fonds est une infraction très grave.

— Je ne sais pas, Colin. Je ne saurais même pas comment m'y prendre pour entamer une telle procédure. J'aurais peur que cela m'apporte plus de stress qu'autre chose. Le seul fait d'y penser me donne mal à tête. Je suis tellement mal à l'aise avec les chiffres...

— Je pourrais t'aider.

Il fut lui-même surpris par l'empressement avec lequel il avait fait cette proposition. Il n'était pas réticent à l'idée d'apporter son aide à ceux qui en avaient besoin, mais c'était rarement lui qui se portait volontaire pour le faire.

— Tu ferais ça pour moi ?

— Pourquoi as-tu l'air si surprise ?

— Parce que je le suis. Tu es un homme d'affaires prospère, connu pour dédier ta vie à ton travail. Je m'étonne que tu sois prêt à consacrer du temps à quelqu'un d'autre dans la gestion de sa petite entreprise.

Colin n'était pas sûr de savoir pourquoi il avait à ce point envie d'aider Corryna. Peut-être simplement parce que c'était une femme brillante, talentueuse et fascinante, qui travaillait dur et avait traversé des moments très difficiles. Il ne voulait pas la voir échouer, surtout à cause d'une autre personne.

— Cela me profitera si tes affaires marchent, répondit-il. Je souhaite que toutes les entreprises de Royal se portent bien. Une économie locale forte crée forcément une bonne dynamique pour mon restaurant.

— Mon succès est bon pour toi, et pourtant, tu as décidé d'annuler le contrat de Sheen avec Royal Blooms ?

— Oui, à ce propos...

Il enfouit les mains dans ses poches et se remémora ce qu'il lui avait dit le jour où elle était arrivée au restaurant, folle de rage contre lui. « Mes clients s'intéressent à ma cuisine, pas à vos fleurs. » Il s'était comporté comme un vrai goujat.

— C'était une erreur de ma part, reconnut-il. Et surtout maintenant que je t'ai vue travailler, j'aimerais conclure un nouveau partenariat avec toi.

— Colin, je n'ai pas besoin que tu me fasses l'aumône, seulement parce que nous avons commencé à faire connaissance. Ou parce que nous avons couché ensemble.

— Ce n'est pas cela.

Bien sûr, il aurait menti en prétendant qu'il ne voulait pas recommencer. Car il en mourait d'envie.

— En te regardant tout à l'heure, poursuivit-il, j'ai compris que ton métier ne se résumait pas à couper les tiges des fleurs et les mettre dans un vase. Je ne me rendais pas compte que c'était une démarche réellement artistique. À l'époque, je ne t'ai pas donné l'occasion de me le montrer. Je tiens maintenant à me rattraper.

Elle le dévisagea avec attention. Elle avait aussi les yeux verts. Plus clairs que ceux de Colin, mais plus intenses. C'était du moins l'impression qu'il avait.

— D'accord, dit-elle après un silence. Que veux-tu ? Et quand ?

Si seulement il avait pu lui donner la vraie réponse à cette question : *Toi. Tout de suite.*

— Pouvons-nous revenir à l'accord que nous avions failli passer ? proposa-t-il. Et peux-tu me livrer quelque chose dès demain ?

Elle réfléchit un instant avant de répondre :

— Cela doit pouvoir se faire.

— Tu es sûre ?

— Oui. Je ne veux pas te laisser l'occasion de revenir sur ta parole.

— Il n'en est pas question, promit-il en riant. Je suis un homme d'honneur.

— C'est bien ce qui me semblait. Malgré ce que tu m'as fait il y a quelques mois.

— Encore une fois, j'en suis désolé.

Elle tendit la main pour serrer énergiquement celle de Colin.

— J'accepte tes excuses.

— Vas-tu réfléchir à propos de l'expert-comptable judiciaire ? demanda-t-il.

— Oui.

Elle se tourna pour nettoyer sa table de travail.

— Nous devons aussi fixer une date pour notre prochain rendez-vous, ajouta-t-elle. Ce sera à mon tour de t'observer en train de créer avec brio.

— Je pourrais t'inviter en cuisine chez Sheen, mais pour travailler au calme, nous serons mieux chez moi. Nous aurons moins de distractions.

— Entendu. Quand ?

— Samedi soir ?

Elle le regarda avec un air stupéfait.

— N'est-ce pas la plus grosse soirée de la semaine pour le restaurant ?

— Si. Mais c'est aussi le jour où nous avons le plus de personnel. Kristine, ma seconde, est excellente. Elle sait diriger la brigade avec précision. En général, au moment du service, c'est elle qui est aux commandes pendant que je me contente d'aller et venir dans la salle pour saluer les clients. Et crois-moi, je serai ravi d'y échapper pour une fois.

Surtout si c'est pour passer du temps avec toi.

— Alors disons samedi soir, répondit Corryna. Une soirée de détente me fera du bien après un mariage. Ce sont toujours les journées les plus occupées.

— Parfait. Je t'accueillerai avec un bon verre de vin. Et tu n'auras rien d'autre à faire que t'asseoir et me donner ton avis sur ma cuisine.

Le sourire qu'elle lui adressa était à lui seul le plus beau remerciement qu'il puisse imaginer.

— Et je tiens à ce que tu me racontes ton histoire et le parcours qui t'a mené jusqu'à Sheen, dit-elle. J'aimerais aussi savoir quelle a été l'influence de tes parents dans ton choix de carrière.

Et dire que tout avait été parfait jusqu'à maintenant...

— Je te parlerai volontiers de Sheen, mais pas de mes parents. Cela n'amènerait rien de bon.

— Ah, d'accord. Désolée.

Il contracta la mâchoire et s'efforça d'enfouir au fond de lui sa colère et sa rancœur. Il ne voulait pas gâcher sa belle soirée avec Corryna.

— Ce n'est rien, dit-il. Tu ne pouvais pas savoir.

4

Corryna avait très peu dormi. Entre les compositions florales qu'elle avait à préparer pour Sheen et la remarque énigmatique de Colin à propos de sa famille, elle avait eu trop de réflexions en tête pour trouver le sommeil. Elle s'était tournée et retournée toute la nuit en se demandant pourquoi il avait dit que cela n'amènerait rien de bon s'il parlait de ses parents. D'après ce qu'elle avait lu sur Internet, ils étaient à la tête de Reynolds Hospitality, un groupe de restaurants très haut de gamme présent en Irlande et dans tout le Royaume-Uni. La mère de Colin était une célèbre cheffe pâtissière et autrice de livres de cuisine, formée dans l'une des plus grandes écoles. Son père était aussi un grand chef, connu pour sa capacité à innover, comme Colin. Les Reynolds avaient fondé un véritable empire. Et comme Colin avait choisi la même voie professionnelle qu'eux, Corryna en avait déduit qu'ils avaient joué un rôle important auprès de lui. Qu'ils l'avaient sans doute inspiré et encouragé.

Ce qui lui était apparu comme une conclusion logique était apparemment une mauvaise interprétation de sa part. Maintenant que Colin lui avait laissé entendre qu'il était en mauvais termes avec ses parents, elle était curieuse de savoir pourquoi. Contrairement à lui, elle était très attachée à sa famille, qu'elle ne voyait que trop rarement car sa sœur Betsy vivait en Virginie et ses parents à Atlanta, sa ville d'origine. Ses études universitaires l'avaient menée jusqu'à Austin, où elle s'était installée à la suite de sa rencontre avec Dan. Puis c'était en découvrant Royal qu'elle s'était réellement attachée au Texas, et à cette région en particulier.

Elle avait tout de même réussi ce matin à préparer tous ses bouquets pour Sheen et espérait que le résultat de son travail allait faire sensation. Oui, elle avait envie d'impressionner Colin, mais ce n'était pas tout. Lorsqu'il avait annulé leur contrat, elle avait perdu non seulement un client, mais aussi la visibilité qu'il lui aurait donnée. Le fait que ses compositions soient exposées dans un restaurant de luxe représentait une belle publicité pour elle, voilà pourquoi elle tenait doublement à se surpasser.

La clochette de la porte de derrière tinta. Corryna leva les yeux pour regarder l'horloge accrochée au mur et vit qu'il ne lui restait que dix minutes avant l'ouverture du magasin. Cela signifiait que Jessica allait bientôt arriver pour leur randonnée.

— Rassure-moi, tu n'as pas passé toute la nuit ici, au moins ? demanda Mike en entrant dans l'atelier.

Hannah apparut juste derrière lui.

— Corryna ! s'exclama-t-elle. Ces bouquets sont magnifiques !

Corryna avait aligné sur une planche trente petits centres de tables, un plus grand pour la réception, et deux très gros bouquets à disposer aux deux extrémités du bar de Sheen. Ils étaient assortis sans être tout à fait identiques et mettaient en valeur le lupin bleu, fleur emblématique du Texas.

— Merci, répondit-elle. Et non, je ne suis pas restée toute la nuit. Je suis arrivée à 5 heures ce matin.

Au fond, elle savait que ce n'étaient pas uniquement ses réflexions sur les fleurs et la famille de Colin qui l'avaient tenue éveillée. Hier soir, il s'était montré séduisant, mais d'une manière différente des autres fois. Il avait fait preuve de gentillesse et d'attention. Elle ne s'était pas attendue à cela. Elle aimait que les gens la surprennent, et surtout qu'ils lui montrent quelque chose qui contrastait avec leur personnage public.

Hannah avança afin de voir ses créations de plus près.

— Pour quel client est-ce ? s'enquit-elle. Je ne me souviens pas d'une commande aussi importante pour aujourd'hui.

— Sheen, répondit Corryna. Nous sommes réengagés.

Hannah se tourna vers elle et lui adressa un regard complice.

— Tu as dû lui faire forte impression.

— Je crois, oui, affirma Corryna avec un sourire.

Elle avait aimé sentir l'admiration de Colin pour son travail.

— Veux-tu que je mette tout ça dans la camionnette et que je fasse la livraison au restaurant ? demanda Mike.

Corryna contempla ses bouquets et décida que pour cette fois il valait mieux qu'elle les apporte elle-même.

— Je vais m'en charger, répondit-elle. Si tu peux m'aider à les mettre dans mon coffre, ce sera parfait.

— Pas de problème, je m'en occupe. Où est ta clé de voiture ?

— Sur mon bureau.

Mike se mit au travail pendant que Hannah et Corryna ouvraient la boutique. Un instant plus tard, Jessica poussa la porte.

— Bonjour, dit-elle gaiement.

Ses cheveux bruns ondulés étaient rassemblés en queue-de-cheval, et elle portait un legging noir et un haut de sport dont le turquoise faisait ressortir ses yeux.

— Salut, Jessica, répondit Corryna en embrassant son amie. Cela ne t'ennuie pas si nous passons faire une livraison chez Sheen avant d'aller marcher ?

Jessica fronça les sourcils.

— Je croyais que Colin Reynolds était un problème. Pourtant tu lui apportes des fleurs ?

— Je ne pense pas t'avoir dit que Colin était un problème, mais plutôt que je voulais te parler de lui.

Corryna jeta un œil en direction de Hannah qui écoutait manifestement leur conversation. En croisant son regard, la jeune vendeuse s'empressa d'aller disposer des fleurs à l'extérieur.

— J'ai compris, dit Jessica. Nous devons attendre d'être seules pour en discuter. Alors allons-y.

— Ma voiture est à l'arrière.

Corryna sortit avec Jessica au moment où Mike refermait le coffre. Elle récupéra sa clé et le remercia chaleureusement, puis se mit en route avec son amie.

— Comment se passent tes études ? demanda Corryna en roulant en direction de Sheen.

Jessica suivait une formation pour devenir musicothérapeute. Cette profession semblait faite pour elle, une musicienne de talent qui avait un très bon contact avec les enfants, en particulier ceux qui se trouvaient en difficulté. Corryna était bien placée pour comprendre qu'elle ait envie de faire de sa passion son métier.

— C'est difficile et passionnant à la fois, répondit Jessica. J'adore ce que je fais, mais le fait d'étudier tout en continuant à travailler pour des traiteurs à droite et à gauche m'épuise. J'ai à peine le temps de dormir. Ce qui me fait tenir, c'est que je sais que mon objectif en vaut la peine.

— Bravo pour ton courage. Je suis très fière de toi.

Quelques minutes plus tard, Corryna se garait sur le parking du restaurant, près d'une porte de service. Comme les bouquets étaient rassemblés dans trois caisses, elles en prirent une chacune pour commencer, et franchirent la porte maintenue ouverte par un parpaing. À l'intérieur, elles passèrent devant des piles de cartons et de cageots, et saluèrent les employés en tablier blanc. Corryna se revit quelques semaines plus tôt, le soir où elle avait déchargé sa fourgonnette avec Colin pour mettre ses fleurs dans la chambre froide. Cela lui faisait une impression étrange de redécouvrir les lieux à la lumière du jour, et le souvenir de cette nuit presque irréelle la fit frissonner. Bien sûr, elle n'avait pas eu le cran d'aller elle-même rechercher les fleurs en question. Trop nerveuse à l'idée de voir Colin, elle avait préféré envoyer Mike.

Une femme à la chevelure rousse flamboyante sortit de la cuisine et vint à la rencontre de Corryna.

— Vous devez être de Royal Blooms ? dit-elle. Colin m'a prévenue qu'il y aurait une livraison ce matin.

— Oui, bonjour, je suis Corryna Lawson. Où voulez-vous que nous déposions les fleurs ?

— Kristine Vargas, enchantée. Je suis la seconde de Colin. Vous pouvez les apporter en salle, Colin s'y trouve justement pour réparer l'évier du bar.

— Très bien.

Corryna poursuivit son chemin dans le couloir, suivie de Jessica. Elles trouvèrent la salle vide.

— Bonjour, il y a quelqu'un ? demanda Corryna en élevant la voix.

— C'est toi, Corryna ?

Elle eut l'impression que l'accent irlandais de Colin était plus fort que d'habitude. Ce qui ne rendait sa voix que plus irrésistible encore.

— Oui. Où es-tu ?

Elle posa sa caisse sur l'une des tables et invita Jessica à en faire autant.

— Sous le bar ! répondit Colin.

Corryna rejoignit le fond de la salle et regarda derrière le bar, où elle n'aperçut qu'une longue paire de jambes dans un jean extrêmement sexy.

— Colin ? Qu'est-ce que tu fais ?

— Diriger un grand restaurant est un métier de prestige, n'est-ce pas ?

En disant ces mots, il s'extirpa de sous le bar avec une grosse pince dans la main et le front perlé de sueur. Il avait les cheveux en bataille et portait un T-shirt siglé Sheen. Il était adorable.

— Je peux ? dit-elle en lui tendant la main pour l'aider à se relever.

— Ma virilité va en souffrir, mais tant pis. Merci.

Il prit la main de Corryna et se leva. Une fois debout, il garda les doigts serrés autour des siens et lui parla en la regardant dans les yeux.

— Tu fais la livraison toi-même ? C'est ce qu'on appelle un service trois étoiles !

Elle sourit et retira sa main de la sienne. Ils étaient censés entretenir des rapports strictement professionnels, mais il ne l'aidait vraiment pas à garder ses distances.

— Tu es un client très important, répondit-elle. Je veux m'assurer que tu sois satisfait.

Elle entendit Jessica s'éclaircir la voix derrière elle et se tourna brusquement.

— Jessica, tu connais Colin. Jessica est ma meilleure amie, ajouta-t-elle en s'adressant à Colin.

Ils se saluèrent en se serrant la main.

— Tu veux voir les bouquets ? demanda Corryna à Colin.

— Bien sûr.

— Je vais chercher la troisième caisse dans la voiture, dit Jessica.

Heureusement qu'elle était là ! Corryna avait déjà oublié qu'il restait une partie du chargement dans le coffre…

Pendant que Jessica s'éloignait, Corryna prit un petit centre de table pour le montrer à Colin.

— J'ai opté pour la simplicité, dit-elle. Tes clients doivent pouvoir se concentrer sur leur assiette. Bien sûr. Les roses que j'ai choisies sont peu parfumées. Les lupins bleus sont l'emblème du Texas et font partie de mes fleurs préférées. C'est à cette période de l'année qu'ils sont le plus beaux.

— C'est magnifique. Et je reconnais les lupins bleus. Il y en a dans mon jardin. Je pourrai te les montrer quand tu viendras.

— Avec plaisir.

Il laissa passer un silence puis s'éclaircit la voix.

— Je te dois des excuses pour hier soir, dit-il d'un ton grave.

— Pourquoi ?

— Parce que j'ai mal réagi quand tu m'as interrogé sur mes parents. C'était un mauvais réflexe de ma part. Je ne voulais pas être désagréable, c'est juste que la situation est assez compliquée.

Surprise par la tristesse de sa voix, elle mit la main sur son bras pour le réconforter.

— Ne t'en fais pas pour ça, répondit-elle. Sache que si tu changes d'avis, je serai là pour t'écouter.

— Merci d'être aussi compréhensive. Je suis touché. Et toi, as-tu pris une décision à propos de l'expert-comptable ?

— Pas encore. Je te tiendrai au courant.

Elle hésitait encore, sans savoir exactement pourquoi.

— Voici la dernière caisse ! annonça Jessica en revenant dans la salle.

— Merci infiniment pour ton aide, dit Corryna.

— Je t'en prie.

— Tu as apporté la facture, Corryna ? demanda Colin.

— Je pensais te l'envoyer à chaque fin de mois, si notre contrat se poursuit.

— Tu ne devrais pas accorder une telle latitude à tes clients. Je te verserai un paiement hebdomadaire.

Face à lui, elle avait l'impression d'être une bien piteuse femme d'affaires.

— D'accord, répondit-elle. Si cela te convient, c'est bon pour moi aussi. À samedi ?

— À samedi.

Corryna rejoignit sa voiture avec Jessica et prit la direction de l'ancienne carrière de Royal.

— Vas-y, Corryna, dit Jessica dès qu'elles furent en route. Raconte-moi tout.

— À quel sujet ?

Bien sûr, Corryna savait précisément à quoi son amie faisait allusion. Elle voulait juste l'entendre le dire.

— Oh ! je ne sais pas, répliqua Jessica avec ironie. Peut-être au sujet de l'alchimie évidente qu'il y a entre toi et Colin ?

— Comment peux-tu me faire cette remarque après nous avoir vus seulement quelques minutes ensemble ?

— Si nous étions restées une seconde de plus, je pense que le restaurant aurait pris feu.

Corryna rit avant de soupirer. Elle était follement attirée par Colin, cela ne faisait aucun doute. Mais elle ne pouvait pas se permettre d'envisager une relation avec lui.

— Il faut que je te dise quelque chose.

— Oui. Vas-y.

Corryna respira profondément pour se donner du courage, puis lança d'une traite :

— J'ai couché avec Colin. Le soir de la panne de courant.

— Quoi ? Il faut que tu m'expliques.

Corryna ne comptait pas révéler les moindres détails à Jessica, mais elle avait tout de même besoin de se confier.

— J'ai apporté mes fleurs chez Sheen pour les mettre dans la chambre froide, et après, je ne sais pas. Nous nous disputions, mais une minute plus tard, il me servait un verre de whisky en me disant des choses charmantes. J'ai perdu toute ma lucidité.

C'était la première fois qu'elle révélait à quelqu'un ce qui s'était passé cette nuit-là. Elle avait espéré en éprouver du soulagement, mais au contraire sa gorge se serra brusquement.

— C'était comment ? s'enquit Jessica. Génial, non ?

— C'était... très chaud. Mais tout a été si rapide ! Au bout d'un quart d'heure maximum, j'étais déjà en train de ramasser mes vêtements sur le sol de son bureau pour m'enfuir au plus vite.

Jessica lui saisit le bras.

— Attends. Vous l'avez fait par terre dans son bureau ?

— Et dans un fauteuil. Plus ou moins. Je ne suis plus très sûre. J'étais comme dans un brouillard.

Ce moment avait été assez intense pour rester à jamais gravé dans sa mémoire, mais elle n'aimait pas l'effet qu'il avait eu sur elle. Quand elle se remémorait cette soirée, elle ne se reconnaissait pas, et cela la contrariait terriblement. Elle se considérait comme une femme à l'esprit libre, mais peut-être pas à ce point-là, totalement dépourvue d'inhibition. Jusqu'où serait-elle capable d'aller si elle se trouvait de nouveau dans cet état ? Le seul fait d'y penser lui faisait peur.

— Est-ce qu'il te plaît ? demanda Jessica. Tu te verrais en couple avec lui ?

— Quoi ? s'exclama Corryna en éclatant presque de rire. Non !

— Je ne vois pas pourquoi tu réagis comme ça. C'est une question sensée.

— Colin Reynolds ? Jamais de la vie. Oui, je reconnais qu'il est brillant et sexy.

Et drôle et intelligent, et que son accent me rend complètement folle.

— Mais nous travaillons ensemble pour le mariage d'Ariana Ramos et Xavier Noble. C'est une échéance très importante pour lui comme pour moi, donc ce serait une très mauvaise idée de tout mélanger maintenant.

— D'accord, mais après le mariage, la vie continue, insista Jessica. J'aime bien Colin. À chaque fois qu'il m'a engagée pour un événement, j'ai pu constater qu'il payait bien ses employés et les traitait avec beaucoup de respect. C'est pour cela que tout le monde se bat pour rejoindre son équipe. Et vous vivrez toujours dans la même ville une fois que votre collaboration sera passée. Tu ne devrais pas fermer cette porte.

Corryna n'avait pas réfléchi à tout cela. À vrai dire, les observations de Jessica lui faisaient soudain considérer autrement ses rapports avec Colin. Peut-être n'était-elle pas obligée de lutter de toutes ses forces pour garder ses distances avec lui, en fin de compte. Pourquoi ne pas le traiter comme un ami jusqu'à ce que le mariage soit passé ? Elle verrait bien à ce moment-là où ils en seraient.

— Cela ne mènerait sûrement nulle part, répondit-elle finalement. Colin ne s'engage jamais à long terme. Il veut se concentrer pleinement sur sa carrière. Mais nous pourrions nous amuser, c'est vrai.

Elle se gara sur la zone de stationnement terreuse située près de l'ancienne carrière qui était à présent envahie par la végétation.

— Je ne t'ai jamais vue comme une femme qui sortirait avec un homme uniquement pour t'amuser, dit Jessica tandis qu'elles descendaient de voiture.

— Tu as raison, je ne suis pas comme ça.

— Alors tu devrais peut-être y réfléchir à deux fois. Je veux que tu t'amuses, ajouta-t-elle en posant la main sur l'épaule de Corryna, mais je ne voudrais pas que tu souffres.

— De toute façon, je n'ai pas confiance en moi quand il s'agit de choisir un homme. J'ai commis trop d'erreurs.

Elles empruntèrent le principal sentier de randonnée et entamèrent leur ascension vers le haut de la falaise. Le chemin poussiéreux était parsemé de cailloux et de racines, mais aussi de lézards qui filaient à leur approche. Le soleil était déjà haut et ardent. Ce mois d'avril avait un parfum d'été.

— Quoi qu'il en soit, reprit-elle après un silence, Colin m'a fait une suggestion intéressante hier.

— Ah oui ? Laquelle ?

— Tu sais que je soupçonne Dan de m'avoir volé de l'argent à l'époque où il participait à la gestion de Royal Blooms. Eh bien j'en ai parlé à Colin, qui m'a conseillé de faire appel à un expert-comptable judiciaire.

Comme la pente devenait plus abrupte, Corryna parlait maintenant d'une voix un peu essoufflée. Elle avait hâte d'arriver en haut, là où l'on trouvait la flore la plus riche et la plus belle.

— Cette personne examinerait toute ma comptabilité afin de découvrir si des sommes ont effectivement été détournées, et si oui, pour aller où.

— À quoi pourrait aboutir cette procédure ? s'enquit Jessica.

— Si la culpabilité de Dan est avérée, je pourrais lui intenter un procès.

— Ce serait la moindre des choses après ce qu'il t'a fait. Colin serait d'accord pour te guider dans tes démarches ?

— Oui. Il a proposé de m'aider à trouver quelqu'un.

— C'est super. À mon avis, tu ne devrais pas hésiter une seconde.

— Je me demande juste pourquoi il tient autant à m'aider. Il m'en a encore parlé ce matin, pendant que tu allais chercher la troisième caisse de fleurs.

Elles se turent pendant quelques secondes, le temps d'atteindre le sommet de la côte. Là, elles s'arrêtèrent pour admirer la vaste prairie qui s'étendait de l'autre côté de la crête et qui débordait de fleurs sauvages resplendissantes : primevères, campanules, *castillejas*, coquelicots blancs, hémérocalles, et bien sûr lupins bleus, composaient un tableau multicolore.

— Ce que c'est beau, murmura Jessica. Et apaisant.

— J'adore venir ici et voir les fleurs à leur état sauvage. Cela me rappelle la chance que j'ai de faire ce métier et de passer mes journées au milieu de ces petits miracles de la nature.

Jessica passa le bras autour des épaules de Corryna et l'attira affectueusement contre elle.

— Tu mériterais bien un petit miracle, lui dit-elle.

— Donc tu penses que je devrais accepter l'aide de Colin ?

— Oui, je le pense. Et je pense aussi que tu ne devrais pas exclure l'idée d'une belle histoire. Seulement, sois prudente. Cela peut être risqué de s'attacher à un homme tel que Colin Reynolds.

5

Le vendredi matin, Colin fut le premier à arriver chez Sheen, comme souvent. Le soleil n'était pas encore levé. C'était normal qu'il consacre plus d'heures que ses employés au restaurant, car la satisfaction de ses clients était la seule chose qui comptait vraiment pour lui, et il était prêt à tout donner pour cela.

Il se mit directement au travail. Non pas dans son bureau, comme il le faisait habituellement pour consacrer sa matinée aux tâches administratives, mais en cuisine. Il voulait faire quelques essais avant de recevoir Corryna chez lui le lendemain soir. Il avait prévu de passer les prochaines heures à préparer et à goûter les recettes qu'il avait en tête, afin d'avoir le reste de la journée pour y réfléchir et les affiner. Ainsi, il serait parfaitement au point le moment venu.

Il voulait impressionner Corryna, et pas seulement par orgueil. Après la démonstration qu'elle lui avait faite en début de semaine, il savait qu'il allait devoir faire des efforts pour être à la hauteur. Elle l'avait vraiment épaté. C'était fascinant de la voir se couper du monde extérieur pour se concentrer exclusivement sur ce qu'elle était en train de créer. Colin connaissait ce sentiment. Il avait été à cette place autrefois. Mais cela remontait à loin, et même à l'époque il n'était pas sûr d'avoir été aussi habité que Corryna. Il avait eu une approche plus cérébrale et calculatrice de la création. Il élaborait des idées sur le papier, les mettait seul en pratique, prenait le temps de les améliorer, puis présentait le résultat au public une fois qu'il avait atteint la perfection.

Ce matin, il n'eut la cuisine pour lui que pendant une heure environ. Elena Gutierrez, sa cheffe pâtissière, arriva à 7 heures et poussa une exclamation de surprise en le voyant aux fourneaux.

— Qu'est-ce que tu fais là ? demanda-t-elle en mettant son tablier. D'habitude, tu es dans ton bureau à cette heure-ci.

Âgée d'environ trente-cinq ans, Elena avait les cheveux courts, châtain foncé, et un regard plein de chaleur. Elle excellait à la fois dans sa carrière professionnelle et son rôle de mère de trois enfants, et Colin était conscient de tout ce qu'elle apportait à Sheen et à son équipe. C'était une chance de l'avoir. Employée chez Sheen depuis toujours, elle avait accepté de rester quand Colin avait racheté l'établissement à Charlotte Jarrett Edmond.

— Je te laisse la place dans une seconde, promit-il. Je voulais juste faire quelques essais.

Elle s'approcha pour regarder l'un des plats qu'il avait préparés : un carpaccio de bœuf à l'aïoli d'ail vert et à la truffe noire.

— Cela a l'air exquis. Je peux goûter ? demanda-t-elle.

Sa recette était sans doute perfectible, mais il n'avait pas peur du jugement d'Elena, toujours juste et sincère.

— Je t'en prie, répondit-il en s'écartant.

Elle attrapa une fourchette et dégusta une bouchée. Aussitôt, elle ferma les yeux et émit un murmure de plaisir.

— Colin, c'est incroyable ! Les saveurs sont sublimes et la texture est parfaite. On dirait du velours. Tu vas le mettre à la carte ? Dis-moi que oui !

Il espérait que Corryna allait avoir la même réaction, ainsi que Xavier Noble et Ariana Ramos.

— Probablement, répondit-il. Mais après le mariage. Rylee Meadows a été très claire : elle tient à ce que tous les plats servis au cours des festivités du week-end soient inédits. Ensuite seulement, nous pourrons les proposer au restaurant.

— Eh bien tu es un génie.

Ce n'était pas la première fois que Colin recevait ce compliment, mais il n'y croyait pas. Il avait confiance en ses qualités de chef, mais avait-il atteint le plus haut niveau possible ? Pas encore.

Sa seconde, Kristine Vargas, fit irruption dans la cuisine avec un tel enthousiasme que la porte en acier oscilla dans ses gonds quand elle la relâcha.

— Vous connaissez la nouvelle ? s'exclama-t-elle.

— Quelle nouvelle ? lança Colin.

Kristine traversa la pièce la tête haute pour les rejoindre avant d'annoncer :

— La liste des nominations pour le prix Jane Broad vient d'être dévoilée. Et vous y figurez tous les deux !

Elena poussa un cri aigu qui fit reculer Colin.

— Tu es sérieuse, là ? demanda-t-elle en regardant fixement Kristine.

— Je ne plaisanterais pas là-dessus, répondit Kristine en riant. Tu es nommée en tant que pâtissière de l'année, et Colin en tant que chef de l'année.

— Attends, dit Colin en prenant le bras de Kristine. Tu veux dire pour le Texas, c'est ça ?

— Pas du tout. Pour les États-Unis, le pays tout entier.

Colin ressentit le besoin de s'asseoir. Il n'en revenait pas. Il avait toujours rêvé de voir un jour ses efforts récompensés mais, après avoir travaillé avec acharnement pendant des années, il n'avait pas deviné que le moment tant attendu était arrivé.

— Je… Je… C'est incroyable, bredouilla-t-il.

— C'est pourtant vrai, assura Kristine en lui donnant une tape dans le dos. Toutes mes félicitations.

Colin se tourna alors vers Elena.

— Notre brillante pâtissière. Enfin, tu obtiens la reconnaissance que tu mérites.

Elena était figée, la bouche ouverte et le regard fixe, comme paralysée par le choc.

— Suis-je en train de rêver ? demanda-t-elle.

— Non, répondit Kristine. Tu es bien réveillée.

— Je n'imaginais pas être un jour nommée pour un prix aussi prestigieux. C'est à toi que je le dois, ajouta Elena en regardant Colin. Charlotte a su créer quelque chose de beau, ici, mais c'est toi qui as mené Sheen jusqu'aux plus hautes sphères de la gastronomie. C'est toi aussi qui as eu l'idée d'engager un attaché de presse à New York pour faire venir à notre table les critiques les plus influents. Tu as invité les chefs célèbres que tu comptes parmi tes amis. Tu as fait en sorte qu'on s'intéresse à nous bien au-delà des frontières du Texas.

— Nous avons même accueilli Oliver Shaw le mois dernier ! s'exclama Kristine.

Colin chassa ces éloges d'un haussement d'épaules, même s'il savait que la visite d'Oliver Shaw avait été un très beau coup. C'était un critique gastronomique britannique très respecté, profondément admiratif de tout ce qu'avait pu accomplir le père de Colin. Pour le convaincre de faire le voyage jusqu'à Royal, Colin lui avait promis qu'il serait époustouflé par Sheen. Il s'était démené avec son équipe pour offrir à Oliver un moment d'exception, et tout avait semblé se passer pour le mieux. Toutefois, pour se réjouir, il faudrait attendre la publication de son article dans la revue *Global Cuisine*.

— J'approuve tout ce qu'a dit Elena, dit Kristine. La qualité de la cuisine est bien sûr essentielle, mais elle ne suffit pas. Il faut savoir jouer le jeu de la communication. Tu as su attirer la lumière des projecteurs sur nous. Alors merci, Colin.

Il fut déconcerté par la gentillesse de leurs paroles et eut le réflexe de détourner l'attention. Il était touché mais ne se sentirait légitime que s'il recevait le prix. Pour l'instant, il faisait seulement ce qu'il s'était promis de faire à ses débuts : prouver à ses parents qu'il n'avait pas besoin d'eux, et encore moins de leur argent ou de leur influence.

— J'essaye juste de faire ce qu'il faut pour toute l'équipe, répondit-il.

En réalité, il reproduisait ce qu'il avait appris en observant ses parents au travail. Il se demandait quand ils allaient lui faire signe. À chaque fois que Colin avait fait parler de lui dans le milieu de la restauration, son père l'avait contacté. Jamais pour le féliciter. Au contraire, il utilisait ses succès pour s'attaquer à lui. Mais aucun des honneurs qu'il avait reçus jusqu'à présent n'était aussi prestigieux qu'une nomination pour le prix Jane Broad, loin de là. Devait-il s'attendre à un coup de téléphone imminent ?

— Je vais travailler dans mon bureau, ajouta-t-il. Elena, toutes mes félicitations. Tu mérites amplement cette nomination.

— Toi aussi, Colin. Toi aussi.

Il espérait qu'elle disait vrai. Pourtant, il se demandait s'il avait le droit d'être fier de ce qui lui arrivait et ne parvenait pas à s'en réjouir vraiment. Oui, il avait l'intime conviction d'être fait pour ce métier, et c'était très gratifiant de constater qu'il n'était pas le seul à le penser. Mais, au fond de lui, il avait la sensation permanente de ne pas être tout à fait à la hauteur. Il avait passé les quarante-deux ans de sa vie à combattre le doute. À essayer de s'améliorer sans cesse de peur de ne pas en faire assez. Cependant, aux yeux de certains, ce n'était jamais suffisant.

Comme un signe, son téléphone se mit à sonner, et Colin vit le nom de son père affiché sur l'écran de son portable. Il s'assit à son bureau et respira profondément avant de décrocher avec un sentiment de résignation.

— Bonjour, papa. Comment vas-tu ? demanda-t-il machinalement.

— J'ai vu la liste des nominations pour le prix Jane Broad. Tu as fini par y arriver. Enfin, tu y es. C'est déjà un pas en avant. Nous verrons la suite à la parution des résultats. D'ici la fin du mois, c'est bien cela ?

Colin secoua la tête et se pencha en avant pour appuyer le menton sur sa main libre. Comme d'habitude, son père venait de réduire son commentaire positif au strict minimum. Colin savait à quoi s'en tenir et refusait de se laisser affecter par ses remarques.

— Normalement, oui, affirma-t-il d'une voix neutre. Ils publient la liste des nommés quelques semaines avant d'annoncer le nom des lauréats.

— Si tu gagnes, auras-tu prouvé ce que tu voulais prouver ? Viendras-tu travailler pour ta mère et moi ?

— Je n'essaye pas de prouver quelque chose. Je vis ma vie comme je l'ai décidé, rétorqua Colin tout en sentant son poing se fermer malgré lui.

— Je me demande combien de fois il faudra que je te le dise.

Tu ne te rends pas compte de l'embarras dans lequel tu me mets ? Tu imagines les questions que les gens peuvent se poser en voyant que tu refuses de nous rejoindre ? Si tu remportes ce prix, ce sera encore pire. J'ai l'air d'un homme qui ne sait pas faire régner l'ordre chez lui.

Colin aurait ri s'il n'avait pas été autant en colère. Il bouillait intérieurement. Quel tour de force de la part de son père, qui avait réussi à faire de cette nomination une mauvaise nouvelle !

— Je n'ai jamais eu l'intention de te mettre dans une situation désagréable. Je te rappelle quand même que je suis toujours ton fils, et que rien ne t'empêche de profiter de mes succès pour te vanter.

— Tu n'es mon fils que par le nom que tu portes. Tu as fait ce choix le jour où tu as décidé de rester aux États-Unis.

Colin se rappelait très bien ce jour-là. Comment l'oublier ? C'était la première fois qu'il avait osé tenir tête à son père. Il était encore fier de tout ce qu'il lui avait dit. Oui, il avait été jeune, idéaliste et naïf, mais cet affrontement avait été une étape essentielle de sa construction en tant qu'homme.

— J'avais mes raisons, répondit-il.

— Tu ne peux pas passer le reste de ta vie à nous punir, ta mère et moi. Nous ne pouvions plus faire autrement. Tu étais impossible. Et nous devions nous concentrer sur notre entreprise. C'est pourquoi nous t'avons envoyé en pension aux États-Unis. Certains donneraient n'importe quoi pour avoir cette chance.

Le père de Colin glissait toujours sur le fait que le pensionnat en question n'avait accueilli que des garçons ayant des problèmes de discipline. C'était un établissement dur aux méthodes militaires, dans lequel régnait une hiérarchie secrète entre les élèves et où être cruel et savoir se battre étaient les seuls moyens de se faire respecter. À son arrivée, Colin avait été terrifié. Il n'avait pas tardé à supplier ses parents de l'autoriser à rentrer en Irlande. Mais son père avait cru bon d'affirmer son autorité en campant sur ses positions. Colin était conscient de ne pas avoir été un enfant facile, il s'était même attiré des ennuis à l'école. Son côté sauvage avait donné beaucoup de difficultés à ses parents. Mais le fait d'être envoyé loin de chez lui ne lui avait pas permis de s'en débarrasser. Au contraire, cela avait renforcé cette facette de sa personnalité.

Il se demandait comment il avait fait pour surmonter ces années en internat, mais au moins il avait appris une vérité : l'amour et la famille n'étaient pas des choses sur lesquelles on pouvait compter. Il avait cru que ses parents l'aimeraient toujours. Il avait cru qu'ils reconnaîtraient leur erreur et le feraient revenir chez eux, mais il s'était trompé. Et maintenant, il était trop tard pour réparer les dommages causés.

Arrête de penser à cela. C'est inutile.

Colin respira profondément et s'efforça de se ressaisir. Après tout, ces épreuves avaient fait de lui l'homme qu'il était aujourd'hui. Elles lui avaient appris la discipline, et grâce à cela il était nommé pour le prix le plus convoité du monde de la cuisine.

— Il faut que je te laisse, papa. J'ai du travail.

— Oui, moi aussi. Tu as le bonjour de ta mère.

Il n'y avait rien à ajouter.

— Merci, répondit Colin.

Puis il raccrocha et lâcha son téléphone qui tomba à l'envers sur son bureau. Cette discussion pénible avait au moins eu le mérite de lui rappeler qu'il avait eu raison en décidant de ne plus faire partie de sa propre famille. Pour son père, l'amour et les relations avec les autres n'étaient qu'une autre forme d'argent.

Son portable se remit à sonner, ce qui lui fit regretter de ne pas l'avoir lancé à l'autre bout de la pièce. Ou même de ne pas y avoir mis le feu. Les épaules crispées, il attendit que le bruit cesse. En vain. Apparemment, c'était important.

Il le retourna à contrecœur et regarda l'écran. Son pouls s'accéléra d'un coup.

— Salut, Corryna, dit-il en décrochant.

— Salut, Colin. Alors, il paraît que des félicitations s'imposent ?

Sa voix douce et joyeuse lui fit l'effet d'un baume apaisant.

— Ah oui ? répliqua-t-il en souriant. Qui t'a dit ça ?

Il s'enfonça dans son fauteuil et eut la sensation que tout son

futurs mariés. Il était obligé de leur offrir une expérience hors du commun, dont ils se souviendraient longtemps.

— Donc je compte sur toi demain ? lança-t-il.

— Je serai là. J'ai hâte.

6

Corryna était coiffée et maquillée. Mais malgré ses efforts elle n'arrivait pas à choisir sa tenue pour son rendez-vous de ce soir avec Colin. Elle avait fait au moins dix essayages et rien n'allait. Comment trouver le bon compromis pour se mettre en valeur tout en gardant une allure professionnelle, mais en ayant aussi l'air naturelle ?

Elle n'avait plus beaucoup de temps pour se décider. D'ici vingt minutes, il faudrait qu'elle parte. Elle n'avait donc plus qu'une solution : demander conseil à la personne en qui elle avait le plus confiance en général, et particulièrement pour ce genre de circonstances. Elle envoya un message à Jessica.

Qu'est-ce que je dois mettre pour aller chez Colin ce soir ?

Jessica la rappela aussitôt.

— Tu n'étais pas obligée de me téléphoner, dit Corryna en décrochant.

— Je suis en route pour l'endroit où je travaille ce soir, donc je ne pouvais pas taper un texto en conduisant. Mais j'ai mon oreillette pour te parler.

— Je suis désolée de t'embêter. Je ne sais vraiment pas quoi porter.

— Tu ne m'embêtes pas. Je suis ravie de t'aider. Voici les questions qu'il faut se poser : qui, quoi, quand, où et pourquoi.

— D'accord.

Corryna n'était pas sûre de suivre sa méthodologie, mais elle voulait bien essayer n'importe quoi.

— Le « qui », c'est Colin, répondit-elle pour commencer.

— Ce n'est pas juste Colin, corrigea Jessica. Nous parlons de Colin Reynolds. L'un des plus grands chefs des États-Unis, et même peut-être du monde. Et le « quoi », c'est qu'il va cuisiner pour toi. Seulement pour toi. Un samedi soir, ce qui n'est pas anodin.

Corryna était soudain extrêmement nerveuse.

— Dans sa maison, qui est paraît-il somptueuse, renchérit Corryna.

— Franchement, le « pourquoi » n'est plus très important au point où nous en sommes. Je sais que vous devez vous voir pour le travail, mais ne débarque pas chez lui habillée comme si tu allais passer trois heures à faire des bouquets, parce que ce ne sera pas le cas. Tu vas goûter sa cuisine et tu seras mal à l'aise si tu n'es pas un peu apprêtée. À ta place, je m'habillerais comme si j'allais dîner chez Sheen, mais avec une amie. Pas pour une opération séduction.

— J'ai une jolie robe noire sans manches, qui m'arrive aux genoux.

— Parfait. Tu ne peux pas te tromper avec ça.

— Chaussures à talons ?

— Si elles sont confortables.

— C'est jouable.

— Je t'ai été utile ?

— Tu n'imagines pas à quel point. Merci infiniment.

— Je suis arrivée, je vais devoir raccrocher. Tâche de t'amuser ce soir. Même si c'est un rendez-vous professionnel, tu as le droit de te détendre un peu.

— Merci, je vais essayer. Tu es vraiment la meilleure.

— Je t'embrasse.

— Moi aussi.

Corryna posa son téléphone et prit sa robe dans sa penderie. Évasée et ornée de quelques fines broderies argentées, elle avait une coupe à la fois sobre et flatteuse. Après l'avoir enfilée, Corryna mit des sandales noires qui la grandissaient légèrement et sortit.

Sur le trajet, elle sentit son anxiété croître à mesure qu'elle roulait. Bien qu'elle soit divorcée depuis six ans, Colin était le seul homme avec qui elle ait couché pendant cette période. Comment ne pas appréhender cette soirée en tête à tête ? Même si elle ne cessait de se répéter que c'était une réunion de travail, elle ne pouvait ignorer l'attirance qu'il y avait entre eux.

Son GPS la guida jusqu'à une zone résidentielle située en périphérie de Royal, où s'étendaient de grandes et luxueuses propriétés. C'était comme entrer dans un autre monde. Corryna n'osait même pas comparer ces palais à sa petite maison de deux pièces.

Arrivée à destination, elle s'engagea dans l'allée menant à la maison de Colin, qui se trouvait en retrait de la route principale. Elle tomba aussitôt sous le charme de cette grande bâtisse blanc cassé, magnifiquement éclairée par des lumières venant du sol. Ses fondations en pierres gris foncé contrastaient avec sa façade immaculée, et sa belle charpente en bois était en partie visible de l'extérieur grâce aux pignons ouverts. Loin d'être solennel et intimidant, ce décor, auquel s'ajoutait la lueur chaude qui brillait derrière les fenêtres à petits carreaux, donnait à Corryna le sentiment d'être la bienvenue. C'était un endroit à la fois majestueux, chaleureux et plein de charme, à l'image de Colin.

Elle se gara près de l'entrée et monta les quelques marches qui menaient au perron. Face à la grande porte en bois percée de vitres, elle aspira l'air frais du soir, sonna et attendit. Ce lieu était un havre de paix. Elle s'y sentait délicieusement bien.

Colin ne tarda pas à apparaître dans le couloir pour venir à sa rencontre. Il portait un jean foncé et une chemise noire dont il avait retroussé les manches. Avant même qu'il atteigne la porte, Corryna avait déjà le cœur qui battait à tout rompre. Personne n'avait le droit d'être aussi sexy.

— Juste à l'heure, dit-il en lui ouvrant.

— Bien sûr. J'étais impatiente.

— Ah oui ?

Le ton de sa voix ne laissait aucun doute. Il essayait déjà de flirter avec elle.

— C'est à mon tour de te voir à l'œuvre, souligna-t-elle en avançant dans l'entrée.

Ce qu'elle voyait de la maison était superbe : un large escalier en bois clair, un vaste séjour avec des meubles semblables à ceux du bureau de Colin chez Sheen, une décoration faite de couleurs chaudes. Mais surtout, une odeur alléchante flottait dans l'air.

— Ce que cela sent bon ! dit-elle. Tu as déjà commencé ?

— Merci. Oui, c'est presque prêt.

Corryna fut surprise par sa réponse. Ce n'était pas ce qu'elle avait prévu. Mais elle ne voulait ni être grossière, ni lui imposer sa vision de leur collaboration.

— J'ai apporté du champagne, dit-elle en lui tendant la bouteille. Il est frais.

— Tu es adorable.

— C'est pour fêter ta nomination.

Il inclina la tête et lui sourit.

— Alors c'est encore plus gentil. Merci, Corryna.

— Je t'en prie.

— Viens, dit-il en la conduisant vers la pièce à vivre. Nous n'allons pas passer la soirée dans l'entrée.

Elle marcha à côté de lui, incapable d'ignorer le courant électrique qui passait entre eux. Il émanait de lui une telle assurance, une telle confiance en soi que c'était impossible de ne pas être attirée par lui. Elle ne savait pas encore s'il se passerait de nouveau quelque chose entre eux mais, s'il faisait le premier pas, elle ne voyait pas comment elle pourrait lui dire non. Un seul baiser et elle lui tomberait dans les bras sans la moindre résistance. Elle l'avait déjà fait le soir de la panne générale, alors qu'elle n'avait eu aucune sympathie pour lui. Or ses sentiments pour lui avaient évolué depuis. Considérablement.

En entrant dans la cuisine, elle fut subjuguée par ses équipements dignes d'un grand restaurant et l'élégance des placards en bois et en verre. Il y avait un grand réfrigérateur-congélateur, une gazinière professionnelle à huit feux et une imposante hotte en acier inoxydable. Malgré ce qu'avait dit Colin, rien n'indiquait qu'il avait passé du temps aux fourneaux. Tout était en ordre et d'une propreté impeccable.

— Colin, cette pièce est magnifique.

— Merci. Assieds-toi.

Il lui présenta l'un des six tabourets de bar qui bordaient le long îlot central en marbre blanc.

— Je vais servir le champagne.

En s'asseyant, elle sentit la main de Colin lui effleurer le bas du dos avant qu'il s'écarte pour sortir deux flûtes d'un placard. Elle frissonna et regarda les muscles de ses bras se contracter tandis qu'il débouchait la bouteille.

— À notre collaboration, dit-il en trinquant avec elle.

— À ton prix, répondit-elle.

Ils burent une gorgée.

— Je ne l'ai pas encore remporté, rappela-t-il. Et la concurrence est rude.

Il la regarda dans les yeux, et elle crut deviner une pointe de fragilité dans l'expression de son visage.

— Honnêtement, confia-t-il, ce serait presque mieux si je ne gagnais pas. Malgré l'échec que cela représenterait.

— Comment peux-tu dire que ce serait mieux ?

— Cela m'éviterait que mon père me casse les pieds, répondit-il avec un haussement d'épaules.

Elle fut stupéfaite de l'entendre mentionner spontanément ses parents. Les deux fois où elle lui avait parlé d'eux, il avait préféré changer de sujet.

— Tu m'as dit qu'il t'avait appelé à la suite de ta nomination. N'a-t-il pas envie que tu gagnes ? Même si c'est un prix américain, d'après ce que j'ai lu, il est reconnu dans le monde entier. Ton père doit être conscient de son importance.

— Aurais-tu fait des recherches sur le prix Jane Broad, Corryna ? Tu semblais ne jamais en avoir entendu parler hier, quand tu m'as téléphoné.

Elle rougit en se rendant compte qu'elle s'était trahie.

— J'étais curieuse d'en savoir plus, reconnut-elle.

Il s'appuya contre le plan de travail, et elle lutta pour ne pas le dévorer du regard. Chacun de ses mouvements lui donnait l'envie folle de poser les mains sur lui pour caresser son corps souple et viril.

— À chaque honneur que je reçois, expliqua Colin, mon père s'attend à ce que je rentre en Irlande afin de travailler pour lui. Mais ce n'est pas parce qu'il est attaché à moi. Pas du tout, insista-t-il avec un air sombre. C'est uniquement par orgueil. Pour fanfaronner. Il considère que je lui ai fait un affront en allant créer ma propre entreprise à l'étranger.

— Tu n'as jamais travaillé avec lui, si ?

Encore une fois, elle tenait ses informations d'Internet, et cet élément l'avait particulièrement étonnée.

— Pas un seul jour de ma vie.

— Pour quelle raison ? Tu es cuisinier, de même que des deux parents. Pourquoi ne pas vous être associés tous les trois ?

— Ils ont fait le choix de m'exclure le jour où ils m'ont envoyé en internat sur un autre continent. Cela m'a forcé à construire ma vie de mon côté. À dix-sept ans, je suis entré en école de cuisine et je me suis aussitôt mis à travailler. Dès que j'ai eu assez d'expérience, j'ai acheté mon premier restaurant.

— Sheen est le troisième, c'est bien cela ?

— Dis donc, répliqua-t-il avec un sourire malicieux, tu voulais vraiment en savoir plus, hein ?

— Tu sais bien que la connaissance, c'est le pouvoir.

Était-ce le champagne qui entraînait soudain Corryna dans ce jeu de séduction ? En tout cas, elle avait envie de s'amuser un peu et elle reprit une gorgée tout en fixant Colin dans les yeux. Son regard la fascinait tant qu'elle aurait pu s'y plonger pendant des heures.

— Je n'ai jamais eu le projet d'imiter mon père, de bâtir un empire et d'en vouloir toujours plus. Je préfère avoir un restaurant à la fois, l'amener le plus haut possible, puis tourner la page et relever un nouveau défi.

— Voilà une chose dont je serais incapable, répondit Corryna. J'aime la stabilité, le sentiment d'être chez moi quelque part.

— Je n'ai jamais eu envie de stabilité. Il y a trop de désir en moi.

Corryna se mordilla la lèvre en se rappelant à quel point c'était bon d'être l'objet du désir de cet homme. Elle avait bien compris qu'il ne fallait rien envisager de sérieux avec lui. Mais son attirance pour lui était si forte qu'elle lui faisait oublier sa prudence habituelle.

Après une flûte de champagne et un quart d'heure passé avec Corryna, Colin avait déjà tous les sens en éveil. S'il ne trouvait pas le moyen de se calmer, il allait avoir le plus grand mal à finir cette soirée.

Concentre-toi.

— Tu as faim ? demanda-t-il.

— Oui, très.

Il avait tout fait à l'avance pour être sûr de maîtriser chaque étape de la préparation.

— J'ai passé la semaine à travailler sur les hors-d'œuvre du mariage, annonça-t-il. C'est ce que tu vas goûter ce soir.

— Je suis impatiente de découvrir ce que tu as fait, dit-elle en se levant pour s'approcher de lui.

— Nous allons commencer par ceux qui seront servis frais. Ce sont quatre des sept recettes que j'aimerais présenter à Rylee à la fin du mois.

Il ouvrit le réfrigérateur et en sortit les petites assiettes qu'il avait dressées avec soin pour la dégustation.

— Il ne me reste qu'à apporter la touche finale, ajouta-t-il.

Il se mit au travail, versant un filet d'huile d'olive et quelques gouttes de citron ici et là, et terminant par une pincée de fleur de sel.

Corryna posa la main dans son dos, et il sentit une chaleur intense se propager en lui. Il aimait sa présence, mais il adorait surtout qu'elle le touche. Le moindre contact avec elle le rendait plus vivant.

— C'est amusant de te regarder travailler, dit-elle. Maintenant je t'écoute, présente-moi tes hors-d'œuvre.

— Voici un thon cru au citron Meyer, aux câpres et aux fines herbes. Là, du crabe bleu accompagné de basilic thaï, concombre, citron vert et aïoli de miso. Ensuite, nous passerons à une bisque aux oignons doux et aux artichauts, servie froide dans un verre à liqueur. Et nous finirons par un carpaccio de bœuf à l'aïoli d'ail vert et à la truffe noire.

— C'est très, très appétissant !

— Le couvert est mis. Tu veux bien t'installer à table et nous servir un verre de vin blanc ? La bouteille est dans un seau à glace et déjà ouverte.

Il lui fit signe de se diriger vers la salle à manger qui communiquait avec la cuisine par une ouverture en forme d'arche.

— Tu ne veux pas que je t'aide à apporter tout cela ? demanda-t-elle.

— Désolé, mais non.

Il voulait tout faire pour elle à la perfection.

Tandis qu'elle s'éloignait, il sortit un plateau en argent sur lequel il disposa tous ses hors-d'œuvre. Il le prit avec précaution et passa à son tour dans la salle à manger, où Corryna s'asseyait justement après avoir rempli les deux verres à vin. Il s'était donné du mal pour créer une ambiance agréable dans la pièce avec une lumière douce, de la musique et quelques bougies. Le cœur battant, il posa les quatre mets devant elle en espérant qu'elle allait les apprécier. Son avis comptait pour lui. Il voulait que chaque bouchée la ravisse.

— C'est tellement joli que j'ai presque peur d'y toucher, dit-elle. Je vais tout gâcher.

— S'il te plaît, ne dis pas ça. C'est fait pour être mangé.

Il s'assit à côté d'elle et la regarda prendre sa fourchette pour manger délicatement une première bouchée de thon. Elle émit un murmure de plaisir et se tourna vers Colin.

— Ce que c'est bon ! dit-elle. Vraiment, c'est incroyable. À la fois léger, frais et très savoureux.

Ce n'était que le début, mais sa première réaction permit à Colin de se détendre un peu.

— Je suis heureux que cela te plaise, répondit-il.

— Je voulais te dire, j'ai eu l'experte-comptable au téléphone aujourd'hui. Elle est très sympathique. Je lui ai donné accès à mes comptes et je me sens déjà mieux maintenant que je sais qu'elle va tout vérifier.

— Tant mieux. C'est une bonne nouvelle.

— Elle m'a dit que cela ne prendrait qu'une semaine ou deux, ce qui m'a étonnée.

— Ta comptabilité est numérisée et bien tenue, tu as une petite entreprise. C'est normal que ce soit rapide.

— C'est vrai.

Après avoir fini le thon, elle but une gorgée de vin puis goûta le crabe. Elle se figea et saisit le bras de Colin.

— Comment est-ce possible ? dit-elle. Le crabe est encore meilleur que le thon. Je n'ai jamais rien mangé d'aussi bon.

— Voilà un beau commentaire de dégustation.

— Il faut parfois laisser parler sa spontanéité, non ?

— Absolument.

Corryna fut aussi élogieuse pour les autres mets frais qu'elle avait devant elle. Colin n'avait pas travaillé pour rien : pour l'instant, la soirée se passait parfaitement.

— Maintenant nous allons passer aux plats chauds, déclara-t-il en se levant pour débarrasser.

— Je peux t'aider ?

— Non, je m'occupe de tout.

— Fais attention, dit-elle en resservant du vin dans leurs verres. Je pourrais être tentée de m'y habituer.

— Tant mieux.

Colin retourna dans la cuisine avec le sourire aux lèvres. Depuis quand n'avait-il pas reçu quelqu'un à dîner par plaisir ? Bien sûr, il invitait du monde chez lui, mais le plus souvent pour entretenir des relations utiles à ses activités professionnelles. Il mettait les petits plats dans les grands pour rester en bons termes avec des gens importants de la région ou des personnalités influentes du milieu de la gastronomie. Il recevait aussi des critiques afin de leur servir ses meilleures spécialités et leur montrer qu'il n'était pas seulement le fils de Killian Reynolds.

Quelques minutes plus tard, il apportait à table la suite du menu.

— Je te propose à présent du filet de bœuf assaisonné de notes de café et d'un *chimichurri* à la menthe, accompagné de poires asiatiques. Tu auras ensuite une recette végétarienne, des gnocchis à l'ail rôti, au persil, au sherry et au parmesan. Et conformément aux demandes de Rylee, j'ai également prévu un plat vegan : des champignons frits dans une croûte de farine de maïs, avec des herbes et une sauce au piment doux.

Corryna poursuivit sa dégustation en le félicitant presque à chaque bouchée.

— Tu t'es vraiment surpassé, conclut-elle quand elle eut fini. Si je me laissais aller, je lécherais mon assiette.

Il se retint de l'encourager à le faire et s'éclaircit la voix avant de répondre :

— Je le prends comme un compliment.

— C'en est un. Cette fois, ajouta-t-elle en se levant, je t'aide à ranger. Je ne te laisse pas le choix.

— Bon, si c'est un ordre..., répondit-il en souriant.

Ils débarrassèrent ensemble et mirent les assiettes et les couverts dans le lave-vaisselle. Tout était simple avec elle. Il se sentait étonnamment à l'aise, compte tenu du fait qu'ils se connaissaient à peine. D'ordinaire, quand il travaillait avec quelqu'un, il faisait en sorte de garder ses distances pour ne pas mélanger rapports professionnels et privés. Et, quand il avait une liaison avec une femme, il prenait soin de ne pas se rapprocher d'elle pour éviter toute ambiguïté sur ses intentions à long terme. Avec Corryna, ces précautions volaient en éclats. Il n'avait d'autre choix que de se lier avec elle, puisque Rylee leur avait enjoint de créer main dans la main. Et ils s'étaient mis d'accord pour appliquer ses instructions à la lettre.

— C'était un repas extraordinaire, Colin. Vraiment.

Il versa le reste de vin blanc dans les verres et s'autorisa enfin à respirer. Il avait accompli sa mission : impressionner Corryna et lui ravir les papilles.

— Tu n'as pas un seul commentaire négatif ? demanda-t-il en s'appuyant contre l'îlot central.

— En fait, si. J'en ai bien un.

— Je n'aurais peut-être pas dû poser cette question.

Il était surpris car elle avait eu l'air de savourer tout ce qu'il lui avait servi.

— Tu n'as pas respecté les règles du jeu.

Comme elle s'approchait, il fut tenté de la prendre par la taille pour l'attirer contre lui.

— Comment ça ? rétorqua-t-il.

— Tu as tenu à être présent dans mon atelier pendant que je composais le bouquet inspiré par ta recette. J'ai travaillé sous tes yeux.

— Je voulais comprendre ta manière de procéder.

Il était encore fasciné à chaque fois qu'il repensait à ce moment. Elle l'avait réellement inspiré.

— Je n'ai jamais réalisé de créations florales, poursuivit-il, tandis que toi, tu sais sûrement faire la cuisine. Ce n'est pas comparable.

Elle agita son doigt vers lui.

— Tu ne peux pas appeler ce que tu as réalisé aujourd'hui « faire la cuisine ». C'était bien plus que cela. C'était...

Elle regarda fixement les yeux de Colin, comme pour y trouver le mot qu'elle cherchait.

— C'est une expérience artistique en immersion totale. À la fois visuelle, olfactive et gustative. Je n'avais jamais vécu ça.

— C'est vrai ?

— Oui. Donc tu ne peux pas dire que je sais faire la même chose que toi. C'est faux. Et je mentirais si je niais m'être sentie quelque peu lésée, car tu ne m'as pas permis de t'observer pendant que tu créais.

— Tu n'es pas sérieuse.

— Bien sûr que si. J'avais l'impression d'être toute nue quand tu es resté assis dans mon atelier, installé comme un spectateur pendant que je composais mon bouquet. D'autant plus que nous nous connaissions à peine. Tu ne penses pas que c'était difficile pour moi ?

Il ne put s'empêcher de repenser à elle « toute nue », incroyablement belle et sexy.

— Si, sans doute, reconnut-il.

— Je m'attendais à te voir ce soir aussi vulnérable que je l'étais mardi. Au lieu de cela, tu t'es mis en quatre pour me montrer le résultat parfait de ton talent. Mais je veux comprendre comment ton cerveau et ton cœur travaillent ensemble pour produire ce résultat.

Il respira profondément en réfléchissant aux paroles de Corryna. Elle avait raison. Il avait fait en sorte de lui servir un menu parfait. Mais c'était un réflexe dont il n'était pas sûr de pouvoir se défaire. Sa façon à lui de se protéger et de se rendre la vie plus facile.

— Je suis désolé si tu es déçue.

— Colin. Même si tu essayais, tu n'arriverais pas à me décevoir. C'est au moins une chose que je sais sur toi, ajouta-t-elle d'une voix intense. Tu as beaucoup de feu et de désir en toi, des émotions que je veux découvrir par moi-même et ressentir. Ne m'en empêche pas, s'il te plaît. Ne te cache pas.

— Et que se passera-t-il si je te montre ce qu'il y a au fond de moi ?

— Eh bien, je n'aurai d'autre choix que de me dévoiler aussi.

7

Colin était rarement sensible à la flatterie. La plupart du temps, il avait le sentiment de ne pas mériter les compliments qu'on lui adressait. Mais le fait de les entendre de la bouche de Corryna changeait tout. Peut-être que ses remarques avaient plus de sens parce qu'elle savait ce que signifiait créer, parce qu'elle connaissait les difficultés d'un travail qui exigeait un véritable don de soi.

— Tu m'as bien cerné, dis-moi, répondit-il après un silence. Car tu as raison. Entièrement raison. Aujourd'hui, j'ai essayé de me cacher. C'est ma manière de travailler. Je fais mon possible pour que tout soit parfait. Je fais et refais mes recettes jusqu'à ce que je n'y décèle plus le moindre défaut. Alors, seulement à ce moment-là, je permets aux autres de les goûter.

— Tu n'es pas obligé de faire ça avec moi. Je t'assure. Je veux voir et connaître tout ce qui se passe derrière ce regard sublime.

Il se redressa pour se mettre face à elle.

— Je commence à sentir que je peux te faire confiance.

Elle n'imaginait sûrement pas l'importance que cela avait pour lui. Il avait confiance en très peu de personnes, et elles travaillaient toutes chez Sheen.

— Oui, tu peux, répondit-elle.

Attiré par elle comme par un aimant, il fit un pas en avant. Ils se touchaient presque à présent.

— J'espère que tu sais que toi aussi, tu peux me faire confiance, lui dit-il.

— Je crois que je le sais.

— J'ai envie de toi, Corryna. Cent fois plus que le soir où tu es venue au restaurant. Et j'avais très, très envie de toi ce soir-là.

Ses joues se teintèrent de rose, ce qui la rendit encore plus irrésistible.

— Moi aussi, j'ai envie de toi. Mais aujourd'hui, ce serait forcément différent de ce soir-là. Nous n'avions rien à perdre ni l'un ni l'autre. Maintenant nous travaillons ensemble, pour un événement dont dépendra la suite de nos carrières respectives. Et tu te rappelles ce qu'a dit Rylee. Il est important que nos rapports soient sereins et pacifiques, or si nous couchons ensemble, cela risque de compliquer la situation.

Il prit une mèche de cheveux de Corryna et s'amusa à l'enrouler autour de son doigt.

— Il me semble que Rylee Meadows n'est pas ici ce soir, souligna-t-il. Il n'y a que toi et moi. Et nous deux, ensemble dans mon lit, cela n'a rien de compliqué. Ce serait même parfait, à mon avis.

— Pourquoi ai-je l'impression que tu pourrais me faire faire n'importe quoi ?

— Tu le feras de ton plein gré ou pas du tout, Corryna. Je n'essaye pas de te convaincre. Je te dis seulement comment je vois les choses.

Elle se passa la langue sur les lèvres.

— Personne ne doit être au courant, déclara-t-elle.

— Je sais très bien garder les secrets.

Sur ces mots, il la prit dans ses bras et l'embrassa, émerveillé de la sentir aussi avide que lui. Elle répondit à son baiser en se cambrant pour se plaquer contre lui. Il glissa les mains dans ses cheveux tandis que les mouvements de sa bouche divine l'attiraient loin de la réalité, dans un monde de rêves et de délices. Quand il embrassait Corryna, il cessait enfin de réfléchir et d'analyser. Il profitait seulement du moment présent.

— J'ai terriblement envie de t'enlever cette robe, dit-il dans un souffle.

— Tu ne m'as même pas encore montré ta chambre, murmura-t-elle en entrouvrant à peine les yeux.

— Quelle impolitesse de ma part !

Il la prit par la main et l'attira au bout du couloir, là où se trouvaient sa chambre et sa salle de bains. Ses appartements occupaient presque un quart de la maison. Comme son bureau chez Sheen, c'était un endroit où il aimait se réfugier.

— C'est magnifique, dit Corryna en passant la porte. Comme le reste de ta maison.

Seule la lumière de la pleine lune éclairait la pièce.

— C'est toi qui es magnifique, dit-il en l'enlaçant.

Il la regarda puis l'embrassa encore.

— Cette robe, dit-il en riant tout contre ses lèvres. Il faut vraiment que je l'enlève.

— Elle me gratte un peu.

— C'est intolérable.

Elle se retourna, rassembla ses cheveux dans sa main et les releva pour qu'il puisse baisser sa fermeture Éclair. Lentement, il découvrit la peau délicate de son dos, les bretelles de son soutien-gorge noir, et enfin, sa petite culotte en satin noir. Et dire qu'il avait cru devoir renoncer à Corryna après avoir pu goûter une fois aux merveilles de son corps... Jamais il n'avait été aussi heureux de s'être trompé.

Tout en faisant glisser sa robe le long de son buste, il se pencha pour l'embrasser dans le cou, puis remonta les mains sur son ventre dénudé et les referma sur ses seins. Il sentit ses mamelons se contracter sous la dentelle. Dès qu'il eut dégrafé son soutien-gorge, elle l'enleva et le jeta sur un siège. Il la fit alors tourner sur elle-même et prit tout son temps pour la caresser et passer la langue sur ses seins. Elle avait la peau si douce, si chaude...

Ce fut elle qui finit par l'interrompre pour lui ôter sa chemise à la hâte. Quand il fut torse nu, elle plaqua ses lèvres contre les siennes avec urgence, puis se mit à genoux et déboutonna son jean. Chacun de ses gestes le rendait fou. Sa façon de le déshabiller, de le regarder, de le toucher... Elle n'avait pas peur de lui montrer son désir, ce qui ne faisait qu'attiser sa propre excitation.

Débarrassé de tous ses vêtements, il la regarda tandis qu'elle caressait doucement son érection. C'était si bon qu'il dut poser la main sur son épaule pour garder l'équilibre. Il ne l'avait pas vue comme cela depuis ce fameux soir dans son bureau.

Quand elle prit son sexe dans sa bouche, il éprouva un plaisir qu'il n'avait encore jamais connu. Rien ne pouvait être aussi érotique que cette sensation chaude et sensuelle, que la vision de sa bouche sur lui dans la lumière du clair de lune. Mais il voulait aussi s'occuper d'elle. Il voulait la voir s'abandonner entre ses bras et soupirer d'extase. Il voulait retrouver ce qu'ils avaient vécu la première fois, et bien plus encore.

Corryna leva les yeux quand Colin tendit les mains pour l'inciter à se relever. Dès qu'elle fut debout face à lui, il l'embrassa avec passion en l'attirant vers le lit. Elle était en feu, en proie à une urgence qu'elle n'avait jamais ressentie auparavant.

Avec une facilité déconcertante, il la souleva et la déposa sur le matelas, où elle s'étendit en savourant la douceur et la fraîcheur des draps. Elle crut qu'il allait la rejoindre, mais il resta debout, lui offrant le spectacle de son corps nu parfaitement sculpté. Elle l'avait toujours trouvé incroyablement beau, mais la personnalité qu'elle découvrait depuis quelques jours le rendait encore plus sexy à ses yeux. Elle savait que leur liaison ne pourrait être que passagère mais, à cet instant, elle ne voulait qu'une seule chose : assouvir le désir qui la consumait.

Il la regarda avec un sourire en coin, comme s'il s'amusait à la faire attendre.

— Viens ici, Colin, murmura-t-elle en accompagnant ses mots d'un mouvement de l'index.

— Je pourrais rester là éternellement à te regarder.

— Quelque chose me dit que tu as envie d'autre chose que de regarder.

— En effet.

Il mit un genou sur le lit et saisit l'élastique de sa petite culotte pour la faire descendre le long de ses jambes, puis il s'allongea à côté d'elle. Elle frissonna d'excitation. Elle aimait se sentir à la merci de cet homme en qui elle avait une confiance absolue. Elle se tourna vers lui et il l'embrassa en la caressant. Quand elle sentit ses mains sur ses fesses, elle se plaqua instinctivement contre son érection.

— Viens, Colin.

Ce qu'elle ressentait était tellement fort... La première fois, elle avait cédé à une pulsion, rien de plus. Ce soir, c'était plus que cela. L'homme qu'elle avait découvert en faisant connaissance avec lui était si différent, tellement plus profond que celui qu'elle avait imaginé !

— Pitié, ajouta-t-elle soudain, dis-moi que tu as un préservatif.

Elle n'avait pas eu la présence d'esprit de lui poser cette question la première fois, ce qui avait été stupide de sa part. Heureusement, cette étourderie ne semblait pas avoir eu de conséquence.

— Euh, oui. Bien sûr.

Il tendit le bras pour ouvrir le tiroir de sa table de chevet. Quelques instants plus tard, allongée sur le dos, elle le vit se dresser au-dessus d'elle et ouvrit les jambes pour l'inviter en elle. Il la pénétra en l'embrassant dans le cou.

Elle fut aussitôt transportée dans un monde de plaisir. Soupirant et gémissant, elle bougea au même rythme que lui en mettant les mains sur ses fesses musclées. Il allait et venait à la perfection, et chaque mouvement de son bassin la conduisait vers l'extase. Quand il commença à accélérer, elle ferma les yeux et ne pensa plus qu'à la jouissance qu'il était en train de lui offrir. Jamais elle n'avait imaginé vivre un jour une étreinte aussi intense, jamais elle ne s'était à ce point abandonnée dans les bras d'un homme. Colin lui faisait découvrir des sensations tellement fortes...

Elle cria en atteignant l'orgasme, et Colin se laissa aller à son tour. Le souffle court, il s'effondra à côté d'elle.

— C'était magnifique, murmura-t-elle d'une voix haletante.

Elle avait l'impression de flotter dans les airs. Cet état était tout simplement divin.

— Oui, approuva-t-il. Corryna, tu es incroyable.

Il approcha son visage du sien et déposa un baiser sur son front. Ce qui était incroyable, c'était qu'elle avait déjà envie de recommencer.

Corryna n'aurait su dire quand elle s'était endormie, mais elle fut réveillée par le chant du coq. L'espace d'un instant, elle se demanda où elle était. Puis elle inspira profondément et reconnut le parfum envoûtant de Colin. Elle était dans sa chambre et elle avait passé une nuit sensationnelle.

Elle ouvrit les yeux et découvrit avec étonnement qu'elle était seule. Mais après tout, Colin n'avait sûrement pas l'habitude de traîner au lit le matin.

La lumière du jour entrait par la baie vitrée qu'elle n'avait pas remarquée la veille, et qui donnait sur un grand et beau jardin. Sur le côté de la pelouse, elle distinguait ce qui était apparemment un potager. Elle n'en voyait qu'une partie, mais déjà, elle mourait d'envie de l'explorer.

— Colin ? appela-t-elle.

Aucune réponse.

Elle se redressa, et c'est alors qu'elle aperçut sa tête dépassant du potager. Elle voulut courir le rejoindre. Se levant aussitôt, elle remarqua qu'il avait soigneusement suspendu sa robe à une patère à côté de son placard. La logique aurait voulu que Corryna la remette, puisque c'était le seul vêtement qu'elle avait ici, mais elle n'avait pas menti en disant qu'elle grattait un peu. Et elle devait admettre que la tentation était grande de s'envelopper dans un habit imprégné de l'odeur de Colin. Elle prit la chemise qu'il avait portée la veille, l'enfila en souriant de plaisir et retroussa les manches trop longues pour elle. Puis elle ouvrit la baie vitrée et respira l'air doux du matin. Le coq chanta de nouveau. Colin était toujours là, dans la lumière du soleil levant. Elle n'aurait pas pu rêver d'un réveil aussi idyllique.

— Tu m'avais caché que tu étais aussi fermier, dit-elle en avançant pieds nus dans l'herbe.

Il leva les yeux, et un grand sourire éclaira son visage. Bon sang, qu'il était beau ! Et particulièrement ce matin.

— Je fais une cueillette pour notre petit déjeuner, déclara-t-il.

Il portait un jean et un T-shirt, et avait un panier à la main.

— Quel beau potager. Tu t'en occupes toi-même ?

— Oui, répondit-il en regardant les légumes et les herbes qui l'entouraient. J'ai pris goût au jardinage quand je vivais en Californie, à Santa Monica. C'est là que se trouvait mon premier restaurant. C'est aussi là que j'ai rencontré Charlotte, l'ancienne propriétaire de Sheen.

Il se tourna de nouveau vers Corryna et vint jusqu'à elle.

— C'était un tout petit restaurant, poursuivit-il. Seulement vingt-quatre couverts. Mon concept était « de la ferme à l'assiette », mais comme je ne connaissais pas bien la région, il m'a fallu un certain temps pour développer mon réseau de producteurs. La maison que j'avais achetée là-bas avait un grand potager laissé à l'abandon depuis des années. J'ai eu envie d'apprendre à cultiver des fruits et légumes afin de proposer les meilleurs produits possibles à mes clients.

— Et ce que tu fais pousser ici fournit aussi la cuisine de Sheen ?

— Il faudrait que je devienne fermier à plein temps pour produire les quantités nécessaires. Mais, au printemps, j'apporte des herbes aromatiques fraîches presque tous les jours au restaurant, et je prévois de replanter cet automne. Si j'ai une bonne récolte de tomates et de poivrons, ils m'inspireront peut-être une nouvelle entrée.

Plus elle voyait avec quelle passion et quelle exigence il exerçait son métier, plus elle l'admirait.

— Qu'as-tu récolté ce matin ? demanda-t-elle.

— De la ciboulette, du persil plat, des oignons nouveaux, des épinards et des œufs. Je pensais te faire une omelette. J'ai un excellent cheddar irlandais au frigo.

— Tu veux dire que tu vas faire la cuisine pour moi en direct, sous mes yeux ?

— C'est exactement ce que je veux dire.

Il promena son regard sur elle.

— Ma chemise te va bien, ajouta-t-il avec un sourire.

— Merci.

Elle sent bon. Comme ta peau.

Corryna se hissa sur la pointe des pieds, posa la main sur l'épaule de Colin et l'embrassa furtivement sur les lèvres.

— Je meurs de faim, dit-elle.

— Alors allons-y.

Ils retournèrent dans la maison, cette fois en entrant par la cuisine.

— J'ai fait du café, tu peux te servir. Cette tasse est pour toi, et il y a du lait dans le petit pot, dit-il en lui montrant ce qu'il avait disposé sur l'îlot central.

— Parfait.

C'était un hôte exemplaire. Sa tasse en main, elle huma l'odeur réconfortante de son café au lait et but une gorgée avant de se tourner vers Colin.

— Je suis contente de te voir vraiment cuisiner.

— Je suis content de te prouver que je ne me cache pas.

Cette allusion à leur conversation de la veille lui donna envie de lui poser une question, mais elle avait peur de le contrarier. Il disait avoir confiance en elle, mais à quel point ?

— Tu es très perfectionniste, n'est-ce pas ? demanda-t-elle prudemment.

Il vida le contenu de son panier sans la regarder. Était-il déjà sur la défensive ?

— Oui, répondit-il. Je dirais même qu'il n'y a pas plus perfectionniste que moi.

Manifestement, il n'était pas opposé à l'idée de lui parler. Cela l'encouragea à aller plus loin.

— Cela aurait-il un rapport avec tes parents ? Ton éducation ?

— Cela vient en grande partie de la carrière que j'ai choisie. Si je veux réussir, je ne dois rien laisser au hasard.

— Mais ? Je sens qu'il y a un « mais ».

— Mais effectivement, pour le reste, je crois que cela vient de mes parents.

Elle le regarda laver ses herbes et ses légumes à l'eau claire.

— Étaient-ils très autoritaires ?

— Mon père surtout.

Il sortit une planche à découper et aiguisa un grand couteau.

— Tu sais, dit-elle, je comprends que tu ne sois pas enthousiaste à l'idée de parler de tes parents, mais de la même façon que tu ne devrais pas cacher au reste du monde ton processus de création, ce n'est pas bon de garder pour toi ton histoire familiale.

— C'est assez simple, répondit-il en plaçant deux poêles sur ses plaques de cuisson. J'étais un enfant turbulent et mes parents n'ont pas su me remettre dans le droit chemin. Plus je grandissais, plus je me conduisais mal et plus ils avaient honte de moi. Ils ont fini par m'envoyer dans un pensionnat militaire de l'Utah. Officiellement, ce n'en était pas un, mais dans les faits, oui. Je n'avais que douze ans. Je n'ai pas compris ce qui m'arrivait. Et j'ai eu le sentiment que mes parents ne voulaient plus de moi.

Cette vision du jeune Colin chassé loin de chez lui, dans un pays étranger, serra le cœur de Corryna. Il avait dû se sentir abandonné.

— Colin, murmura-t-elle, je suis désolée. Combien de temps es-tu resté ?

— C'est cela, le pire. Ils m'y ont renvoyé tous les ans pendant cinq ans. Je rentrais en Irlande chaque été et faisais de mon mieux pour gagner l'approbation de mon père, d'autant que je m'intéressais de plus en plus à la cuisine. Mais tant que je ne faisais pas les choses à la perfection, il n'était pas satisfait. Et bien sûr, poursuivit Colin en hachant habilement ses fines herbes, il me renvoyait en internat pour que j'acquière encore un peu plus de discipline. Il persistait à penser que j'en manquais et que j'avais du chemin à faire avant de mériter ma place auprès de lui.

— Que s'est-il passé au bout de ces cinq ans ?

— Je ne suis pas monté dans l'avion pour retourner en Irlande à la fin de l'année scolaire.

Il cassa des œufs dans un bol et les battit en quelques coups de fourchette. Corryna le regarda, figée de stupeur. Elle ne s'était pas attendue à ce qu'il lui révèle une réaction aussi extrême. Elle commençait à comprendre pourquoi le sujet de ses rapports avec ses parents était à ce point sensible.

— Comment l'ont-ils pris ?

— Sur le moment ? Je ne sais pas trop. Je ne les ai pas appelés pendant un mois. J'étais trop en colère. Je me suis inscrit dans une école de cuisine et ai été engagé pour faire la plonge dans un restaurant. J'ai décidé que j'en avais assez.

— Ta mère a dû être morte d'inquiétude.

— Sans doute. Elle était furieuse contre moi quand elle a retrouvé ma trace dans ma nouvelle école. Je crois que c'est un de mes professeurs qui l'a prévenue.

— Avais-tu de l'argent de tes parents pour subvenir à tes besoins ?

Il secoua la tête, mit un peu de sel et de poivre dans les œufs et alluma le feu sous la première poêle.

— Non.

Corryna but son café en silence. Elle avait toujours cru que Colin avait lancé sa carrière grâce à l'aide financière de ses parents.

— Ils auraient pu t'apporter un soutien tellement précieux, dit-elle finalement.

Il déposa dans la poêle une noix de beurre qui se mit aussitôt à grésiller. D'un geste rapide et assuré, il le répartit sur tout le fond. Il ajouta ensuite les oignons émincés qu'il fit revenir pendant quelques secondes seulement, puis les épinards. Un simple mouvement du poignet lui suffisait pour mélanger ses ingrédients dans la poêle.

C'était ce qu'elle avait voulu voir. Cette créativité si maîtrisée qu'elle paraissait naturelle.

— Pour être tout à fait honnête, dit Colin, à mes dix-huit ans, j'ai eu accès à un compte que mes grands-parents avaient ouvert pour moi et qui m'a permis de lancer ma première affaire. Cela ne concernait pas mes parents, mais c'était bien l'argent de ma famille.

— Tout de même. Tu as dû faire tes preuves tout seul.

Colin haussa les épaules et alluma le feu sous la seconde poêle avant d'y verser les œufs.

— C'est ce qui a fait de moi le chef que je suis aujourd'hui. Je sais que je ne dois ma réussite qu'à moi-même, et j'admets que j'en tire une certaine satisfaction.

Mais à quel prix ?

Corryna craignait trop la réponse de Colin pour lui poser cette question. Il lui avait déjà dévoilé beaucoup plus de choses sur lui qu'elle l'avait espéré.

— Quelle relation as-tu avec eux maintenant ? demanda-t-elle. Tu m'as dit que ton père t'avait appelé après ta nomination, donc j'en déduis que cela va mieux entre vous.

— Je ne les ai pas vus depuis plus de vingt ans.

Corryna le dévisagea, bouche bée.

— Quoi ? Pas une seule fois ?

— Pas une seule fois, affirma-t-il.

Il versa les légumes poêlés sur l'omelette et ajouta les herbes ciselées, puis un peu de cheddar râpé.

— Ils ne sont jamais venus me rendre visite. Et je ne suis pas retourné les voir non plus. J'ai fait un voyage en Irlande, mais mon itinéraire ne passait pas par chez eux.

— Et tu es fils unique, n'est-ce pas ?

— En effet.

Cette situation était très difficile à concevoir pour Corryna, mais elle devait avoir à l'esprit que toutes les familles n'étaient pas comme la sienne. Colin avait eu beau naître et grandir dans l'opulence, cela ne compensait pas le manque d'amour, de soutien et d'encouragements.

— Tu pourrais peut-être aller les voir un de ces jours.

Il éteignit le feu et mit un couvercle sur la poêle.

— Peut-être, répondit-il. Mais je n'ai pas prévu de le faire prochainement, et je ne vois pas ce qui pourrait me donner envie d'y aller.

Il mit quatre tranches de pain de campagne à griller. Corryna l'observa sans rien dire. Elle comprenait maintenant son attitude de loup solitaire. Et, s'il menait une vie de séducteur, c'était peut-être parce qu'il ne s'était jamais attaché à personne. Ou parce qu'il n'avait jamais aimé. Elle ne voulait pas jouer les psychanalystes, mais c'était une possibilité.

— C'est prêt, dit-il en sortant des assiettes.

— J'ai hâte de goûter. Ça sent tellement bon !

— Assieds-toi, je vais te servir.

Elle se hissa sur un tabouret de bar et le regarda couper en deux la magnifique omelette qu'il avait préparée, puis beurrer un toast et dresser une assiette. Il la posa devant elle avec un grand sourire avant de s'installer à côté d'elle. Contrairement aux fois précédentes, le fait d'évoquer sa famille ne semblait pas l'avoir mis de mauvaise humeur.

Corryna prit une première bouchée d'omelette et manqua de tomber de son siège. C'était un pur régal. À la fois beurrée et légère, onctueuse et riche… Et ce cheddar irlandais était exceptionnel.

— C'est la meilleure omelette que j'aie jamais mangée, dit-elle en toute sincérité. Les ingrédients sont tellement frais et savoureux ! C'est divin.

— La magie du potager. La vie que j'ai organisée ici n'est pas si mal, hein ?

Il avait raison, même si elle entrevoyait quelques absences dans cette belle existence. L'amour et le partage, par exemple.

— Je dirais que c'est merveilleux, renchérit-elle. J'ai adoré te regarder faire la cuisine. Je pourrais y passer des heures.

Il s'essuya le coin de la bouche avec sa serviette, puis se tourna vers elle.

— Tu sais, Corryna, tu me donnes envie d'être créatif. Sérieusement. Tu m'inspires.

Elle fut pour le moins déconcertée par sa remarque. Colin était brillant. Comment était-il possible qu'elle l'inspire ?

— C'est vrai ?

— Oui. Tu es comme une muse.

— C'est bien la première fois que je suis la muse de quelqu'un.

— Tant mieux. Je n'ai pas envie que tu sois la muse de qui que ce soit d'autre. Sois la mienne. Cela apportera de la magie dans notre collaboration.

Corryna adorait entendre Colin lui parler comme cela, mais elle n'oubliait pas que pour lui les relations durables n'existaient pas. Elle ne devait surtout pas imaginer une suite à ce qui se passait entre eux.

Colin était si difficile à cerner… Était-il ce que tout le monde disait de lui, y compris Jessica ? Un homme à qui il ne fallait pas s'attacher ? Corryna se mettait à en douter. Elle commençait à entrevoir une facette de sa personnalité que très peu de gens connaissaient. Il n'était pas seulement ce cuisinier brillant, ambitieux et travailleur. Il avait une belle âme. C'était un être généreux, sur qui l'on pouvait compter.

— À propos de notre collaboration, répondit-elle, nous devons fixer notre prochain rendez-vous de travail.

Il se pencha pour lui murmurer à l'oreille :

— Je voulais te proposer de l'organiser dans ma chambre.

Elle frissonna de désir et se mit à rire.

— Tu es sûr que ce sera un rendez-vous de travail ? plaisanta-t-elle.

— Non. Mais il me paraît tout aussi important. Et même essentiel.

8

Cela devint rapidement une habitude pour Corryna de passer du temps avec Colin. Ils faisaient de leur mieux pour que leur liaison reste secrète, mais certaines personnes avaient tout de même deviné ce qu'ils essayaient de cacher. Hannah, Jessica et Mike étaient dans la confidence, ainsi qu'Elena et Kristine. Ils avaient promis de tenir leur langue et étaient tous dignes de confiance. Pour Colin et Corryna, il était important de rester discrets afin de ne pas mettre en danger leur participation à l'organisation du mariage d'Ariana et Xavier. Corryna comptait sur cet événement très médiatisé pour assurer l'avenir de son entreprise, quant à Colin, il ne pouvait pas se permettre de perdre ce contrat. S'il subissait un tel revers, sa réputation en souffrirait terriblement, localement mais aussi dans le milieu international de la gastronomie.

Malgré le risque que la nouvelle parvienne aux oreilles de Rylee, ils ne pouvaient pas s'empêcher de se voir. Depuis cette première nuit dans la maison de Colin et ce fabuleux petit déjeuner, deux semaines s'étaient écoulées. Deux semaines au cours desquelles ils étaient devenus inséparables. Désormais, ils passaient toutes leurs nuits ensemble, le plus souvent chez lui, mais parfois chez elle. Cela ne leur faisait pas oublier leur collaboration pour autant. Ils parlaient systématiquement de leurs créations pour le mariage, mais à chaque fois ils finissaient dans les bras l'un de l'autre. Corryna ne se lassait pas des merveilles du corps de Colin. Au contraire, plus ils faisaient l'amour, plus elle avait envie de lui. Il était toujours attentif, et il suffisait qu'il pose les mains sur elle pour qu'elle se sente délicieusement vivante.

Elle savait qu'elle rattrapait le temps perdu. Elle n'avait eu personne dans sa vie depuis son divorce. Six ans. Au début, elle avait été trop abattue. Puis son découragement avait fait place à une forme d'incertitude. C'était dans cet état qu'elle avait accepté quelques rendez-vous, mais aucun des hommes qui lui avaient fait la cour ne l'avait vraiment intéressée. Soit ils la prenaient de haut en considérant son métier de fleuriste avec dédain, soit ils manquaient de personnalité, soit ils ne parlaient que d'eux-mêmes... En tout cas, elle n'avait ressenti aucune complicité avec eux. Voilà comment elle en était arrivée à consacrer tout son temps et toute son énergie à Royal Blooms, en se disant qu'il était inutile de forcer le destin et que l'amour viendrait peut-être un jour frapper à sa porte. Après tout, son commerce était devenu la seule chose sur laquelle elle pouvait vraiment compter, tandis que son passé sentimental était catastrophique.

Colin était entré dans sa vie au moment où elle s'y attendait le moins, et plus rien n'était comme avant. Bien sûr, elle s'interdisait de penser à long terme. Elle savait que c'était impossible avec lui. Mais il se passait quelque chose de fort entre eux, cela ne faisait aucun doute. Et elle voulait en profiter au maximum aussi longtemps que cela durerait.

Ce lundi matin était suffisamment calme pour qu'elle laisse la boutique à Hannah et travaille sur ses créations dans son atelier. La semaine dernière, elle avait réussi à passer commande pour les lupins bleus les plus recherchés du Texas, une variété nommée Blue Darling, créée par un botaniste qui avait des liens avec la ville de Royal. Ces fleurs étaient difficiles à obtenir, mais Corryna était arrivée à ses fins en annonçant une commande importante à venir pour le mariage dont tout le monde parlait. C'est ainsi qu'elle avait pu en acheter une petite quantité dès maintenant pour son travail de préparation. Elle était si contente qu'elle s'était empressée d'envoyer un message à Rylee pour lui annoncer la nouvelle. L'organisatrice du mariage lui avait tout de suite répondu qu'elle voulait passer au magasin pour les voir.

Elle prévoyait de venir cet après-midi en compagnie de Dionna, la demoiselle d'honneur d'Ariana.

Corryna faisait des essais avec ses Blue Darling quand elle entendit la porte de l'atelier s'ouvrir derrière elle. Elle crut que c'était Mike qui entrait mais, en se retournant, elle eut la surprise de voir Colin.

— Que fais-tu ici ? demanda-t-elle en posant ses ciseaux.

Elle s'essuya les mains avec une serviette avant de s'approcher de lui.

— Elena a fait des croissants pour toi ce matin, répondit-il en lui tendant la boîte en carton qu'il avait à la main.

Il se pencha et déposa un baiser sur ses lèvres.

— Oh ! comme c'est gentil, dit-elle en soulevant le couvercle.

Une délicieuse odeur vint lui chatouiller les narines. Elle prit un croissant encore chaud et mordit dedans avec bonheur.

— Délicieux. Parfait. Comme toujours.

— Tant mieux. Alors ? demanda-t-il en s'asseyant sur un tabouret. Sur quoi travailles-tu aujourd'hui ?

— Les centres de table pour la réception.

Il examina le bouquet dans lequel elle avait mis des roses jaunes, des anémones blanches au cœur violet foncé, des brins de muguet et bien sûr des lupins Blue Darling, le tout orné d'un feuillage délicat semblable à celui du saule.

— J'adore, commenta-t-il. C'est à la fois très raffiné et un peu sauvage. Inattendu.

— Je dois m'assurer que les couleurs conviennent. Le thème du mariage est le vieux Hollywood et tournera autour du doré et du blanc cassé. Si le jaune de mes roses ne correspond pas assez à la teinte dorée, je devrai chercher une autre idée. Mais j'espère que mes lupins seront retenus. C'est l'emblème du Texas, et la famille Noble est implantée ici depuis des générations. Et cette variété est non seulement rare et superbe, mais aussi robuste. Autant dire qu'elle possède les qualités rêvées pour la fleuriste que je suis.

Colin lui sourit et tendit la main pour l'attraper par la taille et l'attirer contre lui.

— J'aime quand tu parles de ton travail avec autant de passion. C'est sexy.

Il n'en fallut pas plus pour qu'elle ait envie de fermer la porte à clé et de lui arracher ses vêtements.

— Moi aussi, répondit-elle en le regardant dans les yeux, j'aime le rapport que tu as avec ton métier. Nous sommes tous les deux créatifs et j'ai le sentiment que cela nous aide à nous comprendre.

Elle posa la bouche sur celle de Colin, et ils échangèrent un long baiser.

— Oui, nous nous comprenons, murmura-t-il. Nous nous comprenons très bien.

— Euh, Corryna ?

Corryna sursauta en entendant la voix de Hannah derrière elle. Elle s'écarta de Colin et se retourna.

— Oui ?

— Rylee Meadows et Dionna Reed sont là. Et Keely Tucker les accompagne.

— Quoi, déjà ?

Corryna ne put s'empêcher de paniquer. Rylee avait son avenir entre ses mains et avait dit clairement à Colin et Corryna qu'aucun problème personnel ne devait nuire à leur relation de travail. Ce n'était pas le cas, heureusement, mais si Rylee apprenait qu'ils sortaient ensemble, cela risquait de ne pas lui plaire.

— Elles étaient censées venir cet après-midi.

Et personne ne m'a dit que la créatrice de la robe serait là.

Elle se tourna vers Colin et lissa nerveusement son tablier.

— Nous avons travaillé ce matin à la préparation du mariage, d'accord ? lui dit-elle. Je devais te montrer les centres de table.

Il se leva et prit un air sérieux.

— Oui, bien sûr. C'est noté.

Corryna respira profondément pour se donner du courage et se passa la main dans les cheveux. Elle avait peur que tout le monde se rende compte qu'elle venait d'embrasser Colin.

— Tu peux les faire entrer, Hannah. Merci.

Un instant plus tard, Rylee, Dionna et Keely passèrent la porte de l'atelier.

— Colin, dit Rylee avec surprise. Vous êtes là aussi.

Il s'approcha d'elle pour lui serrer la main.

— Oui, répondit-il. Corryna et moi sommes en contact permanent en vue du mariage. Elle m'a envoyé un message ce matin pour me parler de ce qu'elle était en train de faire, et comme j'avais quelques minutes, je suis passé voir le bouquet en question. Nous ne manquons pas une occasion d'échanger nos idées. Bonjour, mesdames, ajouta-t-il en serrant la main de Dionna, puis de Keely.

— Bonjour, chef, répondit Dionna en souriant.

Ses longues tresses brunes étaient rassemblées et coiffées en arrière, mettant en valeur ses jolies pommettes. Keely, elle, était aussi soignée qu'on pouvait l'attendre d'une styliste new-yorkaise. Elle portait une jupe ajustée et un chemisier simple et élégant, et son maquillage était tout simplement parfait.

Rylee paraissait impressionnée quand elle se tourna vers Corryna.

— C'est formidable que Colin et vous collaboriez aussi bien, dit-elle.

— Nous appliquons vos consignes, répondit Corryna.

Colin s'éclaircit la voix.

— J'ai apporté des croissants, annonça-t-il. Je peux vous en offrir un ?

Elles déclinèrent toutes les trois en le remerciant poliment.

— Corryna et moi, nous ne pouvons pas y résister, dit-il avec un sourire. J'ai remarqué lors de notre première réunion au TCC qu'elle les avait appréciés, c'est pourquoi je lui en apporte régulièrement.

Corryna lui donna un discret coup de coude. Il n'était pas obligé d'entrer dans les détails.

— Je travaille sur les centres de table. Je me réjouis de vous montrer à toutes les trois les lupins bleus que j'ai réussi à me procurer. C'est une variété très particulière et difficile à trouver sur le marché.

Sur ces mots, Corryna prit l'une de ces fleurs dans le vase où elle les avait rassemblées et la présenta devant elle.

— Voici le lupin Blue Darling, dit-elle. Très rare et prisé pour sa couleur éclatante. J'ai pensé que cela plairait aux futurs mariés, outre le fait qu'il pousse ici au Texas.

Rylee fit un pas vers elle pour prendre la tige entre le pouce et l'index.

— Il est magnifique, murmura-t-elle.

— Je suis sûre qu'Ariana et Xavier vont l'adorer, renchérit Dionna.

— La couleur est parfaite, déclara Keely.

— Je suis d'accord, dit Corryna avec un sourire. Rylee, que pensez-vous des autres fleurs du bouquet ? ajouta-t-elle en montrant le centre de table.

— J'aime les couleurs et le romantisme de votre composition. Vous êtes tout à fait dans le thème. J'aimerais dire que c'est parfait, mais pourriez-vous ajouter une note d'audace ?

Dionna sortit son téléphone.

— Si vous voulez bien, dit-elle, je vais prendre quelques photos pour les envoyer à Ariana. Rylee vous transmettra ses impressions.

— Bien sûr, allez-y, répondit Corryna.

Elle recula pour laisser Dionna faire ses photos et regarda Colin, qui avait un sourire jusqu'aux oreilles. Il semblait prendre un plaisir fou à voir d'autres gens admirer le travail de Corryna.

— C'est bon, dit Dionna en remettant son portable dans son sac à main.

— Et sinon, tout se passe bien ? demanda Rylee. En cuisine aussi ?

— Tout ce que j'ai goûté jusqu'à présent était incroyable, dit Corryna.

— Oui, nous avançons bien, compléta Colin. Corryna et moi, nous nous consultons mutuellement à chaque étape de notre création. Je pense que vous percevrez une réelle harmonie en découvrant le résultat final de notre travail.

— Très bien. Si vous pouviez m'envoyer par mail le menu

tel que vous le prévoyez pour l'instant, j'aimerais y jeter un œil. Puis nous nous reverrons dans dix jours pour votre présentation commune.

— Seriez-vous d'accord pour venir chez Sheen ? Je serais ravi de vous y recevoir, et c'est ce qui me paraît le plus simple pour la logistique.

— Avec plaisir, répondit Rylee. À l'heure du déjeuner ?

— Cela te convient, Corryna ? demanda Colin.

— Bien sûr.

— Parfait, dit Colin. Nous utiliserons la salle à manger privée. Ariana et Xavier seront-ils présents ?

— J'aimerais vous dire oui, mais je ne peux pas encore vous répondre.

— Ils ont tous les deux un emploi du temps chargé et pas toujours prévisible, expliqua Dionna.

— Je vous tiendrai au courant dès que j'en saurai plus, ajouta Rylee.

— Entendu, fit Colin. Cela me permettra de tout préparer avec précision.

Rylee plissa les yeux en regardant Colin, puis Corryna.

— Il faut que je vous pose la question, dit-elle finalement. Que s'est-il donc passé entre vous deux ?

Corryna sentit sa gorge s'assécher et ses mains devenir moites. Rylee avait-elle deviné la nature de leur relation ? Était-ce si évident ?

— Comment ça ? s'enquit-elle d'une voix faible.

— Oui, euh, je ne suis pas sûr de comprendre, dit Colin d'un ton gêné qui ne lui ressemblait pas.

— Il y avait beaucoup de tension entre vous lors de notre premier rendez-vous au TCC, expliqua Rylee. À tel point que cela m'a inquiétée, pour être honnête. Visiblement, cette tension s'est complètement dissipée, et je me demandais comment c'était arrivé.

Corryna se rappelait très bien ce jour où Colin lui avait assuré que le sexe serait le meilleur moyen de se débarrasser des tensions. Il lui en avait fait la démonstration ces dernières semaines.

— Je pense que c'est à force de travailler ensemble, répondit-elle. Nous exerçons des métiers très différents mais qui ont des points communs tels que la créativité. Cela nous a aidés à mieux nous comprendre.

— Oui, oui, c'est exactement cela, approuva Colin. Nous nous comprenons.

Ils échangèrent un regard qui donna l'impression à Corryna qu'ils menaient leur propre conversation par télépathie. Ce qui se passait entre eux n'était pas seulement physique. Ils avaient construit quelque chose. Un pont. Un lien tangible. Avait-elle des sentiments pour lui ? Elle s'était promis que cela n'arriverait pas, mais de fait, il avait pris une place essentielle dans sa vie et elle n'avait qu'une seule envie : que leur histoire continue.

— C'est aussi simple que cela, conclut-elle.

— Eh bien cela fait plaisir à voir, dit Rylee. Vraiment. Ne changez rien. Sur ce, nous devons vous laisser, ajouta-t-elle en regardant sa montre. J'ai des milliers de choses à faire, Dionna doit participer à une réunion en ligne et j'imagine que Keely a rendez-vous pour un essayage avec une autre future mariée.

— Effectivement, déclara Keely. Je commence à avoir une petite notoriété à Royal.

— C'était un plaisir de vous revoir tous les deux, dit Dionna.

— Merci à vous trois d'être venues. À bientôt, répondit Corryna.

Une fois seule avec Colin, elle put enfin respirer.

— Nous l'avons échappé belle, dit-elle avec soulagement.

— De quoi parles-tu ?

— Tu sais bien. Si Rylee avait découvert que nous... Enfin...

— Que nous quoi ? Que nous travaillons bien ensemble ? Que nous nous entendons bien ? Que nous sommes amis ?

Elle sourit. Tout ce qu'il disait était juste. Ils s'entendaient bien et étaient amis. Mais ce n'était pas tout.

— Que nous couchons ensemble.

— À mon avis, dit Colin, elle s'en moque complètement. Tout ce qu'elle veut, c'est qu'il n'y ait pas de tension entre nous. Il n'y en a pas. Fin de l'histoire.

Corryna espérait que c'était aussi simple que cela. Car une

chose n'avait pas changé depuis cette première réunion au TCC : Colin et elle tenaient énormément à cette mission.

— Tu as sans doute raison, admit-elle.

— Sérieusement, Corryna. Ne te tracasse pas pour ça. Nous faisons tous les deux ce que nous avons à faire. Et nous continuerons à faire les choses prodigieuses que nous faisons ensemble, ajouta-t-il en l'enlaçant.

Comme elle aurait voulu être seule avec lui pour...

— Corryna ? Désolée de te déranger encore une fois.

C'était Hannah. Corryna s'écarta de Colin, gênée d'être surprise dans ses bras pour la deuxième fois de la matinée.

— Je t'en prie. Qu'y a-t-il ?

Hannah lui tendit une grande enveloppe blanche.

— Le facteur vient de passer et m'a fait signer un accusé de réception pour ce courrier. J'ai pensé que c'était important.

— Merci, répondit Corryna en prenant l'enveloppe.

Elle avait une idée de ce qu'elle contenait et en eut la confirmation en voyant l'adresse de l'expéditeur.

Hannah repartit, et Corryna se tourna vers Colin.

— C'est le rapport de l'experte-comptable judiciaire, lui annonça-t-elle.

— Vas-y, ouvre.

— Tout de suite ?

Elle avait peur de ce qu'elle allait apprendre. Après les trahisons de Dan, comment réagirait-elle si elle en découvrait une de plus ? Aurait-elle la force de surmonter cette nouvelle épreuve ?

— Oui, Corryna. Ces problèmes-là, il faut les attaquer de front.

Colin n'aimait pas voir cette expression d'angoisse sur le visage de Corryna. Il l'avait incitée à mener cette enquête et pensait toujours qu'elle avait eu raison de le faire, mais maintenant c'était à lui de l'aider.

— Courage, lui dit-il. Inutile de remettre cette tâche à plus tard.

— Mais je vais me trouver face à une forêt de chiffres

auxquels je ne comprendrai rien. Tu sais que j'ai beau essayer, je n'y arrive pas.

Il sentit que c'était pour elle bien plus qu'une question de chiffres, mais il songea que le moment venu, il devrait lui conseiller de faire appel à un professionnel pour tenir sa comptabilité. Cela lui permettrait de se concentrer sur ses points forts, la créativité et le contact avec les clients, et de cesser de perdre son temps devant son ordinateur. Elle ne souffrait évidemment pas d'une absence de capacités, mais d'envie.

— Mais je suis là, si tu veux que je t'aide à lire. Uniquement si tu le veux, insista-t-il. Je n'ai aucune intention de me mêler de tes affaires. Le fait est que je suis plutôt à l'aise avec les chiffres, alors si cela peut t'être utile, profites-en.

— Tu as déjà fait tellement pour moi... Et j'imagine qu'il est temps que tu retournes au restaurant, non ?

Il n'aurait su dire si elle réagissait comme cela par souci de le laisser en dehors de cette histoire, ou par refus de parler de son ex-mari, mais il se sentait concerné à présent. Il ne partirait pas sans être sûr que c'était ce qu'elle voulait.

— Je te propose juste de t'aider à comprendre le document que tu as reçu. Tu as le droit de connaître la vérité. Quant à mes horaires, je suis le seul à en décider.

Elle hésita, puis soupira et répondit :

— D'accord. Merci. Allons dans mon bureau.

Il la suivit dans le petit couloir et entra avec elle dans une pièce où il y avait tout juste la place pour une table, un meuble de rangement et deux sièges. Quand ils furent tous les deux assis, elle déchira l'enveloppe et en sortit une liasse de feuilles. À peine avait-elle parcouru la première page qu'elle commença à pâlir.

— Tiens, dit-elle en lui confiant les documents. Je me sens déjà mal.

Il valait sans doute mieux qu'il les consulte lui-même, avec l'objectivité qu'elle ne pouvait pas avoir dans cette situation. Il sortit ses lunettes de sa poche, les mit sur son nez et commença à lire.

— Tu es sexy comme ça, déclara-t-elle avec un sourire espiègle.

Il rit doucement. Tant mieux s'il lui offrait une petite distraction dans ce moment difficile.

— Je suis content que cela t'amuse que j'aie quarante-deux ans et que mes yeux m'abandonnent progressivement.

— Ils sont toujours magnifiques.

— Pas aussi beaux que les tiens.

C'était la vérité. Les yeux de Corryna reflétaient le fond de son cœur. Quand Colin les regardait, il était si ému qu'il en avait le souffle coupé.

— Tu es adorable, murmura-t-elle. Allez, s'il te plaît, dis-moi ce qui est écrit, qu'on en finisse.

Il s'adossa, croisa les jambes et se concentra pour examiner le rapport. Au bout de quelques minutes, il eut une idée assez précise de ce qui s'était passé. Hélas.

— Alors ? demanda Corryna.

Il retira ses lunettes et les posa sur le bureau.

— Je crains que tu doives engager un avocat, annonça-t-il. Je peux aussi t'aider à en trouver un.

— Non, Colin. Non. Il n'en est pas question. Je t'ai dit que je ne voulais pas me lancer dans une procédure compliquée.

— Ton mari ne s'est pas contenté de détourner un peu d'argent, Corryna. Il a plumé ton entreprise. Plus de cent mille dollars se sont envolés au cours des deux ans pendant lesquels il a tenu ta comptabilité.

— Cent mille dollars ? Mais c'est énorme ! Comment est-ce possible ?

— Il a été méthodique. Chaque semaine, il prenait mille dollars pour les placer sur un compte du marché monétaire ouvert au nom de l'entreprise. Mais il était le seul à y avoir accès. Étais-tu au courant de l'existence de ce compte ?

— Non. Il s'est occupé de tout auprès de la banque quand nous avons créé ce commerce.

— Ce compte a été ouvert un mois après les principaux comptes de l'entreprise. À mon avis, la banque n'a pas posé de questions dans la mesure où c'était lui qui avait effectué les démarches initiales.

Il se pencha de nouveau sur le rapport pour vérifier quelques détails.

— L'argent ne restait jamais longtemps sur ce compte. Il était transféré sur un autre compte classique sur lequel ton mari se servait comme bon lui semblait. Il était très discipliné, je dois lui reconnaître ça. Le montant est toujours resté le même, si bien qu'il n'a pas attiré l'attention. En général, ceux qui se lancent dans ce type de détournement deviennent gourmands quand ils se rendent compte que personne ne les voit. Il ne s'est jamais laissé tenter.

— Je dirais plutôt qu'il a su être sournois avec une constance remarquable pendant une longue période.

— La question est : à quoi cet argent lui a-t-il servi pendant tout ce temps ?

— Il l'a dépensé pour ses maîtresses. En réalité, c'est comme cela que j'ai eu la confirmation qu'il me trompait. Un jour, je rassemblais des vêtements à apporter au pressing, et en vidant ses poches, j'ai trouvé le ticket de caisse d'un magasin de lingerie fine de Dallas. L'article acheté était une chemise de nuit en dentelle qui coûtait presque cinq cents dollars.

— J'imagine que tu n'as jamais reçu ce beau cadeau ?

— Non seulement ça, mais j'ai aussi découvert une carte de visite de la boutique avec un mot de la gérante qui avait écrit...

La voix de Corryna faiblit, et elle baissa la tête, fuyant le regard de Colin. Il tendit la main vers elle, bouleversé par ce qu'elle avait traversé.

— Tu n'es pas obligée de me le dire si tu n'en as pas envie.

— Si, si. Je dois me prouver que j'ai tourné la page.

Elle respira profondément, se redressa et releva la tête.

— Elle avait écrit qu'elle était heureuse de les avoir reçus, sa femme et lui. Il a fait croire qu'il était marié avec celle qui l'accompagnait ce jour-là. Pendant ce temps j'étais ici comme une idiote, loin de me douter de tout ce qui se passait derrière mon dos.

— Ne dis pas ça. Tu ne peux pas te reprocher de ne pas avoir su.

Colin resta immobile pendant un instant et se retint de dire tout le mal qu'il pensait de l'ex-mari de Corryna. Cela ne servirait à rien, en tout cas pas à la réconforter.

Il se leva et contourna le bureau pour la rejoindre.

— Viens, dit-il en lui tendant la main.

— Non, ça va, assura-t-elle en secouant la tête.

— Tu es sous le choc. Viens, insista-t-il en la prenant doucement par le bras.

Elle céda et se leva.

— Je ne te demande pas de me plaindre, dit-elle quand il la serra dans ses bras.

Il lui caressa les cheveux et murmura :

— Je ne peux pas m'en empêcher, Corryna. Ce qu'il t'a fait est impardonnable. Vraiment. Personne ne devrait avoir à endurer cela.

— J'ai l'impression d'être dans un rêve bizarre.

— Ce qui est bizarre, c'est que quelqu'un ait osé te traiter de cette manière. Tu es la personne la plus généreuse que j'aie jamais rencontrée.

Je suis en train de tomber amoureux de toi.

Cette pensée se forma presque malgré lui dans son esprit, mais il n'eut d'autre choix que de l'accepter. C'était une vérité aussi inattendue qu'indéniable.

— Je comprends que tu doives d'abord digérer cette nouvelle, mais ensuite, tu devras réfléchir aux prochaines étapes.

— Franchement, je préfère tout oublier et tourner la page.

Il se redressa et la regarda dans les yeux.

— Voyons, dit-il, tu ne peux pas faire comme si de rien n'était.

— Pourquoi pas ? C'est du passé. J'ai tiré un trait dessus. Je ne veux plus perdre mon temps à penser à Dan et à tout ce qu'il m'a fait. Ce n'est que de l'argent. Je m'en sors très bien sans.

— Mais non, tu t'en tires tout juste. Regarde ton bureau, on dirait un placard à balais.

— C'est un espace strictement fonctionnel. Mon bureau est très bien comme il est. Oh ! bien sûr, je n'ai pas la place d'y mettre des canapés en cuir et un bar, mais sache qu'il me suffit.

Il l'avait mise sur la défensive. De toute évidence, il valait mieux repousser cette conversation à plus tard.

— D'accord, d'accord. Je suis désolé. Nous n'avons pas besoin d'en parler maintenant.

— Colin, dit-elle en levant vers lui des yeux humides. Je ne veux pas perdre mon temps à vivre dans le passé. Je veux regarder devant moi et voir le bon côté des choses. J'ai des employés formidables, j'adore mon travail et j'ai été retenue pour fournir les fleurs du mariage d'Ariana Ramos et Xavier Noble. Ce n'est pas rien !

Même s'il était sidéré qu'elle préfère ignorer le vol commis par son ex-mari, il admirait sa capacité à rester positive dans la difficulté.

— Tu as raison, dit-il. Ce n'est pas rien.

— Et je t'ai à mes côtés, ce qui est assez merveilleux.

C'était ce regard pétillant qui avait conquis Colin dès le début.

— Oui, je suis là pour toi, Corryna. Tu ne dois pas en douter, d'accord ?

— Et moi aussi, je suis là pour toi, répondit-elle en lui adressant le plus beau sourire du monde.

Il sentit son cœur cogner contre sa poitrine. Cette femme était un cadeau.

— Veux-tu venir ce soir ?

— Bien sûr.

Il aimait que sa réponse sonne comme une évidence. Tout était simple entre eux, c'était sans doute la raison pour laquelle il restait avec elle alors qu'il n'avait jamais eu que des aventures très brèves auparavant. Était-ce cela, tomber amoureux ?

— Et demain soir ? Et après-demain ? demanda-t-il en mettant les mains sur ses fesses.

Elle l'embrassa en riant.

— J'aimerais aussi que nous dormions une fois chez moi, si possible, répondit-elle. En fait, je voulais te proposer de venir marcher avec moi cette semaine. J'aimerais voir une dernière fois les fleurs sauvages du printemps avant la fin de la saison.

Il fut touché par sa proposition. En général, c'était une activité qu'elle partageait avec sa meilleure amie, Jessica.

— Avec plaisir, dit-il. Et comme ta maison est plus proche de la carrière, ce sera plus logique en effet de passer la nuit précédente chez toi.

— Nous pourrions aller chez toi ce soir et demain, puis dormir chez moi mercredi soir et aller marcher jeudi matin ?

Cela faisait beaucoup de projets pour un homme qui refusait de s'engager, mais avec Corryna il acceptait volontiers.

— Parfait.

— Merci de bien vouloir m'accompagner. Et merci de m'avoir aidée pour l'expertise, ajouta-t-elle en regardant les documents posés sur son bureau. Seulement, je ne crois pas avoir envie d'aller plus loin. J'aimerais mettre ça de côté pour l'instant, si cela ne t'ennuie pas.

— C'est à toi de prendre cette décision. Mais au moins, maintenant, tu connais la vérité.

— Il m'a fallu beaucoup de temps pour arriver à regarder vers l'avenir. Je ne me vois pas faire marche arrière aujourd'hui.

Elle sourit et se blottit contre lui.

— Tu me donnes l'envie et la force de regarder vers l'avenir, ajouta-t-elle.

Il l'embrassa sur le haut de la tête. Personne ne lui avait jamais parlé de façon aussi touchante. Tout ce qu'elle disait nourrissait ses sentiments pour elle. Sa seule inquiétude était que ce bonheur presque euphorique ne puisse pas durer. À un moment ou l'autre, il serait obligé de redescendre sur terre. Car, même avec toute la volonté du monde, il ne se sentait toujours pas capable de s'impliquer dans une relation sérieuse.

9

Le matin de leur randonnée, Corryna tint à ce que Colin et elle quittent la maison avant l'aurore.

— Je sais qu'il est affreusement tôt, dit-elle, mais j'y suis allée une ou deux fois à cette heure-ci avec Jessica, et cela vaut vraiment la peine d'être là-bas pour le lever du soleil. Je te promets que ce sera magnifique.

— Assez pour compenser le manque de sommeil ? plaisanta-t-il en enfilant ses chaussures de marche.

La réponse à cette question n'avait aucune importance. Il aurait fait presque n'importe quoi pour elle.

Elle s'étira en bâillant. Qu'elle était sexy avec ce débardeur et ce legging noir…

— J'admets que je suis assez fatiguée moi aussi.

— Nous prenons quelle voiture ? demanda-t-il.

— La tienne, si tu veux bien. La mienne fait un drôle de bruit.

— Un drôle de bruit ?

— Oui. Comme un vrombissement qui se transforme en cliquetis quand j'accélère.

— Ah. Je ne peux pas te dire ce que c'est, mais je t'invite volontiers dans ma voiture. Allons-y. Nous n'allons pas laisser le soleil se lever sans nous.

Il prit ses clés et Corryna sortit deux lampes de poche d'un tiroir, puis ils se mirent en route. Même s'il s'était plaint de l'horaire, il était ravi qu'elle lui ait demandé de se joindre à elle pour sa randonnée. Plus il passait de temps avec elle, plus il appréciait sa compagnie. Il trouvait naturel qu'ils se voient tous les jours et s'envoient des messages quand ils n'étaient pas ensemble. Il ne se lassait pas non plus de faire l'amour avec elle, bien au contraire. Ils avaient constamment envie l'un de l'autre et plus ils se connaissaient, plus le plaisir était intense.

— Quand iras-tu faire réparer ta voiture ? demanda-t-il.

Du coin de l'œil, il la vit faire une moue dubitative.

— Je ne sais pas, répondit-elle. Bientôt.

— Tu seras embêtée si elle tombe en panne.

— Je sais bien, mais je n'aime pas aller au garage. Je ne comprends rien à ce qu'on me dit et j'ai toujours peur qu'on me facture des réparations inutiles.

Colin avait déjà entendu Kristine et Elena faire ce genre de remarques, et il compatissait. Il n'était pas expert en mécanique, loin de là, mais son physique était suffisamment impressionnant pour que les gens ne cherchent pas à profiter de lui.

— Nous pouvons y aller ensemble ce matin, proposa-t-il. Nous prendrons chacun notre voiture et nous déposerons la tienne chez Royal Auto. Le responsable est un client régulier de Sheen. Je m'assurerai que ta voiture est entre de bonnes mains, puis je te déposerai au magasin. Je pourrai revenir te chercher quand tu voudras.

— Tu ne seras pas retenu au restaurant ?

Il comprenait sa surprise, car sa vie entière tournait autour de Sheen. Du moins, c'était le cas avant. Désormais, elle tournait en grande partie autour de Corryna.

— Si tu tombes en panne toute seule en pleine campagne, je ne me le pardonnerai jamais.

— C'est très gentil, Colin. Merci beaucoup.

Elle lui indiqua l'endroit où se garer, et il remarqua qu'ils étaient absolument seuls sur l'aire de stationnement.

— On dirait que c'est un secret bien gardé, hein ?

— Pour l'instant, répondit-elle, tu crois que c'est idiot, mais fais-moi confiance et tu verras.

Sur ces mots, elle prit sa lampe de poche et descendit de voiture. Il la suivit sur un sentier étroit et sinueux qui montait d'abord doucement, puis la pente se fit de plus en plus raide. À mesure qu'ils montaient, les arbres étaient plus nombreux et le feuillage plus dense.

— Tout va bien derrière ? demanda Corryna.

— Très bien. Je profite de la vue.

— C'est vrai que la végétation est superbe ici.

— Je parlais de toi, mais les plantes ne sont pas mal non plus.

Elle s'arrêta et se retourna pour lui donner une petite tape sur le bras.

— Tu es infernal, plaisanta-t-elle.

— Quoi ? C'est vrai.

Quelle vue pouvait être plus agréable que ses fesses moulées dans son legging ?

— Avance, rétorqua-t-elle. Nous sommes presque arrivés.

Le chemin devint de plus en plus escarpé et rocailleux. Il ne semblait mener nulle part mais, lorsqu'ils atteignirent le sommet, un paysage féerique s'offrit soudain à leurs yeux. Dans la prairie qui s'étendait en bas se déployait un véritable arc-en-ciel de fleurs sauvages.

Ils s'arrêtèrent et admirèrent la vue en silence. Le soleil commençait tout juste à apparaître à l'horizon, diffusant une douce lumière dorée qui donnait aux nuées des couleurs allant du rose au violet. Colin avait voyagé partout dans le monde, mais il n'avait presque jamais rien vu d'aussi beau.

Il laissa échapper un murmure d'admiration. Corryna éteignit sa lampe, prit la main de Colin et se mit tout près de lui, la tête appuyée contre son épaule.

— Je ne t'avais pas menti, dit-elle.

Les oiseaux se mirent à chanter.

— Qu'est-ce que tu aimes le plus quand tu viens ici ? demanda-t-il.

— C'est difficile de faire un choix, mais je pense que ce sont les fleurs. J'ai toujours adoré les fleurs. Déjà quand j'étais petite. Elles rendent joyeux et optimiste. Même quand je passe une journée épouvantable, elles savent me redonner le sourire. Je ne peux pas être triste quand je suis au milieu des fleurs. Et quand je les vois ici, dans leur milieu naturel, je suis forcément émue.

Il lui serra la main et l'embrassa sur le haut de la tête. Il aimait sa façon de voir le monde. Elle lui montrait la beauté qui l'entourait et qu'il ne prenait pas forcément le temps de regarder, tant il travaillait pour faire ses preuves et donner tort à ses parents. Non seulement Corryna l'avait inspiré au point de réveiller sa créativité, mais elle lui ouvrait aussi les yeux pour lui rappeler la chance qu'il avait.

— Tu sais, ce paysage m'évoque un peu l'Irlande. Nous avons beaucoup de collines verdoyantes et de fleurs.

Pour la première fois depuis très longtemps, il eut presque un peu le mal du pays.

— J'adorerais y aller un jour.

— Je suis sûr que tu aimerais.

Elle se tourna vers lui et se servit de sa main comme visière pour le regarder fixement.

— As-tu réfléchi à l'éventualité d'y retourner ? demanda-t-elle. Cela me fait de la peine de penser que tu ne vois plus ta famille.

C'était incroyable. En quelques semaines, Corryna était devenue la seule personne avec qui il pouvait parler de ce sujet. Sans doute parce qu'il ne percevait aucun jugement de sa part, mais seulement une volonté de le soutenir.

— J'y pense de temps en temps, confia-t-il. Mais finalement, c'est un peu comme toi, je n'ai pas envie de vivre dans le passé. Je préfère me tourner vers l'avenir.

— Je ne crois pas que ce soit comparable.

— Pourquoi ? Bien sûr que si.

— Non. Mon besoin de laisser mon divorce derrière moi est très différent de ta volonté d'oublier que tu es en froid avec tes parents. Mon divorce, c'est une porte qui s'est fermée. Pour toujours. Je sais que tu penses avoir laissé tes parents derrière toi en décidant de rester aux États-Unis, mais vous n'avez pas complètement cessé de vous parler. La porte est toujours ouverte.

— Je ne peux pas couper tout contact avec eux. Mais je garde mes distances. C'est ma façon de me protéger.

— Je comprends. Mais j'ai l'impression que tu n'as pas encore affronté tes douleurs passées. Tu as juste essayé de ne plus penser au mal que vous vous étiez fait réciproquement. Ce n'est pas bon pour toi, et ce n'est pas juste vis-à-vis d'eux. Ils ont fait des erreurs, mais comme tous les parents. Je pense que tu devrais au moins leur donner une chance de s'expliquer. Et ils devraient aussi écouter ce que tu as à dire.

Colin respira profondément et contempla de nouveau la prairie. Par certains aspects, il considérait sereinement sa relation avec ses parents. Il savait à quoi s'en tenir et n'en attendait plus rien.

— Je ne sais pas si j'en suis capable, répondit-il finalement.

— Bien sûr, ce ne sera pas facile, mais tu es beaucoup plus fort que tu le crois.

Il haussa les épaules. Il était fort, oui, et tenait à ce que cela reste ainsi.

Elle lui caressa le bras avec douceur.

— S'il te plaît, dit-elle, je te demande juste d'y réfléchir.

— En quoi est-ce important pour toi ? Tu ne connais même pas mes parents.

Elle esquissa ce léger sourire qui le faisait fondre à chaque fois qu'il le voyait.

— Parce que tu es l'homme le plus incroyable que j'aie jamais rencontré. À chaque fois que je crois avoir compris qui tu étais, tu me surprends de nouveau.

— Tu me fais le même effet.

Je t'aime. Ces mots lui vinrent à l'esprit, et il ne parvint plus à penser à autre chose.

— Merci, Colin.

Ils restèrent encore quelques minutes avant de faire demi-tour pour redescendre vers la voiture. Pendant la marche de retour, Colin se perdit dans ses pensées. Il réfléchissait à la fois à ce que lui avait dit Corryna à propos de ses parents, et à la conclusion surprenante à laquelle il était arrivé à la fin de leur conversation. Était-ce vraiment de l'amour qu'il ressentait pour elle ? Il n'en était pas certain, mais cela lui paraissait sensé.

Quand ils furent arrivés chez elle, il était toujours plongé dans la confusion, mais une chose n'avait pas changé : il brûlait de désir.

— Douche ? demanda-t-il. J'en ai besoin après cette marche.

— Bien sûr, vas-y. J'irai après toi.

— Je me disais que nous pourrions y aller ensemble, dit-il en la prenant par la taille.

— Ma salle de bains n'est pas grande.

— Je m'en moque. Je veux juste m'occuper de toi.

Il enfouit le visage dans son cou et la dévora de baisers. Elle rit, puis émit un soupir sensuel avant de s'emparer du T-shirt de Colin pour le lui enlever.

— À vos ordres.

— Excellente réponse, dit-il en l'embrassant.

Elle posa les paumes à plat contre son torse et passa la langue sur ses pectoraux. Fou d'excitation, il la souleva, ce qui la fit crier de surprise, et la porta jusqu'à la salle de bains. Ils se déshabillèrent à la hâte et se mirent ensemble sous le jet d'eau chaude de la douche. En la regardant, Colin éprouva à la fois un désir immense et une émotion profonde qui ressemblait fort à de l'amour.

Ils s'embrassèrent en promenant leurs mains partout sur le corps l'un de l'autre. Colin aurait voulu que ce baiser ne cesse jamais. En fait, il rêvait que tout cela dure éternellement.

Corryna murmura de plaisir en sentant sur elle les mains et la bouche de Colin. Il s'attarda sur ses seins, et elle regarda sa langue dessiner des cercles autour de ses mamelons tendus par l'excitation. Quand il prit l'un des deux entre ses lèvres, elle ne put retenir un long gémissement.

Il attrapa ensuite le savon qu'il fit mousser entre ses mains. En voyant ses yeux briller de désir, elle eut encore plus envie de lui. Il fit glisser ses doigts sur sa peau frissonnante, puis elle en fit autant avec lui. Que c'était bon de sentir les muscles de Colin se contracter sous ses caresses et de masser son sexe durci, prêt à lui donner du plaisir…

Ils prolongèrent ce moment de sensualité en se lavant mutuellement les cheveux, et une fois rincés, ils se regardèrent en souriant. D'un accord tacite, ils sortirent de la douche et se séchèrent. Colin s'approcha d'elle pour l'embrasser encore.

— Je sais que tu as du travail, murmura-t-il, mais je dois absolument te faire l'amour.

— J'étais en train de penser exactement la même chose.

Il mit les mains sous ses fesses et la souleva. Corryna enroula les jambes autour de lui et s'agrippa à ses épaules puissantes. Il la porta ainsi jusqu'à sa chambre et, après l'avoir étendue sur le lit, il prit un préservatif dans la boîte restée posée sur la table de chevet. Il était terriblement sexy avec ses cheveux humides, ses gestes à la fois pressés et habiles. Quand il la regarda dans les yeux, son expression était si intense que Corryna sentit un changement entre eux. Il y avait quelque chose de nouveau. Avait-elle atteint le fond de son cœur en lui parlant de sa famille ? Était-elle en train de tisser un lien plus fort avec lui ?

Il se plaça au-dessus d'elle, entre ses jambes, et la pénétra avec un mélange parfait de délicatesse et de fermeté. Puis il se mit à aller et venir lentement, et elle ondula au même rythme que lui en soupirant. Rien n'était aussi merveilleux que de le sentir aussi proche d'elle, de l'entendre susurrer son prénom comme si, à cet instant, il ne pensait qu'à elle. Elle s'efforça de faire durer aussi longtemps que possible cette attente exquise, mais bientôt l'orgasme prit possession de tout son être et elle poussa un cri d'extase. Colin accéléra ses mouvements et jouit juste après elle.

Il se laissa tomber à côté d'elle et la serra contre lui en l'embrassant. Pour la première fois depuis longtemps, elle n'avait aucune envie d'aller travailler. Cela faisait des années que Royal Blooms était toute sa vie, mais aujourd'hui elle avait le sentiment que le plus important se trouvait ici, dans son lit. Que Colin était devenu sa raison de vivre.

Sous le choc, elle dut faire un effort considérable pour garder cette révélation pour elle. Elle l'avait déjà mis à l'épreuve lors de leur discussion à propos de ses parents, c'était assez pour ce matin.

— Il faudrait que nous nous levions, hein ? marmonna-t-elle sans conviction.

— Oui, grommela-t-il. Je crois bien.

Ils sortirent du lit à contrecœur, et Corryna ouvrit son placard tandis que Colin allait dans la salle de bains. Elle choisit une jolie robe d'été noire et blanche et une paire de sandales. Quand Colin revint, il portait les vêtements propres qu'il avait amenés : son jean foncé et sa chemise blanche habituels, avec une élégante veste en lin. Il prépara le petit déjeuner pendant que Corryna se coiffait et se maquillait, puis chacun prit sa voiture pour se rendre à Royal Auto.

Elle ressortit du garage avec un grand soulagement. Ce qui aurait été une corvée si elle avait dû s'en charger seule s'était passé le plus simplement du monde grâce à Colin. Comme convenu, il la conduisit jusqu'à Royal Blooms, mais il y avait du monde en ville et il dut se garer assez loin de la boutique.

— Je vais t'accompagner jusqu'à la porte, dit-il.

— Non, ce n'est pas la peine.

— Mais j'en ai très envie.

Sans lui laisser le temps de protester, il descendit de voiture et la rejoignit sur le trottoir. Malgré le monde qu'il y avait autour d'eux, il lui prit la main, et elle le laissa faire volontiers. Ce qui se passait entre eux était bien plus important que ce que les autres pouvaient penser.

Arrivés devant Royal Blooms, ils s'arrêtèrent et Colin se mit face à elle.

— Je veux te remercier pour ce matin, dit-il en lui tenant les deux mains. C'est un moment exceptionnel. Merci.

Elle regarda fixement ses fascinants yeux verts. Quelque chose avait vraiment changé entre eux au cours des derniers jours, et cela la comblait et la terrifiait à la fois. Son expérience avec les hommes était loin de la mettre en confiance. Mais son instinct lui disait que cette fois elle était sur la bonne voie. Elle se sentait trop bien avec Colin pour que cette histoire ne mène nulle part.

— Je t'en prie, répondit-elle. Tout le plaisir était pour moi.

Il lui passa la main dans les cheveux et se pencha pour l'embrasser sur la bouche. Ce fut comme si le reste du monde disparaissait. Il n'y avait plus que Colin et ce baiser incroyablement romantique.

— Corryna ?

Une voix féminine résonna près d'eux. Au début, Corryna ne réagit même pas. Puis elle prit conscience que quelqu'un l'avait appelée et reconnut cette voix rétrospectivement. C'était celle de Rylee.

Elle s'écarta de Colin, se tourna et vit effectivement Rylee qui se tenait à quelques pas, les yeux rivés sur eux. Comme si cela ne suffisait pas, elle était accompagnée de Keely Tucker.

— Oh ! bonjour, bredouilla Corryna.

Rylee regarda Colin, puis de nouveau Corryna, avec un air incrédule.

— Est-ce que vous… Euh… Vous êtes ensemble ? demanda-t-elle.

Ne sachant que répondre, Corryna se tourna vers Colin. Il y eut un silence, puis il prit la parole :

— Oui, dit-il à Rylee. Corryna et moi, nous sommes ensemble. Mais sachez que ce n'est pas un problème. Au contraire, cela nous a aidés à travailler en parfaite harmonie. C'est en partie grâce à cette relation que notre collaboration se passe aussi bien.

Il se tourna alors vers Corryna avec un regard plein de douceur. Elle était tellement heureuse de l'entendre prononcer ces mots-là ! Apparemment, il ressentait la même chose qu'elle. Elle eut envie de se jeter dans ses bras, mais ce n'était sans doute pas le meilleur moment.

— Oui, c'est exactement cela, approuva-t-elle.

Rylee croisa les bras et fit la grimace.

— C'est donc pour cette raison que vous sembliez si bien vous entendre quand nous nous sommes vus l'autre jour.

— En partie, oui, répondit Corryna. Mais au-delà de cela, nous nous sommes rendu compte que nous travaillions bien ensemble, tout simplement.

— Mais je vous ai demandé une explication sur cette évolution et vous ne m'avez rien dit de… ce qui se passait, répliqua Rylee en agitant la main.

Corryna se sentait affreusement coupable. Elle n'avait jamais voulu être malhonnête avec quiconque.

— Je suis désolée, dit-elle. C'est une relation très récente. Nous avons préféré rester discrets. Vous savez comme les commérages peuvent aller vite à Royal.

— Sauf que vous étiez en train de vous embrasser passionnément en plein centre-ville.

Que répondre à cela ? Qu'ils étaient sur leur nuage après leur matinée de rêve ?

— Et que se passera-t-il si vous vous disputez ? ajouta Rylee avec une panique perceptible. Quelles conséquences pour l'organisation du mariage ?

Keely s'approcha d'elle tandis que Colin et Corryna échangeaient un regard.

— Il n'y aura pas de problème, promit Colin.

— C'est ce que vous dites, répondit Rylee, alors que vous êtes sorti avec la moitié des femmes de Royal. Je suis désolée, poursuivit-elle en s'adressant à Corryna, mais c'est vrai. Vous êtes forcément au courant.

— Oui, oui, marmonna Corryna pour éviter de la contrarier davantage.

— La moitié, vous y allez un peu fort, contesta Colin.

Corryna aurait voulu prendre sa défense, mais Rylee n'avait pas tort. Tout le monde savait que Colin avait un grand succès auprès des femmes et qu'il en profitait largement. Corryna ne l'avait pas oublié, et elle se demandait encore si elle avait tort de s'attacher à Colin. Jessica, dont le soutien était indéfectible, lui avait aussi déconseillé d'imaginer une relation longue avec Colin.

— Vous ne vous rendez pas compte de la pression que je subis pour ce mariage, déclara Rylee. Chaque décision à prendre est un parcours du combattant. Les mariés sont débordés et très difficiles à joindre. Ils ne trouvent pas toujours le temps de répondre à mes questions, mais ils tiennent à être consultés pour chaque détail.

— C'est vrai, renchérit Keely.

— Je dois faire un million de choses à la fois. Gérer la liste des invités, les VIP, la musique, les plans de table… Et toute la ville de Royal attend le mariage du siècle. Le mariage du siècle, vous m'entendez ? insista-t-elle en les fixant du regard. Si ce n'est pas absolument parfait, qui subira toutes les critiques ? Moi. L'enjeu est énorme. Mon avenir professionnel dépend de cet événement. Je ne tolérerai pas qu'il soit gâché par ce qui se passe entre vous.

— Je comprends votre point de vue, répondit calmement Colin.

Rylee soupira avant de reprendre :

— Désolée si je prends les choses un peu trop à cœur. Je suis dans une situation très tendue.

— Vous savez, dit Colin, ce contrat est très important pour nous aussi. Il pourrait ouvrir beaucoup de portes à Corryna, quant à moi, je dois être à la hauteur de ce qu'on attend de moi. Il est évident que nous n'avons pas entamé cette relation sans y réfléchir sérieusement. Nous tenions trop l'un à l'autre pour y renoncer, mais vous pouvez compter sur notre sérieux et notre implication totale.

Le cœur de Corryna battait la chamade. Les doutes qu'elle avait pu avoir quelques instants plus tôt s'étaient envolés. Colin ressentait la même chose qu'elle.

Rylee parvint à esquisser un léger sourire.

— J'espère réellement que c'est vrai.

— Faites-nous confiance. Vous avez eu raison de faire appel à nous et nous vous le prouverons.

Colin s'interrompit, le temps d'adresser un sourire à Corryna.

— Et le mariage n'est que dans quelques semaines, ajouta-t-il. Quoi qu'il advienne, nous tiendrons notre engagement.

10

Deux jours plus tard, Corryna pensait encore à ce qui s'était passé avec Rylee. Pour l'avenir de Royal Blooms, il ne fallait surtout pas que l'organisatrice du mariage du siècle doute de sa capacité à jouer son rôle. Et bien sûr, Rylee n'était pas la seule à compter sur Corryna. Hannah et Mike aussi avaient besoin d'elle. Hannah n'avait pas les moyens de payer seule ses études, et Mike devait subvenir aux besoins de sa petite Penelope de six mois. En résumé, Corryna n'avait pas le droit d'échouer.

Mais cela impliquait pour Colin et elle de garder un parfait équilibre entre leur travail et leur relation. À première vue, tout allait bien. Corryna se réveillait tous les matins face à la bonne humeur de Colin et s'endormait tous les soirs dans la chaleur de ses bras. Avec lui, elle éprouvait un sentiment de sécurité qu'elle n'avait pas connu depuis longtemps. Elle était comblée et pensait que lui aussi. Mais elle craignait toujours que les sentiments de Colin ne soient pas aussi forts que les siens. Était-ce son divorce qui lui avait fait perdre confiance ? Ou avait-elle besoin d'un peu plus de temps pour être sûre de vivre une véritable histoire d'amour ?

Assise à son bureau, elle s'efforça de mettre ces questions de côté pour se concentrer sur son travail. Elle avait des commandes à passer pour sa présentation finale de la semaine prochaine. Quand ce fut fait, elle mit son site Internet à jour avant de se lancer dans la comptabilité. Cela lui donna l'idée de ressortir le rapport de l'experte-comptable, mais à peine y avait-elle jeté un œil qu'elle le remit dans son tiroir. À quoi bon ? Cela ne lui apporterait rien d'intenter un procès à Dan. Cela ne ferait que raviver ses souffrances passées. Et malgré ses incertitudes, elle croyait en l'avenir. Elle était de nature optimiste et ce qu'elle vivait en ce moment lui donnait envie de profiter du présent.

Hannah passa la tête par la porte entrouverte.

— Corryna, je te dérange ? s'enquit-elle.

— Non, qu'y a-t-il ?

— Il faudrait faire quelques courses pour la salle de pause et les sanitaires. Veux-tu que je m'en occupe demain matin avant de venir ?

— Non, merci, je vais y aller. Cela me fera du bien de sortir un peu. Tu peux me faire la liste ? demanda-t-elle en prenant un papier et un crayon.

— Du sucre et du lait pour le café. Et il n'y a presque plus de savon ni de tampons dans les toilettes.

Corryna écrivit, puis une pensée lui vint soudain à l'esprit. Elle aurait dû avoir ses règles au moins une semaine plus tôt. Elle regarda son calendrier. Non, pas une semaine. Douze jours. Mais ce n'était pas normal. Colin et elle se protégeaient systématiquement.

— Corryna, ça va ?

— Oui, oui. Tout va bien.

La sonnette de la porte d'entrée tinta.

— Il y a des clients, dit Hannah. J'y vais.

Dès que Hannah fut repartie, Corryna décrocha son calendrier du mur et se mit à compter les jours. Mais décidément le calcul n'était pas son fort et elle s'énerva rapidement.

Presque par réflexe, elle prit son téléphone et appela Jessica.

— Tu as une minute ? lui demanda-t-elle en se levant pour aller fermer la porte de son bureau. J'ai besoin de ton aide.

— Bien sûr. Je suis en train de rédiger un devoir, mais une petite pause me fera du bien.

Corryna hésita. Elle ne savait pas comment aborder le sujet.

— Quand on a du retard dans ses règles, dit-elle finalement, au bout de combien de temps cela peut être une bonne idée d'acheter un test de grossesse ?

Il y eut un silence.

— Jessica ? Tu es là ?

— Oui. Mais vous n'avez pas pris vos précautions, Colin et toi ?

— Si. Sauf...

Elle s'interrompit. Comment avait-elle pu être aussi inconsciente ? Cela ne lui ressemblait pas. Mais elle avait fait beaucoup de choses inhabituelles ce soir-là.

— Sauf une fois, admit-elle. Il y a presque deux mois.

— Donc ce fameux soir dans le bureau de Colin ? Est-ce que tu as eu tes règles depuis ?

— Si on veut. J'ai eu de petits saignements pendant quelques jours. C'est tout.

— Et à présent, tu es en retard de combien de jours ?

— Douze. Au moins.

— Je te conseille de faire un test au plus vite. Il est arrivé la même chose à une de mes collègues. Elle a eu des saignements alors qu'elle était enceinte.

Corryna n'en revenait pas de devoir affronter cette réalité maintenant. Elle n'avait plus qu'à espérer qu'elle s'inquiétait pour rien, que son corps réagissait seulement au stress

— D'accord, je vais en acheter un tout de suite. J'allais justement sortir faire des courses.

— Tu es à la boutique ?

— Oui.

— Achète le test et rentre chez toi. Tu ne vas pas le faire au travail. Je te rejoins là-bas.

Quelle chance d'avoir une amie comme Jessica et de ne pas être seule dans ce moment !

— Merci, répondit Corryna. Ce n'est probablement rien, mais je te suis reconnaissante d'être là pour moi. À tout à l'heure.

Dans une sorte de brouillard, elle prit ses affaires et prévint Hannah qu'elle serait absente quelques heures. Elle se rendit au supermarché où elle acheta ce qu'elle avait inscrit sur sa liste, ainsi qu'une boîte de deux tests de grossesse. Elle avait du mal à y croire. Elle avait tant rêvé de ce moment à l'époque où elle était mariée… Mais Dan avait rejeté l'idée de faire un bébé, répétant qu'il ne voulait pas mettre des enfants au monde dans « ce monde sens dessus dessous ». En revanche, quand il s'était agi de mettre la vie de Corryna sens dessus dessous, il ne s'était pas posé autant de questions. En fin de compte, c'était une bonne chose qu'ils n'aient pas eu d'enfant ensemble, mais elle avait toujours très envie de devenir maman. Et, à trente-six ans, elle ne pouvait plus se permettre d'attendre très longtemps. Seulement, elle n'avait pas prévu que ce jour devienne celui où elle verrait son rêve se réaliser.

Elle arriva chez elle en même temps que Jessica.

— C'est idiot, dit Corryna tandis qu'elles entraient dans la maison. Tu as des tas de choses à faire. Je n'aurais pas dû te déranger alors que ce n'est sûrement qu'une fausse alerte.

— Peu importe. Je ne voulais pas te laisser faire ce test toute seule. Je sais combien la question des enfants te pesait quand tu étais mariée, et après ton divorce, ajouta Jessica en lui prenant la main. C'est un moment important. En tant que meilleure amie, c'est normal que je sois là.

Corryna soupira, posa son sac de courses et en sortit les tests.

— Merci d'être aussi géniale, murmura-t-elle. J'y vais.

— Je t'attends ici.

Une fois dans la salle de bains, Corryna ouvrit la boîte, lut attentivement les instructions et les suivit à la lettre.

— Dix minutes ! cria-t-elle à Jessica.

Quelques secondes plus tard, son amie apparut sur le seuil, son portable à la main.

— J'ai lancé le minuteur, dit-elle.

Corryna fit les cent pas dans le couloir pendant que Jessica gardait les yeux rivés sur l'écran de son téléphone. Quand la sonnerie retentit, Corryna sursauta.

— Déjà ?

— Viens, dit Jessica. Allons voir le résultat.

Corryna retourna dans la salle de bains. Elle regarda le test qu'elle avait posé sur le rebord du lavabo. Les deux barres bleues étaient si visibles que ses jambes faillirent se dérober sous elle.

— Mon Dieu ! s'exclama-t-elle en plaquant les mains contre sa bouche. C'est positif.

Jessica s'approcha et passa le bras autour d'elle en regardant à son tour.

— Ça alors. Tu te sens comment ?

— Je ne sais pas. Je suis sous le choc.

— Nous allons faire du thé et discuter un peu, d'accord ?

Elle prit la main de Corryna pour l'emmener dans la cuisine.

— Assieds-toi, dit Jessica. Je m'en occupe.

Corryna se laissa tomber sur une chaise et essaya de respirer calmement. Son cerveau était en ébullition.

Elle était enceinte. De Colin. Et elle n'avait aucune idée de la réaction qu'il allait avoir. Sa relation avec ses parents était si compliquée et son enfance avait été si traumatisante... De surcroît, leur relation était trop récente pour qu'ils aient évoqué ce sujet.

Jessica posa sur la table deux tasses fumantes, un pot de miel et deux cuillères.

— Ça va ? demanda-t-elle. Qu'est-ce que tu ressens ?

— Je... Je...

Corryna pensa à Penelope, la fille de Mike. L'idée d'avoir un bébé comme elle à aimer et à protéger la bouleversait.

— Malgré l'incertitude et le moment assez mal choisi, je suis heureuse, confia-t-elle. Très heureuse.

— Je comprends. Cela fait si longtemps que tu veux un bébé.

— C'est vrai.

— Et tu es sûre que Colin est le père ?

Corryna lança à son amie un regard incrédule.

— Oui, répondit-elle. Je n'ai eu personne d'autre.

— Je sais que tu me dis tout, mais on ne sait jamais.

Jessica but une gorgée de thé avant d'ajouter :

— Donc tu penses que c'est arrivé la première fois, le soir de la panne de courant ?

— Je ne vois pas d'autre possibilité. Nous avons fait très attention ensuite.

— La panne a eu lieu début mars. Nous arrivons à la fin du mois d'avril. Cela voudrait dire que tu es enceinte de presque huit semaines. Tu n'as rien ressenti de particulier ?

— Peut-être de la fatigue, répondit Corryna avec un haussement d'épaules, mais je travaille beaucoup en ce moment.

Et mes nuits avec Colin sont assez mouvementées.

— Comment Colin va-t-il prendre la nouvelle, à ton avis ?

— Je ne sais pas. Si j'avais appris cela un mois plus tôt, j'aurais eu une idée de sa réaction, mais seulement à cause des préjugés que j'avais sur lui. Entre-temps, j'ai appris à le connaître et il m'a souvent surprise. J'ai envie de croire qu'il pourrait être heureux, car tout se passe très bien entre nous.

— Tu l'aimes ?

Corryna se posait régulièrement la question sans parvenir à y répondre. Ou plutôt elle avait jusque-là préféré l'écarter. Mais, maintenant que Jessica l'interrogeait, elle ne voyait qu'une seule réponse possible.

— Oui.

Jessica ouvrit de grands yeux et lui sourit.

— Bon, très bien. Et lui, tu penses qu'il t'aime ?

Corryna pensa à ces dernières semaines passées avec lui. Il s'était montré si attentionné, si merveilleux... Il n'éprouvait peut-être pas exactement la même chose qu'elle, mais il avait des sentiments pour elle. Elle en était certaine.

— Je ne peux pas l'affirmer, mais il y a une chance que ce soit le cas.

— C'est formidable. Tu sais, je crois que la pensée positive est la meilleure façon d'avancer. Parle à Colin et dis-lui ce que tu ressens.

Malgré sa volonté de rester optimiste, la perspective d'avoir cette conversation avec lui mettait Corryna mal à l'aise. S'il le prenait mal, cela allait devenir très compliqué de préserver l'équilibre qu'ils avaient trouvé. Qu'allait devenir leur collaboration ? Et leur relation idyllique ?

Ce n'était pas la peine de s'angoisser à l'avance. Pour l'instant, elle préférait penser au bonheur d'être enfin enceinte, après en avoir tellement rêvé.

— Tu as raison, répondit-elle à Jessica. Espérons que tout se passera bien.

— Quand iras-tu lui en parler ?

— Dès que j'aurai fini cette tasse de thé.

Colin passait une très mauvaise journée, ce qui tombait mal au moment où il devait finaliser le menu qu'il présenterait à Rylee la semaine prochaine. La critique d'Oliver Shaw était parue dans la revue *Global Cuisine*, et bien qu'elle soit dithyrambique en apparence, plusieurs détails contrariaient Colin au plus haut point.

Retranché dans son bureau chez Sheen, il la relisait en s'attardant sur certains passages :

> *Son génie est égal à celui de son père, mais élevé au niveau de la gastronomie moderne.*

Ou encore :

> *Colin Reynolds et son père semblent partager le même cerveau et le même cœur, mais Colin est au sommet car il a su créer quelque chose de réellement unique.*

D'une certaine manière, Colin avait sous les yeux tout ce qu'il avait rêvé d'entendre. Ces mots-là allaient mettre son père en rage, c'était certain. L'heure de la revanche avait sonné.

Mais était-ce encore ce qu'il souhaitait ? Depuis sa conversation avec Corryna, il n'en était plus aussi sûr. Et ce n'était pas la seule raison pour laquelle ces remarques le préoccupaient. Il avait toujours eu peur d'être exactement comme son père, ce qui contribuait à son besoin de rester loin de lui. Le fait de garder ses distances lui évitait d'être confronté à leurs ressemblances, et lui permettait de penser qu'il était différent. Hélas, l'article d'Oliver semblait confirmer ses craintes les plus profondes.

À l'instant où il entendit la voix de Corryna dans le couloir, il eut l'impression qu'on lui envoyait une bouée de sauvetage. Il se leva aussitôt pour aller l'accueillir et l'entendit parler avec Elena.

— Je suis ravie que vous aimiez mes croissants, dit Elena.

— Ils sont incroyables, répondit Corryna. À chaque fois que Colin m'en apporte, j'ai envie de tous les garder pour moi toute seule.

Elle sourit à Colin en le voyant.

— Salut, dit-elle, désolée de passer sans prévenir. Il faut que je te parle.

— Bien sûr, viens.

Il la fit entrer dans son bureau et referma la porte derrière eux.

— Tu apparais comme un miracle, déclara-t-il. J'étais très mal et il suffit que je te voie pour me sentir mieux.

Elle le regarda avec une expression qu'il ne parvint pas à interpréter. Elle semblait à la fois heureuse et troublée.

— Ah, fit-elle. Ce n'est peut-être pas le moment de parler de choses importantes, alors.

— Si, si, au contraire. Cela me permettra de me canaliser.

Il lui prit la main et la conduisit jusqu'à un fauteuil pour l'inciter à s'asseoir.

— Je préfère rester debout, si ça ne t'ennuie pas, lui dit-elle.

Ce n'était pas rassurant. Les gens qui venaient annoncer de mauvaises nouvelles refusaient toujours de s'asseoir.

— Comme tu veux, répondit-il.

Elle prit une longue inspiration, comme si elle avait besoin de se donner du courage.

— Je suis enceinte.

Pendant un moment, Colin fut comme paralysé. Aucune parole ni aucun geste ne paraissaient appropriés. Mais, intérieurement, il vivait un véritable tremblement de terre.

— Enceinte, répéta-t-il machinalement. Tu vas avoir un bébé.

Il ne put s'empêcher d'ajouter :

— Et tu es sûre qu'il est de moi ?

— Oui, Colin. J'en suis sûre.

L'air heureux qu'il avait vu un peu plus tôt sur le visage de Corryna s'effaça lentement, mais il ne sut quoi dire. Il ne voulait pas d'enfant. Il ne voulait pas devenir père. Il n'en avait jamais eu envie. Il s'était même juré que cela n'arriverait pas.

— Eh bien. Quelle nouvelle.

Il marcha jusqu'à la fenêtre et regarda dehors, espérant que cela l'aiderait à s'éclaircir les idées.

— C'est tout ce que tu as l'intention de dire ? demanda Corryna. J'aimerais bien savoir ce que tu ressens.

Il se tourna de nouveau vers elle.

— Je ne sais pas ce que je suis censé dire, Corryna. Nous ne sommes ensemble que depuis quelques semaines. Et je n'ai jamais voulu être père. Ce n'est pas maintenant, à quarante-deux ans, que je vais changer d'avis.

Elle hocha la tête comme pour acquiescer, mais il voyait dans ses yeux combien elle était blessée.

— J'ai compris, répondit-elle. Nous ne nous sommes fait aucune promesse.

Elle promena autour d'elle un regard perdu.

— Je vais y aller, conclut-elle.

Colin en eut le cœur brisé.

— Corryna. S'il te plaît, ne pars pas. Tu veux bien m'accorder une minute pour que j'absorbe ce que tu viens de m'annoncer ?

Son point de vue ne risquait pas d'évoluer, mais il ne supportait pas de faire souffrir Corryna. Il tenait trop à elle.

— Crois-moi, je comprends, dit-elle en soupirant. Je n'ai pas eu beaucoup de temps non plus pour me faire à l'idée.

Il perçut sa frustration et sentit qu'il devait faire l'effort de s'expliquer, même si c'était douloureux.

— Tu connais la situation entre mes parents et moi, dit-il. Je n'ai jamais voulu devenir père parce que, pour moi, un père est quelqu'un qui laisse tomber son enfant. Qui lui tourne le dos et le fait souffrir.

— Tu pourrais t'en servir comme leçon et décider d'être le contraire de ton père.

— Mais si c'est impossible ? Les gens sont ce qu'ils sont. Nous nous ressemblons tellement, mon père et moi… C'est ce que tout le monde dit. Selon ce critique gastronomique, nous sommes presque une seule et même personne ! s'exclama-t-il en lui montrant le magazine ouvert sur son bureau.

Elle trouvait peut-être qu'il exagérait, mais cela faisait plus de vingt ans qu'il se débattait pour surmonter son conflit avec ses parents. Le problème n'allait pas se régler comme par magie en l'espace d'un quart d'heure.

— Je comprends ce que tu dis, Colin. Pour toi, la famille représente la trahison. Mais tu n'es pas obligé de reproduire le même schéma.

— Et si je suis incapable d'agir différemment ? Je n'ai pas, comme toi, une nature aimante et attentionnée. Ma froideur et mon obsession de la perfection font partie de mon ADN. Ce serait une très mauvaise idée. Je t'assure.

Elle secoua la tête avec dépit.

— J'aimerais que tu puisses te voir comme je te vois, dit-elle. Tu te sous-estimes tellement.

Il n'était pas convaincu.

— Eh bien, j'aimerais qu'il me suffise de t'écouter pour changer d'avis instantanément, mais ce n'est pas le cas. Encore une fois, devenir père n'a jamais fait partie de mes projets.

— D'accord. Très bien.

Elle se redressa et poursuivit :

— Mais tu dois savoir que pour ma part, j'ai toujours rêvé d'avoir un bébé. Mon ex-mari m'en a privée et j'ai cru que cela ne m'arriverait jamais. Alors quoi que tu en dises, c'est une nouvelle qui me rend heureuse.

— Je ne suis pas là pour rattraper les erreurs d'un autre homme.

— Non, et pourtant tu t'es donné la peine de t'intéresser à l'autre chose dont il m'a privée. Mon argent.

— Je l'ai fait parce que je tiens à toi.

Pendant le silence qui suivit, une autre phrase lui revint à l'esprit. Celle qu'il n'avait dite à aucune femme auparavant, mais qui avait peut-être le pouvoir de le sauver maintenant.

— Je l'ai fait parce que je t'aime.

Corryna cligna des yeux plusieurs fois de suite avant de rire doucement.

— Malheureusement, répondit-elle, cela rend les choses encore plus difficiles.

Il aurait mieux fait de se taire. Pourquoi était-il aussi peu doué pour les relations amoureuses ?

— Tu sais que j'assumerai mes responsabilités vis-à-vis du bébé, dit-il. Quoi qu'il arrive. Pour tout ce dont tu auras besoin.

— Je ne veux pas que notre enfant soit considéré comme une responsabilité, Colin. Je peux m'en sortir toute seule. Je me débrouillerai.

— Comment, au juste ? Tes comptes sont à peine à l'équilibre. Et tu ne veux pas effectuer les démarches nécessaires pour récupérer l'argent qui t'est dû.

Les yeux pleins de colère, elle s'approcha et brandit l'index vers lui.

— Cette décision ne regarde que moi, lança-t-elle. Tu me l'as dit toi-même.

— Eh bien, tu ne pourras pas m'empêcher de t'aider. Je te commanderai des fleurs tous les jours.

— Suis-je censée être impressionnée par ton dévouement parce que tu es prêt à me donner de l'argent, que tu as bien au-delà de tes besoins ? Je ne le suis pas.

Elle fit un pas en arrière pour s'éloigner de lui.

— Je ferai en sorte que cela aille, ajouta-t-elle. Comme toujours. Je n'ai pas besoin de toi.

Au fond, il s'attendait depuis le début à entendre ces mots-là. C'était vrai, elle n'avait pas besoin de lui.

— Je ne cherche pas à rompre avec toi, Corryna. J'ai juste besoin de temps.

Elle secoua la tête.

— Je ne peux pas rester là à écouter ça encore et encore, rétorqua-t-elle. J'ai besoin de poursuivre ma vie, d'aller de l'avant.

Elle marcha jusqu'à la porte, puis se tourna une dernière fois vers lui.

— Apparemment, c'est toute seule que je vais le faire.

11

Deux jours s'étaient écoulés depuis la dernière conversation de Colin avec Corryna. Un week-end au cours duquel il s'était réveillé avec la tête prise dans un étau et la crainte de se lever pour retrouver tout ce qui lui faisait penser à elle. Le jardin, la cuisine, le restaurant… Mais, à vrai dire, son lit aussi lui rappelait Corryna.

Partout, à chaque instant, il souffrait de son absence. Comment était-ce donc arrivé ?

Mais il n'avait jamais pu s'imaginer dans le rôle de père. Très jeune, déjà, dès qu'il avait pris conscience de la nature dysfonctionnelle de sa relation avec ses parents, il s'était promis de ne jamais avoir d'enfant. Parce qu'il ressemblait trop à son père. Être à la fois un grand cuisinier et un brillant homme d'affaires, telle était son obsession. Il était perfectionniste et attendait de ses employés qu'ils donnent le meilleur d'eux-mêmes. Il ne tolérait que très peu d'erreurs de la part des autres, et aucune pour lui-même.

Ce fut précisément ce qui le motiva suffisamment pour se lever malgré tout. Il n'avait plus que quarante-huit heures devant lui avant mercredi, jour de la venue de Rylee pour sa présentation commune avec Corryna. Il avait beaucoup de choses à faire d'ici là, à commencer par découvrir si Corryna acceptait encore de lui adresser la parole. Si elle refusait, les prochaines semaines de collaboration risquaient de virer au cauchemar.

Il arriva tôt chez Sheen et reconnut la voiture d'Elena sur le parking. Dès qu'il eut passé la porte de service, il sentit l'odeur alléchante de ses fameux croissants au chocolat. Encore une chose qui lui rappelait combien Corryna lui manquait. Serait-il capable d'en manger sans elle désormais ?

— Salut, dit Elena quand il entra dans la cuisine. Je ne sais pas si tu vas voir Corryna, mais j'ai fait ses viennoiseries préférées.

— Je sais. Leur odeur m'a accueilli dès mon arrivée. Je suis sûr qu'elles sont délicieuses.

— Vous travaillez ensemble aujourd'hui ?

Il haussa les épaules.

— Je ne sais pas.

Je crois qu'elle me hait.

— Peut-être. Nous devons régler les derniers détails pour notre présentation de mercredi.

— D'accord. Je vais en mettre dans une boîte pour elle, au cas où.

— Merci.

Colin se rendit dans son bureau où l'attendait un autre souvenir de ce qu'il avait vécu avec Corryna. Peut-être le plus fort de tous. Il avait repensé au soir de la panne générale un nombre incalculable de fois. Il avait rêvé de ce qui aurait pu se passer s'il avait pu la convaincre de rester plus longtemps, voire de poursuivre la nuit chez lui. Ils avaient conçu un enfant ce soir-là. C'était presque miraculeux, en si peu de temps.

Il s'assit à son bureau pour faire les comptes de la semaine précédente, passer des commandes et s'assurer que la machine bien huilée qu'était Sheen continue à fonctionner. C'était ce qu'il savait faire. Peut-être n'était-il bon qu'à cela.

Au bout d'une heure, Kristine poussa la porte entrouverte et entra, accompagnée d'Elena. Elles souriaient jusqu'aux oreilles.

— Que se passe-t-il ? s'enquit-il.

— Vous avez gagné ! s'écria Kristine d'une voix aiguë. Tous les deux !

Colin faillit lui demander de quoi elle parlait. Puis il comprit. Le prix Jane Broad.

— Nous avons gagné tous les deux ? lança-t-il en se levant.

Après un instant de sidération, il alla prendre Elena dans ses bras pour la féliciter.

— Bravo, lui dit-il. C'est vraiment mérité.

Il était sincèrement heureux pour elle. Tandis qu'il ne ressentait que du dédain et de la déception envers lui-même.

— Bravo à *toi*, répondit-elle. Rien n'aurait été possible sans toi.

— Tu ne dois ton prix qu'à toi-même, insista-t-il.

— Eh bien, je pense quand même que tu es le meilleur patron du monde.

— Toutes mes félicitations à vous deux, dit Kristine. Nous devrions publier un communiqué de presse, tu ne crois pas, Colin ?

En général, c'était lui qui pensait en premier à ce genre de choses.

— Tu peux voir ça avec notre attaché de presse ? Je vais manquer de temps pour m'en occuper.

— Bien sûr, répondit Kristine. Je sais que tu es focalisé sur tes recettes pour le mariage.

— Effectivement.

Ce n'était pas vrai. Il ne pensait qu'à Corryna. Rien d'autre ne le préoccupait.

— Je vais le faire avec plaisir, dit Kristine. À plus tard, les lauréats !

Elle leur fit signe en souriant et sortit.

— Je retourne en cuisine, dit Elena. Mes minitartes aux noix de pécan ne vont pas se faire toutes seules.

— Elena, attends une seconde, pria Colin.

Il avait quelque chose à lui demander, bien que cela n'ait rien à voir avec le travail.

— Je peux te poser une question personnelle ? J'ai besoin d'un conseil.

— Bien sûr, répondit-elle. Je t'écoute.

Elle s'assit sur l'accoudoir d'un fauteuil et le regarda avec attention.

— Cela te plaît d'être mère ?

Elle écarquilla les yeux, comme s'il venait de lui poser la question la plus ridicule qui soit.

— Si ça me plaît ? Cela m'émerveille ! C'est la chose la plus difficile que je connaisse. Et la plus facile. Cela a transformé ma vie à un point que je n'aurais pas pu imaginer. Il y a des jours où j'ai l'impression que mon cœur va exploser tellement il est empli d'amour.

— Sacrée réponse.

Colin pensait à son enfance et aux erreurs qu'il reprochait à ses parents. Il ne leur avait sûrement pas facilité la tâche. Cela ne justifiait pas tout, mais il devait reconnaître qu'ils n'étaient pas responsables de tout ce qui s'était mal passé.

— Bien sûr, reprit Elena, parfois, c'est ma tête qui menace d'exploser. Mais c'est la vie, n'est-ce pas ? Il y a des bons et des mauvais jours. Et il y a aussi des jours extraordinaires.

Colin acquiesça en réfléchissant à tout ce qu'elle lui disait. Des jours extraordinaires, il en avait connu beaucoup depuis sa rencontre avec Corryna. Elle avait mis tant d'optimisme et de joie dans sa vie...

— As-tu déjà eu des doutes sur ta capacité à être une bonne mère ?

— Colin, tu te sens bien ? C'est une conversation étrange pour deux personnes qui viennent d'obtenir la plus grande récompense de leur métier.

— Je sais, je sais. C'est juste que ce prix me fait relativiser pas mal de choses.

C'était surtout Corryna qui lui avait permis d'avoir l'esprit plus clair. Si seulement il s'en était rendu compte plus tôt... À présent, il n'avait plus qu'à espérer qu'elle accepterait de lui pardonner sa bêtise.

— Pour répondre à ta question, dit Elena, je doute en permanence, mais je pense que c'est normal. On fait de son mieux et on leur donne tout notre amour, à nos petits. Voilà, en gros, à quoi cela se résume. Rien de plus et rien de moins. Ah, et il faut des moyens aussi ! ajouta-t-elle en riant. Les enfants coûtent cher.

Elle reprit son sérieux et le regarda en plissant les yeux.

— Tu commences à penser aux enfants ? demanda-t-elle.

— Si j'y pense ? Oui. Pourquoi ? Cela t'étonne ?

Je dois me décider à vivre ma vie avant qu'il soit trop tard.

— Colin, c'est formidable. Je pense que tu serais un père génial. Tu es tellement généreux et attentif aux autres.

Sa remarque le toucha, mais il n'était pas sûr de mériter de tels éloges.

— Merci, Elena. Merci pour tout.

— Je t'en prie.

Elle se leva et lui donna une tape amicale sur l'épaule.

— Fonce, Colin. Tu es une star, dit-elle avant de partir.

Il était bien loin d'avoir cette sensation.

Se tournant vers la fenêtre, il se rappela cet instant, deux mois plus tôt, où il avait vu la camionnette de Royal Blooms avancer sur le parking. Cet instant qui avait changé sa vie.

Il l'aimait comme un fou. C'était une certitude. Il ne pouvait plus se passer d'elle. Mais il allait devoir s'employer pour reconstruire les ponts qu'il avait brûlés. Et il y avait autre chose : quand il lui avait déclaré son amour, elle lui avait répondu que cela rendait les choses encore plus difficiles, non qu'elle partageait ses sentiments.

Est-ce qu'elle l'aimait ? Il l'ignorait. Mais, quoi qu'il en soit, il devait tout essayer pour sauver ce qui pouvait l'être.

Quand son téléphone se mit à sonner, il fut certain que c'était un appel de son père. En parlant de ponts à reconstruire... Oui, il avait compris que Corryna avait raison, sur cela comme sur tout le reste. Il avait besoin de renouer avec ses parents.

Il prit son portable et regarda l'écran avec stupeur. C'était sa mère qui l'appelait.

— Allô ?

— Tu as gagné, dit-elle. Je suis tellement fière de toi.

Il fut assailli par un torrent d'émotions incontrôlables. Tout se mélangeait : sa relation avec ses parents, la distinction qu'il venait de recevoir au prix de tant d'efforts, et surtout Corryna et le bébé qu'ils avaient conçu ensemble.

— Merci, maman.

Il se rendit compte que sa voix tremblait mais refusa de le voir comme une faiblesse. C'était ce qui arrivait lorsqu'on écoutait ses sentiments après les avoir étouffés pendant trop longtemps.

— Mon chéri. Je comprends que tu sois ému.

— C'est juste... beaucoup de choses d'un coup.

— Oui. Tu sais, j'ai toujours détesté que tu sois triste. Cela me faisait une peine atroce de savoir que tu souffrais. J'en perdais le sommeil.

— C'est vrai ?

— Bien sûr. Je suis ta mère.

Bouleversé, Colin se rendit compte que ce qui l'avait le plus torturé durant toutes ces années d'internat, c'était d'avoir cru à l'indifférence de ses parents. Il ne supportait pas l'idée de causer à son tour cette douleur à un enfant. À *son* enfant. À l'enfant de Corryna, la femme qu'il aimait. Oui, il avait de l'amour à donner, et il était temps qu'il laisse parler ses sentiments. Au risque de révéler ses imperfections.

— Ce sont des larmes de joie, dit-il. Je te le promets.

— Ah, tant mieux. J'en suis heureuse. Que vas-tu faire pour célébrer ta belle victoire ?

Sa « belle victoire » ? Celle qui comptait vraiment pour lui, il ne l'avait pas encore remportée.

— Je vais aller voir une amie. Nous avons beaucoup de choses à nous dire.

— Très bien. Je suis sûre que ton père aimerait te parler dès que possible. Tu auras probablement droit à son éternel refrain culpabilisant. Tu sais, tu peux l'envoyer promener si tu veux. Il fait ça seulement parce qu'il rêve de te ramener au bercail.

Colin eut la gorge serrée. Ce qu'il allait dire arrivait avec des années de retard, mais il avait eu besoin d'une rencontre décisive pour en arriver là.

— J'aimerais trouver un moyen de rentrer au bercail, maman. Mais pas comme le veut papa. Pas pour les affaires. Je parle de notre famille.

Il y eut un silence, puis sa mère se mit à pleurer.

— Maman, non, murmura-t-il.

— Tu n'as rien à demander, dit-elle. Tu peux revenir quand

tu veux et je te serrerai si fort dans mes bras que tu n'arriveras plus à respirer.

Elle décrivait une jolie scène, mais qui semblait encore bien irréelle. De toute évidence, il n'arriverait pas à se projeter tant qu'il n'aurait pas réparé la cassure qu'il avait causée et qui le mettait au supplice depuis deux jours.

— Je m'en souviendrai, répondit-il en souriant. Je poursuivrais volontiers cette discussion, mais je dois vraiment aller voir cette amie dont je t'ai parlé. En fait, ce n'est pas une simple amie. Elle s'appelle Corryna et je l'aime.

— Tu es amoureux ?

— Oui. Tu veux bien que nous reparlions plus tard ?

— Oui, bien sûr. Vas-y.

— Merci.

— Je suis fière de toi.

— Merci, maman. Je suis très touché.

— Je t'embrasse, mon chéri.

— Moi aussi. Au revoir, maman.

Colin raccrocha et resta assis quelques instants pour calmer son émotion. Son esprit avait été pris dans une tornade ces derniers jours, mais maintenant il se sentait capable de réfléchir posément. Bien que le chemin qui se présentait devant lui soit difficile, il savait que c'était le bon. Il prit ses clés de voiture. Un passage par la cuisine et il se mettrait en route pour Royal Blooms. Non, il n'avait pas de stratégie établie. Seulement un objectif à atteindre. Pour le reste, il allait devoir improviser.

Comme à chaque fois qu'il y avait beaucoup de clients au magasin, Corryna s'était jointe à Hannah pour l'aider à se charger de la vente. Elle venait de finir un encaissement quand Serena, la femme de Mike, entra dans la boutique avec sa poussette.

— Bonjour, Serena !

Corryna s'approcha et fondit en voyant la petite Penelope.

— Mike n'est pas là, il est parti faire des livraisons.

— Cela ne fait rien, répondit Serena.

Elle se baissa pour prendre un sac isotherme rangé sous la poussette.

— Il a oublié son déjeuner, ajouta-t-elle. Avec ce beau temps, je me suis dit que j'allais le lui déposer et en profiter pour faire une promenade avec Penelope.

— Tu peux me le donner, dit Hannah en les rejoignant. Je vais le mettre au frigo.

— Merci beaucoup, dit Serena en lui tendant le sac.

Corryna s'accroupit pour regarder Penelope. La petite fille dormait, la tête penchée d'un côté, et ses jolis cheveux roux retombaient sur sa joue.

— Serena, elle est adorable, chuchota-t-elle.

— Oui, c'est un âge formidable. Elle sourit et elle rit. Elle dort beaucoup mieux aussi. C'est vraiment le bon moment pour être mère, je te le dis !

Corryna fit un rapide calcul mental. Normalement, elle accoucherait au mois de novembre. Son bébé serait donc un peu plus jeune que Penelope à la même époque de l'année prochaine. Elle avait un sentiment mitigé à chaque fois qu'elle pensait à son avenir. Elle était folle de joie à l'idée d'avoir cet enfant, tout en sachant que ce serait difficile d'être seule. Mais elle avait prouvé ces six dernières années qu'elle avait la force de s'en sortir sans l'aide de personne. Elle avait maintenu son commerce à flot, malgré les attaques de son ex-mari. Elle parviendrait aussi à s'occuper de son enfant.

— Je suis enceinte, dit-elle spontanément.

Cela la surprit elle-même.

— Quoi ? s'écria Hannah qui revenait à cet instant de l'arrière-boutique.

— Oh ! s'exclama Serena. Toutes mes félicitations.

— Désolée, dit Corryna en se relevant, c'est sorti tout seul. Je mourais d'envie de l'annoncer à quelqu'un. Jessica est la seule qui soit au courant.

Avec Colin, mais c'était une autre histoire.

— Je ne suis enceinte que de huit semaines, précisa-t-elle. Je n'en ai même pas encore parlé à ma famille.

Hannah courut vers elle et la prit dans ses bras.

— Tu vas être la meilleure maman du monde.

Rien n'était moins sûr, mais Corryna comptait bien faire son maximum.

— Merci, répondit-elle avec émotion.

— Il faut que j'y aille, dit Serena, mais je suis vraiment heureuse pour toi. Mike va être ravi d'apprendre la nouvelle.

— Merci. À bientôt, Serena.

Corryna lui tint la porte tandis qu'elle ressortait avec Penelope. À peine étaient-elles parties que Jessica arriva.

— C'est un vrai défilé ici aujourd'hui ! dit Corryna en la voyant entrer.

Jessica vint l'embrasser et lui mit un paquet dans les mains. Le mot « bébé » était imprimé dessus en couleurs pastel.

— Désolée, dit Jessica. J'ai vu cet adorable petit livre sur les fleurs et je n'ai pas pu résister.

— Déjà ? intervint Hannah. Je viens juste d'apprendre la nouvelle !

Jessica plaqua sa main contre sa bouche.

— Oh ! mille excuses, dit-elle à Corryna. Je pensais que tu avais déjà annoncé la nouvelle à tout le monde.

— Je viens juste de commencer. Cinq minutes avant ton arrivée.

Et de ce fait, elle était un peu submergée par l'émotion.

— Hannah, je peux te laisser la boutique quelques minutes, le temps de parler avec Jessica ?

— Bien sûr.

— Si tu as un moment, bien sûr, ajouta Corryna en s'adressant à son amie.

— Toujours.

Corryna l'emmena dans son bureau où elles s'assirent l'une en face de l'autre.

— Merci pour ton cadeau, dit Corryna. C'est très gentil.

— J'ai pensé que tu avais besoin d'un peu de gaieté. Je suis désolée que ta conversation avec Colin se soit mal passée. Je suis sûre qu'il va changer d'avis.

Corryna en doutait. Il avait encore de nombreux obstacles à

franchir et elle ne pouvait pas le faire à sa place. Ce n'était pas à elle de le convaincre qu'ils pourraient être très bien ensemble. Il devait aboutir de lui-même à cette conclusion. Certes, elle avait commis une grave erreur deux jours plus tôt ; il lui avait déclaré son amour et elle ne lui avait pas dit qu'elle l'aimait aussi. Elle avait laissé sa colère prendre le dessus et n'en était pas fière avec le recul.

— Nous verrons bien, répondit-elle, fataliste. De toute façon, j'ai de la chance, poursuivit-elle en posant la main sur son ventre. J'ai ce dont j'ai toujours rêvé. Et je t'ai, toi. Tout ira bien.

— Tu te rappelles, quand je t'ai dit que tu méritais un petit miracle ? Voilà, il est arrivé.

— Nous parlions de fleurs, non ?

— Pas seulement. Et puis, je ne pouvais pas prévoir exactement ce que ce serait. Je ne suis pas voyante.

Elles rirent de bon cœur, puis Jessica regarda le dossier posé sur le bureau.

— C'est le rapport de l'experte-comptable ? demanda-t-elle.

Corryna lui avait expliqué la situation. Elle acquiesça d'un signe de tête.

— Qu'as-tu décidé finalement ?

— Je l'ai ressorti parce que l'avocat m'a appelée ce matin. Il m'a dit que selon la loi du Texas, il n'y avait pas de prescription concernant le détournement de fonds. Je pourrai poursuivre Dan quand je voudrai. Pour l'instant, confia-t-elle en soupirant, je ne vais rien faire.

— Ah bon ? Il y a beaucoup d'argent en jeu. Tu n'en auras pas besoin pour le bébé ?

Corryna hocha la tête. Elle comprenait que sa décision puisse surprendre.

— Cela me faciliterait certainement l'existence, concéda-t-elle, mais l'argent ne rend pas la vie *meilleure*. Ce n'est pas lui qui va m'aider à élever mon enfant. Les parents de Colin avaient tout l'argent du monde et ils lui ont fait beaucoup de mal.

— Quel que soit ton choix, tu as mon soutien.

— Même si j'ai ici la preuve de la culpabilité de Dan, je n'ai vraiment pas un caractère revanchard. J'ai su me reconstruire après ses innombrables trahisons, et ça, il ne pourra pas me l'enlever.

Hannah frappa et poussa la porte entrouverte du bureau. Elle était rouge comme une pivoine.

— Excuse-moi, Corryna, je sais que tu es occupée, mais Colin Reynolds est là.

— Rebondissement ! s'exclama Jessica en se levant soudainement. Je m'en vais tout de suite pour te laisser parler avec lui.

Avant de sortir, elle se baissa et approcha sa tête du ventre de Corryna.

— Salut, bébé, dit-elle en s'adressant à lui. Sois gentil avec ta maman.

— Merci, Jessica, dit Corryna. Tu es vraiment la meilleure. Je t'adore.

— Moi aussi, je t'adore. J'espère que votre discussion va bien se passer.

Sur ces mots, Jessica embrassa Corryna sur le front et s'en alla. Corryna se leva et se prépara psychologiquement au moment difficile qui l'attendait.

Quand Colin apparut sur le pas de la porte, elle eut le souffle coupé. Il était toujours aussi beau et charismatique malgré ses cernes et ses traits tirés. Visiblement, il n'avait pas beaucoup dormi depuis la dernière fois qu'elle l'avait vu. Et il gardait les mains derrière le dos, adoptant une posture qui semblait très inconfortable.

— J'ai été nul, dit-il d'emblée.

— Je ne te le fais pas dire.

— Tu veux bien parler ?

Oui, elle voulait bien parler, mais pas dans son bureau. C'était une pièce trop exiguë et remplie de choses qu'elle n'aimait pas, tels que les chiffres et les tableurs. Elle avait besoin d'un environnement ami pour ce qui allait suivre.

— Allons dans l'atelier, répondit-elle.

Elle passa devant lui et ne put ignorer l'effet que son parfum avait toujours sur elle. Une fois dans l'atelier, elle tira un tabouret de sous la table et se rappela le jour où il était resté là à la regarder pendant qu'elle composait un bouquet devant lui. Puis cette matinée où il était venu la voir et où Hannah les avait surpris deux fois dans les bras l'un de l'autre.

Mais elle ne devait pas se laisser distraire par ces souvenirs heureux. Elle devait se concentrer sur le présent.

Elle l'invita à s'asseoir, mais il déclina.

— Toi, assieds-toi, dit-il. Moi, je reste debout.

Il n'avait donc pas prévu de s'attarder.

— D'accord.

— Tiens, dit-il en lui montrant enfin ce qu'il avait dans les mains. Je te les ai apportés pour te demander pardon.

C'était une boîte de croissants.

— Elena les a faits ce matin.

— Merci, répondit-elle en souriant malgré elle. C'est gentil.

— Je n'allais pas t'apporter des fleurs. Il n'était pas question que j'aille voir la concurrence. Surtout si c'était pour t'offrir un bouquet moins beau que les tiens.

Elle esquissa de nouveau un sourire et posa la boîte.

— Donc tu disais que tu avais été nul. J'aimerais beaucoup entendre la suite.

Il rit et s'approcha d'elle.

— Il me semblait logique de commencer par le plus évident. C'est la stricte vérité, et je te comprendrais si tu ne voulais plus jamais me voir. Mais je te supplie de m'accorder une seconde chance.

Il lui prit la main.

— Je t'aime, Corryna. J'étais sincère quand je te l'ai dit. Tu es tout ce qui compte dans ma vie désormais.

Elle ne put retenir ses larmes. Comment ces mots, « je t'aime », pouvaient-ils être à la fois aussi beaux et aussi douloureux ?

— Je t'aime aussi, Colin. Je sais que je ne te l'ai pas dit l'autre jour et j'en suis désolée. Mais je ne peux pas attendre patiemment que tu te sentes prêt à devenir père.

Il hocha la tête avec gravité.

— Je le sais, répondit-il. C'est pour cela que je suis venu te parler. En personne. Beaucoup de choses se sont éclaircies dans mon esprit il y a une heure environ. J'ai parlé avec ma mère. Et notre échange s'est bien passé. Très bien, même.

— C'est vrai ? C'est formidable.

Elle ne pouvait s'empêcher d'être heureuse pour lui. C'était une nouvelle étape importante, qui allait lui faire du bien.

— A-t-elle dit quelque chose de particulièrement profond ?

— Non, répondit Colin. Une chose très simple. Elle m'a dit que cela l'avait toujours rendue triste de me savoir triste. Et j'ai compris que pendant mes années d'internat, je n'avais cessé de me demander, sans doute inconsciemment, si mes parents en avaient quelque chose à faire de moi. Maintenant, je sais qu'elle n'était pas indifférente à mon sort. Et dès que j'ai pris conscience de tout cela, j'ai su que je ne pouvais pas laisser un enfant face à cette question. Pas même une seule seconde.

Cette fois, ce fut lui qui laissa couler une larme.

— Surtout pas un enfant que j'ai conçu avec l'être qui est devenu pour moi le centre du monde. La seule personne sans qui je ne peux pas vivre.

Corryna avait la gorge si nouée qu'elle eut du mal à parler.

— Moi ? demanda-t-elle dans un souffle.

— Oui, toi.

Il passa les doigts dans ses cheveux et prit son visage entre ses mains, puis se pencha pour déposer un long baiser sur sa joue.

— Je t'aime, Corryna, murmura-t-il. Et j'aime savoir que tu portes mon bébé. Tu avais raison. Je ne suis pas obligé de reproduire le même schéma. Je peux écrire ma propre histoire, comme je le fais depuis des années. Je ne suis pas mon père. Mais j'ai eu besoin de toi pour le comprendre. Grâce à toi, je sais maintenant qui je veux être : ton compagnon, et le père de notre enfant. Je t'aime, Corryna. Je ne savais même pas qu'on pouvait aimer quelqu'un à ce point. Je veux que nous formions une famille, tous les trois. Je veux que nous soyons ensemble pour toujours.

Corryna avait beaucoup pleuré dans sa vie, surtout ces six dernières années. Mais jamais ses larmes n'avaient coulé aussi librement que maintenant, comme pour lui dire que la page du chagrin était tournée. À présent, elle pouvait commencer sa nouvelle vie avec l'homme qu'elle aimait et leur enfant.

— Je t'aime aussi, Colin. Et moi aussi, je veux que nous soyons ensemble.

Elle se leva et le prit dans ses bras. Il l'enlaça en même temps, la serrant si fort qu'elle eut le sentiment que plus rien ne pourrait la faire souffrir. Puis elle leva la tête, et ils échangèrent un long baiser plein d'amour, de sensualité et de promesses. Quand ils s'interrompirent enfin, elle lui demanda :

— Comment se fait-il que tu aies parlé à ta mère ?

— Elle m'a appelé parce que j'ai remporté le prix Jane Broad.

— Colin. Tu es sérieux ? Et tu ne me l'as même pas dit ! Félicitations !

— Ce n'est qu'un prix. Ce n'est pas ce qui compte vraiment. Ce qui compte, c'est toi et moi dans cet atelier, notre amour et notre futur bébé.

Elle sourit avec bonheur en regardant ses yeux qu'elle aimait tant.

— Je suis fière de toi, dit-elle. Pour tout.

— Et c'est la plus belle récompense.

12

Colin s'affairait en cuisine avant l'arrivée de Rylee quand la sonnerie de son portable lui indiqua qu'il avait reçu un message. C'était un SMS de son père. Par habitude, il hésita à le lire, de peur d'être encore déçu. Mais, grâce à Corryna, il ne voyait plus les choses de la même façon. Il était prêt à se remettre en question et à faire les efforts nécessaires pour construire un avenir plus joyeux. Cela lui donnait tellement de force de la savoir à ses côtés !

Nous avons consulté notre calendrier, ta mère et moi. Le mois d'août nous convient très bien.

Colin sourit en lisant le message de son père et lui répondit rapidement :

Parfait. J'ai hâte. Je te rappellerai.

Après avoir envoyé sa réponse, il sentit qu'il manquait quelque chose. Il ajouta :

Je t'embrasse.

La réponse de son père ne tarda pas :

On t'embrasse aussi.

— Colin, Corryna est là, dit Kristine en regardant par la fenêtre. Tu veux que je l'aide à porter les fleurs ou tu y vas ?

Il partait déjà à sa rencontre.

— J'y vais. Je te confie la garniture du crabe.

— Pas de problème.

Il courut dehors et rejoignit Corryna alors qu'elle venait d'ouvrir son coffre.

— Corryna Lawson, je t'interdis de porter ces fleurs. Laisse-moi faire.

Elle se tourna vers lui et sourit.

— Ce que tu peux être autoritaire ! plaisanta-t-elle.

— Et toi, tu es enceinte, rétorqua-t-il en l'embrassant.

Il avait encore du mal à imaginer ce qui les attendait, mais la perspective d'avoir un enfant avec elle le réjouissait de plus en plus. Sa conversation avec Elena lui avait permis de comprendre que les parents parfaits n'existaient pas, et qu'il devait simplement accepter de commettre des erreurs, tout en s'efforçant de faire de son mieux. Il savait que Corryna et lui formaient une bonne équipe, et avec elle, il n'avait plus peur de se jeter à l'eau et d'improviser de temps en temps.

— Je vais prendre ces petites caisses l'une après l'autre, d'accord ? insista-t-elle.

— Bon, si tu y tiens. Mais pas plus.

Ils apportèrent le tout dans la salle privée où allait avoir lieu la présentation et qui était déjà décorée comme si c'était le jour du mariage. Toutes les tables étaient dressées avec les nappes, les serviettes savamment pliées et la vaisselle qui seraient utilisées pour la grande réception. Cela donnerait à Rylee une image précise du résultat final.

Corryna orchestra la disposition de ses diverses compositions, des centres de table aux guirlandes de fleurs ornant les sièges des mariés, en passant par les minuscules bouquets placés dans chaque serviette. Colin se prêta à l'exercice en se remémorant avec émotion cette soirée passée dans son atelier à la regarder créer. Cela lui rappelait la naissance de leur amour.

Quand ils eurent fini, elle fit un pas de recul et contempla son œuvre.

— Je ne suis toujours pas sûre de mes roses. Je les adore, mais je me demande s'il fallait chercher quelque chose de plus audacieux. Qu'est-ce que tu en penses ? lança-t-elle.

— Tout est parfait, répondit-il en passant le bras autour d'elle. Les roses, les lupins bleus, les anémones... J'adore.

— Je n'en reviens pas que tu appelles les fleurs par leur nom.

La première fois que je t'ai vu, tu m'as dit franchement que tu n'en avais rien à faire.

Il avait encore honte des mots qu'il avait prononcés quand elle était venue chez Sheen, après avoir appris qu'il annulait son contrat avec Royal Blooms.

— Tu oublies que nous nous étions déjà rencontrés, souligna-t-il. Au Silver Saddle, le soir où j'ai voulu t'offrir un verre.

Elle s'écarta de lui pour aller ôter un bout de feuillage de l'un de ses bouquets.

— Je n'étais pas bien ce soir-là, répondit-elle. C'est une bonne chose que je t'aie envoyé promener.

Il rit en se demandant ce qu'il serait devenu s'il n'avait pas eu cette seconde chance avec elle. Mieux valait ne pas y penser.

— Ce sera une bonne histoire à raconter à notre petit bout de chou.

Elle le regarda en souriant. Ses yeux sublimes brillaient de vie et de bonheur.

— Oui, approuva-t-elle.

Puis elle inspecta de nouveau la salle.

— J'espère que cela va plaire à Rylee, dit-elle. S'il faut changer des choses, nous aurons très peu de temps devant nous. Nous sommes fin avril et le mariage a lieu début juin.

Dionna avait prévenu qu'elle ne viendrait pas en raison d'une obligation professionnelle.

— J'ai une totale confiance en nous, même si nous devons faire des modifications de dernière minute. De toute façon, je ne vois pas comment elle pourrait ne pas être satisfaite de ce que nous avons préparé.

— Dit celui qui a dû refaire tous ses hors-d'œuvre, lui rappela-t-elle en riant.

— Tu marques un point. En fait, nous serons sûrement dans l'incertitude tant qu'Ariana et Xavier ne se seront pas dit oui. Mais quoi qu'il arrive, nous saurons nous adapter.

— Qui êtes-vous et qu'avez-vous fait de Colin Reynolds ? s'étonna-t-elle en lui prenant la main.

Il rit et se pencha pour l'embrasser sur la joue.

— Que dire ? Tu as su me transformer.

Une alerte fit sonner son téléphone. Il consulta le message qu'il avait reçu.

— Ma chérie, je retourne en cuisine. Rylee est en route.

— Je peux te regarder travailler en attendant l'arrivée de Rylee ? demanda Corryna.

— Bien sûr, viens, répondit Colin.

Elle s'installa dans un coin, sur un tabouret de bar en métal, et l'observa peaufiner les derniers préparatifs avec son équipe. Il était comme un chef d'orchestre, conscient des moindres détails et des moindres gestes, à la fois calme et précis. Elle aurait volontiers passé des heures à le contempler.

Un serveur entra dans la cuisine et annonça l'arrivée de Rylee. Colin se tourna vers Kristine.

— Je te laisse les rênes ?

— Compte sur moi, répondit-elle. À toi de faire jouer ton charme.

Corryna sourit. Kristine avait raison, c'était un atout non négligeable.

Ils sortirent de la cuisine pour aller accueillir Rylee. Après avoir échangé quelques amabilités, ils se dirigèrent tous les trois vers la salle privée.

— Je prendrai quelques photos si cela ne vous ennuie pas, dit Rylee. J'aimerais aussi faire une vidéo au moment d'entrer dans la salle. Je l'ai promis aux mariés, ainsi qu'à Dionna qui était vraiment désolée de ne pas pouvoir venir aujourd'hui.

— Bien sûr, allez-y, répondit Colin. Nous allons juste jeter un œil à l'intérieur pour vérifier la lumière.

— Entendu. J'attends une minute avant d'entrer.

Colin et Corryna poussèrent la porte de la salle et virent que tout était au point. Il y avait une lumière tamisée, des bougies et la musique d'ambiance choisie par les futurs mariés. L'atmosphère était à la fois somptueuse et romantique.

À leur signal, Rylee avança en tenant son téléphone devant

elle. En silence, Colin prit la main de Corryna et la serra fort. C'était le moment décisif.

Quand Rylee eut fini de filmer, elle remit son téléphone dans son sac.

— Bien, dit-elle. Nous pouvons commencer.

Colin lui présenta son siège, puis fit de même avec Corryna avant de s'asseoir à son tour.

— Vous avez le menu imprimé devant vous, indiqua-t-il en lui montrant le beau papier cartonné sur lequel était décrit chaque plat.

Dans une chorégraphie parfaitement maîtrisée, les serveurs de Sheen se mirent à aller et venir de la cuisine à la salle en laissant à dessein le temps nécessaire à la dégustation. Corryna se régalait à chaque bouchée, mais au bout d'un moment elle s'inquiéta de constater que Rylee ne faisait aucun commentaire. Ses réactions se limitaient à quelques hochements de tête. Elle prit aussi des photos et quelques notes, mais rien ne permettait de savoir ce qu'elle pensait.

Après avoir fini sa dernière assiette, elle écrivit encore quelques mots, puis posa son stylo et regarda Colin et Corryna. Corryna n'avait jamais eu un tel trac.

— C'était absolument spectaculaire, dit Rylee avec un grand sourire. De A à Z. J'ai bien cherché des critiques à faire, mais je n'en trouve aucune. Tout est exceptionnel, la cuisine comme les fleurs.

Corryna sentit les battements de son cœur se calmer un peu.

— J'ai hâte de raconter ce moment à Ariana et Xavier. Bien sûr, ils voudront tout goûter eux-mêmes. J'espère que ce ne sera pas trop compliqué pour vous de recommencer.

Colin et Corryna se regardèrent. Ce serait un énorme travail de refaire la même démonstration pour les mariés tout en préparant la version à grande échelle pour le mariage, mais le jeu en valait la chandelle. Au moins, ils avaient accompli leur mission du jour.

— Nous le ferons avec plaisir, répondit Colin.

Rylee les observa l'un après l'autre.

— Et entre vous ? demanda-t-elle. Tout se passe bien ? Je n'ai pas de problèmes à craindre ces prochaines semaines ?

— Aucun, assura Corryna. Tout se passe très bien.

— Ce n'est pas exactement ce que je dirais, intervint Colin.

Corryna lui donna une tape sous la table. Colin la regarda en souriant, puis se tourna de nouveau vers Rylee.

— En réalité, dit-il, nous devons vous remercier, Corryna et moi. Vous nous avez réunis. Cette collaboration a bouleversé ma vie à un point que vous n'imaginez pas. Nous sommes tombés très amoureux. Corryna est la personne la plus incroyable que j'aie jamais rencontrée, et nous avons la joie de vous annoncer que nous allons avoir un bébé.

Corryna eut du mal à retenir ses larmes. Même Rylee avait l'air profondément émue.

— Eh bien, dit Rylee. J'étais loin de m'attendre à cela, mais si j'ai pu jouer un rôle quelconque dans votre histoire, j'en suis heureuse. On dirait que vous êtes faits pour vous entendre, et pas seulement professionnellement.

— Exactement, affirma Corryna tandis que Colin lui tenait la main sous la table.

— Sur ce, conclut Rylee, je pense que nous sommes très occupés tous les trois. Merci beaucoup pour votre accueil et pour tout ce que vous avez fait. C'est formidable.

Ils se levèrent et se dirigèrent vers la sortie.

— Mais au fait, demanda Rylee, qu'allez-vous faire de toutes ces fleurs ?

— J'ai déjà prévu d'en faire don au Royal Memorial Hospital.

— Ah, excellente idée. Bonne journée à tous les deux.

— À vous aussi, répondirent-ils en chœur.

Quand elle fut partie, Colin commença par aller féliciter et remercier toute son équipe. Puis il enlaça Corryna et soupira.

— Je ne sais pas pour toi, dit-il, mais j'ai besoin de souffler.

— Moi aussi, je suis épuisée !

Il l'emmena dans son bureau et ferma la porte. Corryna s'installa dans un fauteuil en cuir tandis que Colin adoptait sa posture habituelle en s'asseyant sur le bord de son bureau.

— As-tu réfléchi à la possibilité d'engager plus de personnel ? s'enquit Colin. Tu vas devoir te ménager un peu ces prochains mois.

— Hannah va bientôt décrocher son diplôme, ce qui me permettra de l'engager à plein temps. Elle se consacrera davantage à la création, ce qui veut dire qu'il me faudra des renforts pour la vente. À condition d'en avoir les moyens, évidemment.

— Tu les auras si tu augmentes tes prix.

Malgré ses réticences à le faire, elle savait qu'il avait raison.

— Tu pourrais peut-être m'aider à faire mes calculs.

— Bien sûr, répondit-il.

Il s'éclaircit la voix et déclara :

— Mais d'abord, j'aimerais te parler de quelque chose.

— Je t'écoute.

— Tu sais, ce que tu m'as dit sur mes parents m'a fait beaucoup réfléchir. Et j'ai fini par comprendre que tu avais raison, surtout avec ce qui nous arrive maintenant. Il est temps pour moi de laisser le passé derrière moi et d'embrasser l'avenir. Notre avenir.

— Colin, c'est merveilleux ! Tu comptes leur téléphoner ?

— Je leur ai déjà parlé. J'aimerais aller les voir en Irlande. Ils sont d'accord. Mais je n'irai que si tu acceptes de m'accompagner.

— J'adorerais aller en Irlande avec toi, répondit-elle, les larmes aux yeux.

— C'est vrai ?

— Bien sûr.

— Merci. Nous pourrions partir en août ? Le mariage sera passé et c'est la saison idéale pour y aller.

— Je me réjouis de découvrir ton pays natal. Et de faire connaissance avec tes parents.

— Et je suis impatient de leur présenter la mère de leur premier petit-enfant.

Il se leva et s'approcha d'elle pour lui prendre la main.

— Mais surtout, ajouta-t-il, je suis impatient de tourner cette page pour le bonheur de notre nouvelle famille.

— Colin, murmura-t-elle. Je t'aime tellement. Je t'aime plus que tout.

— Je t'aime, Corryna. Si tu savais comme tu me rends heureux.

Il lui adressa le plus beau des sourires et lui donna la seule chose qu'elle attendait : un long et voluptueux baiser.

SOPHIA SINGH SASSON

Mariés sur le papier

Traduction française de
MURIEL LEVET

PASSIONS

HARLEQUIN

Titre original :
MAKING A MARRIAGE DEAL

1

Accoudée au bastingage, Hema regardait le quai s'éloigner lentement.

Ce n'était pas du tout comme dans les films.

Pas de personnes agitant des mouchoirs, pas de banderoles pour lui souhaiter bon voyage. Rien que quelques dockers qui observaient la scène avec un manque d'intérêt évident. Le pont sur lequel elle se trouvait était désert. Des chaises longues, parfaitement alignées, semblaient attendre que l'on vienne s'allonger sur leurs coussins bleus et blancs. Elles attendraient sans doute longtemps. Les Indiens ne prenaient jamais de bains de soleil.

À mesure que le bateau s'éloignait des rives de Manhattan pour se diriger vers l'embouchure de l'Hudson, les bruits de la ville s'atténuaient.

On était à la mi-juin. Le soleil brillait haut dans le ciel, mais le fond de l'air était encore un peu frais. Hema regretta de ne pas avoir pris une petite veste. Sa robe d'été en coton n'était pas bien chaude. Sept nuits et huit jours. Quand le bateau reviendrait à New York, elle commencerait une nouvelle vie, loin de sa maison en Inde, dans un monde qu'elle ne connaissait pas et mariée à un homme qu'elle connaissait à peine…

Avait-elle fait le bon choix ?

Fixant les gratte-ciel, elle essaya de visualiser sa nouvelle vie en tant que médecin et épouse d'un éminent homme d'affaires new-yorkais… Elle n'avait aucun mal à s'imaginer médecin. C'était son rêve. Mais devenir épouse ? Parviendrait-elle à jouer ce rôle ?

Et si les choses ne fonctionnaient pas ? Et si elle s'était trompée ?

Sentant l'angoisse la saisir, elle se pencha par-dessus le bastingage et respira plusieurs fois profondément. Peu à peu elle retrouva son calme.

Si elle pouvait suivre les cours de médecine les plus compétitifs du monde, elle pouvait tout faire !

— Attends que l'on arrive en pleine mer pour sauter. Le fleuve ne doit pas être bien propre.

La voix de l'homme qu'elle s'apprêtait à épouser la ramena brusquement à l'instant présent.

Vivek arborait une tenue décontractée : short et polo blanc déboutonné sur la peau brune de son torse. Il était pieds nus, comme elle. Nonchalamment, il s'accouda à la rambarde de bois poli, juste à côté d'elle, et fixa la ligne d'horizon déchiquetée par les gratte-ciel.

Elle en profita pour étudier son visage. D'épais cils noirs, des yeux sombres, des traits plutôt anguleux avec des pommettes hautes, un nez droit et un menton légèrement arrondi. Il était beau. Très beau, même. Et sexy...

— Sache que je suis une excellente nageuse, dit-elle avec un sourire ironique.

— Encore une chose que j'ignore sur toi.

— Il y a beaucoup de choses que j'ignore sur toi également.

— Tu as des doutes ? lui demanda-t-il d'une voix légère.

Oh oui ! La rive était encore visible. Elle était à une demi-heure de nage, tout au plus...

— Non, répondit-elle en essayant de donner à sa voix sa plus belle assurance.

Vivek se tourna vers elle et plongea son regard dans le sien.

Elle avait à présent des papillons dans l'estomac. Un frisson lui parcourut le corps. Le stress, rien de plus.

— Si tu as changé d'avis, Hema, il est encore temps de le dire.

Elle se retint d'éclater de rire. Il était beaucoup trop tard pour changer d'avis ! Mille trois cent soixante-neuf personnes, membres de leur famille et amis de tous âges, étaient venues des quatre coins du monde pour embarquer sur ce bateau de croisière. Si elle annulait le mariage, elle n'aurait nulle part où se cacher. Et de toute façon, elle ne pouvait pas faire cela à Vivek. Pas après ce qui s'était passé quand il avait voulu se marier.

Elle allait répondre quand il la devança.

— Tu auras tout ce que je t'ai promis, Hema. Mon soutien financier pour tes études de médecine, la liberté de faire ce que tu souhaites. Je ne te demande qu'une chose en échange : me promettre de ne jamais me mentir et de ne jamais me mettre dans l'embarras.

Elle hocha la tête. Il ne lui demandait pas grand-chose, comparé à tout ce qu'il allait lui apporter. C'était un homme bien. Un homme gentil. Le genre d'homme que l'on souhaite épouser.

— Je me suis engagée en pleine connaissance de cause, Vivek. J'ai longuement réfléchi à tout ce que tu me demandais. Nous avons conclu un accord qui nous sera bénéfique à tous les deux. Tu auras une épouse, et je pourrai réaliser mon rêve de me former à la chirurgie robotique. Nous allons commencer notre mariage dans l'honnêteté et l'amitié. C'est déjà bien plus que chez beaucoup de couples.

Et l'amour, dans tout ça ? Mais elle se hâta de faire taire cette petite voix dans son cœur, qui pensait toujours qu'elle était capable d'aimer après ce qui s'était passé avec Arun.

Alors que le bateau s'engageait dans la baie de Sandy Hook, une rafale de vent la fit frissonner. Sans un mot, Vivek alla chercher l'une des serviettes qui étaient soigneusement entreposées sur une étagère, près du jacuzzi. Lorsqu'il la déposa délicatement sur ses épaules, elle lui sourit, touchée par son geste. Sa galanterie était l'une des premières choses qu'elle avait remarquées chez lui quand ils s'étaient rencontrés, un mois plus tôt. Il ouvrait les portes, tirait les chaises, se levait quand elle quittait la table. Le genre d'homme que l'on épouse...

— J'essaye souvent d'imaginer comment sera ma vie à New York, dit-elle soudain. J'ai voyagé partout dans le monde, mais l'Inde a toujours été mon pays de résidence.

— Ne t'inquiète pas. Tu remarqueras à peine que tu es à New York. Mes voisins sont aussi bruyants que des Indiens, mes parents vivent à l'étage en dessous, et ils viendront constamment se mêler de nos affaires, et notre cuisinier prépare le meilleur *rajma chawal* du monde.

Elle sourit. Ce ragoût de riz et de haricots rouges était son plat préféré.

— Et tu pourras prendre mon jet privé à chaque fois que tu le voudras, si ta famille te manque, conclut-il.

— Je te remercie infiniment, mais je doute que j'aurais le temps de partir, une fois que les cours et les stages auront commencé ! La première année d'internat demande énormément de travail.

Tellement, d'ailleurs, que de nombreux étudiants abandonnaient en cours de route. Et si elle n'arrivait pas à tenir le rythme ? Elle serait toujours mariée et elle aurait quitté l'Inde pour rien...

— Tu vois ? Tu n'auras pas le temps d'avoir le mal du pays, lui fit remarquer Vivek en posant sa main sur son épaule.

Elle sentit un long frisson la traverser et dut se retenir pour ne pas faire un pas en arrière. Vivek ne devait pas se rendre compte qu'il la troublait autant.

— Pour tout te dire, si je suis venu te chercher, c'est parce que je voulais te parler de quelque chose, reprit-il. Au cours des diverses soirées, les invités vont s'attendre à ce que l'on s'embrasse. Je ne veux pas que notre première fois ait lieu en public.

Elle le regarda, surprise.

Ce ne serait pas un mariage traditionnel, mais ils allaient tout de même faire leur vie ensemble et partager un minimum d'intimité physique. Tout au moins en public. Elle trouvait mignon qu'il veuille que leur première fois soit un moment spécial. C'était très prévenant de sa part.

— Si nous avons l'air gênés, cela pourrait semer le doute dans les esprits, précisa-t-il.

Pas si prévenant que ça, tout bien considéré.

— D'accord, dit-elle. Allons-y.

Du bout de ses doigts, il caressa son front et sa joue avant de dégager doucement une mèche de cheveux de son visage. Heureusement qu'elle avait toujours cette serviette sur ses épaules ! Vivek ne pouvait pas voir les frissons de plaisir qui la parcouraient…

— Ce n'est pas parce que notre mariage sera sans amour qu'il doit être sans plaisir, murmura-t-il en se penchant vers elle.

Son souffle chaud lui caressa l'oreille, et elle sentit une douce sensation se répandre dans son corps. Du plaisir ? Ils n'avaient pas parlé de plaisir.

Il baissa la tête et, instinctivement, elle ferma les yeux, le corps vibrant de désir. Elle sentit alors les lèvres de Vivek effleurer les siennes, si légèrement qu'elle se demanda si ce n'était pas le vent. Impatiente, elle essaya de se rapprocher de lui, mais au même moment il recula.

— *Aare*, tu auras tout le temps pour ça après le mariage.

À cette voix si familière, elle ouvrit brusquement les yeux et, comme une adolescente surprise avec son petit ami, s'écarta vivement de Vivek.

Sa mère venait d'arriver, accompagnée de sa sœur. Toutes deux étaient vêtues de saris parfaitement drapés et perchées sur des chaussures à talons qui semblaient totalement incongrues sur le pont d'un navire de croisière.

— La cérémonie des fiançailles doit avoir lieu dans une demi-heure, et regardez-vous. Il ne vous reste que six jours à attendre avant le mariage. Vous pouvez tout de même patienter jusque-là, non ?

Sa tante Reshma avait parlé d'une voix taquine en lui prenant la main.

Hema grimaça.

— Arrête, *maasi*. Je ne suis plus une petite fille.

Mais Reshma ne se laissa pas convaincre par cet argument. Elle agita son doigt en direction de Vivek.

— Je vous suggère par ailleurs d'aller vous habiller, jeune homme. Votre frère vous cherche.

Là-dessus, elle entraîna Hema jusqu'à l'ascenseur.

Hema se retourna. Vivek lui souriait, et en le regardant, elle sentit son cœur s'emballer. Leur mariage arrangé lui avait paru si simple, un mois plus tôt, si logique. Mais à présent, elle n'en était plus si sûre.

Dans quoi était-elle allée se fourrer ?

— Explique-moi encore une fois en quoi ce plan peut te sembler sensé ?

Vivek ne répondit pas et regarda les étiquettes suspendues aux *sherwani* qui avaient été soigneusement alignés dans le placard. En qualité de futur marié, il avait pensé qu'il serait logé dans l'une des suites, mais ses parents avaient décrété qu'il y avait trop de personnes importantes et pas suffisamment de suites. Aussi avait-il été relégué dans une chambre normale, avec un grand lit qui prenait presque tout l'espace. Au moins, il disposait d'un balcon sur lequel se trouvait actuellement son frère Vikram de deux ans son cadet.

S'ils étaient souvent pris pour des jumeaux, ils étaient extrêmement différents du point de vue de la personnalité. Vikram adorait être au centre de l'attention. Lui, il préférait agir dans l'ombre.

— C'est simple, répondit-il enfin. Le père de Hema refusait de la laisser terminer ses études aux États-Unis si elle n'était pas mariée. Elle en a assez qu'on lui arrange des rendez-vous avec des hommes qui ne comprennent pas ses aspirations professionnelles. Elle est satisfaite de notre accord qui lui permettra de réaliser son rêve.

Il passa en revue les vêtements que son assistant avait clairement étiquetés avec les dates et les noms des événements.

— Je suis au courant pour cette partie, fit remarquer Vikram. Mais qu'est-ce que tu y gagnes, toi ?

— Une épouse respectable aux yeux de la haute société. Hema est une femme belle et intelligente qui comprend ce que je peux et ne peux pas lui donner.

— Elle n'est pas ton genre.

— J'ignorais que j'avais un genre.

— Elle est amusante et extravertie. Tu es sérieux comme un pape !

Tout en souriant, Vivek lui jeta un oreiller à la tête. Vikram le rattrapa au vol et le lui relança.

— Revenons à nos moutons, dit Vikram. Tu as vu Hema… quoi ? Deux fois ?

— Trois en comptant aujourd'hui.

— Ah oui ! Ça change tout !

— Écoute, nous ne nous sommes peut-être rencontrés que deux fois physiquement, mais nous avons beaucoup parlé en visio et par messages. Cette décision, nous ne l'avons pas prise à la légère. Nous en avons discuté, nous avons pris le temps d'y réfléchir chacun de notre côté, et nous en avons encore discuté.

— Ce n'est pas comme ça que tu oublieras Divya.

Vivek sentit un frisson glacial lui parcourir le dos.

— J'ai déjà oublié Divya, décréta-t-il.

Ayant enfilé son *sherwani*, il se tourna vers le miroir. Il était las qu'on lui rappelle que l'amour de sa vie avait fui le *mandap* de mariage avec un parfait étranger.

— Divya n'a rien à voir là-dedans, reprit-il. Ce qui compte, c'est que j'avance dans ma vie.

— Tu connais à peine cette fille. Qu'est-ce qui te dit qu'elle ne va pas sauter dans un canot de sauvetage au dernier moment pour prendre la fuite ?

Excédé, Vivek leva les yeux au ciel.

Il jeta son linge sale dans un panier qu'il referma violemment. Il en avait assez de revivre son mariage raté. L'anecdote avait été reprise sur les réseaux sociaux pendant des semaines. Et, juste quand le scandale avait commencé à se tasser, Divya avait lancé son premier titre et était devenue une chanteuse à succès. L'histoire de son mariage annulé était alors ressortie et elle lui collait à présent à la peau comme une sangsue. Il ne pouvait plus se rendre à une soirée ou à un entretien sans que le nom de son ex-fiancée soit évoqué !

« C'est vrai qu'elle s'est enfuie juste avant la cérémonie ? Vous n'étiez au courant de rien ? » « C'est vrai qu'elle ne connaissait pas l'homme avec qui elle est partie ? Mais comment en est-elle venue à l'épouser ? »

Toujours les mêmes questions qui circulaient dans les dîners d'affaires et les conversations de couloir devant les salles de réunion. La pire était celle-ci : « Vous allez bien ? » À chaque fois que Divya lançait un nouveau disque : « Vous allez bien ? » Il n'en pouvait plus...

Ce mariage allait changer l'histoire. Hema était belle, intelligente et, cerise sur le gâteau, elle était la fille d'un éminent industriel. Du point de vue de la haute société indienne, il avait décroché le gros lot. Grâce à elle, son statut social et professionnel s'était déjà amélioré. Depuis que les faire-part avaient été envoyés, les questions sur Divya avaient cessé.

La voix de son frère le ramena doucement à l'instant présent.

— Ce que j'essaye de te dire, c'est qu'il n'est pas trop tard pour reconsidérer ce projet dément. Tu ne peux pas épouser une femme que tu connais à peine. As-tu réfléchi à toutes les choses qui pourraient mal tourner ? C'est d'un engagement à vie dont nous parlons, je te rappelle.

Il y avait longuement réfléchi et, après le départ de Divya, il s'était fixé trois règles de vie :

Règle n°1 : Ne pas tomber amoureux d'une autre femme.

Règle n°2 : Ne pas se retrouver dans une situation sentimentale échappant à tout contrôle.

Règle n°3 : Fixer des règles à toute relation et s'y tenir.

— Je sais ce que je fais, répondit-il avec assurance. Et tout se déroulera comme prévu.

2

— Hema, si tu ne sais pas attacher un sari, pourquoi avoir choisi d'en porter un ?

Tout en levant les yeux au ciel, sa tante Reshma drapa la délicate étoffe sur sa poitrine avant de l'épingler au niveau de son épaule.

— Parce que je savais que tu serais là pour le faire, répondit Hema en souriant.

Petite, elle avait souvent souhaité que sa *maasi* soit sa mère. Les deux sœurs n'auraient pu être plus différentes. Autant sa mère était froide et rigide, autant sa *maasi* était chaleureuse, affectueuse, amusante.

Reshma s'accroupit pour ajuster le drapé au bas du sari, s'assurant que les plis soient bien réguliers.

— Tout est allé si vite. Je n'ai même pas eu le temps de t'acheter un cadeau.

— Ta présence est le seul cadeau dont j'ai besoin, *maasi*.

S'étant relevée, Reshma prit le menton de Hema entre ses mains.

— As-tu vraiment envie de ce mariage ? Es-tu vraiment amoureuse de Vivek ?

Hema avait une réponse toute prête à lui apporter. Elle savait que sa *maasi* allait poser cette question et elle avait longuement réfléchi à ce qu'elle allait lui dire. « C'est un homme gentil, le genre d'homme que l'on épouse. Il me comprend et me soutient. Que demander de plus ? » Mais les mots restèrent coincés dans sa gorge, lui laissant un goût amer. Elle ne pouvait pas mentir à sa *maasi*.

— Vivek et moi avons un accord. Il va m'aider financièrement pour que je puisse poursuivre mes études de médecine à New York.

L'air horrifié, Reshma porta vivement ses mains à sa bouche.

— Tu vas l'épouser juste pour pouvoir continuer tes études ? Allons, Hema, il doit bien y avoir un meilleur moyen. Si c'est une question d'argent, je peux t'aider.

Émue, Hema la serra dans ses bras. Reshma était institutrice dans une école maternelle et son salaire n'était pas mirobolant. Et pourtant Hema n'avait aucun doute sur le fait que sa *maasi* aurait vendu l'un de ses reins si elle le lui avait demandé.

— Ce n'est pas seulement une question d'études, expliqua-t-elle. De toute façon, tôt ou tard, il aurait fallu que je me marie. Vivek est un homme bien. Le genre d'homme que l'on épouse.

— Tu parles comme ta mère. Il n'y a pas de genre d'homme que l'on épouse. On épouse l'homme que l'on aime.

Et sa tante savait de quoi elle parlait ! C'était par amour qu'elle s'était rebellée contre sa famille, et elle s'était enfuie avec l'homme qu'elle aimait, sans se soucier d'être déshéritée par ses parents. Veuve depuis dix ans, elle ne s'était jamais remariée.

— Mon travail est l'amour de ma vie, *maasi*.

Fut une époque où elle était naïve, où elle pensait que sa vie pouvait être un film de Bollywood : qu'elle pouvait avoir l'amour, le mariage et une belle carrière. À présent, elle ne se concentrait plus que sur les rêves qu'elle se savait en mesure de réaliser.

— Non, non, ma chérie, rétorqua Reshma. Tu ne peux pas te contenter de ça. Tu ne peux pas vivre une vie de solitude.

— *Maasi*, je n'ai pas besoin d'un homme pour être heureuse. J'ai beaucoup réfléchi à tout ça. Je m'entends très bien avec Vivek et il financera mes études. C'est une bonne décision.

— Permets-moi de te dire, ma chérie, qu'il t'arrive souvent de te montrer très impulsive. Tu ne réfléchis pas toujours aux conséquences de tes actions sur le long terme.

— Je planifie ma carrière de médecin depuis le lycée. Je ne vois pas ce qu'il y a d'impulsif là-dedans.

— Quand tu étais petite, tu voulais un chien, mais ta mère n'était pas d'accord. La plupart des enfants auraient supplié, auraient cherché à négocier. Mais pas toi. Toi, tu es allée voir un voisin dont la chienne avait eu des petits et tu as payé ta servante avec ton argent de poche pour qu'elle garde le chiot dans ses appartements.

Hema sourit à ce souvenir. Un bon mois s'était écoulé avant que sa mère découvre le pot aux roses. Alors son père était intervenu et l'avait autorisée à garder le chiot, à condition qu'il ne rentre pas dans la maison. Il lui avait même fait construire une niche sur leur propriété.

— Ma petite chérie, quand tu veux vraiment quelque chose, tu es prête à tout pour l'obtenir. Réfléchis bien. Tu as peut-être pris une mauvaise décision, juste parce que tu voulais vraiment suivre ce cursus.

Hema sentit son cœur se serrer. Et si c'était le cas ? Personne ne semblait comprendre que sa volonté de devenir chirurgienne ne relevait pas simplement d'une ambition professionnelle. C'était le but de sa vie. Elle avait fait beaucoup d'efforts pour réussir le concours d'entrée. C'était une réussite, une victoire qu'elle ne pouvait attribuer qu'à elle-même. Son père n'avait pas participé au financement de cette école de médecine. Elle avait réussi toute seule. Quand elle avait reçu cette lettre l'informant que l'école lui proposait une place, elle s'était dit qu'elle allait enfin pouvoir contrôler sa vie. Une fois qu'elle serait médecin, elle serait en mesure de dicter les termes de son existence. Aucun homme, qu'il s'agisse de son père ou de son mari, ne pourrait lui dire ce qu'elle avait à faire.

— Il ne s'agit pas seulement de mes études, *maasi*. Ce mariage, c'est aussi une occasion pour moi de gagner ma liberté.

— Comment ça ?

— As-tu oublié ce que c'est que d'être une femme née en Inde ? Même une femme privilégiée ?

Reshma ne répondit pas et se concentra de nouveau sur les plis du sari.

— Malgré la bonne éducation que j'ai reçue, je n'ai aucun

moyen de subvenir à mes besoins financiers, et par conséquent, je n'ai aucun contrôle sur les décisions majeures de ma vie, reprit Hema. J'aime papa de tout mon cœur, mais il est très traditionnel dans sa façon de penser. Il insiste pour me voir mariée.

Elle était très proche de son père qui avait toujours été son allié. Sauf quand il avait été question qu'elle prenne son indépendance professionnelle sans la protection d'un mari respectable. Sans le soutien financier de son père, non seulement elle n'aurait pas les moyens de vivre à New York avec son maigre salaire d'interne, mais elle ne pourrait pas non plus obtenir le visa nécessaire pour ses études. C'était là le seul point de friction dans sa relation par ailleurs excellente avec son père. Il l'avait toujours soutenue dans toutes ses entreprises, mais cette fois-ci il avait exigé qu'elle se marie avant d'aller s'installer aux États-Unis. Elle avait protesté, pleuré, crié. En vain. Elle avait alors accepté l'idée d'un mariage.

— Vivek partage mes valeurs, mais c'est un homme moderne qui comprend et respecte mes aspirations, expliqua-t-elle. Une fois que j'aurais été formée aux États-Unis, de nombreuses possibilités se présenteront à moi. Je pourrais exercer presque partout où je le souhaite, prendre mes propres décisions, mener ma vie comme je l'entends. S'il y a quelqu'un qui peut comprendre combien il est important pour moi d'obtenir mon indépendance, c'est toi.

Sans faire de commentaire, Reshma se remit à ajuster son sari.

Hema observa son reflet dans le miroir. La mousseline de soie rose pâle brodée de petits strass et de délicat fil d'argent mettait en valeur les courbes de son corps, soulignant à merveille sa taille.

— Beau travail, *maasi*.

— Souviens-toi juste d'une chose, Hema.

Se préparant à un sermon, elle leva les yeux au ciel.

— Si tu as besoin d'un bateau ou d'un moyen de transport quelconque pour t'enfuir, ce sera moi qui conduirai, décréta sa *maasi*, très sérieuse.

Hema essayait de se concentrer sur ce que sa *maasi* lui disait, mais son attention était attirée par Vivek qui approchait. La soirée de fiançailles battait son plein. Le pont où se trouvaient les piscines avait été transformé : guirlandes lumineuses, étoffes indiennes artistiquement drapées et longues tables de buffet mettant à l'honneur samosas, *chaat* et verrines de *lassi* à la mangue.

Mais malgré toutes ces merveilles, elle n'avait d'yeux que pour Vivek. Pourquoi n'avait-elle pas remarqué plus tôt à quel point il était beau ? Et, dans ce *sherwani* classique, il était... époustouflant. Elle l'avait aperçu un peu plus tôt dans la soirée, mais il était entouré par une foule d'invités. De la même façon, elle avait été accostée par plusieurs personnes qu'elle avait fait semblant de reconnaître, heureuse que dans la culture indienne, les aînés, quel que soit le lien de parenté qu'ils aient avec vous, soient surnommés « *uncle* » et « *auntie* » - oncle et tante.

— Vous êtes magnifique, *auntie* Reshma, dit Vivek.

— Évidemment ! De qui crois-tu que Hema a hérité sa beauté ? Mais je t'en prie, appelle-moi *maasi*. « *Auntie* », c'est pour les vieilles dames dont on ne se souvient plus du nom.

Hema et Vivek éclatèrent de rire.

Après avoir fait quelques remarques croustillantes sur la soirée, Reshma les quitta pour aller rejoindre un groupe.

— Combien de personnes connais-tu, parmi toutes celles qui se trouvent à cette fête ? demanda Vivek.

— À part toi, mes parents et ma *maasi* ? Une petite dizaine, peut-être. J'ai aperçu mes amis de la fac de médecine, tout à l'heure. Mais je les soupçonne fort d'être partis au casino, pour s'amuser.

— Tu es magnifique, soit dit en passant.

La voix de Vivek, basse et sensuelle, fit courir de délicieux frissons le long de son dos.

— C'est Nisha qui a conçu cette tenue pour moi, expliqua-t-elle. Tu sais qu'elle vient d'épouser Sameer, le frère de Divya.

Elle se tut, horriblement gênée.

Mais qu'est-ce qui me prend ? Pourquoi a-t-il fallu que je lui parle de Divya ?

— Tu étais à la cérémonie ? s'enquit Vivek. Combien de plaisanteries y a-t-il eues sur mon mariage raté avec elle ?

Rassurée par le ton léger de sa voix, elle se détendit un peu.

— J'ai perdu le compte, répondit-elle. Et toi, combien as-tu entendu de remarques au sujet de mon mariage raté avec Arjun, le frère aîné de Divya ?

Il fit mine de compter sur ses doigts avant de lever ses deux mains devant lui en un geste d'abandon.

— Quasiment tous les invités avec qui j'ai parlé m'en ont fait, dit-il.

— Ils parlent comme s'ils nous révélaient un grand secret.

Elle jeta un coup d'œil autour d'elle, se pencha vers lui et, baissant la voix, ajouta :

— Saviez-vous que...

— Quelle histoire, vous ne trouvez pas ? conclut-il en imitant la voix de baryton d'un homme âgé.

Tous deux éclatèrent de rire.

— Arjun et Rani sont ici, tu sais ?

— Je sais, répondit-elle en hochant la tête.

— Cela ne te dérange pas ?

— Non. Je ne voulais pas épouser Arjun, et inversement. J'ai été ravie qu'il tombe amoureux de Rani. Et je suis tout aussi ravie qu'ils soient ici. J'ai toujours considéré Arjun comme une sorte de grand frère, et je trouve que Rani est une fille extraordinaire.

Fronçant les sourcils, il prit un air décontenancé.

— Mais... tu m'avais dit que tu avais été trahie par l'homme que tu aimais...

— Ah. Oui. Je parlais d'Arun. Je sortais avec lui à l'époque où Arjun et moi étions censés nous fiancer. Et c'est pour cette raison que j'ai été si contente qu'Arjun rompe avec moi. À cette époque, je voulais épouser Arun.

Elle sentit sa gorge se nouer. Ce qu'elle ne pouvait lui dire, c'est qu'elle avait été assez bête pour s'éprendre d'Arun. Qui s'était révélé être un sale type. Mais il n'y aurait pas de problème de ce genre avec Vivek. Non seulement il avait accepté de signer le contrat de mariage en béton qu'elle lui avait présenté, mais il s'était aussi montré honnête dès le départ en lui disant qu'il ne pourrait pas l'aimer et qu'il n'attendait pas d'elle qu'elle tombe amoureuse de lui. Tout était clair, entre eux.

— En tout cas, tu n'as pas de souci à te faire, dit-il. Divya a décliné l'invitation au mariage.

Elle était au courant et elle ne s'était pas fait de souci. Ou en tout cas, pas comme il l'entendait. Étant assez proche de Divya, elle avait été plutôt attristée d'apprendre qu'elle n'assisterait pas au mariage, même si Divya lui avait expliqué qu'elle ne voulait pas lui voler la vedette, sa simple présence risquant de rappeler aux invités le désastre de son mariage raté avec Vivek.

— Tu l'as revue depuis... ?

— Depuis qu'elle s'est enfuie avec un autre ? Non. Je lui ai juste parlé et mon assistant lui a envoyé un cadeau de mariage.

Les choses étaient-elles vraiment claires, entre Divya et lui ?

Quand une de ses amies lui avait envoyé une photo d'Arun embrassant une autre fille, elle était allée le voir. Il lui avait servi une excuse convaincante : c'était une ex-petite amie qui cherchait à le reconquérir et lui avait volé un baiser. Elle avait été assez bête pour le croire. La deuxième fois qu'il l'avait trompée, elle avait enfin compris qui il était vraiment.

— Tu te sens prête pour ce genre de vie ? demanda Vivek en pointant du doigt les festivités. Les affaires, à New York, ne se font qu'à des cocktails et des dîners en ville.

— Ce n'est pas différent de Delhi. Mon premier souvenir, c'est ma mère en train de se préparer pour aller à une soirée. Je suis habituée à ce genre de vie.

Mais en avait-elle envie ? Elle s'efforça d'écarter cette question de son esprit. Les seuls moments où sa mère paraissait heureuse étaient ceux où elle s'habillait pour un événement mondain. Les fêtes semblaient être l'unique source de joie du couple malheureux de ses parents.

— J'imagine que les soirées new-yorkaises ne sont pas si différentes de celles que je connais, reprit-elle. Des femmes mariées qui cherchent à savoir qui a le plus gros diamant, des hommes mariés qui comparent la taille de leur... leur...

— Leur jet privé ? conclut Vivek en souriant. C'est un peu pénible au départ, mais on finit par s'y habituer. On vient, on boit un verre, on sourit, on signe un chèque si c'est une collecte de fonds, et on s'en va aussitôt que le dessert est servi.

— On ne danse pas ?

— Tu aimes danser ?

— Avec le bon partenaire, oui, répondit-elle en inclinant la tête sur le côté.

Sans faire de commentaire, il lui tendit la main.

Elle hésita quelques secondes avant de la prendre. Leurs regards se croisèrent, et elle sentit des papillons s'agiter dans son ventre. Avec détermination, il finit par la conduire jusqu'à la piste de danse. L'orchestre jouait la version instrumentale d'une chanson d'amour de Bollywood. Posant sa grande main sur la peau fraîche et dénudée de sa chute de reins, Vivek l'attira contre lui. La chaleur de son corps réchauffa immédiatement le sien…

Tout en appliquant une légère pression sur le bas de son dos, il tira un peu sur sa main. Il savait mener la danse. Il se mouvait avec la grâce et la puissance d'un tigre. Quand il fit glisser son pouce sur sa peau nue, elle sentit de délicieuses sensations s'éveiller en elle…

Il se pencha vers elle, et son souffle chaud lui caressa l'oreille.

— Comment me trouves-tu, comme partenaire de danse ?

Extraordinaire.

— Un peu d'entraînement ne te ferait pas de mal, répondit-elle.

Tout en souriant, il lui fit faire un tour sur elle-même. Et cette fois-ci, quand il la reprit dans ses bras, ses seins se retrouvèrent en contact avec les muscles fermes de son torse.

Elle pria pour qu'il ne remarque pas ses tétons durcis de désir…

Tout en le regardant dans les yeux, elle fit un pas en arrière pour mettre de la distance entre leurs deux corps. Il baissa alors la tête vers elle. Si elle s'inclinait très légèrement, elle pouvait l'embrasser… Son corps chaud si près du sien. L'odeur boisée de son parfum. Sa main sur le bas de son dos. Le murmure de son souffle entre ses lèvres.

Mais, juste au moment où elle croyait qu'il allait enfin joindre ses lèvres aux siennes, il recula.

Une fois la déception passée, elle reprit son souffle. Souhaitait-elle vraiment avoir une relation physique avec lui ? Quand ils avaient évoqué le sujet, à l'occasion d'un appel vidéo, ils avaient décidé ensemble que le sexe relèverait d'une décision mutuelle. Leur relation était déjà si compliquée. Elle pensait qu'ils avaient évoqué tous les sujets qui devaient être négociés dans le cadre de leur relation si particulière, mais il y en avait tellement d'autres.

— Attention. Elle arrive, murmura Vivek.

En suivant son regard, elle vit Seema, la mère de Vivek, qui s'avançait vers eux d'un pas déterminé.

— Vous êtes tellement mignons, tous les deux.

Hema appréciait beaucoup la mère de Vivek, qui était de nature affectueuse et extravertie. Tout le contraire de sa propre mère…

— Viens, *beti*, lui dit-elle en passant son bras autour de ses épaules. La cérémonie va commencer.

Seema la conduisit vers un endroit du pont où un large plateau d'argent avait été installé sur un piédestal. Deux écrins de bijoutier y étaient posés, ainsi qu'une *diya* allumée, un bouquet de soucis et quelques sucreries. Des étoffes brunes et or avaient été drapées sur le garde-fou, et flottaient au vent. Le bateau longeait à présent les côtes de Virginie, prenant la direction des Caraïbes. La température avait grimpé. Une agréable brise fraîche tempérait la chaleur du soleil qui étincelait, juste au-dessus de la ligne d'horizon.

Les invités s'étant rassemblés, Vivek et elle prirent place devant le plateau. Son père se vit confier un micro, qu'il tapota un peu trop fort avant de s'excuser dans un petit rire nerveux.

— Mesdames et messieurs, merci de nous avoir fait grâce de votre précieuse présence à l'occasion du mariage de ma fille.

La nervosité qui transparaissait dans la voix de son père lui tira un tendre sourire. Il était un habitué des interviews pour la télévision, des discours devant des centaines de personnes. Cette instabilité dans sa voix… on ne la percevait que lorsqu'il était submergé par l'émotion.

— Beaucoup d'entre vous savent que Hema est ma fille chérie. L'abandonner à un autre n'est donc pas chose facile, pour moi.

À ces mots, elle sentit son cœur s'emplir de tout l'amour qu'elle avait pour lui. Elle lui en avait beaucoup voulu, au cours des mois passés, de l'avoir forcée à prendre la décision de se marier, mais elle sentait sa colère se dissiper à mesure qu'il parlait. Instinctivement, elle se rapprocha de lui. Les yeux brillants, il passa son bras autour de ses épaules.

— Si cela n'avait tenu qu'à moi, je ne l'aurais jamais laissée grandir. Mais tous les papas ici présents vous le diront : on comprend que l'on n'a pas le choix quand vient le temps de confier sa précieuse fille à un autre homme.

Plusieurs des hommes présents dans la foule levèrent leur verre.

Hema ressentit soudain un petit pincement au cœur. Elle avait passé des années à reprocher à son père de trop se mêler de sa vie, mais elle n'avait pas pensé que son départ le rendrait malheureux.

— Ce *rishta* n'est pas seulement entre Hema et Vivek. Il est aussi entre deux familles, poursuivit-il en se tournant vers Vivek. En échangeant ces bagues aujourd'hui, vous vous engagez à vous marier. Cet engagement va vous lier l'un à l'autre, mais va aussi lier nos familles pour les générations à venir.

Hema se tourna vers Vivek. La peur qu'elle lut dans ses yeux était le reflet de celle qu'elle ressentait. Étaient-ils vraiment sûrs de ce qu'ils faisaient ? Ils avaient déjà fait endurer tellement d'épreuves à leurs familles respectives. Si leur plan dément ne fonctionnait pas, d'autres en souffriraient avec eux.

— Peu importe le lieu où je me trouve dans le monde, je rentre toujours chez moi le samedi soir, reprit son père. Mon moment préféré de la semaine, c'est le dimanche matin. Je m'assois dans la véranda avec ma fille et nous prenons notre petit déjeuner. Elle boit du chai, moi du café, et nous commentons l'actualité. Je te mets d'ailleurs en garde, Vivek : ne soulève jamais le sujet du Premier ministre Modi si tu n'as pas envie de passer des heures à te disputer avec elle !

Des éclats de rire fusèrent dans la foule.

Hema, elle, sentait des émotions contradictoires se bousculer en elle. Avait-elle vraiment envie de laisser son père en Inde, tout seul avec sa mère ? Ils avaient essayé de le lui cacher, mais elle savait depuis son enfance qu'elle était le fil ténu qui maintenait l'unité de leur couple. Serait-ce vraiment si horrible que ça de suivre son internat en Inde ? Il y avait de bonnes écoles. Certes, aucune n'enseignait le type de chirurgie robotique que son internat new-yorkais lui permettrait d'étudier. Mais était-ce plus important que son père ? Était-ce suffisamment important pour épouser un homme qu'elle ne connaissait même pas ? Un homme qui ne l'aimerait jamais.

Quand son père eut terminé son discours, Vivek s'approcha d'elle pour lui saisir la main. Plongeant son regard dans le sien, elle inspira profondément. Ce n'était pas une décision prise à la légère. Elle avait passé deux ans à essayer d'obtenir un internat spécialisé dans la chirurgie robotique. Il n'existait au monde que six formations de ce genre, et être admis dans l'une d'elles était presque impossible. C'était son unique chance. Elle avait fait le bon choix. Tout allait bien se passer.

Vivek lui glissa la bague au doigt, un immense diamant taille princesse entouré de saphirs et monté sur un anneau de platine, et des cris de joie éclatèrent de toutes parts. La tradition indienne voulait que la fiancée offre aussi une bague à son futur époux. En regardant celle qui se trouvait sur le plateau, elle se rendit compte qu'elle n'avait aucune idée de sa provenance. C'était sa mère qui l'avait choisie et qui s'était par ailleurs occupée de tous les autres détails du mariage. Machinalement, elle glissa la bague ornée de diamants au doigt de Vivek. Cette bague n'était pas du tout son style.

Les invités commencèrent à lever leur verre, et elle sentit son cœur s'emballer. Tendrement, Vivek se pencha vers elle pour l'embrasser sur la joue.

Un instant plus tard, la foule se rassemblait autour d'eux pour les féliciter. Vivek avait posé la main dans le creux de ses reins, un contact qu'elle trouvait à la fois irritant et apaisant.

Pourquoi ne l'embrassait-il pas ? Avait-elle mauvaise haleine ? Ne la trouvait-il pas attirante ?

Quand les invités s'éloignèrent enfin, elle avait horriblement mal aux pieds. Elle retira ses sandales à talons et les garda à la main. La fête battait toujours son plein, mais pour elle, c'était terminé. Elle était arrivée à New York seulement la veille. Le jet privé de son père avait beau être très confortable, le voyage depuis New Delhi avait duré seize heures, et elle souffrait toujours du décalage horaire.

— Tu crois que quelqu'un remarquera mon absence si je m'éclipse discrètement ? chuchota-t-elle à Vivek.

— Il reste encore six soirées. Il faut nous ménager. Je vais te raccompagner.

Quand elle arriva devant la porte de sa cabine, elle demeura sur le seuil, embarrassée. Devait-elle inviter Vivek à entrer ou lui souhaiter bonne nuit ? Quel était le protocole, quand la future mariée connaissait à peine son fiancé ?

— Tu veux entrer quelques minutes ? s'enquit-elle.

Après quelques secondes d'hésitation, il hocha la tête.

Quand il fut à l'intérieur, sa spacieuse suite lui parut soudain beaucoup trop petite.

Comme s'il avait lu dans ses pensées, il ouvrit les portes coulissantes et passa sur le balcon. Elle lui emboîta le pas. Ils s'accoudèrent au bastingage. Le ciel était illuminé par des myriades d'étoiles. Comme le vent était devenu un peu plus frais, elle se frotta les bras pour se réchauffer.

Immédiatement, Vivek passa son bras autour de son épaule. Sans même y réfléchir, elle se blottit contre lui, posant sa joue contre son torse musclé.

Les battements de son cœur étaient rapides mais réguliers. La chaleur de son corps sembla l'envelopper. Elle releva la tête vers lui. Il se pencha, entrouvrit les lèvres… et recula.

Assez ! Avec impatience, elle l'attrapa par son *sherwani* et se haussa sur la pointe des pieds pour joindre ses lèvres aux siennes. L'espace d'une brève seconde, il sembla surpris. Mais bien vite elle sentit sa bouche chaude contre la sienne, goûtant et explorant ses lèvres avec passion. Quand il glissa la main sous le haut de son sari, elle pressa son corps contre le sien. Avait-il envie d'elle autant qu'elle avait envie de lui ?

Elle sentait la chaleur de sa main sur son dos, la fermeté de son corps contre le sien. Mais soudain il rompit le baiser. Il la regardait à présent intensément, et l'espace d'un instant, elle crut qu'il allait se jeter sur elle et l'embrasser jusqu'à en perdre la raison. Mais il finit par se détourner.

— Bon, je suis content que l'on ait surmonté cela.

Surmonté ? Ce baiser était-il une épreuve pour lui ?

— Je vais y aller, ajouta-t-il en retournant à l'intérieur.

Il était presque arrivé à la porte quand elle finit par retrouver sa voix.

— Vivek, puis-je te demander une chose ?

Sans répondre, il se retourna vers elle.

— Qu'est-ce qui se passera si tu ne parviens pas à te contenter de moi ? s'enquit-elle. De notre couple ?

— Qu'entends-tu par là ?

— Si, dans un an, cinq ans ou dix ans, tu rencontres une femme dont tu tombes amoureux ?

— Cela n'arrivera pas.

— Comment peux-tu en être si sûr ?

— Parce que je suis déjà tombé amoureux. Et que ça a été horrible. Jamais plus je ne veux me retrouver dans une telle situation.

Il ouvrit la porte puis se retourna vers elle.

— Mais même si cela se produisait, je veux que tu saches qu'une fois que nous aurons parcouru ces sept cercles autour du feu sacré, nous serons unis pour la vie, conclut-il.

Elle aurait dû se sentir rassurée par ses paroles. Et pourtant, elle sentit tous ses muscles se crisper.

3

Vivek se réveilla en sursaut le lendemain matin. Il n’avait pas demandé à Hema ce qui se passerait si elle ne parvenait pas à se contenter de lui. Il connaissait son cœur, mais pas le sien. Il y avait beaucoup de choses qu’il ignorait sur elle. Comme ce don qu’elle avait pour l’exciter rien qu’avec un baiser. Il s’en était fallu de peu, la veille, pour qu’il lui arrache son sari. Il avait tellement eu envie de la prendre, là, sur le balcon de sa cabine. Elle l’aurait laissé faire, c’était certain. Il s’était heureusement arrêté à temps en se rendant soudain compte du désir qu’il éprouvait pour elle. Un désir bien trop puissant. Il ne lui était arrivé qu’une seule fois de perdre le contrôle de ses émotions, et il n’avait aucune intention de se retrouver dans cette position.

Après une douche rapide, il passa un short et un T-shirt, et gagna le pont de la piscine. Les décorations de la nuit passée avaient disparu, remplacées par des tables, des chaises et un merveilleux buffet de petit déjeuner : fruits, pancakes, gaufres, bacon, saucisses, œufs, porridge, céréales, pommes de terre sautées…

Quand il se fut servi, Hema, tout sourire, lui fit signe de s’installer à côté d’elle. Elle portait un short en jean et un T-shirt ample. Ses cheveux étaient rassemblés en queue-de-cheval et son visage ne portait pas la moindre trace de maquillage. Il avait déjà pris conscience de son exceptionnelle beauté, mais comment avait-il pu ignorer la façon qu’avait son cœur de s’emballer à chaque fois que son regard tombait sur elle ?

— Les invités sont tous au restaurant, lui dit-elle. Je suis venue ici pour éviter les tantes et leurs commentaires.

— Laisse-moi deviner. Elles veulent toutes savoir quand nous aurons des enfants.

— Pire ! Elles veulent savoir quelles sont mes amies célibataires pour leur trouver un mari !

— J'avais bien dit à ma mère que ces huit jours confinés sur un bateau étaient une mauvaise idée. Pour tromper l'ennui, les oncles et tantes sont capables de tout.

— L'important, c'est de ne pas devenir la cible de leur ennui, chuchota-t-elle sur le ton de la conspiration.

— Des idées ?

Elle fit mine de réfléchir.

— Il faut sacrifier quelqu'un, suggéra-t-elle.

— Vikram commence vraiment à m'agacer.

— Oh non. C'est mon futur beau-frère. Ce ne serait pas juste.

— Alors il va falloir nous cacher.

Elle lui sourit, et il sentit son cœur chavirer.

— Qu'envisages-tu de faire aujourd'hui ? s'enquit-elle.

— Rester à l'abri dans ma cabine pour régler quelques affaires professionnelles.

Le sourire lumineux de Hema disparut brusquement.

Il fut tenté de lui demander ce qu'elle aimerait faire, mais il se retint. Il ne cherchait pas à la courtiser. Son but n'était pas qu'elle tombe amoureuse de lui. Une fois qu'ils seraient mariés, ils vivraient ensemble, mais mèneraient leur vie chacun de leur côté. Mieux valait commencer dans cet esprit dès à présent.

— Tiens, les tourtereaux ! lança une voix derrière eux.

Il grogna en se retournant.

Sameer et sa fiancée Nisha s'approchaient. Il évitait de parler au frère de Divya depuis le soir où il s'était présenté à son hôtel de Las Vegas pour supplier Divya de revenir vers lui. Il s'était avéré que Divya n'était pas là mais, comme il refusait de partir, Sameer avait fini par appeler la sécurité pour lui faire quitter l'hôtel. L'humiliation de ce moment était restée douloureusement gravée en lui. Encore une bonne raison de ne laisser personne s'insinuer dans son cœur au point de lui faire perdre le contrôle de lui-même.

Tandis que Hema prenait Nisha dans ses bras, il se leva pour serrer la main de Sameer.

— J'ai eu plein de compliments sur ma tenue d'hier, dit Hema en souriant à Nisha. J'ai dit à tout le monde que c'était l'une de tes créations.

Vivek brûlait d'envie de leur demander de s'en aller, mais sa bonne éducation indienne le poussa à les inviter à s'asseoir. Et comme les femmes se mirent à parler de la marque de vêtements de Nisha et de ses futurs défilés, il n'eut d'autre choix que de se tourner vers Sameer.

— Divya m'a chargé de te présenter ses félicitations, lui dit ce dernier. Elle a jugé qu'il serait inconvenant pour elle de se présenter à ton mariage.

Embarrassé, Vivek se détourna. Il avait supplié sa mère de ne pas envoyer de faire-part à son ex-fiancée, mais il aurait semblé déplacé d'inviter toute sa famille sauf elle.

— J'espère qu'elle est heureuse, dit-il.

Sameer fit signe que oui.

— Écoute, Vivek, je vis à présent à New York. Je dirige l'hôtel Mahal. Nous allons être amenés à nous croiser au cours des années à venir. Je voudrais donc mettre les choses au clair avec toi. Ce soir-là, à l'hôtel...

— C'est oublié, l'interrompit Vivek en lui mettant une petite tape amicale dans le dos. Nous sommes tous les deux passés à un nouveau chapitre de notre vie. Ce qui est arrivé avant n'a plus d'importance.

Sameer l'observa un instant avant de hocher la tête.

Vivek se demanda soudain si Nisha était au courant de l'incident à l'hôtel. Il ne voulait pas que Hema découvre ce qui s'était passé. Jamais. Si cela n'avait tenu qu'à lui, il aurait coupé les ponts avec Divya et sa famille pour le reste de sa vie ! Mais hélas, ce n'était pas ainsi que les choses fonctionnaient. La communauté indienne était très soudée, notamment parmi ceux qui faisaient des affaires à un niveau international. Comme dans un réseau électrique, leurs vies sociales et professionnelles étaient connectées. Couper l'une de ces connexions pouvait avoir des répercussions sur les affaires et les relations personnelles de chacun. Sans compter le scandale que cela déclencherait.

Nisha et Sameer finirent par partir après leur avoir fait promettre de prendre un verre avec eux plus tard.

Vivek surprit alors Hema en train de le dévisager.

— Sur quoi portait cette discussion intense que tu viens d'avoir avec Sameer ?

— Des affaires que nous voulons faire ensemble, répondit-il en haussant les épaules.

Seuls les vigiles de l'hôtel avaient été les témoins de son déshonneur, et il était bien déterminé à tout faire pour que les choses demeurent ainsi.

À son retour dans sa cabine, il s'installa sur le balcon avec son ordinateur. Après avoir décroché son master à Harvard, il avait travaillé pour une éminente entreprise financière et avait fini par reprendre la société de son père. Durant ses deux premières années en qualité de président, les profits avaient augmenté de 25 %. Mais cette réussite s'était faite au prix d'une forte présence dans la haute société. Et il regrettait l'époque où il n'était personne et où sa vie professionnelle n'avait aucun impact sur sa vie personnelle. Une grande partie de ses associés et des actionnaires de sa société avaient assisté à son mariage raté. Plus d'un an s'était écoulé depuis et il lisait toujours de la pitié dans leurs yeux. Son entreprise reposait sur la confiance de ses clients qui lui donnaient des millions de dollars gagnés à la sueur de leur front pour qu'il les investisse. Difficile de les convaincre de se fier à son instinct quand ils ne voyaient en lui rien d'autre qu'un homme qui n'avait même pas su garder sa fiancée. Les investissements avaient baissé de 40 %, au cours de l'année passée. Mais tout cela était déjà en train de changer. Depuis que les faire-part avaient été envoyés, il avait reçu bon nombre d'appels et de mails. Plusieurs invités au mariage lui avaient demandé des rendez-vous. Il était sur le point de revenir au sommet et, cette fois-ci, il ne laisserait pas son cœur se mettre en travers de son chemin vers la réussite.

Il passa toute la journée à travailler et se prépara pour les festivités de la soirée, un concert et un spectacle de danse, suivis d'un buffet de cuisines du monde. Il enfila un chino et une chemise bleu ciel, dont il garda le col ouvert, et compléta l'ensemble par une veste kaki.

Tout au long de la soirée, Hema et lui furent accaparés chacun de leur côté par les invités. Il lui jetait de temps en temps un coup d'œil, admirant sa robe de cocktail bleu roi à fines bretelles qui tombait juste au-dessus de ses genoux. Elle se déplaçait avec une grâce de danseuse, et il se surprenait à retenir son souffle à chaque fois qu'elle passait suffisamment près de lui pour qu'il puisse sentir son enivrant parfum.

Ils se retrouvèrent après les spectacles sur le pont supérieur qui était devenu leur refuge. Le soleil s'était couché, mais ses derniers rayons semblaient s'être attardés dans le ciel qu'ils coloraient de belles nuances de rose, de pourpre et d'orange. L'air était chaud et humide. Ils devaient être au large des côtes de Géorgie. Le pont était désert. À l'étage du dessous, des hommes et des femmes dressaient les tables pour le buffet. Vivek avait perdu le compte du nombre de plats différents que sa mère avait demandé pour la soirée ! Aussi désireuse que lui de faire oublier l'échec du précédent mariage qu'elle avait organisé, elle avait tout fait dans l'excès.

Il se tourna vers Hema et lui sourit.

— Content de voir que tu es toujours en un seul morceau.

— Physiquement, peut-être, répondit-elle en portant théâtralement sa main à sa poitrine. Mais dans mon cœur, j'ai beaucoup souffert aujourd'hui du fait que tu m'aies abandonnée.

— Était-ce si horrible que ça ?

— Pas du tout. En réalité, j'ai passé une journée plutôt agréable.

Ces propos le rassurèrent. Il avait beaucoup culpabilisé de l'avoir laissée seule.

— Comme ta mère avait organisé des jeux de cartes et des séances shopping dans les boutiques du bateau, tout le monde était très occupé. Et j'ai réussi à m'éclipser pour passer la journée à lire, ajouta-t-elle.

— Tu as passé la journée toute seule ? Et tes amies ?

— Je te rappelle que le spa est gratuit. Elles auraient presque pu jeter les tantes par-dessus bord pour passer devant elles ! Mais ne t'en fais pas. J'ai été ravie d'avoir un peu de temps pour lire.

— Que lis-tu, en ce moment ?

— Un ouvrage passionnant sur les différents types de cellules dans les tumeurs ovariennes squameuses.

— Je vois que tu apprécies les lectures légères, fit-il remarquer d'un ton moqueur.

Il lui était déjà arrivé de sortir avec des femmes très intelligentes, mais sur ce plan, Hema occupait incontestablement la première place du podium. Il avait récemment appris que moins de 1 % des personnes qui passaient le concours d'entrée à la formation en chirurgie robotique qu'elle allait intégrer étaient admises. Il s'agissait d'une nouvelle discipline, hautement compétitive, qui exigeait une parfaite maîtrise de la chirurgie et de l'ingénierie.

Silencieuse, elle observait à présent l'étage du dessous. En suivant son regard, il aperçut ses parents qui, au vu de la vigueur avec laquelle ils agitaient leurs mains, semblaient se disputer violemment.

— Comment sont tes parents en tant que couple ? lui demanda-t-elle au bout de quelques instants.

— Ils s'aiment d'un amour sirupeux. Leur mariage a été arrangé, mais ils sont tout de suite tombés amoureux et ils sont très heureux ensemble depuis. Mon père adore ma mère, et inversement. Comme tout le monde, ils ont leurs petits problèmes, bien sûr. Ma mère pense que mon père est trop dur avec moi et pas assez affectueux avec sa belle-mère, ma *dadi*. Mon père trouve que ma mère nous gâte trop, Vikram et moi. Mais même leurs disputes sont mignonnes.

Il avait espéré retrouver le même type de relation quand ses parents avaient arrangé son mariage avec Divya. Ses amis avaient été surpris qu'à leur époque il croie toujours au mariage arrangé, mais ce n'était pas comme s'il n'avait pas essayé la méthode classique pour se trouver une fiancée. Sa première petite amie sérieuse avait pris peur à l'idée d'habiter dans le même immeuble que ses parents. Comment un homme adulte pouvait-il vouloir vivre à proximité de ses parents ? Cela arrive, quand lesdits parents ont toujours soutenu cet homme qui, par ailleurs, aime discuter de la Bourse avec son père et parler cricket avec sa mère. Sa deuxième relation sérieuse s'était terminée au bout de quelques mois quand il avait fini par comprendre que sa petite amie s'intéressait plus à son compte bancaire qu'à lui. C'était à ce moment-là qu'il avait compris pourquoi les mariages arrangés fonctionnaient, à l'époque de ses parents. Il y avait une enquête préalable sur les attentes de chacun, une garantie que les centres d'intérêt et les ambitions du couple seraient en harmonie. Cela éliminait 80 % des risques de se retrouver avec une personne qui n'était pas avec vous pour les bonnes raisons. Ou du moins était-ce ce qu'il croyait. Divya avait rempli tous les critères, mis à part celui qui importait le plus : elle ne voulait pas de lui.

Hema poussa un profond soupir.

— Je regrette de ne pas savoir ce à quoi ce genre de couple peut ressembler, murmura-t-elle. Je ne crois pas avoir vu un seul jour ma mère heureuse. On dirait qu'elle préfère être n'importe où plutôt qu'à la maison. Pourtant mon père l'aime. Enfin, je crois. Quand j'étais petite, il lui offrait des petits souvenirs de tous les endroits où il devait se rendre dans le monde pour ses affaires. Elle finissait toujours par les donner à ses employés de maison. Je me suis souvent demandé si elle était capable d'aimer…

Brusquement, comme si elle ne voulait pas en dire plus, elle s'arrêta. Pour la réconforter, il lui caressa doucement le dos.

— Tu regrettes d'être tombé amoureux de Divya ?

— Oui. Divya est le seul échec de ma vie. J'ai toujours été un élève et un étudiant modèle, j'ai été admis à Harvard et j'ai repris l'entreprise de mon père avec succès. Je n'ai jamais échoué dans quoi que ce soit, mis à part l'amour.

Et cette humiliation avait été publique. Pour lui et pour toute sa famille.

— L'amour ne peut pas être considéré comme une réussite ou un échec, fit-elle remarquer. Que l'on s'en sorte bien ou mal, on n'est jamais noté.

— Tu crois ? Si je te demandais de noter le couple de tes parents, tu leur mettrais un 0 sur 20. Et pour ma part, je mettrais aux miens un 20 sur 20. Chaque phase de notre vie peut être évaluée. Notre scolarité, l'université que nous parvenons à obtenir, le conjoint que nous réussissons à trouver. Et tout cela se répète avec les enfants.

— C'est une vision très cynique de la vie.

— Peut-être. Mais elle est réaliste.

— Très bien. Mais si Divya t'avait épousé et que vous étiez tous les deux devenus un couple malheureux, auriez-vous toujours mérité un 20 sur 20 ?

Il se borna à lever les yeux au ciel. Elle était encore un peu naïve. Au-delà de toutes ses réussites personnelles, elle avait toujours vécu à l'abri, sous la protection de ses parents. Elle n'avait jamais eu à affronter les requins du monde des affaires, toujours prêts à attaquer. Juste après le scandale de son mariage annulé, il avait dû faire face à une tentative de reprise hostile de sa société. Quelques Indiens expatriés s'étaient rassemblés dans le but de racheter suffisamment de parts pour avoir un pouvoir de contrôle sur l'entreprise. Ils le croyaient trop occupé à panser ses blessures et à étouffer le scandale pour remarquer leur manège. Et ils avaient failli réussir. Sa société était au demeurant toujours en danger. Mais la plus grande partie des investisseurs majeurs avait été invitée au mariage. Une bonne excuse pour prendre chacun d'entre eux à part et s'assurer de leur loyauté.

— Si Divya et moi nous étions mariés, je l'aurais rendue heureuse.

— Tu as l'air bien sûr de toi.

— C'est parce que je le suis. Le mariage de mes parents a été arrangé. Ils se connaissaient à peine, au départ, et ils sont heureux.

— Parce qu'ils sont tombés amoureux.

— Parce qu'ils se respectent mutuellement, qu'ils partagent les mêmes objectifs et qu'ils éprouvaient le désir de bâtir une vie ensemble. C'est là que je me suis trompé, avec Divya. Je n'ai même pas pris le temps de lui demander si elle voulait les mêmes choses que moi. J'ai été stupide.

— Si elle t'avait aimé et qu'elle avait voulu des choses différentes de toi, l'aurais-tu tout de même épousée ?

Cette question lui fit l'effet d'un coup de poing dans l'estomac. Divya ne lui avait jamais fait part de son rêve de devenir chanteuse. Il avait présumé qu'elle se satisfaisait de son poste d'avocate dans l'entreprise de sa famille. Ils avaient beaucoup parlé de marchés et de stratégies commerciales. Ses sentiments pour elle auraient-ils changé s'il avait su qu'elle souhaitait que sa vie prenne une direction différente ?

Il regarda les canots de sauvetage sur le premier pont du bateau. Durant son discours sur les situations d'urgence, le commandant avait fièrement déclaré qu'il n'avait jamais eu à utiliser l'un d'eux sur aucun des bateaux qu'il avait dirigés. C'était là un bon objectif de vie : ne jamais avoir à sauter dans un canot de sauvetage.

— Et si on arrêtait de parler de Divya ? suggéra-t-il. Elle appartient au passé, et nous avons toute notre vie devant nous. Mon objectif, pour notre couple, est d'obtenir la note de 20 sur 20.

Elle lui sourit, et il sentit les battements de son cœur s'accélérer.

— Puis-je te poser une question, Hema ?

Il avait attendu toute la journée d'avoir l'occasion de le faire. Comme elle hocha la tête, il ravala sa salive avec peine avant de parler.

— Hier soir, tu m'as demandé ce qui se passerait si je ne pouvais pas me contenter de ce que ce mariage va m'apporter. Mais que se passera-t-il si, toi, tu ne peux pas te contenter de ce que, moi, je suis en mesure de te donner ?

Elle baissa les yeux sans répondre. Un long silence s'installa. Plus le temps passait, plus il sentait sa gorge se nouer.

— Il n'y a qu'une chose qui est non négociable pour moi, répondit-elle enfin. Mes études de médecine. Du moment que j'ai ça, tout ira bien.

— Et si tu ne pouvais pas l'avoir ? Je sais que c'est précisément pour cette raison que tu m'épouses. Mais s'ils annulaient ce programme d'études ou…

— Si le bateau percutait un iceberg ?

— Nous sommes bien trop loin des pôles pour rencontrer un iceberg.

— Ce que je veux dire, c'est qu'il y a beaucoup de choses que l'on ne peut pas prévoir, dans la vie. On ne peut pas connaître l'avenir. Il nous faut donc faire ce que nous jugeons bon sur le moment.

— J'ai planifié les vingt années à venir.

— Je sais.

Elle se mordilla la lèvre, avant de relever doucement la tête vers lui.

— Qu'est-ce que tu fais demain ? s'enquit-elle.

Le lendemain, le bateau devait faire escale à George Town, dans les îles Caïmans. Il avait pris deux rendez-vous dans des banques dont sa société était cliente et il envisageait ensuite de revenir à bord et de passer la journée avec les actionnaires pour étudier les derniers rapports de comptes. Il avait encore beaucoup de dégâts à réparer.

Semblant attendre sa réponse, elle le regardait avec attention.

— Qu'est-ce que tu avais en tête ? demanda-t-il.

— Tu as confiance en moi ?

— Je n'aime pas les surprises.

— Je sais.

Son regard était à présent si malicieux qu'il lui semblait impossible de lui résister.

— J'aurais voulu t'emmener à une excursion, dit-elle.

— Quel genre d'excursion ?

Elle se pencha vers lui et le vent lui porta son parfum. Une odeur subtile qui lui fit perdre le fil de ses pensées.

— C'est une surprise, répondit-elle. Parfois, ça fait du bien de lâcher prise, de se montrer spontané. Ça aide à se libérer du stress.

— Il y a d'autres moyens de se libérer du stress, tu sais ?

Les mots étaient sortis de sa bouche sans qu'il puisse les en empêcher. Entre le regard espiègle de Hema et son parfum envoûtant, il n'arrivait plus à penser qu'à une chose : l'attirer jusqu'à sa cabine pour lui montrer l'idée qu'il se faisait du lâcher-prise.

Elle s'éclaircit la gorge avant de reprendre :

— Allez, montre-toi impulsif. Essaye de voir ce que ça fait de vivre un peu, oublier ses calculs et ses plans.

Feignant d'être choqué, il porta sa main à son cœur.

— Tu dis ça comme si tu pensais que je ne pouvais pas me montrer spontané, dit-il, faussement vexé.

— Prouve-moi que j'ai tort.

— Marché conclu ! Je verrai bien ce que tu m'as concocté, pour demain.

4

Hema consulta encore une fois sa montre. À peine une minute s'était écoulée. Elle se retourna vers le bateau. À cause des récifs, ils avaient dû accoster en eaux profondes. De là, ils s'étaient rendus au port de George Town sur des petits canots qui transportaient dix à douze passagers à la fois. Les eaux turquoise étincelaient dans le soleil du matin. Si claires que l'on pouvait voir des bancs de poissons danser entre les rochers et les coraux.

— Nous allons manquer notre tour, Hema. Il faut y aller.

Agacée, elle se tourna vers Neema, la cousine de sa mère, qui venait de prononcer ces paroles de sa désagréable voix nasillarde. Après quoi elle jeta un coup d'œil au dernier canot qui approchait du port. Et elle sentit son cœur se serrer. Il ne viendra pas.

Tout en soupirant, elle suivit Neema jusqu'au bus. Elle aurait pu envoyer un message à Vivek, mais quel intérêt ? Le véhicule était déjà plein.

Mais qu'est-ce qui lui avait pris de l'inviter à cette excursion ? Il lui avait clairement fait comprendre, la veille, qu'il envisageait de la tenir à distance. Depuis leur rencontre, ils s'étaient toujours bien entendus, mais les deux jours passés avaient été différents. Était-ce juste de l'attirance physique ? Elle se sentait si bien, avec lui… Et ça, elle ne l'avait pas anticipé. Le mariage, les discours des invités sur l'amour et cette ambiance de voyage de noces étaient en train de lui faire perdre l'esprit. Elle s'était laissé happer par cette atmosphère au point d'en oublier que Vivek et elle n'étaient pas un vrai couple.

Les portes du bus s'ouvrirent, et elle monta dans le véhicule derrière Neema qui se plaignait de la chaleur et de la hauteur des marches. La laissant se diriger vers le fond du bus, elle s'arrêta au niveau de Vikram, qu'elle trouva assis au premier rang.

— Je peux m'asseoir ? demanda-t-elle en désignant le siège à côté du sien.

Il secoua la tête.

— Ma chère *bhabhi*, mon frère t'a réservé une place depuis au moins une demi-heure.

Elle releva la tête. Vivek lui souriait depuis l'un des sièges du fond. Elle sentit aussitôt son cœur s'emballer. Mais pourquoi cet homme avait-il cet effet-là sur elle ?

Tout en secouant la tête, elle alla prendre place à côté de lui. Tendrement, il passa son bras autour de ses épaules.

— Contente que tu sois venu. J'avais peur que tu te désistes.

— Jamais.

— Je ne t'ai pas vu au petit déjeuner. Quand as-tu quitté le bateau ?

— J'ai pris le premier canot ce matin. J'avais deux rendez-vous pour affaires.

— Combien sont-ils, à participer à l'excursion ? lui chuchota-t-elle à l'oreille.

— Dix tantes et quatre oncles. J'ai dû forcer Vikram à venir pour faire diversion.

— C'est vrai ? Mais où sont passés tous nos amis ?

— Ils se prélassent sur la plage privée d'un hôtel, une piña colada à la main.

— Les traîtres !

— Ne t'inquiète pas, j'ai un plan pour nous venger.

Ses lèvres ayant effleuré le lobe de son oreille au moment où il avait répondu, elle sentit un délicieux frisson la parcourir.

— À notre retour sur le bateau, je demanderai au chef de cabine de couper le wi-fi, dit-il.

— Tu es vraiment diabolique ! s'exclama-t-elle en riant.

Le bus les déposa devant une marina, où un bateau les attendait. Le capitaine ressemblait à un surfeur californien. Les deux autres membres de l'équipage étaient une jeune fille qui ne devait pas avoir plus de quinze ans, et un grand costaud qui aurait pu être videur dans un night-club malfamé. Le bateau s'éloigna du quai tandis que le costaud leur faisait un bref topo sur la sécurité. Après leur avoir expliqué comment utiliser leurs palmes, il se mit à leur parler des raies.

— N'oubliez pas que ce sont des poissons qui piquent. Il vous faut donc rester à l'écart de leur queue.

L'un des oncles leva la main.

— Qu'est-ce qui se passe si on se fait piquer ?

— Ne vous faites pas piquer, lui répondit sèchement le costaud.

— Mais si ça arrive, que fait-on ?

— Ce n'est pas notre problème. Vous avez signé une décharge.

— Mais vous avez du matériel médical à bord, non ?

— Est-ce que j'ai l'air d'un médecin ?

En se tournant vers Vivek, Hema vit qu'il essayait lui aussi de se retenir de rire. L'oncle, qu'elle reconnut vaguement comme l'un des associés de son père, semblait à deux doigts de se lever pour aller étrangler le costaud.

— Ne vous inquiétez pas, *uncle*. Je suis médecin, dit-elle d'une voix apaisante. S'il arrivait quelque chose, je m'occuperais de vous.

Le bateau finit par s'arrêter dans la zone où vivaient les raies. Leur guide se pencha par-dessus bord pour leur jeter de la nourriture. Quelques secondes plus tard, une dizaine de raies apparurent, leurs corps plats, gris, noir et brun glissant sous la surface de l'eau. Leurs queues en forme d'épine dorsale provoquèrent des murmures de surprise sur le bateau.

Une fois que le bateau fut amarré à une balle flottante, leur guide leur proposa de mettre leur équipement et de descendre dans l'eau. Tous retirèrent leurs vêtements pour se mettre en maillot de bain. Hema avait longuement hésité entre un bikini sexy et un une-pièce plus classique. Elle avait fini par porter son dévolu sur le une-pièce, en se disant qu'elle serait beaucoup plus à l'aise devant les oncles et les tantes. Mais, quand elle surprit Vivek à regarder son corps, elle sentit son visage s'empourprer.

Leur guide ayant continué de jeter de la nourriture, de

nouvelles raies ne tardèrent pas à s'ajouter aux premières. Une tante, qui avait entrepris de descendre à l'eau, poussa soudain un cri perçant.

— Ces trucs se jettent sur vous ! s'exclama-t-elle en remontant l'échelle à toute allure.

Depuis le bateau, Hema observait les créatures et sentait peu à peu son sang se glacer. Malgré les paroles rassurantes qu'elle avait prononcées tout à l'heure, il n'y avait aucun traitement contre les piqûres, lesquelles étaient vraiment très douloureuses. Si elle avait réservé cette excursion, c'était parce qu'on la lui avait présentée comme l'expérience à faire dans les îles Caïmans. On ne la lui aurait pas proposée si cela avait été dangereux, tout de même ?

— Vas-y, Hema. Ça fait du bien de lâcher prise, de se montrer spontané.

Elle jeta un regard noir à Vivek qui se permettait de reprendre ses mots de la veille.

— Je vais y aller en premier, dit-il en descendant prudemment l'échelle. Si je meurs, dis à mes parents que je les aime. Et veille à ce que Vikram n'ait pas ma voiture.

— J'ai tout entendu ! cria ce dernier.

Gêné par ses palmes, Vivek finit par tomber à l'eau.

Vikram et elle éclatèrent de rire. Vivek était tellement guindé et maître de lui, en temps ordinaire. Il lui paraissait beaucoup plus humain, à présent. Et curieusement, encore plus séduisant...

— Si vous croyez que vous pouvez faire mieux, avec ces trucs au pied, marmonna-t-il.

Hema finit par se décider à descendre. Une fois arrivée dans l'eau, elle plongea et réapparut derrière Vivek, en lui chatouillant le dos.

Après une seconde de surprise, il se retourna. Elle essaya de s'éloigner de lui, mais il ne lui fallut que quelques secondes pour la rattraper et la prendre dans ses bras. Il souriait, mais elle était pour sa part très consciente de ses seins collés aux muscles fermes de son torse... Ce maillot de bain qu'elle avait pensé classique lui apparaissait désormais beaucoup trop aguicheur.

Soudain, une raie la frôla en passant à côté d'elle. Elle hurla et enroula instinctivement ses jambes autour des cuisses de Vivek qui resserra son étreinte.

— Ne t'inquiète pas, mon amour. Tant qu'il y aura du souffle en moi, je te protégerai.

Il avait prononcé ces mots en hindi, citant un film de Bollywood qu'ils avaient tous deux trouvé à la fois mièvre et divertissant.

Un autre banc de raies passa à côté d'eux en les effleurant, et elle s'accrocha encore plus fort à Vivek, en fermant les yeux, révulsée. Cette sensation visqueuse de ces corps noirs qui ondulent... c'était pire qu'une craie qui grince sur un tableau !

— Tu peux rouvrir les yeux maintenant, dit Vivek.

À moitié rassurée, elle obéit et remarqua qu'ils s'étaient éloignés du bateau. Deux tantes courageuses étaient descendues dans l'eau et caressaient l'une des raies. Hema frissonna à l'idée de toucher volontairement leur peau.

Ce fut alors qu'elle se rendit compte qu'elle avait toujours les jambes enroulées autour de Vivek, qu'elle serrait fort contre son corps. Malgré le soleil qui brillait haut dans le ciel, les yeux de Vivek étaient sombres. Instinctivement, elle releva le menton, et sans hésiter une seule seconde, il joignit ses lèvres aux siennes. Un baiser qui n'avait cette fois-ci absolument rien de chaste. Sa bouche virile était humide et chaude, et elle mit autant de fougue et de passion que lui dans cet échange. Relevant un peu les jambes, elle se cambra contre son sexe, qu'elle sentit immédiatement durcir alors qu'une vague de chaleur déferlait dans le sien. Tout en poussant un sourd grognement de plaisir, il glissa les mains sous ses fesses pour la hisser un peu plus haut, et elle laissa échapper un petit cri quand elle le sentit entre ses jambes. Désireuse d'apaiser la pression qu'elle sentait monter en elle, elle se cambra un peu plus contre lui. Au même instant, il enfonça la langue dans sa bouche. Elle se mit alors à se déhancher sensuellement.

Un instant plus tard, il passa la main entre eux, séparant leurs deux corps. Un petit cri de protestation s'échappa de ses lèvres, mais il ne dura qu'une seconde. Elle se tut aussitôt qu'elle sentit Vivek faufiler les doigts sous son maillot de bain pour les enfoncer en elle. Fermement accrochée à lui, elle se servit du rythme naturel des vagues pour se déhancher plus fort.

— Vous savez qu'il y a des chambres, sur le bateau ?

En entendant cette voix, elle ouvrit brusquement les yeux et poussa un cri d'horreur en voyant Vikram nager dans leur direction. Vivek retira sa main, et elle desserra son étreinte autour de lui. Elle n'osait même pas affronter le regard de son futur beau-frère.

— Vous n'avez pas entendu la corne ? leur cria Vikram.

— Quelle corne ? répliqua Vivek d'une voix lourde.

— Il est temps de retourner à bord, les tourtereaux. Le guide m'a envoyé vous chercher. Tout le monde est déjà à bord.

Quand ils eurent rejoint le bateau, Vivek l'aida à enlever ses palmes. Mais elle n'arrivait plus à le regarder dans les yeux. Son corps avait toujours du mal à se remettre de ce qui venait de se passer et il semblait réclamer d'autres caresses, avec une intensité qui avait quelque chose d'à la fois étonnant et effrayant. *Ce n'est tout de même pas la fin du monde que d'être excitée par son fiancé.* Cette pensée la fit sourire. Elle s'était mentalement préparée à une vie de plaisir acquis à la seule force du vibromasseur, mais ce nouveau tournant dans sa relation avec Vivek lui paraissait beaucoup plus attrayant.

Sentant que Vivek la regardait, elle se tourna vers lui. Il paraissait soucieux.

— Qu'est-ce qui ne va pas ? s'enquit-elle.

— Je suis désolé pour...

Il porta sa main à sa gorge comme s'il avait du mal à déglutir.

— C'était vraiment déplacé, reprit-il. Cela ne se reproduira plus. Désormais, je garderai mes distances avec toi.

5

En prévision de la soirée sur la plage, Hema enfila une petite robe blanche. Elle n'avait pas eu l'occasion de parler à Vivek depuis l'excursion. À leur retour sur le bateau de croisière, il s'était excusé pour aller discuter avec ses associés, la laissant affronter seule les taquineries des oncles et des tantes qui avaient apparemment beaucoup apprécié leur « séance de bécotage ». Elle avait espéré recevoir l'aide de Vikram, mais il avait été le pire de tous !

— *Bhabhi*, je me demande bien quelle magie tu as opérée sur mon robot de frère pour révéler son côté humain.

Elle avait supporté les remarques dans la bonne humeur, mais la disparition de Vivek l'avait gênée. Il soufflait le chaud et le froid. Elle ne savait jamais quel comportement adopter, avec lui ! Souhaitait-il que leur relation devienne physique ou non ? Et, au-delà de cela, quel style de rapport désirait-il établir avec elle ? Quelques jours plus tôt, il s'était montré parfaitement clair sur le sujet. Amitié, respect et honnêteté. Ce serait le mantra de leur vie de couple. Ils avaient parlé de tous les sujets auxquels elle avait pu penser. Ce à quoi leur vie ressemblerait, ce qu'elle attendait de lui, ce qu'elle était prête à donner. Elle pensait alors être sur un terrain solide. Mais à présent elle avait l'impression d'évoluer dans des sables mouvants : ferme à un moment, le sol s'enfonçait l'instant suivant. Était-ce ainsi que sa vie serait avec Vivek ?

Elle retrouva ses parents en bas du bateau et prit avec eux le canot qui devait les emmener sur la plage.

— Comment va ma petite fille ? lui demanda son père en passant le bras autour de ses épaules. Tu es heureuse ?

Elle se pencha vers lui pour l'embrasser.

— Très heureuse. C'est un merveilleux mariage.

Ce n'était pas vraiment un mensonge. Elle était heureuse de penser à ses études et à tout ce qu'elle pourrait faire une fois qu'elle aurait terminé sa formation. Et le mariage en lui-même était bel et bien merveilleux. Tous les invités semblaient d'ailleurs apprécier.

— Tu peux remercier ta mère pour ça.

Elle se tourna vers sa mère, qui regardait fixement l'eau. C'était en effet elle qui s'était occupée de quasiment tous les aspects du mariage.

— Elle fait des efforts, lui chuchota son père, d'une voix si basse qu'elle se demanda s'il avait vraiment prononcé les mots ou si elle les avait imaginés.

Effectivement, sa mère avait fait des efforts, ces dernières années. Alors qu'elle oubliait régulièrement son anniversaire et n'avait jamais assisté aux événements importants de sa scolarité, elle avait brusquement changé quand ses fiançailles avec Arjun avaient été rompues. Comme si elle s'était tout à coup réveillée en se rendant compte qu'elle était une maman.

La soirée sur la plage devait avoir lieu à l'hôtel Royal Cayman Resort. Des barnums blancs, décorés de guirlandes lumineuses, avaient été montés juste devant l'océan. Ils abritaient des tables couvertes de nappes blanches et débordantes de fleurs fraîches. Plusieurs invités étaient déjà arrivés.

Hema se mêla à eux, échangeant des banalités, écoutant le récit de leur journée et luttant pour ne pas chercher Vivek du regard. Quand elle eut enfin l'occasion de faire une pause, elle alla au bar se chercher un rafraîchissement. Et elle venait tout juste de prendre sa première gorgée de piña colada, quand Vivek apparut à ses côtés.

— Quel est le pourcentage de tantes venues ici en sari et escarpins, et combien d'oncles en costume ? demanda-t-il.

Il portait une chemise en lin blanc ouverte au cou, un short kaki et des sandales. Sa peau était hâlée et légèrement rougie d'avoir pris le soleil toute la journée. Il avait à la main un verre de whisky, mais ce fut sa bague de fiançailles qui retint son attention.

Comme elle ne cessait de la regarder et qu'elle n'avait pas répondu à sa question, il finit par se racler la gorge. Elle essaya de se concentrer sur la conversation. De quoi parlaient-ils, déjà ? Ah oui, les tantes et leurs tenues totalement inappropriées.

— Je dirais 50 %, répondit-elle.

— Et quel est le pourcentage qui a lu les instructions du flyer, qui les invitaient instamment à faire le contraire ?

— Oh ! 100 %, répondit-elle avant de poser théâtralement sa main sur son cœur. Porter une tenue décontractée et confortable pour un mariage ? Sornettes !

Tout en souriant, Vivek se mit lui aussi à faire des gestes exagérés.

— T-shirt et short ? Ridicule ! Nous ne sommes pas des Américains !

Tout en riant, ils se dirigèrent ensemble vers la table qui leur avait été assignée. Vikram ne tarda pas à les rejoindre, accompagné de Nisha, Sameer, Arjun, Rani et plusieurs autres de leurs amis. Hema fit signe à Nisha de s'asseoir à sa droite. Vivek était à sa gauche et elle le sentit se crisper. Était-ce à cause de Sameer ? Vivek lui avait assuré qu'il avait tourné la page sur Divya. Elle était heureuse avec son mari, et il ne souhaitait que son bonheur. Mais, dans ce cas, pourquoi semblait-il si tendu à chaque fois que sa famille se trouvait à proximité ?

— Où envisagez-vous de passer votre lune de miel ? leur demanda Nisha.

— Le voyage de noces n'aura pas lieu tout de suite. Hema doit commencer ses cours et je dois assurer le lancement d'un nouveau produit.

— Mal joué, mon vieux, intervint Sameer. Tu ferais mieux

de prévoir un peu de temps pour elle. Une fois que vous aurez repris la routine, vous n'aurez pas une minute pour vous.

Il regarda tendrement Nisha, et Hema sentit son cœur se serrer d'émotion. On voyait bien qu'il était éperdument amoureux d'elle. Elle connaissait Sameer depuis qu'elle était petite. Leurs familles étaient amies. Il était le trublion de la sienne. Le garçon qui brisait des cœurs sans jamais regarder derrière lui. Elle n'aurait jamais pensé qu'il se marierait un jour. Ni qu'il serait aussi amoureux d'une femme.

— Nous considérons cette croisière comme un deuxième voyage de noces, dit-elle.

— Ce qui explique pourquoi nous ne vous avons pas beaucoup vus, fit remarquer Rani d'une voix taquine.

Nisha sourit, et Hema sentit son cœur se serrer un peu plus. Elle n'aurait jamais ça. Un homme qui la regardait comme si elle était tout son univers. Un homme qui souhaitait passer chaque seconde de son temps avec elle.

— Si vous aviez vu ces deux-là à l'excursion d'hier, vous auriez juré qu'ils avaient déjà commencé leur lune de miel ! intervint Vikram, moqueur.

Hema sentit ses joues s'empourprer. Combien de personnes les avaient vus ?

— Il fallait bien que l'on donne un peu d'inspiration à ces vieilles tantes et ces vieux oncles ! répliqua Vivek en riant.

Horrifiée, Hema porta sa main à sa bouche. Toute la tablée se mit à rire aussi. Nisha lui donna un petit coup de coude avant de se pencher vers elle pour chuchoter :

— C'est bon signe que vous n'arriviez pas à garder les mains dans vos poches quand vous êtes ensemble.

Au même instant, Vivek passa le bras autour de ses épaules, et la sensation de chaleur qui lui brûlait le visage sembla s'étendre à tout son corps… Du bout de son pouce, il se mit à lui masser l'épaule, et elle sentit alors un mélange de désir et d'irritation la submerger. Était-il sincère ou était-ce juste une démonstration d'affection à l'attention de leurs amis ?

Le premier plat qu'on leur servit fut un cocktail de crevettes accompagné d'une sauce à l'ananas, et tout le monde oublia les voyages de noces, au grand soulagement de Hema.

Puis Andy, un ami de toujours de Vivek, les amusa en faisant le récit des frasques d'adolescence de Vivek. De toutes les personnes qui se trouvaient autour de la table, Andy, jeune homme blond et jovial, était sans doute celui qu'elle aurait le moins imaginé comme un proche de Vivek. Extraverti et audacieux, il était aux antipodes de la réserve sérieuse de Vivek. Elle s'amusa beaucoup de la façon qu'avait Vivek de hausser les épaules tandis que son ami parlait de lui. Et elle était ravie de découvrir ce nouvel aspect de lui. Elle ne se l'était jamais représenté comme le genre de garçon qui présidait une fraternité où on buvait de la bière directement depuis un chapeau !

— Bien ! intervint Vivek. Nous avons passé du bon temps à rire des idioties de ma jeunesse. Au tour de Hema, maintenant. Personne, pour nous dévoiler ses secrets ?

Il s'était tourné vers Aashni, une amie étudiante de Hema, qui était venue d'Inde spécialement pour le mariage.

La jeune femme secoua la tête.

— Ta future épouse est une femme très droite qui passe tout son temps à étudier, répondit-elle.

— Oh ! elle n'a pas toujours été comme ça ! s'exclama Karishma, la sœur de Sameer et d'Arjun.

Karishma avait deux ans de moins que Hema, mais les deux jeunes femmes avaient passé beaucoup de temps ensemble durant leur enfance. Karishma était aussi belle que sa sœur Divya : grands yeux en amande, longs cheveux noirs et lèvres généreuses.

Hema secoua la tête pour marquer sa désapprobation, ce qui ne fit qu'encourager Karishma qui regarda tour à tour tous les convives pour faire durer le suspense.

— Voilà. C'était avant qu'elle devienne une fille sérieuse. Nos familles étaient parties en vacances ensemble à Goa et nous partagions toutes les deux une chambre dans un somptueux hôtel. Hema m'a raconté que l'un des serveurs lui avait dit qu'un client avait trouvé un serpent dans sa chambre. J'ai une peur bleue des serpents. Le lendemain, elle a mis un serpent en caoutchouc dans mon lit ! Elle l'avait même enduit de vaseline pour qu'il soit visqueux. J'ai hurlé si fort que la moitié des clients de l'hôtel sont sortis de leur chambre !

— Ce que tu oublies de dire, répliqua Hema, c'est que tu avais changé la langue de mon téléphone pour le mettre en chinois. Il m'a fallu toute la journée pour comprendre comment la rechanger !

— Ce n'est pas du tout comparable, répondit Karishma en riant.

Amusée, Hema prit une fleur du centre de table et la lança en direction de son amie. Manquant sa cible, elle atterrit dans l'assiette de Karishma qui se hâta de la lui relancer. Vivek la rattrapa au vol. Après quoi il ouvrit la main et lui présenta la fleur froissée. C'était un geste anodin, il l'avait fait sans réfléchir. Alors pourquoi se sentait-elle si touchée ?

Les serveurs finirent par leur apporter le dessert : corbeilles de fruits, sorbets et petits-fours. Peu de temps après, les canots commencèrent à arriver et les invités se mirent à faire la queue pour retourner au bateau.

Alors qu'elle suivait la petite foule, Vivek l'arrêta.

— Il va falloir un petit moment pour que tout le monde embarque. Tu viens te promener avec moi ? lui proposa-t-il.

Ils longèrent la plage, laissant l'écume leur lécher les pieds. Elle se sentait légère, les deux piña coladas qu'elle avait bues y étant sans doute pour quelque chose… Ils marchaient dans un agréable silence, leurs bras se frôlant régulièrement. Au bout d'un certain temps, il finit par lui prendre la main.

Elle se tourna alors vers lui et s'approcha pour appuyer ses seins contre son torse. Sensuellement, il fit glisser ses mains le long de ses bras.

— Tu as la peau tellement douce…, murmura-t-il.

Elle ferma les yeux pour mieux savourer la sensation de ses mains sur elle. Le vent soufflait et le soleil couchant baignait les lieux d'une douce lumière orangée.

Elle sentit son souffle s'accélérer, son cœur battre un peu plus fort. Vivek s'était penché vers elle mais, juste avant que ses lèvres rencontrent les siennes, elle fit un pas en arrière.

Manifestement déconcerté, il la dévisagea en fronçant les sourcils.

— Tu trouves que je dépasse les bornes ? demanda-t-il.

— Ça dépend, répondit-elle avec une audace nouvelle.

— De quoi ?

— De si tu te montres honnête avec moi sur ce qui se passe entre nous.

Nerveusement, il fourragea dans ses cheveux.

— Pour tout te dire, j'aimerais bien le savoir, avoua-t-il.

— Vivek, es-tu, oui ou non, attiré par moi ?

Contre toute attente, il se mit à rire.

— Tu plaisantes ? dit-il en lui saisissant le bras pour la rapprocher de lui.

Et il l'embrassa avec une fièvre et une passion qu'elle lui rendit. Bien trop vite à son goût, il détacha ses lèvres des siennes.

— Hema, as-tu encore le moindre doute sur l'attirance que j'ai pour toi ?

Il déposa un baiser sur son cou, juste en dessous de son oreille.

— À chaque fois que je te quitte, je me jure de rester sage, la prochaine fois, poursuivit-il. Mais à chaque fois que je te vois, j'ai envie de te porter jusqu'au lit le plus proche et de te faire du bien des heures durant.

Tu peux commencer ! Dès maintenant !

— Et qu'est-ce qui t'en empêche ? murmura-t-elle, la gorge nouée et le corps en feu.

Tout en s'écartant d'elle, il se passa la main sur la nuque.

— Nous allons nous marier, répondit-il.

— Un couple marié ayant des rapports sexuels ? Scandaleux !

— Les choses sont déjà tellement compliquées entre nous. J'ai peur de ce qui pourrait se passer si... si...

— Si je suis déçue par tes performances ? demanda-t-elle avec malice.

— Je n'ai jamais déçu personne sur ce point. Mais que se passera-t-il si...

— Si j'aime tellement ça que je finis par tomber amoureuse de toi ?

Rien qu'au regard qu'il lui jeta, elle sut qu'elle avait vu juste. Tout en secouant la tête, elle tourna les talons.

— Je retourne au bateau, lança-t-elle par-dessus son épaule. Je vais essayer de ne pas tomber amoureuse de toi en chemin.

Allongé sur son lit, Vivek se demandait ce qu'il avait
ou ne pas dire qui avait mis Hema dans cet état. Il ne s'atten
pas à ce qu'elle tombe amoureuse de lui, mais il lui sembla
parfaitement naturel qu'elle développe des sentiments pour lui. Si leur relation prenait un tournant plus intime, se satisferait-elle toujours de leur arrangement ? Et si elle finissait par en vouloir plus que ce qu'il était prêt à lui donner ?

Agacé, il se passa une main dans les cheveux.

C'était en grande partie sa faute. C'était lui qui ne pouvait pas s'empêcher de poser les mains sur elle. À chaque fois qu'il se retrouvait près d'elle, il ne pensait plus qu'à la douceur de sa peau, à sa bouche si sensuelle, aux frissons qui la parcouraient quand il la touchait, au gémissement qu'elle avait poussé quand il avait glissé un doigt en elle dans l'eau... Et, à chaque fois qu'il repensait à ce moment, le désir qu'il avait d'elle le submergeait.

Peut-être parce que cela faisait trop longtemps qu'il n'avait pas fait l'amour à une femme ? Divya n'avait pas voulu coucher avec lui avant le mariage, et il avait respecté sa volonté. Depuis leur rupture, il n'avait fréquenté personne. Oui, c'était ça. S'il était si excité par Hema, c'était parce que cela faisait longtemps qu'il n'avait pas eu de rapports sexuels. Cela n'avait rien à voir avec elle.

Cela dit, il y avait réellement une alchimie sexuelle entre eux, et ils ne pourraient pas l'ignorer bien longtemps. Bientôt, ils partageraient un lit...

i dire quoi ?
dre ce qui se

ramenèrent
ni Vikram ni
vie de garçon.
eule personne
onts plus haut,

r. Quelle ne fut
blanche à fines
ur la plage. Une
roits et dévoilait
qu'il avait envie

— T'est-il déjà ... ux d'une femme juste parce que tu avais eu de super ébats sexuels avec elle ? demanda-t-elle.

— Quoi ?

Il la fit entrer et referma la porte.

— Tu penses que tu peux tomber amoureux de moi si nous couchons ensemble ?

— Bien sûr que non !

— Alors j'en déduis que tu as une très haute opinion de toi-même puisque tu crois qu'il te suffira de me mettre dans ton lit pour que je tombe folle amoureuse de toi.

Le cœur battant à tout rompre, il la regardait fixement. Mais qu'est-ce qu'elle racontait ?

Elle poussa un soupir avant de reprendre :

— Écoute, je n'ai pas oublié notre accord. Tu es amoureux d'une autre.

Il voulut protester, mais elle leva la main pour l'en dissuader.

— Inutile de nier. À chaque fois que quelqu'un mentionne son nom ou que tu te retrouves face à l'un de ses frères et sœurs, cela se voit sur ton visage. Tu as été honnête avec moi dès le départ, dit-elle en s'approchant de lui, et je l'ai été avec toi. Ce n'est pas un mariage d'amour et cela ne le sera jamais.

Nerveusement, il se passa la main sur la nuque. C'était exactement ce qu'il souhaitait, exactement ce qu'il voulait entendre. Alors pourquoi ne se sentait-il pas soulagé ?

— Mais comme tu l'as si bien dit, poursuivit-elle, il n'y a aucune raison pour que nous n'ayons pas de plaisir.

Ses derniers efforts pour se contrôler furent anéantis quand elle releva la tête vers lui en écartant les lèvres. Se haussant sur la pointe des pieds, elle l'embrassa avec une passion toute semblable à celle qu'il ressentait pour elle.

Glissant les mains sous la courbe parfaite de ses fesses, il la porta dans ses bras et parcourut ainsi les deux petits mètres qui les séparaient du lit. Délicatement, il la déposa dessus et, n'y tenant plus, il lui releva sa robe et posa les lèvres sur le doux renflement de son sexe. Encouragé par ses gémissements de plaisir, il la débarrassa de sa culotte. Il avait besoin de la goûter. Quand sa bouche rencontra son intimité déjà humide, elle glissa fougueusement ses doigts dans ses cheveux. Ivre de désir, il enfonça sa langue en elle, se délectant du petit cri de plaisir qu'il lui tira.

— J'ai envie de te sentir en moi, dit-elle d'une voix haletante.

Il n'eut pas besoin d'autres encouragements et se débarrassa de son short. Aussitôt, elle se mit à le caresser à travers son boxer. Des caresses douces et légères. Trop douces. Trop légères. Posant sa main sur la sienne, il appuya. Fort. Elle comprit immédiatement le message et se mit à le caresser avec davantage de vigueur. C'était bon. Trop bon. Le plaisir qui montait en lui était intense. Trop intense. Il prit une profonde inspiration pour se calmer. C'était leur première fois. Il lui fallait s'assurer qu'elle y prenne du plaisir elle aussi. Il ne pouvait pas aller trop vite.

Soudain, les portes du balcon s'ouvrirent et le son d'une corne éclata dans le silence. Quelque chose d'humide et de visqueux tomba sur eux. Ensemble, ils se redressèrent.

Andy se trouvait sur le balcon, une bombe de serpentins dans chaque main.

Fou de rage, Vivek se précipita vers lui dans l'intention de lui faire passer un sale quart d'heure, mais son ami visa son visage. Aveuglé par les serpentins, il recula.

Quand il finit par rouvrir les yeux, il vit que Hema avait reculé jusqu'à la porte de la cabine. Au moins, elle avait toujours sa robe. Pour sa part, il ne portait rien d'autre que son T-shirt et son boxer.

Quand Andy finit par se retrouver à court de serpentins, il sembla enfin remarquer Hema, ainsi que la tenue dans laquelle Vivek se trouvait. Comme pour se retenir de rire, il porta sa main à sa bouche.

— Désolé, je ne savais pas que vous étiez en train de... Je pensais que Vivek était tout seul.

— Tu es sur le balcon depuis combien de temps ? s'enquit Vivek d'une voix menaçante.

L'idée que Andy ait pu voir Hema partiellement nue le mettait dans une rage folle. Semblant percevoir sa colère, son ami leva les deux mains devant lui.

— Juste maintenant ! Je vous jure que je n'ai rien vu !

— Comment es-tu arrivé là ?

— Par le balcon d'à côté. C'est la chambre de Karishma. Elle m'a laissé entrer, répondit Andy en mettant une petite tape amicale dans le bras de Vivek. C'était juste en souvenir du bon vieux temps, tu sais. J'étais vraiment persuadé que tu étais seul.

Il adressa un regard penaud à Hema.

— Rien que pour la tête qu'il a faite, ça valait le coup, dit-elle en souriant.

Vivek lui jeta un coup d'œil courroucé.

— Dehors ! cria-t-il à Andy qui, de nouveau, leva les deux mains devant lui en se dirigeant vers la porte de la cabine. Ah, non ! Tu repars par où tu es venu.

— Tu veux que je mette ma vie en danger une deuxième fois ?

— Je serais ravi de te voir plonger dans l'océan ! Dehors !

Avant de partir, Andy fit un petit signe de la main à Hema qui le lui rendit. Vivek vérifia qu'il était bien repassé sur l'autre balcon.

— Il va falloir que j'aie une petite discussion avec Karishma, marmonna-t-il.

— C'était juste une blague. Toutes ces anecdotes que l'on a échangées au dîner ont dû les inspirer.

Il regarda la chambre, secoua la tête. Le lit, le miroir, les lampes, tout était couvert de serpentins ! Et cela n'avait rien de romantique.

— Allons-nous-en d'ici, murmura-t-il.

— On ne peut pas laisser ça au personnel. Il faut que l'on nettoie.

Il s'en voulait, à présent, d'avoir mis Andy dehors. Il aurait dû l'obliger à nettoyer son bazar. Pendant ce temps, ils auraient pu se rendre dans la chambre de Hema pour reprendre les choses là où il les avait laissées.

Il leur fallut plus d'une heure pour tout nettoyer.

— On va dans ta chambre ? demanda-t-il d'une voix emplie d'espoir, quand le travail fut terminé.

Mais, à son grand regret, elle secoua la tête.

— Il y a ma *maasi*. Maman s'est disputée avec papa et s'est installée dans sa chambre. Mais au bout d'une heure à peine, ma *maasi* ne pouvait plus supporter maman et elle est venue s'installer dans ma chambre.

— Alors allons au bar prendre un café.

Ils eurent du mal à en trouver un encore ouvert, mais celui sur lequel ils finirent par tomber était chaleureux et confortable. Ils commandèrent deux irish-coffees.

— Pour quelle raison tes parents se sont-ils disputés ? s'enquit-il.

Après avoir longuement regardé son café, elle lécha une petite goutte de crème qui s'était déposée sur le rebord de la tasse. La vue de sa langue ralluma immédiatement en lui le brasier qu'il avait fait tant d'efforts pour étouffer…

— Ils ne se sont jamais bien entendus, répondit-elle d'une toute petite voix. Il y a toujours eu des problèmes entre eux. Mais j'avais espéré qu'ils pourraient mettre leurs différends de côté au moins pour cette semaine.

La tristesse qu'il perçut dans sa voix lui fit mal au cœur.

Était-elle au courant ?

Avant le mariage, ses parents avaient fait une enquête sur la famille de Hema. C'était la procédure standard. Compte tenu de sa richesse et de sa notoriété, sa famille se devait de se montrer prudente. Le détective privé les avait informés que la mère de Hema avait eu une aventure qui avait duré des années et que son père le savait.

— Tout n'est pas toujours rose, dans un mariage, dit-il. Mes parents se sont querellés toute une semaine. Pour trois fois rien ! Savoir s'il fallait servir le dîner à 20 heures ou à 20 h 30.

— J'adorerais que mes parents se disputent pour ce genre de broutilles. Mais je crains que leurs problèmes ne soient beaucoup plus sérieux et difficiles à résoudre.

Comme il posait sa main sur la sienne, elle lui adressa un petit sourire triste.

— Hema, tu peux tout me raconter, tu sais ?

Il laissa le silence s'installer entre eux.

Leur amitié était encore très jeune, mais ils avaient déjà parlé de beaucoup de choses très personnelles. Il lui avait confié que Divya lui avait brisé le cœur, expliqué comment cet événement avait profondément modifié son point de vue sur le mariage.

Au bout de quelques secondes, elle secoua la tête.

— Il n'y a rien de spécial à dire.

Il fut déçu de sa réponse. Elle n'envisageait donc pas de lui confier son secret de famille. Certes, il savait qu'il fallait du temps pour que la confiance s'installe entre deux personnes, mais il avait mis son cœur à nu devant elle ; il lui avait fait part de la douleur qu'il avait ressentie quand Divya l'avait trahi. Divya avait eu de nombreuses occasions de lui dire qu'elle avait changé d'avis concernant leur mariage, qu'elle attendait quelque chose de différent de la vie. La voir fuir au dernier moment lui avait fait mal. Mais ce qui lui avait vraiment brisé le cœur, c'était que la femme qu'il aimait ne lui avait pas donné la moindre occasion de lui offrir ce qu'elle désirait.

Divya ne lui avait pas fait suffisamment confiance. Il avait espéré que les choses seraient différentes avec Hema.

7

Hema regardait les collines défiler tandis que le minibus, un véhicule tout-terrain dépourvu de toit, remontait la route escarpée. L'île de Saint-Thomas s'étendait dans toutes les directions. Presque à chaque virage, on apercevait des eaux d'un bleu parfait qui scintillaient sous les rayons du soleil.

— Hema, pourrais-tu m'expliquer pourquoi tu n'as pas réservé une voiture avec chauffeur et air conditionné ?

Accrochée aux barres transversales qui faisaient office de toit, sa mère semblait bouillir de rage. Hema échangea un sourire avec son père, assis à côté d'elle.

— Ce n'est pas pire que de conduire un scooter à New Dehli, maman.

— Ta mère ne conduit pas de scooter, ma chérie.

Cette remarque valut à son père un regard noir de son épouse.

Hema soupira. Les relations entre ses parents étaient pour le moins houleuses. Elle avait passé son enfance à se demander si elle n'était pas la raison du stress qui pesait sur leur couple. Sa mère semblait regretter sa présence dans sa vie. C'était seulement quelques années plus tôt qu'elle avait découvert la véritable source des problèmes de ses parents, à l'époque où ses fiançailles avec Arjun avaient été rompues. Comme elle était à ce moment-là amoureuse d'Arun, elle écoutait en cachette les conversations de ses parents pour se mettre au courant de l'avancée des négociations entre les deux familles.

C'était là qu'elle avait surpris une conversation privée entre ses parents. Son père avait lancé un ultimatum à sa femme : soit elle mettait un terme à l'aventure qu'elle avait avec un autre depuis des années, soit il mettait un terme à leur mariage. Sa mère avait choisi de rompre avec son amant.

Hema n'avait jamais avoué à ses parents qu'elle connaissait la vérité. Mais depuis, à chaque fois que l'ambiance semblait se gâter entre eux, elle se demandait s'il s'agissait encore une fois d'un problème d'infidélité. Quoi qu'il en soit, elle connaissait désormais la vérité. Elle était le boulet qui avait enchaîné sa mère à un mariage dont elle ne voulait pas. Les divorces, dans la génération de ses parents, étaient rares, notamment chez les couples qui avaient une fille. Personne ne voulait épouser une fille dont les parents étaient divorcés, la théorie étant que, si les parents n'avaient pas su respecter le caractère sacré du mariage, la fille ne saurait pas le faire non plus. Heureusement, les temps avaient changé.

Après son départ de la maison, elle espérait que ses parents pourraient décider plus librement de leur avenir.

— J'ai prévu d'aller faire du shopping avec des amies, après cette excursion, dit sa mère, coupant court à ses pensées. De quoi vais-je avoir l'air, si je me présente pleine de transpiration ?

— Il fait chaud, répliqua son père d'un air irrité. Elles seront toutes en sueur.

— Je te réserverai un taxi tout à l'heure pour que tu puisses te rafraîchir dans le bateau avant de les retrouver, proposa vivement Hema pour éviter une nouvelle querelle entre eux.

La veille, ils s'étaient disputés sur la durée du séjour qu'ils feraient à New York après la croisière. Le conflit avait tellement dégénéré que sa mère était allée dans la cabine de sa sœur.

Quand Vivek l'avait interrogée à ce sujet, elle avait eu, un instant, l'envie de partager avec lui le fardeau du secret de ses parents. Mais elle n'avait pas pu. Son père ignorait qu'elle était au courant, et il faisait tellement d'efforts pour prétendre que sa mère les aimait tous les deux qu'il aurait été dévasté de découvrir qu'elle connaissait la vérité. C'était pour cette raison qu'elle avait décidé de ne rien dire à Vivek. Elle ne supportait pas l'idée que son père puisse découvrir qu'il était au courant.

— Pourquoi Vivek n'est-il pas venu ? lui demanda sa mère.

— Il n'est pas obligé d'être tout le temps collé à moi, répliqua-t-elle avec plus de colère dans la voix qu'elle ne l'aurait souhaité.

Elle avait invité Vivek en pensant que cette excursion serait une bonne occasion pour lui d'apprendre à connaître ses parents. Mais il lui avait envoyé un message pour lui dire qu'il avait un rendez-vous pour affaires à Saint-Thomas et qu'il ne pourrait donc pas se joindre à eux. Elle n'avait pas cherché à dissimuler sa colère quand elle lui avait répondu qu'à compter de ce moment elle ne chercherait plus à l'inclure dans ses projets.

Il s'était remis à souffler le froid, et elle commençait à en avoir assez. Elle ne comprenait pas sa façon de raisonner. Il ne lui avait pas proposé de la raccompagner jusqu'à sa cabine, la veille au soir avec leurs irish-coffees. Sur le coup, elle avait pensé qu'il était aussi fatigué qu'elle. Mais, après le message dépourvu de tout sentiment de ce matin, il lui semblait évident qu'il cherchait en réalité à mettre de la distance entre eux. Encore une fois.

Ils arrivèrent au château de Barbe-Noire. Elle espérait que la visite de ce site datant du XVIIe siècle donnerait à ses parents, tous deux férus d'histoire et d'architecture coloniale, l'envie de partager leur passion. C'était la dernière journée où elle les aurait pour elle toute seule avant que les festivités du mariage les prennent tous dans leur course.

La visite guidée venait tout juste de commencer quand Nisha et Sameer les rejoignirent. Après les avoir chaleureusement salués, Hema leur proposa de rester avec leur guide et eux. Mais Nisha refusa poliment. Dans un premier temps, Hema pensa que son amie ne voulait pas s'immiscer dans ce moment familial. Puis elle remarqua la façon dont sa mère regardait Nisha.

— Il s'est passé quelque chose entre Nisha et toi ? demanda-t-elle à sa mère une fois que le couple se fut éloigné.

— Pourquoi dis-tu ça ?

— J'ai bien vu le regard que vous avez échangé, toutes les

deux. Et je ne comprends pas pourquoi ils ont refusé de se joindre à notre visite.

— Moi non plus. Comment veux-tu que je le sache ? répliqua sèchement sa mère.

Hema voyait bien qu'elle cherchait à éluder le sujet. Rien d'étonnant, tout bien considéré. Juste après avoir rompu avec Arun, Hema était allée la voir pour lui parler de son aventure. Elle bouillait tellement de rage que ce face-à-face avec une autre personne infidèle lui était apparu comme un exutoire. Sa mère n'avait ni nié ni cherché à s'expliquer. Elle s'était juste excusée et avait affirmé qu'elle allait essayer de se rattraper. Hema n'avait pas vu de différence.

Ses parents gardèrent le silence pendant toute la visite. Sa mère sembla ravie quand le taxi vint la chercher et les quitta sans un regard. Son père lui proposa de rester avec elle, mais elle lui déclara qu'elle préférait être seule et envisageait de se prélasser sur la plage de Coki. Toutefois, pour commencer, elle allait tâcher de découvrir ce que sa mère lui cachait.

Elle n'eut pas à attendre longtemps le retour de Nisha et Sameer. En sortant du château, Nisha jeta des regards anxieux autour d'elle, comme si elle redoutait la présence de quelqu'un. Hema l'observa attentivement. Plus de doute, à présent : il s'était bien passé quelque chose entre sa mère et Nisha.

— Ma mère est repartie sur le bateau, dit-elle en rejoignant le couple.

Nisha essaya de faire comme si de rien n'était mais, à la façon dont ses épaules s'affaissèrent, Hema vit bien qu'elle était soulagée.

— Et si tu me disais ce qui se passe entre elle et toi ?

L'air embarrassé, Nisha se tourna vers Sameer mais ne répondit pas.

— Je t'en prie, Nisha, ne me fais pas l'insulte de me dire que ce n'est rien. Je te considère comme mon amie, et en tant que telle, le moins que tu puisses faire est de me dire la vérité.

— Tu as raison, répondit Nisha après avoir longuement soupiré. Mais pas ici. Allons nous asseoir quelque part.

Un minibus s'arrêta. Le véhicule était plein, mais les autochtones se poussèrent pour leur faire de la place. Ils descendirent deux arrêts plus tard et s'installèrent à la terrasse d'un petit café.

— J'avais espéré que ta mère t'en parlerait, avoua Nisha, qui paraissait vraiment gênée.

— Ma mère est particulièrement douée pour garder des secrets.

Nisha porta sa main à sa gorge comme si elle avait du mal à déglutir et demanda :

— Tu sais que ta mère a eu une aventure ?

Sous le coup du choc, Hema se figea. Comment Nisha était-elle au courant ? Incapable de parler, elle se contenta d'acquiescer.

— Je ne sais pas trop comment dire ça, Hema, mais... pour aller droit au but, c'est avec mon père que ta mère a eu une aventure.

Tout, autour de Hema, sembla soudain disparaître sous un épais voile de brume. Elle dut cligner des yeux plusieurs fois pour le dissiper. Puis elle regarda fixement Nisha, en priant pour avoir mal compris.

Nisha lui prit la main.

— Je sais ce que tu ressens, dit-elle. Quand j'ai découvert que la femme qui avait détruit le mariage de mes parents était ta mère, je me suis sentie totalement dévastée. Mais je suis allée la voir pour lui en parler et elle m'a dit que tu savais.

Hema ne parvenait toujours pas à parler. Elle avait la bouche sèche, la gorge nouée.

— Je savais qu'elle avait eu une aventure. Je ne savais pas avec qui, finit-elle par dire d'une toute petite voix.

— J'imagine que ça doit être un choc pour toi.

— Ta mère est-elle au courant ?

— Oui. Elle l'a accepté pendant des années. Mais elle a fini par craquer, et elle a demandé le divorce. D'ailleurs, l'audience devrait avoir lieu dans quelques semaines.

Ces paroles firent à Hema l'effet d'un nouveau coup de poing dans l'estomac. Elle savait que sa mère avait trompé son père avec un homme marié et elle avait présumé qu'elle avait cherché à préserver les deux familles en gardant le secret puis en mettant un terme à la liaison. Mais, si les parents de Nisha divorçaient, ne devait-elle pas en conclure que l'aventure s'était poursuivie ? Ou que sa mère envisageait de quitter son père ?

Comme si elle avait lu dans ses pensées, Nisha reprit :

— Ne t'inquiète pas. Ta mère m'a assuré que sa liaison avec mon père était terminée et qu'elle n'envisageait pas de renouer avec lui.

— Je vais retourner au bateau, murmura Hema. Il fait vraiment chaud et je ne me sens pas très bien.

Elle se leva mais dut se tenir à la table pour ne pas tomber.

Visiblement inquiets, Sameer et Nisha se levèrent à leur tour.

— On vient avec toi.

Elle refusa. Elle avait besoin d'être seule.

Sameer lui appela un taxi et paya le chauffeur en lui laissant un copieux pourboire pour qu'il la dépose le plus près possible du bateau.

Arrivée au bateau, à peine avait-elle passé le portique de sécurité que Vivek apparut devant elle. D'où sortait-il ?

— Sameer m'a appelé pour me demander de veiller sur toi, dit-il.

Comme si elle avait besoin qu'une autre personne soit témoin de son humiliation !

Après lui avoir pris son sac de plage, Vivek la conduisit jusqu'à l'ascenseur. L'air des climatiseurs du bateau lui fit l'effet d'une gifle. Prenant une profonde inspiration, elle s'appuya sur Vivek.

À leur arrivée à sa cabine, il n'attendit pas qu'elle l'invite à entrer. Quant à elle, elle se laissa mollement tomber sur le canapé. Sans lui demander son avis, Vivek appela le *room service* pour commander de l'eau, des boissons fraîches et des sandwichs.

— Tu n'es pas obligé de rester, dit-elle. Je vais bien, tu sais ?

— Tu ne vas pas bien et je ne te laisserai pas toute seule.

— Tu n'as pas mieux à faire ? rétorqua-t-elle sans se donner la peine de dissimuler son hostilité.

— Hema, tu vas devenir ma femme, dit-il en la regardant dans les yeux. Je ne vois pas ce que je pourrais avoir de plus important à faire que de veiller sur toi.

— Dans ce cas, pourquoi ne pas m'avoir accompagnée, aujourd'hui ?

S'il avait été avec elle, elle n'aurait pas été seule, au moment d'apprendre le secret honteux de sa mère.

— Tu te souviens quand nous avons parlé de ce que nous attendions tous deux de ce mariage ? demanda-t-il. Nous nous sommes mis d'accord sur la nécessité d'être honnêtes l'un envers l'autre. Et si nous avons écarté la possibilité de l'amour au sens traditionnel, nous avons affirmé que nous serions amis. Que nous nous soutiendrons mutuellement. Que tu ne veuilles pas me confier la nature exacte du problème entre tes parents m'a mis en colère.

— Cela ne te regarde pas !

Vivek la fixa un instant avant de reprendre :

— Avant notre mariage, mon père a embauché un détective privé pour faire des recherches sur ta famille.

— Quoi ?

— Tu dois comprendre que nous ne connaissions que vaguement ta famille et que mes parents ont toujours eu très peur des personnes intéressées par notre fortune.

Elle laissa échapper un cri d'indignation. Cette idée était absurde !

— Ne t'inquiète pas, ajouta vivement Vivek. Je sais que tu ne m'épouses pas pour mon argent. C'est plutôt moi qui t'épouse pour le tien.

À ces mots, elle ne put s'empêcher de sourire.

— Mais le détective privé que nous avons embauché a suivi les allées et venues de ta mère de près, et c'est comme ça qu'il a découvert qu'elle avait une liaison, conclut-il en l'observant avec attention, comme s'il craignait qu'elle ne se jette sur lui.

Elle sentit le sol s'ouvrir sous ses pieds. Comment sa mère avait-elle pu se montrer aussi imprudente ?

— Combien de personnes sont au courant ? demanda-t-elle d'une voix à peine audible.

— Sameer le sait par Nisha. La mère de Sameer le sait parce

que celle de Nisha le lui a confié. Mes parents et moi sommes au courant. Et c'est tout.

C'était déjà trop.

— Il faut que j'en parle à papa, murmura-t-elle. Il ne peut pas apprendre par quelqu'un d'autre que ce secret n'est plus un secret entre maman et lui. Mais il ne sait pas que je sais, et si je le lui dis, il sera dévasté. Mais toi. Pourquoi ne m'avoir rien dit, si tu savais que je ne te disais pas tout ?

— C'était à toi de prendre l'initiative de le faire. Si tu n'as pas suffisamment confiance en moi pour me parler de ce genre de choses, alors notre amitié est plus fragile que je le pensais.

À ces mots, elle sentit son cœur se serrer. Était-ce vraiment ce qu'il pensait ? Qu'elle n'avait pas voulu le lui dire parce qu'elle n'avait pas confiance en lui ?

— Si je ne t'ai rien dit, c'est parce que je ne voulais pas mettre papa dans l'embarras, expliqua-t-elle. Il en mourrait, s'il savait que tu es au courant. Le respect et la position sociale sont les valeurs qui comptent le plus à ses yeux.

— Je sais. Mais je vois là une raison de plus pour laquelle tu aurais dû m'en parler. De sorte que je puisse vous protéger, ta famille et toi.

Elle fut tentée de lui répondre que son rôle n'était pas de la protéger, mais elle se retint.

— C'est ce que papa a fait toute sa vie. Me protéger.

— J'aurais dû être là pour toi aujourd'hui, dit-il en posant le bras autour de ses épaules.

Elle sentit ses yeux s'emplir de larmes et, sans pouvoir s'en empêcher, elle se mit à pleurer.

Sans un mot Vivek la serra plus fort contre lui. La tête appuyée contre son torse puissant et musclé, elle se laissa aller à sangloter.

— Pourquoi a-t-il fallu que ma mère choisisse quelqu'un de notre cercle social ? Si elle voulait une aventure, elle aurait pu l'avoir avec n'importe qui. Tu sais à quel point la communauté indienne est soudée. Je suis sûre que beaucoup des connaissances de mes parents sont au courant. Qu'est-ce que les gens disent de papa, dans son dos ?

— Toutes les familles ont leur secret. Nous le comprenons tous. Et si les gens aiment partager des anecdotes croustillantes, il y a des choses dont personne ne parle. Et celle-ci en fait partie.

Elle n'avait jamais confié à personne ce secret qui avait pesé sur son cœur pendant toutes ces années. Mais à présent qu'elle avait commencé, elle ne pouvait plus s'arrêter.

— Papa n'a jamais dénigré maman. Jamais. Il m'a toujours dit qu'une mère donne la vie et mérite l'amour inconditionnel de ses enfants. Jamais de commentaire désobligeant. Même quand elle a manqué mon spectacle de danse à l'école, même l'année où elle a prolongé ses vacances et manqué mon anniversaire, il a réussi à lui trouver des excuses. Il s'est battu pour que je garde l'impression qu'elle m'aimait. Il savait qu'elle le trompait depuis des années, mais il s'est battu pour que son couple conserve une façade heureuse. Il ne voulait pas que la réputation de ma mère ternisse la mienne. Mais il y a quelques années, il lui a lancé un ultimatum.

— Comment se fait-il qu'il ait tenu si longtemps ? Pourquoi ne pas lui avoir lancé cet ultimatum plus tôt ?

— Peut-être parce qu'il avait des soupçons mais pas de certitudes, répondit-elle en haussant les épaules.

Vivek hocha la tête et, après un instant de silence, reprit :

— Tu sais, notre détective n'a pas fouillé dans la vie privée de tes parents. Il a juste étudié de près leur situation financière et il n'a pas eu de mal à mettre le doigt sur les dépenses inhabituelles de ta mère. Ton père est un homme intelligent. T'est-il déjà venu à l'idée qu'il ait pu accepter le fait qu'elle ait une aventure ? Qu'ils aient eu un accord ?

Elle le dévisagea, horrifiée. Un accord ? C'était tout simplement ridicule !

— Il faudrait être complètement fou pour se mettre d'accord sur une situation telle que celle-ci, répondit-elle. Je n'imagine pas mon père faire une chose pareille. C'est un homme très traditionnel. Il a refusé de me laisser emménager seule aux États-Unis. En aucun cas il n'aurait accepté de partager ma mère avec un autre homme. Qu'est-ce que tu ressentirais si tu devais partager ta femme avec un autre ? Je veux dire, si tu avais vraiment une femme ?

Le visage de Vivek s'assombrit.

— Tu vas vraiment devenir ma femme, Hema. Nous allons partager nos vies, nous soutenir mutuellement et bâtir une famille ensemble. Pour tous les aspects qui importent, notre mariage sera un véritable mariage.

Et l'amour ? Et le sexe ? Elle eut envie de hurler ces questions. De le forcer à lui apporter des réponses.

— Pourquoi ne m'as-tu pas invitée dans ta chambre après le café que nous avons bu hier soir ? s'enquit-elle.

S'il voulait qu'elle se montre totalement honnête avec lui, il était temps qu'il fasse de même.

On frappa à la porte. L'employé du *room service* apportait la commande. Après son départ, Vivek tendit une bouteille d'eau à Hema.

— Bois. Il fait chaud.

Il avait raison, mais il cherchait aussi à gagner du temps. Après avoir bu une longue gorgée d'eau, elle se tourna vers lui, dans l'attente de sa réponse.

— Hier soir, il m'a semblé évident que tu ne me disais pas tout sur les raisons pour lesquelles tes parents se disputaient et les raisons pour lesquelles cela t'affectait, répondit-il. Tu ne te sentais pas suffisamment à l'aise avec moi pour me confier ça. Cela m'a fait penser à Divya, qui ne m'a jamais parlé. Elle a tout gardé en elle et tout a explosé le jour de notre mariage.

Hema retint un soupir. Divya allait-elle rester entre eux le reste de leurs vies ? Mais ce n'était pas le moment de changer de sujet.

— Si je ne t'ai pas raconté toute l'histoire, c'est parce que j'avais le sentiment que ce n'était pas mon secret, et donc, que ce n'était pas à moi d'en parler, expliqua-t-elle. Je ne suis même pas censée le savoir. Ce n'est pas une question qui nous concerne personnellement. Il s'agit de la vie privée de mes parents.

Elle s'interrompit, hésita un instant et reprit :

— Je ne suis pas comme Divya. Je te parlerai, si j'en ressens le besoin. Et je ne t'abandonnerai pas.

Il hocha la tête, mais ses yeux révélaient ses pensées. Il avait souffert d'être trahi, tout comme elle avec Arun, et c'était une chose difficile à oublier.

— Je voudrais me reposer un peu avant de me préparer pour le *sangeet* de ce soir, dit-elle en se levant.

Quand il partit, elle se laissa de nouveau tomber sur le canapé. Venait-elle de faire une promesse qu'elle ne pourrait pas tenir ?

8

Ce n'était pas le genre de Hema d'être en retard. Avait-elle eu un problème ? Vivek avait regretté de devoir quitter sa cabine, quelques heures plus tôt, mais il lui avait semblé évident qu'elle avait besoin d'être seule.

La salle à manger où devait avoir lieu le *sangeet*, soirée de musique et de danse pour célébrer les futures noces, s'étalait sur deux niveaux.

— Tu cherches ta fausse vraie fiancée ? lui demanda son frère.

Vivek lui jeta un regard noir.

— Tu n'as rien de mieux à dire ?

— En réalité, si, répondit Vikram en souriant. Il y a deux jours encore, tu m'as expliqué avec force arguments que ce ne serait qu'un mariage de raison. Mais à chaque fois que je vous vois ensemble, tous les deux, l'idée qui me vient spontanément à l'esprit serait plutôt celle d'un mariage de passion.

— Que veux-tu que je te dise ? Je suis irrésistible…

Vikram leva les yeux au ciel.

— Et si tu m'expliquais vraiment comment ça marche ? Vous couchez ensemble ou pas ?

— Notre vie sexuelle ne te regarde pas, rétorqua Vivek en lui donnant une petite tape sur l'épaule.

L'idée d'une vie sexuelle avec Hema lui paraissait cependant très attrayante… Le désir qu'il avait pour elle était si fort qu'il en était inquiétant. Ce mariage ne devait être rien d'autre qu'un pacte, une promesse de respect et d'amitié mutuels. Le sexe ne faisait pas partie de l'équation. Il avait pensé que la faible attirance physique qu'elle lui avait inspirée lors de leurs deux premiers rendez-vous perdurerait. Mais à présent le simple fait de la regarder suffisait à l'exciter.

Vikram lui donna un petit coup de coude qui le ramena brutalement à la réalité. Suivant son regard, il leva la tête vers la mezzanine où Hema venait de faire son entrée.

Elle était époustouflante de beauté dans cette tenue. Un haut qui n'était rien d'autre que de fines bandes de tissu au niveau des épaules et du dos, et un morceau d'étoffe un peu plus large pour couvrir sa poitrine. La jupe était du même bleu roi que le haut, avec des broderies dorées, et le *pallu* était constitué d'un délicat tissu doré, aux reflets moirés. Le tout soulignait chacune de ses courbes et dévoilait juste assez de peau nue pour rester décent tout en étant sexy.

— Ça va ? lui demanda-t-il en espérant qu'elle pourrait lire sur ses lèvres.

Elle lui répondit par un hochement de tête. Et, presque immédiatement, elle fut accostée par un groupe de tantes.

— Dis-moi, quand est-ce que vous allez vous lancer dans une danse de groupe, comme dans les films ? lui demanda Andy qui venait de les rejoindre, Vikram et lui.

— On ne fait ça que quand les Blancs regardent, répliqua-t-il.

Tout en riant, son ami lui tendit un verre de whisky.

— Est-ce que tu pourrais m'expliquer ce que c'est que cette fête ? s'enquit-il.

— Le *sangeet* a pour but de réunir les deux familles en leur accordant une soirée pour se lâcher et...

Il fut interrompu par un bruit sourd : un homme vêtu d'un turban, d'une chemise jaune vif et d'un *dhoti* rouge venait d'apparaître avec un *dhol*, un tambour à deux peaux. Le rythme était lent dans un premier temps, mais le musicien accéléra le tempo tandis qu'il parcourait l'étage pour attirer les gens vers le rez-de-chaussée, où une scène avait été montée. Arrivé sur les planches, il frappa sur son tambour plus vite encore, criant des « haï » et des « ho ».

Quelqu'un attira Hema sur la piste, et elle se mit à danser en levant les mains en l'air.

Vivek, subjugué, ne la quittait pas des yeux. Andy le poussa vers elle. Secouant la tête, il essaya de résister, mais la foule s'écarta pour le laisser passer, l'encourageant en lui mettant de petites tapes dans le dos. Avec réticence, il rejoignit Hema et lutta pour accorder ses pas aux siens. Il était beaucoup plus doué pour les danses au rythme lent. Avec le *banghra*, il sortait de sa zone de confort, et tous les regards étaient tournés vers lui.

Hema lui prit la main et se mit à onduler des hanches. Tout sourire, elle concentra son regard sur le sien. Elle bougeait gracieusement, avec une élégance fluide. D'un geste de la main, elle invita les autres personnes à les rejoindre sur la piste. Un instant plus tard, ils étaient entourés de dizaines de danseurs. Le musicien fut alors remplacé par un DJ qui se mit à mixer les derniers succès de Bollywood.

Puis Hema l'attira loin de la piste. Elle avait à l'évidence quelque chose en tête. Elle finit par ouvrir une porte qui les mena au dernier étage d'un théâtre.

Brusquement, elle se tourna pour lui faire face et plongea son regard dans le sien.

Son cœur se mit à battre sourdement dans sa poitrine. Il avait envie de la prendre dans ses bras, de presser ses lèvres sur la peau nue de son épaule, de tracer un chemin de baisers jusqu'à cette délicate zone, au coin de sa bouche si sensuelle...

— Tu vas bien ? demanda-t-il d'une voix sourde.

— Oui. Très bien...

Ils n'étaient qu'à quelques centimètres l'un de l'autre, mais elle lui semblait trop loin. Il brûlait d'envie de la tenir dans ses bras, de sentir la chaleur de son corps contre le sien.

Luttant pour garder le contrôle de lui-même, il fit sensuellement glisser les doigts sur sa joue. Comme elle entrouvrait ses lèvres, il se pencha pour déposer un doux baiser sur sa bouche avant de remonter jusqu'au lobe de son oreille.

— Je n'ai pas arrêté de penser à toi toute la journée, chuchota-t-il.

Le léger frisson qui la traversa lui fit perdre le peu de maîtrise de soi qui lui restait. Fougueusement, il l'attira contre lui, joignit ses lèvres aux siennes et enfonça la langue dans sa bouche. Pressant son corps voluptueux contre le sien, elle lui répondit avec une passion en tout point semblable à la sienne.

Sans se détacher d'elle, il la fit reculer jusqu'à ce qu'elle se retrouve dos au mur. Quand il remonta sa jupe, elle enroula l'une de ses longues jambes fuselées autour de sa taille. Il sentit alors son sexe palpiter de désir contre le sien, une douce torture. Ivre de désir, il remonta la main le long de sa cuisse et se mit à la caresser à travers l'étoffe soyeuse de sa culotte, lui tirant de doux gémissements de volupté. Lorsqu'il glissa un doigt en elle, il s'aperçut qu'elle était chaude et humide de désir pour lui.

D'un geste preste, elle passa les mains sous son *kurta* et descendit son pantalon et son boxer pour commencer à le caresser. Sa jupe étant hélas retenue par une épingle, il ne pouvait pas la lui ôter.

— Je parie que ces vêtements ont été conçus comme des ceintures de chasteté, marmonna-t-il en rassemblant l'étoffe de la jupe pour la coincer dans la ceinture.

Sans faire de commentaire, elle retira sa culotte. Il fit alors glisser ses mains le long de la courbe parfaite de ses fesses pour la hisser dans ses bras. D'un geste précis elle attrapa son sexe et se cambra pour le prendre en elle.

Il avait envie de faire les choses lentement, mais quand il sentit les muscles de Hema se resserrer autour de lui, il crut qu'il allait perdre la raison. D'un mouvement brusque, il s'enfonça totalement en elle.

— Oui ! Oui, comme ça ! cria-t-elle.

Il s'accorda immédiatement aux mouvements rapides de ses hanches, qui les menaient toujours plus près de l'extase. Ses ongles enfoncés dans ses épaules, elle le serrait étroitement contre elle. Soudain, il sentit que son corps était secoué de soubresauts, ses doux gémissements de plaisir s'intensifièrent. Quand il comprit qu'elle était venue, il laissa la pression exploser dans son propre corps, tel un feu d'artifice de sensations.

La tête appuyée contre son torse, elle resta quelques secondes accrochée à lui.

— Il était temps, murmura-t-elle. Ça fait des jours que j'attends que tu me prennes comme ça contre un mur.

Elle finit par desserrer son étreinte pour se laisser glisser sur le sol.

— Puis-je la garder en souvenir ? demanda-t-il en ramassant sa culotte.

D'un geste preste, elle la lui prit des mains et la remit.

— Les souvenirs, c'est pour les lieux que l'on a peur d'oublier. Je veux que tu y reviennes, encore et encore.

— Je serais ravi de faire une deuxième visite, dit-il en la prenant dans ses bras.

Sensuellement, il embrassa son épaule et se mit à lécher son bras. Les gémissements qu'elle poussa semblèrent se répercuter en lui.

— Il faut que l'on retourne à la fête si on ne veut pas que quelqu'un vienne nous chercher, dit-elle, l'air contrarié.

— Pas question. Allons dans ma cabine. Je vais verrouiller le balcon, tirer les rideaux et demander à un employé de monter la garde à la porte.

Il comprit qu'il l'avait convaincue à la façon dont elle soupira. L'ayant prise par la main, il commença à l'attirer vers la sortie.

— Attends ! Je veux m'assurer d'être présentable. Si jamais on rencontrait quelqu'un...

Elle se tourna vers un miroir.

— Je ne peux pas sortir comme ça ! Mon rouge à lèvres a bavé et mon sari est tout de travers.

— Je te trouve très belle, moi.

Elle lui jeta un regard exaspéré.

— Il y a de bonnes chances pour que l'on rencontre quelqu'un. On ne peut pas avoir l'air de... de...

— D'être heureux ensemble ? conclut-il en passant le bras autour de ses épaules d'un geste possessif. Tu vas devenir ma femme, Hema. Cela ne me dérange pas que les gens sachent que c'est moi qui te donne cette mine radieuse.

— Je te trouve bien présomptueux. Pour ta gouverne, je dois cette mine radieuse à ma maquilleuse.

— Il n’y a pas que ça...

Il voulut la serrer fort contre lui, mais elle le repoussa.

— Va chercher Nisha ou ma *maasi* et dis-leur de venir m’aider, ordonna-t-elle.

— Dois-je en déduire que nous n’irons pas dans ma cabine ? demanda-t-il en posant la main sur son cœur et en faisant mine de vaciller.

— Tu dois en déduire que la soirée ne fait que commencer et que la patience ne fera que rendre son apogée plus agréable.

9

Je n'en peux plus de patienter.

Les pieds plongés dans un bain bouillonnant, Hema sourit en lisant le message de Vivek. Le *sangeet* avait duré toute la nuit. L'alcool avait coulé à flots. Et des tantes avaient même réussi à se convaincre qu'elles savaient chanter !

Quand la soirée s'était terminée, sa *maasi* était tellement éméchée qu'elle avait dû la traîner jusqu'à sa cabine et rester avec elle.

Quant à Vivek, il avait eu bien du mal à cacher sa déception à l'idée qu'elle ne partagerait pas sa cabine...

Pour sa part, elle avait feint le détachement mais, depuis leur étreinte passionnée, elle n'arrivait pas à l'éliminer de ses pensées. Les sensations quand il s'était enfoncé en elle, la façon dont il l'emplissait, la chaleur qu'elle avait sentie déferler dans son corps... Ces souvenirs l'avaient tenue éveillée toute la nuit. Elle avait espéré pouvoir se retrouver seule avec lui au petit déjeuner mais, hélas, tout le monde semblait s'être donné le mot pour se réveiller à la même heure. Et, aussitôt le repas terminé, ses amies l'avaient attirée vers le spa. Elles avaient prévu une journée filles. Malgré tout le désir qu'elle avait de voir Vivek, elle était ravie de pouvoir passer du temps avec elles.

Après quelques instants, elle répondit à son message.

Mais il te faudra patienter encore un peu. Je suis au spa et j'ai promis aux filles de déjeuner avec elles avant le *mehndi*.

Il songea à lui envoyer un message. Mais pour lui dire quoi ? J'ai envie de toi ? J'ai vraiment besoin de comprendre ce qui se passe entre nous ?

Des coups frappés à la porte de sa cabine le ramenèrent brusquement à la réalité. Pourvu que ce ne soit ni Vikram ni Andy. Il avait refusé leur soirée d'enterrement de vie de garçon. Il n'était pas du tout d'humeur. Il n'y avait qu'une seule personne qu'il avait envie de voir, et elle se trouvait deux ponts plus haut, à l'autre bout du bateau.

Tout en soupirant, il se leva pour aller ouvrir. Quelle ne fut pas sa surprise en découvrant Hema dans la robe blanche à fines bretelles qu'elle avait portée un peu plus tôt sur la plage. Une robe qui moulait son corps juste aux bons endroits et dévoilait sa peau exactement là où il le fallait... Une robe qu'il avait envie de lui arracher.

— T'est-il déjà arrivé de tomber amoureux d'une femme juste parce que tu avais eu de super ébats sexuels avec elle ? demanda-t-elle.

— Quoi ?

Il la fit entrer et referma la porte.

— Tu penses que tu peux tomber amoureux de moi si nous couchons ensemble ?

— Bien sûr que non !

— Alors j'en déduis que tu as une très haute opinion de toi-même puisque tu crois qu'il te suffira de me mettre dans ton lit pour que je tombe folle amoureuse de toi.

Le cœur battant à tout rompre, il la regardait fixement. Mais qu'est-ce qu'elle racontait ?

Elle poussa un soupir avant de reprendre :

— Écoute, je n'ai pas oublié notre accord. Tu es amoureux d'une autre.

Il voulut protester, mais elle leva la main pour l'en dissuader.

— Inutile de nier. À chaque fois que quelqu'un mentionne son nom ou que tu te retrouves face à l'un de ses frères et sœurs, cela se voit sur ton visage. Tu as été honnête avec moi dès le départ,

6

Allongé sur son lit, Vivek se demandait ce qu'il avait pu dire ou ne pas dire qui avait mis Hema dans cet état. Il ne s'attendait pas à ce qu'elle tombe amoureuse de lui, mais il lui semblait parfaitement naturel qu'elle développe des sentiments pour lui. Si leur relation prenait un tournant plus intime, se satisferait-elle toujours de leur arrangement ? Et si elle finissait par en vouloir plus que ce qu'il était prêt à lui donner ?

Agacé, il se passa une main dans les cheveux.

C'était en grande partie sa faute. C'était lui qui ne pouvait pas s'empêcher de poser les mains sur elle. À chaque fois qu'il se retrouvait près d'elle, il ne pensait plus qu'à la douceur de sa peau, à sa bouche si sensuelle, aux frissons qui la parcouraient quand il la touchait, au gémissement qu'elle avait poussé quand il avait glissé un doigt en elle dans l'eau… Et, à chaque fois qu'il repensait à ce moment, le désir qu'il avait d'elle le submergeait.

Peut-être parce que cela faisait trop longtemps qu'il n'avait pas fait l'amour à une femme ? Divya n'avait pas voulu coucher avec lui avant le mariage, et il avait respecté sa volonté. Depuis leur rupture, il n'avait fréquenté personne. Oui, c'était ça. S'il était si excité par Hema, c'était parce que cela faisait longtemps qu'il n'avait pas eu de rapports sexuels. Cela n'avait rien à voir avec elle.

Cela dit, il y avait réellement une alchimie sexuelle entre eux, et ils ne pourraient pas l'ignorer bien longtemps. Bientôt, ils partageraient un lit…

Le mariage a lieu demain. Tu peux tout de même attendre jusque-là, non ?

Le *mehndi*, la cérémonie du henné, était prévu en fin de journée, et elle devrait rester assise de longues heures, tandis qu'on lui décorerait les mains et les pieds de motifs complexes enchevêtrés.

La réponse de Vivek arriva.

Demain soir, c'est dans trente-six heures. Tu ne peux pas t'éclipser quelques minutes ?

Si elle pouvait...

Je suis l'invitée d'honneur. Mon absence serait remarquée. Je suis sûre que tu peux tenir longtemps.

Sa réponse se fit attendre. Était-elle allée trop loin ? Au bout de quelques secondes, elle fut rassurée en lisant sa réponse.

Défi accepté.

Elle se mit à gigoter nerveusement sur son siège. L'air lui semblait soudain trop chaud, son corps trop comprimé dans ses vêtements. Avait-elle éprouvé cela, avec Arun ? Contrairement à Vivek, Arun préférait les déclarations d'amour aux répl[illegible] spirituelles. Il lui envoyait des messages avec des cœurs [illegible] disait qu'il l'aimait cinq fois par jour. Leurs relations sex[illegible] étaient satisfaisantes mais... il n'était jamais parvenu à l'e[illegible] avec un texto.

Soudain, elle se rendit compte que, pour la première fois depuis sa rupture avec Arun, elle n'avait pas le cœur lourd quand elle songeait à lui. Sa souffrance avait disparu.

— Je connais ce sourire secret, dit quelqu'un d'une voix douce, coupant court à ses pensées.

En relevant les yeux, elle vit que Nisha s'était approchée d'elle. La veille au soir, la jeune femme était venue l'aider à réajuster ses vêtements et elles avaient discuté de leurs parents. Curieusement, depuis que les relations illicites de ces derniers avaient été mises au grand jour, un lien étroit s'était tissé entre elles. Mais, même au-delà de ça, elle avait ressenti une sorte de connexion avec Nisha dès le moment où elle l'avait rencontrée.

— Merci de m'avoir aidée, hier soir, dit-elle.

— Ce sentiment que tu as, ce besoin d'être avec lui à chaque seconde, accroche-toi à lui, chéris-le, ne le laisse jamais partir.

— Est-il toujours là, pour Sameer et toi ? Tu sais, maintenant que vous vous êtes installés dans votre vie conjugale.

Nisha sourit.

— Nous avons une longue histoire. Nous nous sommes aimés, perdus de vue. Pourtant, quand je l'ai retrouvé des années plus tard, rien n'avait changé. Même après plusieurs mois de mariage, j'éprouve toujours ce sentiment que j'avais à l'époque où nous sortions ensemble quand nous étions au lycée.

Hema prit le temps de méditer ces propos. Au bout de quelques mois passés avec Arun, elle avait eu l'impression de s'enfoncer dans la routine. Avaient-ils connu le feu qui les avait embrasés, Vivek et elle, la veille au soir ?

— Je vois bien l'alchimie qu'il y a entre Vivek et toi, reprit Nisha, coupant court à ses pensées. La prochaine fois que je créerai une tenue pour toi, je veillerai à ce qu'elle résiste à des ébats passionnés contre un mur, conclut-elle avec un clin d'œil.

Hema passa une agréable matinée en compagnie de ses amies à se faire faire manucure, pédicure, masque et épilation des sourcils. Elle était ravie de partager ce moment entre filles. Après la croisière, elle s'installerait à New York, tandis que toutes ses amies étudiantes retourneraient en Inde. Deux d'entre elles parlèrent de se revoir aux vacances de Divali, et à les écouter, Hema eut un petit pincement au cœur. Elle serait si loin et si occupée qu'elle n'aurait aucun moyen de passer voir l'une d'entre elles.

Tout à coup, une idée la frappa. Elle n'aurait que Vivek. Parviendrait-elle à se contenter de lui ?

Le dernier rendez-vous prévu au spa était une séance de massage. Elle fut la première à passer. Une femme mince la conduisit jusqu'à une pièce dont les baies vitrées donnaient sur l'océan. Une odeur de lavande flottait dans l'air et des haut-parleurs diffusaient de la musique classique. On lui demanda de retirer son peignoir et de se glisser sous un drap. Ravie d'avoir une heure pour se relaxer avant les festivités, elle s'allongea de bonne grâce sur la table de massage.

Savourant la sensation de douceur des draps contre sa peau nue, elle ferma les yeux. Nisha lui avait appris quelques respirations de yoga à pratiquer avant le massage. Cela semblait assez simple, et pourtant cela ne fonctionnait pas sur elle. Chacune de ses inspirations ramenait son esprit à Vivek. La sensation de sa bouche sur sa peau, la façon dont il l'avait emplie, l'explosion de plaisir... La douceur avec laquelle il avait drapé une serviette autour de ses épaules quand elle avait eu froid. Ce n'était pas ce à quoi elle s'attendait. Leurs conversations en visio avaient été très théoriques. Elle se sentait à l'aise avec lui. C'était exactement ce dont elle avait besoin : une relation sans trop de passion qui lui permettrait de se concentrer exclusivement sur ses études de médecine. Elle ne voulait plus d'émotions en dents de scie.

La masseuse finit par frapper à la porte, et Hema lui dit d'entrer. Elle entendit des bruits de pas puis sentit que l'on baissait doucement le drap qui la couvrait. Les mains qui se posèrent sur son dos lui parurent bien grandes pour la petite femme qui l'avait accueillie. Mais elles étaient habiles et agiles, travaillant avec dextérité sur les zones de tension à la base de son cou et entre ses omoplates.

— Oh ! oui. Ça fait vraiment du bien, murmura-t-elle quand la masseuse se mit à appuyer sur un point bien précis au milieu de son dos.

— Si j'avais su que c'était une zone érogène chez toi, j'aurais adopté une approche différente, hier soir.

Au son de cette voix, elle se retourna vivement, tirant instinctivement le drap sur elle.

— Vivek !

Il souriait.

— Qu'est-ce que tu fais là ? demanda-t-elle, le cœur battant à tout rompre.

— J'avais espéré te séduire.

Mission accomplie !

Il était incroyablement beau dans sa tenue décontractée, jean et polo blanc. Soudain très consciente de sa nudité, elle remonta un peu plus le drap sur elle.

— Tu es magnifique, dit-il d'une voix lourde de désir en faisant glisser ses doigts sur sa joue.

Un simple effleurement… et elle sentit aussitôt ses tétons durcir et son sexe palpiter. Comme s'il avait perçu ce qu'elle ressentait, il esquissa un sourire espiègle.

— Rallonge-toi. Laisse-moi finir le massage, proposa-t-il.

Elle n'avait aucune envie de ça. Elle aurait voulu qu'il lui arrache le drap pour la dévorer tout entière.

Mais, comme il appuyait doucement sur ses épaules, elle finit par se rallonger sur le ventre, le corps brûlant de désir.

Aussitôt, Vivek se remit à lui masser le dos, mais elle ne parvenait plus à se détendre. Son sexe était si chaud que c'en était presque douloureux. Au bout d'un certain temps, Vivek lui saisit les pieds, et quand elle sentit ses lèvres sur sa cheville, elle ne put se retenir plus longtemps. En une série de mouvements fluides, elle se retourna et se leva, et sans lui laisser le temps de réagir, elle empoigna son polo pour l'attirer vers elle. Quand leurs lèvres se rencontrèrent, elle s'accrocha à la ceinture de son jean et enroula ses jambes autour de ses hanches. Bien vite, il se mit à la caresser, prenant ses seins et titillant du bout de son pouce ses tétons durcis de désir. Folle d'excitation, elle se mit à le caresser à travers son jean, se délectant des grognements de plaisir qui s'échappaient de sa gorge.

N'y tenant plus, elle finit par défaire sa ceinture, baisser son jean et son boxer. La table de massage étant à la hauteur idéale, elle se positionna face à lui. Mais il l'arrêta en mettant sa main sur son épaule.

— Cette fois-ci, on va faire les choses à ma manière. Doucement.

Elle secoua la tête, mais il appuya sur son épaule jusqu'à ce qu'elle se retrouve à nouveau allongée sur la table. Après lui avoir relevé les genoux, il glissa la tête entre ses cuisses. Instinctivement, elle se cambra tandis qu'il titillait de sa langue habile son clitoris. Bien qu'appréciant grandement ces vagues de chaleur qui jaillissaient dans son corps, elle avait envie de le sentir en elle, vite et fort.

— S'il te plaît, murmura-t-elle. J'ai besoin de te sentir en moi.

À ces mots, il glissa un doigt dans son intimité, puis un autre. Elle se mit alors à onduler avec ferveur, l'excitation étant en train de la rendre folle. Et, juste au moment où elle songea qu'elle ne pouvait plus en endurer davantage, elle sentit Vivek s'enfoncer en elle. Le plaisir étant déjà presque à son comble, il ne fallut pas bien longtemps pour qu'elle le sente exploser, tel un feu d'artifice de voluptueuses sensations. Au plus fort de l'extase, elle enfonça ses ongles dans le dos de Vivek et cria son nom.

Le cœur battant, ils restèrent un long moment dans les bras l'un de l'autre. Elle finit par se lever pour enfiler son peignoir.

— La prochaine fois, on fera encore plus doucement, lui dit-il en remettant son jean.

— Tu n'as pas aimé ?

— Je préfère prendre mon temps.

Elle n'avait pas envie de tendresse. Elle avait déjà du mal à se rappeler qu'ils n'étaient pas un vrai couple. Qu'il ne l'aimait pas. Elle ne voulait surtout pas qu'il lui fasse l'amour comme si elle était spéciale pour lui, alors qu'elle ne l'était pas.

— Doucement, c'est surfait, dit-elle d'une voix qu'elle voulut méprisante.

Comme il la regarda en haussant les sourcils, elle se détourna de lui.

Elle voulait qu'il n'y ait que du sexe entre eux. Des ébats merveilleux, et même époustouflants. Mais que du sexe. C'était là une chose qu'elle pouvait assumer, comprendre, apprécier. Mais, s'il y avait de l'émotion, leur relation allait devenir plus concrète. Or, elle ne pouvait pas prendre le risque de développer des sentiments pour un homme qui en aimait une autre.

10

De toutes les traditions indiennes, le *mehndi* avait toujours été la préférée de Hema. Des femmes assises en rond, bavardant et riant, tandis qu'on leur appliquait du henné sur les mains et qu'elles attendaient ensuite patiemment qu'il sèche. Cela forçait à faire une pause dans le quotidien. Les mains étant inutilisables, on ne pouvait rien faire d'autre que de rester assise et de savourer l'instant présent. Impossible de coller son téléphone à son oreille, de taper sur un clavier, de faire ses courses ou son ménage.

Mais vivre ce moment en qualité de future mariée était encore autre chose.

Elle portait un *lehenga* traditionnel, jupe longue rose et bleue, et un haut court rose et or. Bien installée sur un canapé de cuir, elle avait la jupe remontée jusqu'aux genoux. Une femme, assise à ses pieds, utilisait un applicateur en forme de cône pour tracer au henné de fins motifs de type mandala sur ses pieds, chevilles et tibias. Deux autres femmes, de chaque côté, procédaient de la même façon pour ses mains et ses bras.

Elle s'émerveillait du talent de ces femmes qui travaillaient sans pochoir ni modèle. Elles appliquaient juste ce qu'il fallait de pression pour doser la pâte de henné insérée dans le cône et créaient de somptueux motifs qui formaient à présent comme un voile de dentelle sur sa peau. Elles travaillaient sans relâche depuis trois heures, à présent.

— Depuis combien de temps êtes-vous *mehndi wali* ? demanda-t-elle à la femme qui se trouvait à sa droite.

La jeune artiste se prénommait Shruti. Petite et menue, elle avait des yeux brillants et un agréable sourire.

— Je fais ça depuis que je suis petite, madame. Ma mère l'était avant moi. C'est elle qui m'a tout appris.

Hema sourit de la fierté qu'elle avait perçue dans sa voix.

— Ce doit être pénible de faire travailler ses mains pendant de si nombreuses heures d'affilée, fit-elle remarquer.

— J'ai l'habitude, madame.

— Vous aimez votre travail ?

— Je ne vois pas ce que j'aurais pu faire d'autre, répondit la jeune femme en haussant les épaules. Mon père est mort. Il a bien fallu que je gagne de l'argent pour nourrir ma mère et mes deux frères. On disait que ma mère était la meilleure *mehndi wali* du pays. Elle faisait les mariages de tous les hommes politiques. Mais maintenant, elle n'arrive plus à bouger ses mains.

— L'avez-vous emmenée voir un médecin ?

— Oui. J'ai travaillé six mois sur un bateau de croisière, j'ai économisé tout ce que j'ai gagné et je l'ai emmenée chez un médecin à Mumbai. Il a dit qu'il fallait l'opérer, mais que les meilleurs chirurgiens étaient aux États-Unis. Seulement ma mère n'a pas de visa pour y aller. On est donc allées voir un chirurgien à Mumbai, mais il a dit qu'il n'aurait pas de place avant plusieurs années.

— Je serai chirurgienne dans six ans. Je vais apprendre à opérer à l'aide de robots. Assise à mon bureau aux États-Unis, je pourrai pratiquer une opération en Inde.

Fascinée, Shruti ouvrit de grands yeux.

S'ensuivit une avalanche de questions et, très vite, les autres jeunes femmes cessèrent leur travail pour l'écouter leur expliquer comment la télémédecine allait permettre à des femmes et des hommes de manipuler des machines pour pratiquer des opérations chirurgicales spécialisées. Ce n'était plus qu'une question de temps avant que les villages les plus reculés de l'Inde puissent bénéficier des meilleurs soins médicaux, leur assura-t-elle.

À mesure qu'elle parlait, elle sentait son corps s'emplir de l'énergie qui l'avait fait tenir, au cours des années passées. Après le désastre d'Arun, elle s'était effondrée, avait passé beaucoup de temps à pleurer et à s'apitoyer sur son sort. Puis elle avait trouvé son objectif de vie.

— Quand j'aurai fini ma formation, je retournerai en Inde pour pratiquer, conclut-elle.

— Peut-être que vous pourrez opérer ma mère, murmura Shruti d'une voix pleine d'espoir.

Hema secoua la tête.

— Il va me falloir encore beaucoup de temps pour terminer ma formation. Votre mère ne peut pas attendre. Sa situation risque d'empirer, et si cela se dégrade trop, on ne pourra plus l'opérer.

Le visage de Shruti se décomposa.

— Mais son opération aura lieu très rapidement, ajouta vivement Hema. Je connais beaucoup de chirurgiens. Vous n'avez qu'à rentrer votre numéro dans mon téléphone. Je vous appellerai.

Shruti la regardait à présent d'un air incrédule.

— C'est vrai ?

Hema acquiesça. L'espoir qu'elle lisait dans les yeux de la jeune femme avait fait disparaître tous les sacrifices qu'elle avait faits pour ses études. Une fois sa formation achevée, elle pourrait aider de nombreuses personnes comme la mère de Shruti.

Une voix qu'elle ne connaissait que trop bien l'extirpa brusquement de ses pensées.

— Pourrais-je m'approcher de ma future femme ?

Depuis combien de temps Vivek se tenait-il sur le seuil de cette porte, avec ce plat à la main ? Il était resplendissant dans ce *sherwani* chocolat, avec cette étole blanc cassé autour du cou.

— On m'a dit que je devais donner à manger à la future mariée, comme elle ne pouvait pas se servir de ses mains.

Les jeunes femmes hochèrent la tête pour marquer leur approbation, et Shruti se leva.

— J'ai fini, dit-elle. Restez assise. Je vais refaire de la lotion.

Les compresses imprégnées d'eau citronnée et sucrée, dont les premières commençaient à déjà sécher, servaient à maintenir la peau humide de sorte que le henné puisse laisser une trace plus sombre.

S'étant assis à côté d'elle, Vivek lui tendit un *pakora*. Ses yeux brillèrent quand elle le prit entre ses lèvres.

— C'est vraiment bien ce que tu as fait pour Shruti, dit-il.

— C'est pour cette raison que j'ai monté une fondation avant de quitter l'Inde. Elle a pour but d'aider les personnes comme la mère de Shruti. J'espère que nous pourrons trouver un médecin en Inde qui sera en mesure de pratiquer l'opération. Si ce n'est pas le cas, l'un des participants au programme d'études acceptera certainement de l'aider. C'est cela qui est merveilleux, dans la chirurgie robotique. Le chirurgien n'est pas obligé d'être physiquement présent avec le patient. Seule la présence de l'équipement est nécessaire. Grâce aux différentes usines de production que possède mon père, j'envisage de faire fabriquer en masse du matériel médical spécialisé. Quoi ? Qu'est-ce qu'il y a ? demanda-t-elle tandis que Vivek, les yeux rivés sur elle, souriait.

— Tu ne m'as jamais dit à quel moment tu avais compris que tu voulais devenir médecin.

À ces mots, elle se crispa. Elle n'aimait pas évoquer l'origine de sa vocation.

— Tu peux tout me dire, tu sais ? murmura-t-il en posant la main sur son épaule, comme s'il avait perçu son malaise.

Elle prit une profonde inspiration avant de parler.

— Tu retournes souvent en Inde ?

— Pas tellement, répondit-il en haussant les épaules. Environ une fois par an, pour affaires.

— As-tu déjà visité un bidonville ?

— Non.

— J'avais une amie, à la fac, qui vivait dans l'un d'entre eux. Sa mère travaillait pour une famille très aisée, qui avait accepté de payer ses frais de scolarité. Elle passait deux heures par jour dans les transports pour se rendre à la fac. C'était mon binôme en cours de chimie. Si cela n'avait pas été le cas, j'ai honte de le dire, mais je n'aurais jamais fait sa connaissance. Je prenais tellement de choses pour acquises, à l'époque. Je m'intéressais à la biologie et à la chimie, mais je séchais les cours pour retrouver mon petit ami, alors qu'Aashni souffrait chaque jour pour assister à ces cours très réputés.

Sentant sa bouche s'assécher, elle s'interrompit pour lui demander de l'eau. Il lui tint le verre pendant qu'elle buvait.

— Aashni et moi sommes devenues très bonnes amies, mais malgré ça, elle refusait toujours de me laisser la raccompagner chez elle. Comprenant qu'elle était embarrassée par ses conditions de vie, je n'insistais pas. Mais un jour, elle a été malade, à la fac. Je lui ai dit que je ne pouvais pas faire autrement que de la raccompagner. Elle n'était pas en état de refuser. J'ai quasiment dû la porter pour la faire entrer dans la petite cabane en tôle qu'elle partageait avec sa mère et son frère. Ils dormaient tous sur des nattes posées à même le sol dans une pièce unique où ils faisaient également la cuisine sur une cuisinière à charbon. L'air était vicié. J'arrivais à peine à respirer. Finalement, malgré les protestations de sa mère, j'ai décidé de ramener Aashni chez moi. Et c'est ce jour-là que j'ai compris quel serait le but de ma vie.

Elle réclama une autre gorgée d'eau. L'émotion suscitée par ce souvenir lui nouait la gorge.

— Le frère d'Aashni était handicapé. Après l'école, il faisait de petits travaux pour les employeurs de sa mère : jardinage, courses, ménage. Il n'avait que dix ans et il devait travailler pour contribuer aux dépenses du foyer. Un jour où on lui avait demandé de déplacer des meubles, une bibliothèque lui est tombée dessus. Il était seul et il s'est passé des heures avant que quelqu'un le retrouve. La bibliothèque lui avait brisé les genoux. Il a été emmené à l'hôpital public, où les médecins ont décrété que la meilleure solution était de l'amputer. Ces hôpitaux sont surchargés et disposent rarement de médecins bien formés. S'il était allé dans une clinique privée, ses jambes auraient probablement pu être sauvées. Pour couronner le tout, on lui a donné des prothèses inadaptées qui lui faisaient tellement mal qu'il ne les a jamais portées. Quand ils ont vu le petit garçon dans son fauteuil roulant délabré, les employeurs ont fini par culpabiliser. C'est pour cette raison qu'ils ont payé les frais de scolarité d'Aashni. Et c'est pour cette raison qu'Aashni a décidé d'étudier pour devenir médecin. Pour moi, ça a été un moment de révélation.

Elle se tut, et bien qu'elle n'ait rien demandé, Vivek lui tendit le verre d'eau.

Ce qu'elle ne pouvait se résoudre à lui dire était qu'Arun avait refusé de les accompagner, Aashni et elle, dans le bidonville. Prenant un air dégoûté, il avait suggéré de laisser son amie en bordure du quartier et de partir. Il était même allé jusqu'à insister pour que Hema se tienne à l'écart d'Aashni. Et elle avait honte de l'admettre, mais elle avait passé l'éponge sur ce comportement scandaleux, comme sur beaucoup de choses, au demeurant. Elle avait continué de voir Aashni. Mais elle n'avait pas osé tenir tête à Arun et elle lui avait menti.

Très peu de temps après, la situation avait fini par exploser. Elle avait expliqué à ses parents qu'elle ne voulait pas épouser Arjun et qu'elle était amoureuse d'Arun. Comme dans un mauvais film, ses parents avaient affirmé qu'Arun était avant tout intéressé par leur argent. Ils avaient menacé de la déshériter, d'arrêter de payer ses frais de scolarité. Et elle avait décidé de prendre ce risque en planifiant de s'enfuir avec Arun. Elle avait eu beaucoup de chance de s'être un jour présentée chez lui sans s'être annoncée et de l'avoir surpris avec son ex-petite amie avec qui il lui avait juré d'avoir coupé les ponts. Arun lui-même ne lui avait jamais avoué, mais elle avait fini par découvrir qu'il envisageait bel et bien de l'épouser dans le seul but de se rapprocher de son père pour pouvoir ainsi le faire chanter.

Depuis, quelque chose s'était brisé en elle. Elle n'arrivait plus à accorder sa confiance aux hommes qu'elle rencontrait. Et, quand Vivek s'était présenté à elle, il lui était apparu comme le bon choix. Il n'avait même pas cillé quand elle lui avait parlé d'établir un contrat de mariage.

— Merci de m'avoir confié cette histoire, Hema. Je n'aurais jamais deviné, en regardant Aashni, qu'elle avait enduré autant d'épreuves dans sa vie.

— J'ai pratiquement dû la forcer à accepter le billet d'avion que je lui ai envoyé.

— Tu as bien fait.

Les jeunes femmes finirent par revenir pour poursuivre leur travail, en appliquant de nouvelles compresses sur sa peau.

— Combien de temps seras-tu dans l'incapacité d'utiliser tes bras et tes jambes ? lui demanda Vivek en se remettant à lui donner la becquée.

— Tu veux savoir combien de temps tu vas devoir t'occuper de moi ?

— Je veux savoir combien de temps je vais pouvoir profiter de la situation.

À ces mots, elle sentit le feu lui monter aux joues. Shruti, qui s'était éloignée, revint avec une compresse à la main.

— *Sahib*, dit-elle à Vivek en désignant la main droite de Hema, j'ai écrit votre nom dans l'un de ces dessins. Vous devez le trouver avant la fin de la nuit de noces.

Vivek sourit.

— Et qu'est-ce que je gagne, si je le trouve ?

— On dit que si le marié trouve son nom avant la fin de la nuit de noces, ce sera lui qui dominera le couple. Dans le cas contraire, ce sera la femme, répondit Shruti.

— Dans ce cas..., murmura-t-il.

Il se pencha théâtralement vers le bras de Hema en ouvrant de grands yeux.

Hema sourit.

— Je lui ai demandé de l'écrire en hindi, précisa-t-elle.

— C'est vrai ?

Au cours de l'une de leurs nombreuses conversations, il lui avait confié qu'il ne savait ni lire ni écrire l'hindi.

— Dans ce cas, pourquoi ne pas rendre les choses plus intéressantes ? demanda-t-il.

— Que suggères-tu ?

— Je veux plus que quelques instants volés, lui chuchota-t-il à l'oreille. Si je trouve mon nom, tu me laisses te faire l'amour comme j'en ai envie. Lentement.

Ses lèvres effleurant le lobe de son oreille, il ajouta :

— Très lentement...

Rien qu'à l'écouter, elle sentait de délicieux frissons lui parcourir le corps.

— Et qu'est-ce que je gagne si tu ne le trouves pas ? s'enquit-elle.

— De quoi as-tu envie ?

D'une chose que tu ne peux pas me donner. Cette idée, qui lui traversa l'esprit, lui serra douloureusement le cœur.

— Vous devriez demander un collier en or, intervint Shruti.

Réalisant que les jeunes femmes les avaient écoutés depuis le début, Hema sentit de nouveau ses joues s'empourprer.

— J'ai suffisamment de bijoux comme ça, dit-elle. Je préférerais quelque chose qui ne s'achète pas.

— À quoi penses-tu ? lança Vivek avec un sourire malicieux.

— À une sorte de joker. Qui me permettra de te demander quelque chose, mais plus tard, quand j'en aurai envie.

Le sourire de Vivek disparut.

— N'importe quoi ?reprit-il.

— N'importe quoi.

Déterminée, elle se pencha vers lui. Ses lèvres n'étaient plus qu'à quelques centimètres des siennes.

— Tu relèves le défi ? murmura-t-elle.

Elle plongea son regard dans le sien, et tout, autour d'eux, sembla disparaître.

— D'accord.

11

— Regardez-moi les couleurs de ce *mehndi* ! s'exclama la mère de Vivek en examinant le bras de Hema.

Le henné s'était profondément imprégné dans sa peau, y dessinant des motifs d'un brun sombre, en parfait contraste avec le brun très clair de sa carnation.

— Tu sais ce que ça veut dire quand le *mehndi* d'une mariée est aussi sombre que ça ? demanda sa *maasi*. Ça veut dire que sa belle-mère va l'adorer !

Toutes les femmes présentes se mirent à rire. Elles se trouvaient dans l'espace détente du deuxième pont, où des séances de *mehndi* avaient été organisées pour toutes les invitées. Mais, comme il était minuit passé, la plupart d'entre elles étaient retournées dans leur cabine. Ne restaient plus que la mère de Vivek, sa *maasi*, Nisha et quelques autres qui avaient voulu voir le résultat final sur les mains et les pieds de la future mariée. Les *mehndi* resteraient sur sa peau pour une durée de trois à six semaines, ce qui correspondait symboliquement à la période de la lune de miel.

— Et que dit la couleur sur l'amour que lui portera son mari ? s'enquit Hema.

Vivek avait passé une grande partie de la soirée avec elle, à essayer en vain de trouver son nom au milieu de l'enchevêtrement de motifs.

— L'amour qu'un mari porte à sa femme n'a pas autant

d'importance que celui que lui porte sa belle-mère, décréta Shruti d'un air docte.

Hema dut se retenir de rire. La jeune femme n'était même pas mariée !

— Ça, c'était dans l'ancien temps, intervint la mère de Vivek. Quand les garçons étaient des fils à maman. À cette époque-là, oui. Si votre *saas* ne vous aimait pas, elle pouvait faire de votre vie un enfer. Et je sais de quoi je parle.

Comme si elle craignait de voir apparaître le père de Vivek, elle jeta quelques coups d'œil anxieux autour d'elle avant de reprendre :

— Le premier soir où je suis allée dans sa maison, ma *saas* m'a demandé de préparer le repas pour tous les invités présents. C'était une tradition, dans leur famille : la belle-fille devait préparer le dîner le premier soir. J'étais tellement nerveuse que j'ai mélangé toutes les épices ! J'ai mis de l'assa fœtida dans le *chole* et du cumin dans le poisson. Ça a été un désastre.

L'air catastrophé, Shruti porta la main à sa bouche.

— Oh ! non ! Qu'est-ce qui s'est passé ? Votre belle-mère a dû être furieuse.

— Furieuse, oui. Mais mon mari, lui, a dit à tout le monde que j'avais fait ce repas avec tellement d'amour que c'était le meilleur qu'il ait jamais mangé. Il a avalé deux assiettes de chaque plat sous les regard de toute la tablée !

Elle s'interrompit, contempla chacune des femmes et conclut :

— C'est à ce moment-là que je suis tombée amoureuse de lui.

Hema fut si émue par ces paroles qu'elle sentit ses yeux s'emplir de larmes. Instinctivement, elle chercha Vivek du regard. Elle n'avait aucun mal à se représenter la scène que sa future belle-mère venait de décrire. Avec Vivek dans le rôle de son père et elle dans celui de la jeune femme qui tombait amoureuse de lui.

Soudain, l'air lui parut trop chaud, trop humide. Elle eut l'impression d'étouffer.

— Veuillez m'excuser. Il faut que j'aille aux toilettes, dit-elle.

Soudain elle prit la fuite. Elle n'avait dit au revoir à personne et il était impoli de quitter ainsi une fête organisée en son honneur, mais elle ne pouvait pas revenir. D'un pas décidé, elle se dirigea vers les ascenseurs.

— Ça va ? lui demanda Nisha qui l'avait suivie.

— Il faut que je retire tous ces vêtements et ces bijoux.

Nisha la prit par le bras.

— Allons dans ta cabine. Je vais t'aider.

Aussitôt arrivée dans sa chambre, Hema retira sa jupe. Nisha l'aida à défaire les boutons à l'arrière de son haut et lui ôta son collier.

— Hema, qu'est-ce qui ne va pas ? s'enquit son amie une fois qu'elle eut revêtu une confortable chemise de nuit.

Hema eut envie de lui répondre que tout allait bien. Qu'elle avait trop pris le soleil, trop bu d'eau, trop mangé. N'importe quoi pour expliquer cette horrible sensation d'inconfort et de nausée.

Elle se laissa mollement tomber sur le canapé. Nisha prit place à côté d'elle.

— Ça te ferait peut-être du bien d'en parler, suggéra-t-elle.

Désespérée, Hema enfouit son visage entre ses mains. Elle n'avait rien dit à personne du pacte qu'elle avait conclu avec Vivek. Aucune de ses amies n'était au courant. Mais Nisha n'était pas n'importe quelle amie, pour elle.

— Mon mariage avec Vivek n'est pas un véritable mariage. Nous avons conclu un accord.

Un sanglot s'échappa de sa gorge, et les mots suivirent. Elle raconta toute l'histoire.

Nisha la laissa parler et pleurer.

— Tu as changé d'avis ? demanda-t-elle, quand elle eut terminé son récit.

— Non.

— Si ton père refuse de le faire, il y a d'autres façons de financer tes études. Tu peux compter sur moi, par exemple.

Hema la regarda sans chercher à dissimuler sa surprise.

— Je dois vraiment te paraître désespérée pour que tu me fasses cette proposition, fit-elle remarquer. Nous nous connaissons à peine.

Nisha baissa les yeux un instant.

— Nous sommes amies, Hema. Je serais ravie de t'aider.

— Je te remercie infiniment, mais ce n'est pas… ce n'est pas que je me sens prise au piège… c'est juste que… que…

Elle éclata de nouveau en sanglots.

— Que tu as commencé à tomber amoureuse de Vivek ? suggéra Nisha d'une voix douce.

Hema hocha la tête et se remit à pleurer.

À quel moment cela s'était-il produit ? Comment avait-elle pu faire la seule chose qu'il lui avait demandé de ne pas faire ? La seule chose qu'elle s'était juré de ne plus jamais refaire ?

— Tu dois le lui dire, Hema.

— Je ne peux pas.

— C'est de ton avenir que tu parles. De toute ta vie.

— Qu'est-ce que ça changera si je le lui dis ?

« Ne tombe pas amoureuse de moi, Hema. Je ne veux pas te faire souffrir comme Divya m'a fait souffrir. »

Il s'était montré parfaitement clair au cours de leurs discussions sur ce qu'il attendait de sa part.

— As-tu pensé au fait qu'il a pu tomber amoureux de toi également ? Je vous ai vus tous les deux ensemble. Il faudrait être aveugle pour ne pas comprendre qu'il y a quelque chose entre vous.

— C'est juste de l'attirance physique. Son cœur appartient toujours à Divya.

— Tu ne peux pas le savoir.

Si. Elle le voyait sur son visage à chaque fois que le nom de Divya était prononcé. Si elle lui disait ce qu'elle ressentait, il s'enfuirait en courant. Ce serait elle qui se retrouverait toute seule sous le *mandap*.

Elle se força à sourire.

— De toute façon, je dois l'épouser.

— Tu envisages vraiment d'épouser un homme que tu aimes mais qui ne t'aime pas en retour ? lui demanda doucement Nisha.

« Mon père l'a bien fait », faillit-elle répondre.

Soudain, une sourde douleur vint se nicher au fond de son

cœur. Pourrait-elle vivre avec quelqu'un qui ne lui rendait pas son amour, comme son père l'avait fait et continuait de le faire ?

« Je te serai toujours fidèle », lui avait plusieurs fois affirmé Vivek au cours des longues discussions qu'ils avaient eues sur la façon dont les choses fonctionneraient entre eux.

Ce ne serait donc pas comme le mariage de ses parents. Son amour serait à sens unique, certes, mais Vivek lui serait fidèle. Ou du moins était-ce ce qu'il avait dit. Mais s'il finissait par tomber amoureux d'une autre ? Elle avait déjà réfléchi à cette possibilité, et elle s'était dit que cela ne la gênerait pas. Mais c'était avant qu'elle comprenne qu'elle avait des sentiments pour lui...

Soudain, quelqu'un frappa à la porte, les faisant toutes deux sursauter.

— Ce doit être ma *maasi*, dit-elle. Elle se fait tout le temps du souci pour moi. Tu veux bien aller ouvrir ? Je voudrais me passer de l'eau sur le visage.

Puis elle alla s'enfermer dans la salle de bains.

Il fallait qu'elle se reprenne. Ce n'était pas une conversation qu'elle avait envie d'avoir avec sa *maasi*. Elle avait vu le jugement dans son regard, la fois où elle lui avait parlé du pacte passé avec Vivek. Sa *maasi* était déçue qu'elle puisse se contenter de cela ; elle avait pitié d'elle, parce qu'elle allait vivre une vie sans amour. Hema ne supporterait pas de se retrouver de nouveau confrontée à ce regard-là. Pas ce soir.

Son mascara avait coulé. Les *mehndi wali* lui ayant déconseillé l'usage du savon avant le lendemain matin, elle se démaquilla à l'huile. Après quoi elle observa ses mains. Le nom de Vivek était artistiquement entremêlé au cœur qui avait été dessiné sur son poignet. Il ne l'avait pas trouvé et il ne le trouverait jamais.

Le cœur lourd, elle finit par quitter la salle de bains. Mais elle s'arrêta net en voyant Vivek assis sur le canapé. Nisha avait disparu.

— Tu n'es pas revenue, dit-il en se levant. J'étais inquiet.

Comme c'était gentil et prévenant. Elle ne comprenait vraiment pas pourquoi Divya n'était pas tombée amoureuse de lui.

— Hema, qu'est-ce qui se passe ? demanda-t-il en s'approchant pour la prendre dans ses bras.

Elle posa son front contre son torse, se forçant à retenir les mots qu'elle voulait lui dire. Le mariage devait avoir lieu le lendemain. C'était trop tard. Elle ne pouvait pas lui faire ça. Pas maintenant. Elle avait la gorge nouée, la poitrine si comprimée qu'elle avait peine à respirer.

— Vivek, je veux que notre mariage soit un vrai mariage.

Ça y est. Elle l'avait dit. Elle n'avait pas pu s'en empêcher.

Quand elle s'écarta de lui pour mieux le regarder, l'expression de son visage était impénétrable.

— Qu'est-ce que tu veux dire ? s'enquit-il.

— Je veux dire que je ne souhaite pas que notre mariage soit un pacte, un simple contrat. Je veux qu'il soit réel. Comme celui de nos parents. Je veux tomber amoureuse de toi et je veux que tu tombes amoureux de moi.

— Hema… tu sais que je ne peux pas…

Elle l'interrompit en plaçant l'index sur ses lèvres.

— Je t'épouserai demain, Vivek. Peu importe ce que tu dis ou ce que tu ressens, je serai sous le *mandap* demain. Mais tu m'as demandé d'être honnête avec toi, alors je me dois de l'être. Je ne pourrai pas me contenter d'un pacte. Je veux tout. Je veux ton cœur, et si tu ne peux pas me le donner, je veux que tu t'en ailles demain.

— Nous serons en mer, demain.

— Prends un canot de sauvetage.

Il inspira profondément avant de parler.

— Hema, je ne peux pas.

— Tu ne peux pas quoi ?

Nerveusement, il se passa la main dans les cheveux.

— Je ne peux pas t'aimer.

— Et pourquoi pas ?

— Parce que je n'en suis pas capable. Je ne veux pas te mentir et te dire que je vais essayer. Écoute, je tiens à toi. Mais je ne peux pas t'aimer comme tu veux que je t'aime.

Il fit quelques pas dans la pièce puis, brusquement, se tourna pour lui faire face.

— Je sais qu'il s'est passé quelque chose, dit-il. Nous n'étions pas préparés à cette attirance si forte. Mais, au-delà de notre relation physique, rien n'a changé entre nous.

— Alors va-t'en demain.

12

Vivek arpentait le pont. On était au beau milieu de la nuit, il y avait beaucoup de vent, le bateau allait vite. Il avait la tête qui tournait. Hema voulait un véritable mariage. Comment allait-il faire ?

Elle avait raison. Il fallait qu'il parte. S'il ne le faisait pas, il la condamnait à une vie de souffrances.

Que s'était-il passé ? Il avait choisi Hema après un examen approfondi. C'était une femme intelligente totalement focalisée sur sa carrière et dont le passé lui permettait de comprendre ce qu'il avait lui-même traversé. Il n'avait eu aucun doute : elle était aussi incapable d'amour que lui. Qu'est-ce qui avait changé ? Mais, alors qu'il se posait la question, son corps se souvint de ce qu'il avait ressenti dans cette cabine de massage et ce théâtre plongé dans le noir…

Il était fatigué, il avait peine à respirer, mais il continuait d'arpenter le pont, l'esprit en ébullition.

Ce n'était pas juste vis-à-vis de Hema. Être sur un pied d'égalité dans une relation était une chose. Se sentir rabaissé par rapport à l'autre en était une autre. Il avait bien senti que Divya n'était pas aussi amoureuse que lui, mais il avait bêtement cru que son amour s'épanouirait dans le mariage. Hema pensait-elle la même chose ? Et, si tel était le cas, était-ce juste de sa part que de la condamner à désirer quelque chose qu'il ne pourrait jamais lui donner ?

« Je serai sous le *mandap.* »

Elle lui avait demandé d'être celui qui partirait.

— Moins vite. Tu vas finir par tomber du bateau.

En entendant la voix de son frère, il s'arrêta net et se raidit.

— Tu as des doutes ? lui demanda Vikram en agitant comiquement ses sourcils.

— Qu'est-ce qui te fait dire ça ?

— La tête que tu fais.

Vikram le connaissait bien. Hélas.

— Tous les futurs mariés s'interrogent, marmonna-t-il. C'est normal, non ?

— Il n'y a vraiment que ça ?

— Qu'est-ce qu'il pourrait y avoir d'autre ?

— Je me disais que tu avais peut-être retrouvé ton bon sens et compris que tu vivais au XXIe siècle, où se marier n'est pas le seul moyen de coucher.

Vivek jeta à son frère un regard plein de mépris et se remit à arpenter le pont. Mais Vikram le rattrapa et le prit par le bras.

— Viens. On va boire un verre. Je crois que tu as bien besoin de ça. Et je connais un bar encore ouvert.

Il n'avait pas besoin d'alcool, mais il savait que son frère ne se laisserait pas décourager par un non. Ils allèrent donc dans un petit café où ils commandèrent tous deux un jus de citron.

Vivek laissa le silence s'installer entre eux. Seul son frère était au courant de l'accord qu'il avait passé avec Hema. Il voulait qu'aucun doute ne plane sur ce mariage. Même leurs parents pensaient qu'il était tombé éperdument amoureux de Hema.

— Je ne sais pas si je peux l'aimer, dit-il soudain.

— Et pourquoi pas ?

— Parce que je ne peux pas aimer quelqu'un. Pas après Divya.

— C'est placer beaucoup de pouvoir entre les mains d'une femme qui s'est enfuie le jour de votre mariage.

— Je l'aimais.

— Je note l'usage du passé.

— Tu n'es jamais tombé amoureux, toi !

— Je me suis pris de passion pour des filles suffisamment de fois pour savoir que cela ne dure jamais bien longtemps.

Comment expliquer à son frère que ce n'était pas la même chose ? Que si l'amour finissait en effet par disparaître avec le temps, la blessure restait là, ouverte et cuisante, telle un avertissement pour la prochaine fois.

— Je ne comprends pas ce qui a changé, fit remarquer Vikram. Je croyais que Hema était d'accord avec l'idée d'un mariage de raison.

— Elle l'était. Mais entre-temps, elle a développé des sentiments pour moi et elle voudrait que ce mariage devienne un vrai mariage.

— Tu as une femme qui t'aime. C'est génial ! Je ne vois pas où est le problème.

— Le problème, c'est que je ne peux pas lui rendre son amour.

— Encore une fois, je ne vois pas où est le problème.

— Ce n'est pas juste vis-à-vis d'elle.

Vikram poussa un long soupir.

— Pour un homme qui n'aime pas sa future femme, je te trouve bien soucieux de ses sentiments.

Les paroles de son frère lui firent l'effet d'un coup de poing dans l'estomac.

— Il faut que j'y aille, marmonna-t-il en se levant.

Les canots de sauvetage se trouvent au deuxième pont.

Le mot « lu » apparut presque aussitôt sous le message. Hema attendit la réponse. Rien.

— Ça va ? lui demanda sa *maasi* en lui posant doucement la main sur l'épaule.

Elles se trouvaient au spa, qui avait été reconverti en loge pour la future mariée. Tous les invités étaient déjà installés sur le pont de la piscine, où le *mandap* avait été dressé.

Hema se força à sourire.

— Très bien. Mais c'est un grand moment, tu sais ?Son *lehenga* de mariée blanc et marron scintillait à la lumière du soleil, qui filtrait à travers les immenses baies vitrées. Vivek était censé porter un *sherwani* blanc brodé de marron. Et le code des couleurs avait été respecté par les deux familles. C'est Nisha qui avait conçu toutes ces pièces, de sorte que chacune soit unique mais s'harmonise gracieusement avec les autres. Cette journée était censée être parfaite sur tous les plans.

Sa mère passa brusquement les portes de la salle, coupant court à ses pensées.

— Je ne sais pas ce que fait Vivek, dit-elle. Le mariage doit commencer. Le commandant est à deux doigts de la crise cardiaque, à cause du feu devant le *mandap*. Avec l'argent que l'on a dépensé, ils avaient pourtant accepté que l'on en fasse un petit.

— Un feu peut être très dangereux, sur un bateau, maman.

Sa mère prit un air exaspéré.

— Est-ce que tu te rends compte du temps que j'ai passé à planifier tout ça ? Vivek était censé être assis il y a vingt minutes.

— Alors allons-y.

Hema se leva. Les bracelets qu'elle portait aux poignets et aux chevilles tintèrent. Attentive à tout, Nisha avait conçu son *lehenga* dans un tissu léger. Cependant, entre cette étoffe, le *dupatta* qui lui servait de voile et les bracelets, elle se sentait lourde.

— Ne dis pas de sottises, Hema. C'est le marié qui doit s'asseoir en premier.

— Allons-y, répéta-t-elle.

Sans attendre la permission de qui que ce soit, elle se dirigea vers les ascenseurs. Il n'y aurait pas de mariage ce jour-là, et plus vite les invités l'auraient compris, plus vite cette mascarade pourrait se terminer.

Sa mère et sa *maasi* protestaient, mais elle ne les écoutait pas. Il avait été prévu que ses parents l'accompagnent jusqu'au *mandap* après que Vivek se fut assis. Elle ignorait où était son père, mais il n'aurait pas à se déplacer.

— Hema, ce n'est pas comme ça que se font les choses !

Elle sortit de l'ascenseur, sa mère sur les talons. Si elle devait être mise de côté, elle garderait la tête haute, cette fois-ci. Hors de question qu'elle se replie sur elle-même comme elle l'avait fait après Arun, ignorant ses amis, s'isolant du reste du monde. Cette fois-ci, elle avait fait ce qu'il fallait. Elle s'était battue, avait réclamé ce qu'elle méritait.

À son arrivée sur le pont de la piscine, elle vit que les festivités avaient déjà commencé.

— Hema, tu es magnifique !

— Waouh ! Hema !

Elle ignora les invités qui commençaient à s'attrouper autour d'elle tandis qu'elle marchait vers le *mandap*. Comme le soir des fiançailles, les tables avaient été retirées, remplacées par des chaises soigneusement alignées, toutes tournées vers une pergola décorée de roses blanches. Un *pundit*, vêtu d'une ample tenue orange, était assis devant un petit feu. Le sol était couvert d'œillets d'Inde.

À l'approche du *mandap*, elle se demanda ce qu'elle devait faire. Elle n'avait pas vraiment eu le temps de réfléchir à la conduite à adopter. Devait-elle s'arrêter devant le *mandap* pour parler à la foule ? Devait-elle demander au *pundit* de s'exprimer à sa place ? Devait-elle s'asseoir sur l'une des chaises d'apparat qui avaient été installées pour Vivek et elle, et se contenter d'attendre que tout le monde en arrive à l'inévitable conclusion que le marié avait sauté par-dessus bord ?

Au son de la voix qui s'éleva derrière elle, elle se figea.

— Quand la mariée est en retard, tout le monde l'attend. Mais quand c'est le marié, la mariée prend les devants.

Vivek se tenait à présent à côté d'elle. Son cœur se mit à battre à tout rompre. Elle se tourna vers lui, les yeux déjà humides de larmes.

— Qui va à la chasse, perd... sa femme, dit-elle d'une voix brisée.

— Ai-je perdu... ma femme ?

L'inquiétude qu'elle perçut dans son regard et la note suppliante dans sa voix la firent chanceler. Il n'était pas venu pour l'aider à s'expliquer devant la foule comme un gentleman. Il était venu pour l'épouser.

Incapable de parler, elle se borna à secouer la tête.

— Allons-y, dit-il alors en la prenant par la main.

Sous les cris de joie des invités, ils avancèrent main dans la main jusqu'au *mandap*, où le *pundit* les invita à s'asseoir, de même que leurs parents respectifs, qui prirent place de chaque côté.

Une fois installée, elle finit par retrouver sa voix.

— Tu es sûr ?

— J'ai envie d'essayer. De voir si nous pouvons rendre les choses réelles.

Ce n'était pas ce que l'on pouvait appeler une déclaration d'amour éternel mais, pour l'heure, elle allait s'en contenter.

Le *pundit* se mit à psalmodier des prières. Hema se plia aux différents rituels mécaniquement. Elle avait l'esprit à des milliers de kilomètres de là. Vivek était venu ? Elle n'en revenait toujours pas.

Quand arriva le moment de *kanyadaan*, « donner sa fille », son père se leva pour prendre sa main dans la sienne et la placer dans celle de Vivek. Conformément au rituel, sa mère versa ensuite sur les mains de son père de l'eau bénite, qui s'écoula entre ses doigts pour retomber sur les mains jointes des futurs mariés.

— Vivek, ma fille est toute ma vie. Je te la confie, dit-il, les larmes aux yeux. Je vous souhaite toute une vie d'amour et de bonheur.

Quand il l'embrassa sur le front, elle laissa les larmes ruisseler sur son visage. Au diable le maquillage !

Le feu, qui ne consistait jusqu'ici qu'en quelques petites flammes, se mit à rugir quand le *pundit* versa dessus du *ghee*. Armés de lourds extincteurs, des stewards se rapprochèrent du *mandap*, arborant une mine anxieuse qui la fit sourire.

Vint ensuite le *saat phere*. C'était le point de non-retour. Les sept cercles autour du feu et les vœux qui scelleraient leur union. Au moment où ils se levèrent, elle plongea son regard dans le sien.

— Dernière chance, murmura-t-elle. Si tu as besoin d'une diversion, je peux jeter le reste du *ghee* dans le feu.

Tout en souriant, il serra fort sa main dans la sienne.

— Je veux que nous fassions le tour du feu ensemble, dit-il. Je veux que nous soyons partenaires dans ce mariage.

À ces mots, elle sentit son cœur s'emplir de tout l'amour qu'elle avait pour lui. Elle ne pouvait plus se voiler la face. Elle ne pouvait plus se protéger. Elle était tombée éperdument amoureuse de Vivek. Son mari.

Ils tournèrent ensemble autour du feu en se jurant amour, respect, confiance, loyauté, compréhension, complicité et amitié. Quand ils eurent terminé, ils touchèrent les pieds de chacun de leurs parents à tour de rôle, une coutume respectueuse pour obtenir la bénédiction des aînés.

Mais son père l'empêcha de toucher les siens et la serra contre lui.

— Ce bonheur que je lis sur ton visage, c'est ce que j'ai vécu pendant toutes ces années, ma petite fille, dit-il avant de se tourner vers Vivek. Son amour va changer ta vie. Prends soin d'elle.

Après avoir hoché la tête, Vivek joignit ses mains devant lui et se courba légèrement. Son père plaça sa main sur la tête de son beau-fils, et Hema sentit son cœur déborder de tout l'amour qu'elle avait pour ces deux hommes.

Les invités se mirent à leur lancer des pétales de fleurs, et elle se laissa envahir par le bonheur et l'amour. Tout était parfait. C'était la journée de conte de fées dont elle avait rêvé dans son enfance.

Les festivités du mariage durèrent toute la journée. Après la cérémonie, Hema et Vivek furent entraînés sur tout le bateau pour être pris en photo. Photos de couple devant la mer, devant le grand escalier, tableau de famille, photos avec les amis. Cela n'en finissait pas !

Le bateau finit par accoster sur une île privée des Bahamas détenue par la société de croisière. De nouvelles photos furent prises. Puis Hema fut reconduite au spa pour qu'on la prépare à la réception. Ses cheveux furent relavés et recoiffés. On la démaquilla et la remaquilla. On la revêtit d'un *anarkali* bleu roi et argent, robe longue cintrée sous la poitrine et évasée à la taille.

Si les autres fêtes avaient été un peu excessives, on avait ici atteint un nouveau palier. L'île entière était à eux. Des personnes qui n'avaient pas pu assister à la croisière débarquèrent en hélicoptère ou en yacht. Sur chaque section de l'île se tenait une fête particulière, sur le thème de l'un des différents États de l'Inde.

Dans la section Rajasthan, des danseuses traditionnelles de *ghoomar* vêtues de *lehenga* aux couleurs vives tapaient des mains et tournoyaient en rythme.

Dans la section de l'Inde du Sud, on servait des *dosas*, larges crêpes du diamètre d'une table basse, tandis que des danseuses de *kathak* classique divertissaient la foule.

La section Mumbai était la plus fréquentée. On y servait les très prisés *panipuri*, boulettes épicées servies avec des pois chiches et de l'eau aromatisée à la menthe et à la coriandre.

Les danses, partout sur les plages, durèrent jusque tard dans la nuit. Vivek et Hema durent attendre qu'un nombre respectable d'invités soient retournés au bateau pour pouvoir enfin se rendre dans la cabine de Hema. Leur cabine. À compter de ce jour, elle n'aurait plus jamais de lit pour elle seule.

Arrivée dans la cabine, elle se laissa tomber sur le canapé et se hâta de retirer ses escarpins argentés.

— Je ne tiens plus debout ! s'exclama-t-elle en soupirant.

S'étant agenouillé devant elle, Vivek prit l'un de ses pieds et commença à le masser. Elle soupira tandis qu'il retraçait les motifs du *mehndi* du bout de ses doigts, et quand il commença à embrasser la peau délicate de sa cheville, le corps brûlant de sentir le sien contre lui, elle dégrafa le haut de sa robe. Comme il se levait, elle s'accrocha à sa ceinture. Mais il lui immobilisa les mains.

— On va faire ça à ma façon, dit-il. Lentement. Très lentement.

— Tu n'as pas trouvé ton nom.

— J'ai encore toute la nuit.

Sa voix était grave et sensuelle, et semblait se draper autour d'elle, l'emplissant d'un désir sauvage.

Il lui fit l'amour en prenant le temps de l'embrasser, de la caresser, de la conduire au bord du plaisir. Puis il recommença tout à zéro, jusqu'à ce qu'elle devienne complètement folle de désir pour lui. Quand il finit par la pénétrer, ce désir, combiné au plaisir de l'anticipation, fut si intense qu'elle le laissa la posséder totalement, corps et cœur. Et, dans un déferlement de sensations voluptueuses, elle finit par exploser de plaisir.

Le soleil se levait à l'horizon. Ils étaient tous deux épuisés. Allongée sur le torse de Vivek, elle savourait la sensation de ses bras puissants autour d'elle, écoutait le rythme régulier de son cœur, laissait sa tendresse l'envelopper.

Son mari.

Elle laissa cette pensée imprégner son cœur et l'amour qui l'emplissait. Tout ce qu'elle croyait savoir de l'amour n'était qu'une infime fraction de ce qu'elle ressentait en cet instant.

— Je t'aime, murmura-t-elle, juste avant de sombrer dans le sommeil.

Ce ne fut qu'au moment où elle se réveilla, quelques heures plus tard, qu'elle se rendit compte qu'il ne lui avait rien répondu.

13

Un mois plus tard

Hema s'allongea sur le confortable édredon couleur crème. C'était son premier jour de congé depuis qu'elle avait commencé l'internat, deux semaines plus tôt. Les immenses baies vitrées scintillaient de toute la chaleur et la brume de New York.

Un mois à peine s'était écoulé depuis leur mariage, et elle avait l'impression que leur vie avançait en mode accéléré.

Vivek avait développé les relations professionnelles qu'il s'était faites durant la croisière. Elle avait pour sa part passé tout son temps à étudier et travailler. Pour éviter les erreurs médicales dues à la fatigue, les gardes devaient être limitées à douze heures consécutives, mais personne ne suivait cette consigne. Après la fin du temps réglementaire, ses camarades et elle restaient toujours à l'hôpital pour observer les opérations et s'exercer dans les laboratoires.

Ce soir, cependant, elle était tellement fatiguée qu'elle avait quitté l'hôpital une heure après la fin de sa tournée. Elle avait tout juste vingt-deux heures devant elle avant que commence une nouvelle journée de douze heures. Vivek n'allait pas tarder à rentrer. Elle avait hâte de passer la soirée et la nuit avec lui.

Elle s'accorda quelques minutes de repos puis s'assit sur le lit et observa la chambre. Vivek avait décoré son appartement à son image, dans un style moderne, élégant et minimaliste. Il lui avait donné carte blanche pour changer tout ce qu'elle voulait, mais elle n'avait ni le temps ni l'envie de modifier quoi que ce soit, en dehors de quelques menus détails. Deux immenses dressings étaient adjacents à la chambre. Elle avait rangé ses affaires dans celui de droite, le plus grand. Vivek disposait du dressing le plus petit. La gouvernante, Marta, lui avait expliqué que ses vêtements étaient auparavant rangés dans le plus grand, mais qu'il en avait donné beaucoup pour lui faire de la place. Ce détail l'avait touchée.

Le cuisinier connaissait ses plats préférés. Marta veillait toujours à laisser un bouquet de lys, ses fleurs favorites, sur la tablette de la cheminée. Vivek ne manquait jamais de lui demander comment s'était passée sa journée.

Une vie parfaite, en somme. Ou du moins sur le papier. Car elle avait à peine vu Vivek, au cours des deux semaines passées. Le matin, ils étaient tous les deux pressés de se préparer pour aller travailler, et le soir, en rentrant de sa garde, elle le trouvait souvent endormi. Ils étaient toujours fous de désir et profitaient de tous les instants où elle n'était pas épuisée pour trouver de nouveaux moyens d'explorer les champs du plaisir. Mais la pièce manquante de leur relation était omniprésente, obscurcissant chaque moment de bonheur à l'image d'un sombre nuage se profilant à l'horizon.

Quand elle entendit la porte d'entrée s'ouvrir, elle s'étira. Très vite, Vivek la rejoignit et déposa un doux baiser sur son front.

— Réveille-toi, la Belle au bois dormant, on va être en retard.

— En retard pour quoi ? lui demanda-t-elle, surprise.

— Tu as oublié ? C'est la soirée caritative des Singh.

— Je croyais que c'était la semaine prochaine, marmonna-t-elle en se laissant mollement retomber sur le lit. Je suis tellement fatiguée. On ne peut pas se décommander ?

— Oh non. C'est au bénéfice des réfugiés d'Ukraine. Je suis le principal donateur. Ils ont besoin que je sois là, avec mon gros chèque, pour faire culpabiliser les autres et les pousser à se montrer généreux.

Elle fut tentée de lui demander s'il ne pouvait pas y aller sans elle. Elle n'avait aucune envie de passer des heures perchée sur de hauts talons. Mais, en se rappelant soudain que Divya devait chanter à cette soirée, elle se leva.

Après une douche rapide, elle examina ses différentes tenues de soirée et finit par se décider pour une robe Naeem Khan, dos nu, fendue haut sur la cuisse, argentée et brodée de motifs bleu roi. N'ayant pas vraiment le temps de s'occuper de ses cheveux, elle se contenta de les relever en un chignon flou. Enfin, entre deux bâillements, elle entreprit de remettre un peu d'anticerne.

C'était déjà le dimanche matin en Inde, mais sa mère s'était-elle préparée, la veille au soir, pour sortir ? Il y a toujours des fêtes, le samedi soir, à New Delhi. Était-ce à l'une d'entre elles que sa mère avait rencontré le père de Nisha ? Était-ce pour cette raison qu'elle semblait si heureuse quand elle s'habillait pour sortir ? Elle n'avait pas eu l'occasion de parler à sa mère des révélations que lui avait faites Nisha. Quel intérêt, de toute façon ? L'identité de cet homme, la façon dont leur liaison s'était terminée, tout cela importait peu désormais. Le problème principal était de savoir si ses parents resteraient ensemble, à présent qu'elle ne faisait plus partie de leur vie quotidienne. Ils seraient de retour aux États-Unis dans deux semaines pour assister à une grande soirée. Vivek et Nisha devaient tous deux recevoir une médaille pour récompenser leur réussite dans l'entrepreneuriat. Sans doute le père de Nisha serait présent.

Vivek finit par revenir dans la chambre. Il l'embrassa sensuellement sur la nuque, ce qui ne fit qu'accentuer sa frustration.

— J'étais venu pour te dire de te dépêcher, mais maintenant que je te vois dans cette robe, je me demande si je n'aurais pas le temps de te la retirer...

Elle lui adressa un sourire séducteur.

— Tu es sûr que ton père ne pourrait pas te remplacer ? J'avais espéré passer une soirée pas du tout tranquille au lit avec toi...

Elle lui présenta son bras. Le *mehndi* commençait à s'atténuer. Le marron foncé s'était peu à peu changé en une pâle couleur orangée.

— Je te donne une dernière chance de trouver ton nom.

Tout en souriant, il la prit dans ses bras et enfouit son visage au creux de son cou.

Vivek serrait sa femme dans ses bras, se délectant de la douceur de sa peau contre la sienne. Il finit par jeter un coup d'œil à sa montre. Ils étaient déjà en retard. Il détestait être en retard. Hema se retourna, lui offrant ainsi une vue époustouflante sur les courbes parfaites de son dos nu.

Tant pis !

Il fit glisser les doigts le long de son dos, et le temps sembla s'arrêter quand il la sentit frissonner. Tout en traçant un chemin de baisers sur ses épaules, il tira sur la fermeture de la robe qui finit par tomber mollement autour de ses pieds.

Son cœur s'emballa en constatant qu'elle ne portait qu'une minuscule culotte en dentelle noire. Il se débarrassa vivement de sa veste et dénoua son nœud papillon tandis qu'elle déboutonnait sa chemise en l'embrassant à mesure qu'elle dévoilait sa peau. La sensation de ses lèvres contre son torse changeait peu à peu son sang en lave. Arrivée à sa ceinture, elle ne mit pas longtemps à baisser son pantalon et son boxer. Un sourd grognement jaillit du plus profond de lui quand elle prit son sexe, d'abord dans sa main puis dans sa bouche.

Sur le bateau de croisière, leurs ébats avaient été passionnés et satisfaisants or, depuis leur mariage, les choses avaient changé. La fougue et la fièvre étaient toujours là, mais Hema était différente. Il était différent. Ils prenaient le temps de se délecter du corps de l'autre, de ressentir son souffle, d'écouter les battements de son cœur. Pour la première fois depuis Divya, il avait envie de se laisser aller à tomber amoureux, à donner à Hema tout ce qu'elle désirait de lui.

Après l'avoir délicatement prise dans ses bras, il la conduisit jusqu'au lit. Et, une fois qu'elle y fut allongée, il se mit à lui embrasser les seins, enroulant la langue autour de ses tétons comme elle aimait tant qu'il le fasse. Au moment où il posa la main sur son sexe, il constata qu'elle était déjà brûlante de désir pour lui, mais il continua de la caresser et de l'embrasser. Tout en poussant d'excitants petits gémissements, elle se tortilla sous lui, le suppliant de la pénétrer. Mais, malgré tout le désir qu'il avait de le faire, il résista. Elle était sur le point de venir et il le savait. Il enfonça ses doigts en elle et la caressa, jusqu'à ce qu'elle se mette à crier de plaisir, le corps secoué de soubresauts. Alors, sensuellement, il commença à frotter son sexe contre son clitoris, se délectant de la voir écarter les cuisses, l'inviter en elle. Quand il pénétra son sexe humide et brûlant, elle s'accorda immédiatement à son rythme.

Quelques instants plus tard, ils venaient ensemble, corps, cœurs et souffles mêlés. Il serra longuement son corps nu contre le sien.

Une vibration de son téléphone l'arracha à ce doux moment. Il regarda sa montre et sauta du lit.

14

Les embouteillages étaient épouvantables, et quand le chauffeur de Vivek les déposa devant l'hôtel Mahal où avait lieu la soirée, ils étaient vraiment très en retard. L'hôtel, détenu par la famille Singh, était le plus élégant mélange de style new-yorkais et d'hospitalité indienne que Hema avait jamais eu l'occasion de voir. À leur arrivée dans la salle de bal, elle prit quelques instants pour tout admirer. Les chaises et les nappes argentées étaient en parfaite harmonie avec le bleu roi des tapis et le cristal des lustres. L'heure de l'apéritif étant depuis longtemps passée, les convives étaient déjà tous assis à leur place, et des jeunes hommes en smoking avaient commencé à servir le repas.

Avant leur entrée dans la salle, Hema obligea Vivek à s'arrêter.

— Je sais que c'est la première fois que tu vas revoir Divya depuis...

— Depuis qu'elle m'a quitté.

Tout en ravalant sa salive avec peine, elle hocha la tête.

— Je voulais juste que tu saches que cela ne me poserait pas de problème si tu ressentais le besoin de... de faire ce que tu as à faire, expliqua-t-elle.

Les mots n'étaient pas ceux qu'elle avait répétés dans sa tête, ni même ceux qui lui seraient spontanément sortis du cœur. « Je sais qu'elle a été l'amour de ta vie, mais je veux que tu lui dises adieu. Je veux que tu l'extirpes de ton cœur pour pouvoir me faire de la place, à moi. Tu penses que tu peux faire ça ? »

Prenant son visage entre ses mains, il déposa un tendre baiser sur son front.

— Divya est mon passé. Tu es mon présent et mon avenir. Tout est terminé, entre elle et moi.

Devait-elle le croire ? Elle n'avait osé qu'une seule fois, au cours de leur nuit de noces, lui dire qu'elle l'aimait, et il ne lui avait rien répondu. Ce souvenir était toujours présent dans son esprit et la faisait souffrir à chaque fois qu'ils étaient ensemble. Peut-être que ce soir il allait enfin se libérer de ce qui le poussait à garder son cœur fermé pour elle.

Ils se dirigèrent vers les coulisses, comme on le leur avait demandé. Un coordinateur d'événements stressé se précipita vers eux.

— Je suis désolé, monsieur, mais vous êtes tellement en retard que nous avons dû sauter votre intervention.

— Je vous demande pardon ?

— Nous vous attendions il y a plus d'une heure. Je suis désolé, mais nous sommes passés à la partie suivante, expliqua le coordinateur d'une voix haletante. Votre don sera néanmoins évoqué.

— Cela ne sera pas suffisant, rétorqua Vivek d'un ton coupant. Écoutez, je suis désolé pour mon retard, mais ne pourriez-vous pas reprogrammer mon discours et la remise du chèque à la fin de la soirée ?

— Il faut que je voie avec mon supérieur.

— Faites. Et surtout, n'oubliez pas de lui rappeler que les fonds n'ont pas encore été transférés.

La froideur qu'elle perçut dans sa voix la fit tressaillir.

Une fois que le coordinateur se fut éloigné, elle se tourna vers Vivek.

— Tu serais vraiment prêt à revenir sur ta promesse de don juste parce que tu ne peux pas en faire un événement public ? demanda-t-elle d'un ton plus dur qu'elle ne l'aurait souhaité.

— La mise en scène est déterminante. Cette salle est pleine des plus gros requins de New York. En me mettant sous le feu des projecteurs pour ce don, je leur envoie un message fort sur la stabilité financière de mon entreprise. De plus, mon discours était annoncé sur le programme. Si je ne le fais pas, il y aura des rumeurs.

Il se détourna d'elle et conclut :

— On aurait dû être à l'heure.

Elle ne fit aucun commentaire. Elle ne l'avait jamais vu si nerveux et elle se sentit soudain déstabilisée. Comme il ne parlait pas souvent de son travail, elle ne s'était pas rendu compte du stress qu'il endurait. Pourquoi n'avait-il jamais évoqué ce point avec elle ?

Le coordinateur d'événements revint rapidement.

— Votre discours et la cérémonie de remise de chèques auront bien lieu à la fin de la soirée, dit-il avec courtoisie.

Il poursuivit en donnant quelques instructions, mais Hema n'écoutait plus. Suivant le regard de Vivek, elle se concentrait à présent sur Divya qui s'apprêtait à faire son entrée sur scène dans une robe bustier dorée qui semblait avoir été peinte sur son corps parfait. Ses longs cheveux noirs retombaient librement sur son dos. La jeune femme se tourna vers eux, orientant son visage vers la lumière. Elle avait cette beauté angélique qui donnait envie à Hema d'aller se tapir dans l'ombre.

Comme s'il avait brusquement oublié qu'elle se trouvait avec lui, Vivek s'approcha de Divya.

Elle resta en retrait, essayant de se convaincre qu'il fallait qu'elle lui laisse ce moment d'intimité avec son ex-fiancée, mais, en vérité, elle n'était pas sûre que ses jambes puissent la soutenir si elle se mettait à marcher.

Un sourire illumina le visage de Divya quand elle vit Vivek approcher. Sentant soudain son corps se glacer, Hema croisa les bras sur sa poitrine.

Vivek eut une seconde d'hésitation quand il arriva devant Divya. Mais il finit par se pencher vers elle pour l'embrasser sur la joue. Un geste parfaitement platonique. Et pourtant, à l'observer, Hema sentit son estomac se rebeller. Elle tourna les talons et partit.

Vivek s'était préparé à ce moment. Il allait se tenir bien droit, se composer un visage des plus souriants et prouver ainsi à Divya qu'il avait tourné la page, tout comme elle. Elle ne saurait jamais à quel point elle lui avait brisé le cœur.

— Félicitations pour ton mariage, lui dit-elle en se haussant sur la pointe des pieds pour regarder derrière lui. Où est Hema ? Il me semblait l'avoir vue.

Il se retourna et constata qu'elle n'était plus là.

— Elle était là il y a une seconde à peine. Elle a dû aller saluer quelqu'un.

— Hema est une fille extraordinaire. Je suis tellement contente que ça ait marché entre vous.

— Moi de même, pour Ethan et toi.

Son visage s'illumina à l'évocation du nom de son mari.

Comment avait-il pu passer à côté du fait que ses yeux n'avaient jamais brillé comme ils le faisaient à présent, alors qu'elle cherchait Ethan dans la foule ? Il avait été complètement aveuglé par son amour pour elle.

— Il y a une chose que j'aimerais te dire, Vivek, murmura-t-elle en gigotant nerveusement d'un pied sur l'autre. Je suis désolée pour la façon dont ça s'est terminé entre nous.

— Tu t'es déjà excusée. Et plusieurs fois, même.

— Mais je te dois une explication sur les raisons pour lesquelles j'ai agi ainsi ce jour-là. Tu penses certainement que j'ai fui en courant ce mariage, mais en réalité, ce n'est pas tout à fait ça.*Bien sûr que non. À peine un an après, tu en as épousé un autre. C'est moi que tu as fui.*

— En réalité, j'ai fui tout autant que j'ai couru vers quelque chose, déclara-t-elle. Toute ma vie, j'ai suivi le chemin que mes parents avaient tracé pour moi. J'avais besoin de liberté et d'une occasion de respirer et de réfléchir à ce que je voulais faire de ma vie pour réaliser mes rêves.

— Eh bien, il me semble que tu as réussi.

À mes dépens.

Doucement, elle posa la main sur la sienne.

— Ce n'était pas juste vis-à-vis de toi, et pour ça, je tenais à m'excuser.

— Pourquoi ne pas m'avoir simplement dit que tu avais des doutes ?

Tout en détournant son regard du sien, elle soupira.

— J'aurais dû le faire, c'est vrai. Mais tu étais tellement concentré sur les plans que tu avais faits, tu avais l'air tellement sûr que c'était la bonne façon de procéder. Les choses sont allées si vite après que tu as parlé à mes parents que je n'ai pas eu le temps de réfléchir, d'intégrer tout ce qui se passait. On ne m'a laissé aucune occasion d'appuyer sur « pause » et de prendre un moment pour déterminer ce que je voulais vraiment.

— On a passé des mois ensemble, Divya. Il a bien dû y avoir des moments où nous aurions pu discuter de ces choses-là, non ?

Quelques secondes passèrent, et soudain, elle planta son regard dans le sien.

— Vivek, tu es spécialiste du capital risque. Dans ton travail, tu dois gérer d'importantes quantités de données et prendre des décisions rapidement. Et c'est exactement comme ça que tu procèdes pour tout ce qui concerne ta vie privée. Mais il te faut comprendre que les autres personnes ne fonctionnent pas de cette façon. Elles ont besoin de temps pour réfléchir, pour sentir, pour expérimenter. Tu étais tellement concentré sur ton plan que tu ne m'as pas vraiment écoutée quand j'ai essayé de te parler. J'aurais pu me montrer un peu plus directe, c'est vrai, mais j'étais paralysée par l'incertitude. J'avais besoin de temps pour prendre ma décision. J'étais déchirée entre ce qui était bon pour ma famille et ce qui était bon pour moi, et...

— Et je t'ai brusquée.

Elle prit une profonde inspiration avant de hocher la tête.

— Tout cela est de l'histoire ancienne, reprit-elle. L'important, c'est que tout se soit bien terminé. Si nous nous étions mariés, nous aurions fini par comprendre que nous ne nous aimions pas vraiment. Et, à ce que j'ai pu entendre de la bouche de mes frères et sœurs, Hema et toi êtes à l'évidence fous amoureux l'un de l'autre. Tu as trouvé la femme avec qui tu étais censé être.

Manifestement, donc, personne n'avait eu de soupçon. Hema et lui avaient donné le change. Parfait.

Quelqu'un appela Divya, qui parut soulagée. Après lui avoir adressé un petit sourire, elle se dirigea vers la scène.

Pensivement, il la regarda s'éloigner. Qu'avait-elle voulu dire en affirmant qu'il ne lui avait pas donné d'occasion de réfléchir ? Les choses n'étaient pas allées si vite que ça. Il l'aurait écoutée, si elle lui avait parlé de ses inquiétudes. Comment avait-il pu se laisser aveugler par son amour au point de ne plus comprendre ce qui se passait autour de lui ?

Un sentiment de mal-être s'empara de lui tandis qu'il suivait sa prestation depuis les coulisses.

À un moment donné, quelqu'un lui tapa dans le dos. Il se retourna en sursautant. C'était le président du conseil d'administration de sa société, Rakesh Multani.

— Tu as fini par te décider à venir, lui dit-il. Tu sais que James DeSouza est ici ? Et qu'il a eu le culot de me demander si tu étais resté chez toi parce que le chèque de la société avait été rejeté ?

Vivek serra les dents. DeSouza était l'homme qui avait orchestré la tentative de rachat hostile de sa société.

— J'ai été retenu, répondit-il. Mais ne t'inquiète pas. C'est arrangé.

— Je me sentirais retenu aussi si j'avais une femme comme la tienne, fit remarquer Rakesh en regardant Hema qui se tenait dans l'ombre, un peu plus loin.

Fou de rage, Vivek serra les poings.

— Je te saurais gré de t'exprimer avec respect, quand tu parles de ma femme.

— Ne t'énerve pas comme ça, répliqua Rakesh en levant les deux mains devant lui. Et surtout, veille à ce que tout se passe bien. Tous les vautours sont là.

Quand il fut parti, Vivek respira profondément plusieurs fois pour retrouver son calme.

Il savait combien cette soirée était importante. Il avait travaillé sur son discours pendant des heures. C'était le premier événement social majeur depuis la tentative de rachat de sa société. Comment avait-il pu se laisser captiver par Hema au point d'en oublier ce qui était important ? C'était précisément pour éviter ce genre de choses qu'il avait choisi d'épouser une femme comme Hema. Avec elle, il pensait pouvoir contrôler ses émotions pour se concentrer sur ses objectifs. Mais, à l'évidence, il suivait la même pente glissante que celle qu'il avait prise avec Divya, laissant ses sentiments obscurcir son jugement. Il fallait qu'il se reprenne.

Tapie dans l'ombre, Hema observait Vivek qui lui-même regardait Divya. Le sentiment de nausée était devenu tel qu'elle redoutait le moment où elle devrait se précipiter aux toilettes.

Vivek ne pouvait détacher les yeux de Divya. Depuis sa position, Hema ne voyait que son profil, mais la souffrance qui déformait ses traits était évidente.

Elle ravala sa salive avec peine. Il était toujours amoureux d'elle et elle le comprenait. Divya et elle avaient été amies pendant des années. Leurs familles, qui étaient proches, passaient souvent du temps ensemble. Divya avait toujours été une force de la nature : intelligente, capable, vive et belle. Elle avait été le premier amour de Vivek, et Hema ne savait que trop bien ce que cela signifiait.

Et, ce soir, elle avait la confirmation que le cœur de Vivek appartenait toujours à Divya. Il lui faudrait vivre avec l'idée que, même si les choses pouvaient sembler parfaites entre eux, il ne l'aimerait jamais comme elle l'aimait. Il la regarderait comme une responsabilité, un contrat à remplir. Leur relation physique était exceptionnelle, pour le moment, mais sans amour le désir finirait par s'émousser. Pourrait-elle vivre une vie telle que celle-ci ? La vie que son père connaissait, amoureux de quelqu'un qui ne l'aimait pas en retour ?

Serrant les dents, elle résista au besoin de fuir. Elle n'avait aucun endroit où aller, aucun endroit où se cacher. Elle avait passé un contrat : être une épouse trophée pour pouvoir devenir le médecin qu'elle rêvait d'être pour changer le monde, en offrant des soins médicaux à des personnes vivant dans des parties reculées du monde et qui étaient largement oubliées par la médecine moderne.

Une fois sa chanson terminée, Divya quitta la scène en souriant à Vivek, qui ne détacha son regard d'elle que quand sa présence fut réclamée sur scène.

Si elle n'était pas sortie de l'ombre à ce moment-là pour s'approcher de lui, il aurait très bien pu monter sur scène sans elle !

Ensemble, ils présentèrent le grand chèque cartonné qui devait profiter aux réfugiés d'Ukraine. Puis Vivek fit un discours passionné : le monde avait oublié que les Ukrainiens avaient tout laissé derrière eux et luttaient pour nourrir leurs familles alors que l'élite new-yorkaise laissait suffisamment de restes dans ses assiettes pour nourrir la ville entière de Kiev. Les mots étaient forts mais, surtout, on voyait qu'il y mettait du cœur. Il croyait vraiment à ce qu'il disait, ce qui ne manqua pas de lui rappeler ce qui l'avait attirée chez lui le jour où ils s'étaient rencontrés…

— *Pourquoi est*—il si important pour toi de faire ton internat aux États-Unis ? lui avait-il demandé.

— *Parce que c'est le meilleur centre de formation à la robotique du monde. Je veux apprendre cette technologie pour pouvoir l'apporter dans l'Inde rurale. Dans des lieux où les médecins bien formés ne vont pas, pour que les gens puissent bénéficier des soins dont ils ont besoin.*

— *J'adore cette idée. Serais-tu d'accord pour que j'investisse dans ta future clinique ?*

— *Je n'ai pas besoin de ton argent. Mon père a déjà créé une fondation. Il soutient mes ambitions professionnelles. C'est juste qu'il ne veut pas que je m'installe aux États-Unis seule, sans la protection d'un mari. Il est très traditionaliste sur ce plan-là.*

— *Ce n'est pas une question d'argent. Je veux prendre part à quelque chose qui changera vraiment la vie des gens. Je ne compte même plus le nombre d'associations à qui j'ai donné de l'argent sans savoir à quoi ces sommes allaient servir exactement. La dernière fois que j'ai demandé à mon comptable de vérifier pour l'une d'entre elles, j'ai découvert que 80 % de l'argent des dons passaient dans des frais administratifs ! Tu imagines ? Je veux être là quand tu monteras ta première clinique. Je veux voir le visage des personnes quand elles bénéficieront de l'opération dont elles ont besoin.*

Dès cette première rencontre, Vivek avait parfaitement compris ses objectifs et ses motivations. Peut-être était-ce à ce moment-là qu'elle avait commencé à tomber amoureuse de lui. Peut-être était-ce pour cette raison qu'elle avait été si prompte à donner son accord pour le mariage. Avec le recul, elle se disait qu'elle aurait dû réfléchir un peu plus.

Alors qu'elle se faisait ces réflexions, Vivek termina son discours qui lui valut une standing ovation. Elle espérait sincèrement que son discours aboutirait à davantage de dons. C'était la première fois qu'elle le voyait ainsi en action. Elle n'aurait pas jugé cela possible, mais elle sentit son cœur s'emplir d'un peu plus d'amour pour lui. Tout bien considéré, elle parviendrait peut-être à se contenter du peu qu'il était disposé à lui donner. Il ne lui avait jamais menti. Il ne lui avait jamais promis son cœur. Il la traiterait bien, il veillerait à ce qu'elle soit heureuse. Que demander de plus ?

Quand ils quittèrent la scène, elle ne rêvait que de s'asseoir pour reposer ses pieds, mais ils durent aller saluer chaque personne et parler avec les investisseurs. C'était pour la bonne cause, naturellement, mais elle était épuisée. Elle avait déjà perdu le compte des invitations qu'on leur avait faites et qu'il avait acceptées avec enthousiasme. Plus elle pensait à toutes ces soirées à venir, plus elle avait envie de retrouver son lit douillet.

À leur retour à l'appartement, elle se laissa tomber sur son lit. Mais il fallait qu'elle garde les yeux ouverts. Elle avait à parler avec Vivek.

— Comment ça s'est passé avec Divya ?

Tout en haussant les épaules, il dénoua son nœud papillon et déboutonna sa chemise.

— Bien. On n'a fait qu'échanger des banalités.

Il mentait. Elle le sentait au ton trop détaché de sa voix et à sa façon d'éviter son regard.

— Vu de loin, on aurait dit qu'il s'agissait de bien plus que de banalités, rétorqua-t-elle.

Il finit par croiser son regard et soupira.

— Tu as raison. C'était la première fois que je la revoyais depuis notre mariage annulé. Je voulais la regarder dans les yeux et lui demander pourquoi elle n'était pas venue me parler, pourquoi elle ne m'avait pas simplement dit qu'elle ne voulait pas m'épouser.

— Et qu'a-t-elle répondu ?

— Que je ne lui en avais pas laissé l'occasion. D'après elle, une fois que j'ai pris une décision, je me concentre trop sur l'exécution de ma tâche pour prendre le temps de réfléchir et de déterminer si j'ai fait le bon choix.

Divya avait raison. Mais le moment était mal choisi pour le lui dire.

— Je suis confrontée au même problème, dit-elle. Quand nous faisons des opérations chirurgicales, tout se passe rarement comme on nous l'a appris dans les livres. En l'espace d'une demi-seconde, nous devons prendre des décisions dont dépend souvent la vie des patients. Il n'y a rien de mal à prendre des décisions rapidement.

— Sauf quand on ne sait pas tirer de leçons de ses erreurs.

Et elle, était-elle une erreur ? Elle brûlait d'envie de lui poser la question, mais elle ne put s'y résoudre.

Elle ne voulait pas connaître la réponse.

15

C'était une belle journée ensoleillée, et la chaleur se reflétait sur le noir du tarmac.

En approchant, Hema remarqua les cernes sous les yeux de son père.

— Tu vas bien ? lui chuchota-t-elle à l'oreille en le serrant fort dans ses bras.

Tout en hochant la tête, il s'écarta d'elle.

— Je ne vois pas pourquoi je n'irais pas bien. Mais le décalage horaire m'a fatigué. Je commence à me faire vieux, pour ces vols longue distance.

Sa mère descendit à son tour les marches du jet.

— Où est ton mari ? s'enquit-elle sans même un bonjour.

— Il avait du travail.

En réalité, elle n'avait aucune idée de l'endroit où Vivek se trouvait. Depuis sa rencontre avec Divya au gala pour l'Ukraine, il était devenu distant. Mais peut-être se faisait-elle des idées. Ces derniers temps, elle avait dû travailler seize heures d'affilée à l'hôpital pour rattraper les trois demi-journées qu'elle avait posées pour rester avec ses parents. Elle était rentrée à l'appartement dans un tel état d'épuisement qu'elle se souvenait à peine de ce qui s'était passé. Cependant, elle se rappelait parfaitement avoir envoyé un message à Vivek un peu plus tôt dans l'après-midi pour lui rappeler que ses parents allaient arriver. S'il n'avait aucune obligation de les accueillir à l'aéroport, il aurait été courtois de sa part de le faire. Et si ses retrouvailles avec Divya lui avaient fait prendre conscience de l'erreur qu'il avait commise en l'épousant, elle ?

Percevant de l'inquiétude dans les yeux de son père, elle se força à sourire.

Ses parents avaient réservé une chambre à l'hôtel Mahal. Ce n'était pourtant pas comme si l'appartement de Vivek ne disposait pas de chambre d'amis ; il y en avait quatre, en tout. Mais son père lui avait expliqué que le séjour des parents dans la demeure de la femme mariée pouvait générer des frictions au sein du jeune couple. Il lui semblait plutôt qu'il ne voulait pas que Vivek le voie se disputer avec sa femme chez lui. La suite qu'avaient réservée ses parents disposait de deux chambres. Ils allaient faire chambre à part, elle en aurait mis sa main à couper.

Peu après leur arrivée à l'hôtel, sa mère leur annonça qu'elle devait aller retrouver des amies avec qui elle avait prévu de dîner.

— Maman, je n'ai que cette soirée et la journée de demain, protesta Hema.

Mais sa mère fit un petit geste dédaigneux de la main.

— Je ne serai pas longue. Et on pourra toujours prendre le dessert et le chai ensemble. En plus, si je vois mes amies ce soir, j'aurai toute ma journée de libre demain pour rester avec toi.

Hema ne fit pas de commentaire. Elle n'était pas si contrariée, en fait. L'absence de sa mère lui fournissait un prétexte pour passer du temps seule avec son père.

Ils choisirent de dîner au restaurant de l'hôtel. Son père était fatigué et n'avait pas envie de subir les embouteillages new-yorkais. Par ailleurs, l'hôtel Mahal avait récemment embauché un chef étoilé spécialiste de la cuisine fusion, et elle avait très envie de découvrir ces plats.

Le restaurant était presque complet, mais ils réussirent tout de même à obtenir une table. Peu de temps après, Sameer passa dans la salle et remarqua immédiatement leur présence.

— Si tu as une minute, passe à l'appartement, dit-il. Je suis certain que Nisha sera ravie de te voir.

Nisha et lui vivaient dans un appartement situé au dernier étage de l'hôtel.

Comme elle promit d'y faire un saut après le dîner, Sameer lui donna le code de l'ascenseur privé.

— En tapant ça, tu arriveras directement dans l'appartement. Je vais envoyer un message à Nisha pour la prévenir de ton arrivée.

Cela lui ferait du bien de voir son amie. Elle avait le sentiment que son père serait pressé d'aller se coucher et elle n'avait aucun doute sur le fait que sa mère manquerait à sa parole et ne viendrait pas les rejoindre pour le dessert.

Le restaurant évoquait un palais du Rajasthan. Les rideaux marron et dorés étaient en parfait accord avec le mobilier, sculpté dans le même bois sombre que les statues de dieux et de déesses qui ornaient les murs. Hema et son père avaient été installés sur de confortables banquettes, dans un coin.

Ils se mirent immédiatement à parler de ses études et de son travail tout en dégustant du poulet tikka masala, du riz au safran, des naans fourrés aux noix et au raisin, de l'agneau braisé au garam masala, ainsi que du chutney de menthe et de melon. Tout était vraiment délicieux.

Vers la fin du repas, elle trouva enfin le courage de se lancer.

— Comment ça se passe, avec maman ?

— Comme toujours, répondit son père en haussant les épaules.

— Pourquoi est-ce que tu supportes ça, papa ?

— Que voudrais-tu que je fasse ? Divorcer ? Les gens estimeraient que je suis dans mon tort. Ce serait embarrassant pour la famille.

— Papa, on ne pense plus comme ça de nos jours. Les temps ont changé.

Il but plusieurs gorgées de whisky avant de relever la tête vers elle.

— Et si on arrêtait de parler de ça ?

C'était toujours de cette façon qu'il mettait un terme aux conversations sur ce sujet.

Mais cette fois elle voulait aller plus loin.

— Comment as-tu pu vivre toutes ces années en sachant que maman ne t'aimait pas comme toi tu l'aimais ?

L'air soucieux, il fronça les sourcils.

— Tu me demandes ça à cause de cet Arun ? Tu penses toujours à lui ?

— Non. Tu avais raison sur lui dès le départ. C'était une erreur que je suis ravie de ne pas avoir commise.

Il ne connaissait qu'une partie de l'histoire, et elle s'estimait heureuse qu'il ne sache pas tout ce qui s'était passé.

— Je voudrais juste comprendre ton point de vue, sur l'amour dans un couple, reprit-elle.

— Quand on aime quelqu'un de tout son cœur, on peut tolérer beaucoup de choses.

— Tu aimes toujours maman ?

En un geste très paternel, il lui posa la main sur la tête.

— J'aime ce qu'elle m'a donné. Toi ! À chaque fois que je te regarde, je me souviens de ce cadeau que ta mère m'a fait.

— Tu as tout de même joué un petit rôle dans ma création, fit-elle remarquer d'une voix taquine.

Son père détourna le regard et resta silencieux un instant.

— Tu apprendras avec le temps, Hema, que les deux parties d'un couple sont rarement égales. Il y a toujours une personne qui est plus investie que l'autre, et c'est celle qui est la plus investie qui doit faire les compromis pour que les choses fonctionnent. C'est ainsi que l'on obtient une vie de réussite et d'épanouissement. Je sais que le divorce est beaucoup plus courant de nos jours, mais c'est la solution de facilité des lâches. Quand on aime une personne, on trouve un moyen de faire fonctionner les choses avec elle.

Mais comment aimer une personne qui en aimait une autre ?

Elle brûlait d'envie de demander à son père comment il pouvait toujours aimer sa femme alors qu'elle s'était donnée à un autre, mais elle ne pouvait se résoudre à lui dire qu'elle était au courant. Il y avait déjà tellement de souffrance dans ses yeux qu'elle ne souhaitait pas lui en infliger davantage. S'il ne le lui avait toujours rien dit, c'était à l'évidence qu'il y avait une raison pour laquelle il ne voulait pas qu'elle sache. Elle ne devait pas lui retirer ce peu de contrôle qu'il lui restait sur la situation. De plus, cela ne changerait rien à la vie de son père. Il aimait trop sa femme pour demander le divorce. Il souffrirait avec elle le restant de ses jours.

Quant à elle, aimait-elle suffisamment Vivek pour faire de même ?

Comme elle s'y était attendue, son père voulut aller se coucher aussitôt après le dîner. Il arrivait à peine à garder les yeux ouverts après le *ras malai*, dessert traditionnel au fromage frais et à la cardamone, que le chef avait revisité en y ajoutant des arômes de rhum et de chocolat.

Quant à sa mère, sans grande surprise, elle lui avait envoyé un message pour l'informer qu'elle était prise par ses amies et qu'elle la verrait au petit déjeuner.

Elle avait donc laissé son père devant la porte de sa chambre avant de prendre l'ascenseur privé que Sameer lui avait montré. Son téléphone n'ayant plus de batterie, elle ne pouvait pas prévenir Nisha de son arrivée. Mais Sameer avait dit qu'il le ferait.

Perdue dans ses pensées, elle sortit de l'ascenseur. En posant le pied sur le sol de marbre, elle reconnut aussitôt le parfum des pivoines qui trônaient dans un vase, placé sur une petite table au milieu du hall. Le hall était ouvert sur le séjour. Elle s'apprêtait à appeler Nisha quand une voix familière retint son attention.

Que faisait sa mère ici ?

Elle allait s'annoncer, mais les quelques mots qui lui parvinrent la glacèrent. Elle s'approcha sur la pointe des pieds du séjour. La vaste pièce comprenait un espace salon avec des canapés disposés en demi-cercle, ainsi qu'une grande table sur laquelle on aurait pu manger à quinze. Au fond, les baies vitrées offraient une vue imprenable sur les toits de Manhattan. Une tasse de café était posée sur l'îlot de l'espace cuisine. Nisha et sa mère étaient debout, leurs chaises repoussées derrière elles. Et, rien qu'à leur posture et à l'expression de leurs visages, on devinait qu'elles étaient en train de se disputer.

— C'est à moi de décider si je le dis ou non à ma fille, décréta sa mère.

— J'ai essayé de respecter votre volonté, *auntie* Aparna, mais je ne peux plus mentir à Hema. Nous sommes amies et j'aimerais tisser des liens plus étroits avec elle. Combien de temps encore envisagez-vous de le lui cacher ?

— Jusqu'à ce que votre père soit prêt à la reconnaître !

À ces mots, Hema ne put retenir un cri d'horreur.

Nisha et sa mère se tournèrent vivement vers elle.

— Hema, qu'est-ce que tu fais là ? lui demanda Nisha en s'approchant d'elle.

— Sameer m'a donné le code de l'ascenseur. Il m'a dit qu'il te préviendrait.

Elle avait l'impression que c'était une autre personne qui avait parlé. Son regard était fixé sur sa mère, qui se pinçait l'arête du nez, les yeux baissés.

— De quoi étiez-vous en train de parler ? s'enquit-elle.

Sa mère échangea un regard avec Nisha. Un long moment s'écoula, et personne ne répondit.

— Dis-moi, Nisha, ordonna-t-elle.

— Hema, je ne voulais pas que tu l'apprennes de cette façon, affirma Nisha, visiblement ennuyée. J'avais vraiment espéré que ta mère te l'aurait dit.

— Me dire quoi ?

Elle avait le cœur qui cognait comme un poing dans sa poitrine et dans la bouche un goût si amer qu'elle se sentait sur le point de vomir.

Nisha lui indiqua le canapé. Mais elle ne souhaitait pas s'asseoir. Elle avait juste envie de secouer Nisha et sa mère, jusqu'à ce que l'une d'elles finisse par lâcher la vérité ! Elle se résigna cependant à s'installer sur le canapé.

— Tu dois comprendre que ce n'est pas de cette manière que je voulais que tu l'apprennes, lui dit Nisha en prenant doucement ses mains dans les siennes, après s'être assise à côté d'elle.

Hema inspira longuement. Elle avait envie de hurler.

— Ta mère est tombée enceinte de toi à l'époque où elle avait une liaison avec mon père, poursuivit Nisha. Tu es ma demi-sœur.

Hema la fixa sans la voir. Tout, autour d'elle, vacilla puis sembla disparaître. Le visage crispé de sa mère, celui, anxieux, de Nisha, tout devint flou avant de s'évanouir complètement.

Ce devait être une erreur. Elle ne pouvait pas être la fille du père de Nisha. Sa mère avait fait des choses terribles, mais ça... Non, c'était impossible.

La voix de sa mère finit par la tirer de sa torpeur.

— Pourrais-je rester quelques minutes seule avec ma fille ?

— Tu es d'accord, Hema ? demanda Nisha.

Hema hocha la tête sans répondre.

Une fois que Nisha eut quitté la pièce, sa mère s'assit à côté d'elle.

— J'imagine que ce doit être bouleversant, dit-elle. Laisse-moi t'expliquer.

Elle prit une profonde inspiration avant de poursuivre :

— J'étais déjà amoureuse du père de Nisha quand mes parents ont arrangé mon mariage avec ton père. J'ai fait tout ce que j'ai pu pour l'oublier, mais c'était mon premier amour. Ton père est un homme bien, mais la seule chose qu'il voulait, c'était une épouse trophée. J'en attendais plus de la vie. Quand j'ai retrouvé Anil à l'occasion d'une soirée, tous mes anciens sentiments sont aussitôt revenus. On a essayé de résister. Il était marié à la mère de Nisha et moi à ton père. Mais ni Anil ni moi n'avons pu empêcher ce qui s'est passé. Nous étions profondément malheureux dans nos couples respectifs et toujours amoureux l'un de l'autre.

Sa mère se tut un instant, le regard perdu au loin, avant de reprendre :

— Tu dois comprendre que l'on ne m'a pas laissé le choix sur l'homme que je devais épouser. Je n'avais plus mes parents. Si je ne m'étais pas mariée, je n'aurais eu aucun endroit où aller. Les femmes n'avaient pas le choix, à cette époque. On m'a dit que mon amour pour Anil était une tocade, que je finirais par tomber amoureuse de mon mari, et j'ai essayé, j'ai vraiment essayé. Mais je ne parvenais pas à oublier Anil, et quand nous nous sommes retrouvés, nous n'avons pu ignorer ce que nous ressentions l'un pour l'autre. Hema, je t'en prie, essaye de comprendre. Je n'avais pas prévu que les choses se passeraient comme ça. Et je n'ai jamais voulu vous faire souffrir, ton père et toi.

Sa mère tenta de lui prendre la main, mais elle ne se laissa pas faire.

— Je peux comprendre que tu aies eu une liaison, mais comment as-tu pu nous tromper, papa et moi, sur l'identité de mon père biologique ? Comment as-tu pu faire ça à papa ?

— Je n'avais pas prévu de faire les choses de cette façon. Mais Anil n'était pas en position de te reconnaître. Si j'avais dit la vérité à ton père, on se serait retrouvées à la rue toutes les deux. Je devais veiller à ta sécurité.

— Tu as juste veillé à ton propre bonheur.

— Ton père est au courant, pour ma liaison.

— Et pour moi ?

L'air gêné, sa mère détourna les yeux.

— J'envisageais de le lui dire, avoua-t-elle. Mais c'est devenu de plus en plus difficile à mesure que les années passaient. Il t'aime tellement, et toi aussi. Je ne voulais pas que vous vous éloigniez l'un de l'autre. Essaye de comprendre, Hema. J'ai juste voulu assurer ton avenir. Un jour, tu hériteras d'une partie de la fortune de ton père. Si tu as des filles, elles ne seront jamais dépendantes d'un homme. Elles auront une vie différente de celles que nous avons eues.

Cet argument fit réfléchir Hema. Elle aussi avait accepté un mariage arrangé parce qu'elle n'était pas en mesure de subvenir à ses besoins financiers. Elle avait cédé à la pression que lui avait mise son père pour qu'elle se marie.

— Est-ce pour cette raison que tu ne m'as jamais aimée ? demanda-t-elle soudain.

— Je te demande pardon ?

— J'étais la chaîne qui te retenait prisonnière de papa. En Inde, être une femme célibataire est difficile, et être une mère célibataire est impossible. Si je n'étais pas née, tu aurais peut-être pu quitter papa. C'est bien ça ?

Sa mère secoua la tête mais, à la façon dont elle baissa les yeux, Hema comprit qu'elle ne s'était pas trompée. Qu'elle était une erreur, aux yeux de sa mère. L'enfant qui l'avait enchaînée pour toujours à un mari qu'elle n'aimait pas et qui l'avait empêchée d'être libre avec l'homme qu'elle aimait.

— Comment as-tu pu nous regarder en face toutes ces années, papa et moi, avec ce secret que tu nous cachais ?

Sa mère se contenta de hausser les épaules.

— Maintenant que tu sais, vas-tu le dire à ton père ?

Elle ne pouvait pas cacher une telle chose à son père. Mais, s'il apprenait que la fille qui était tout son univers n'était pas de lui, il allait être totalement dévasté. Elle ne pouvait pas lui faire ça.

— Ce n'est pas ma trahison, maman. C'est la tienne. C'est à toi de le lui dire.

— J'ai gardé ce secret pendant si longtemps, que je ne vois pas l'intérêt de le lui dire maintenant.

— Comment peux-tu continuer à l'aimer ?

— Anil ?

— Oui. Comment peux-tu continuer à aimer un homme qui n'a même pas assumé sa propre fille ? Que t'a-t-il donné qui puisse justifier que tu aies abandonné papa ?

Sa mère soupira longuement avant de répondre :

— Anil ne pouvait pas te reconnaître, car cela aurait détruit sa famille. Tu ne dois pas oublier que c'était il y a trente ans. L'époque était différente. Tu aurais été pointée du doigt comme une enfant illégitime. Ça aurait également affecté Nisha. Anil a fait ce qu'il y avait de mieux pour nous tous.

Hema eut un petit sourire ironique.

— Il a fait ce qu'il y avait de mieux pour lui, répliqua-t-elle. Tout comme toi.

— Dis-moi une chose, Hema. As-tu oublié ce garçon, Arun ? Ton premier amour ?

Comme si elle pouvait un jour oublier Arun ! Mais elle comprenait ce que sa mère sous-entendait. Au fond d'elle, elle savait qu'Arun l'avait trompée et pourtant elle était restée avec lui, en pensant que leur amour y survivrait. Elle voulait le conte de fées, si désespérément qu'elle avait refusé de reconnaître que la réalité l'avait souillé.

Sans lui laisser le temps de répondre, sa mère reprit :

— Parce que laisse-moi te dire une chose. J'ai essayé d'aimer ton père. J'essaye toujours de l'aimer. Mais j'ai donné mon cœur à Anil, et j'aurais beau faire tout ce que je voudrais, je ne pourrais jamais le récupérer.

Agitée, Hema se leva et se mit à arpenter la pièce. Elle s'arrêta devant un portrait de famille. Arjun et Rani, leur fille Simmi, Divya et Ethan, Sameer et Nisha, Karishma et Naina. La famille Singh. Elle s'arrêta un instant sur Divya. Son cœur à elle n'avait jamais appartenu à Arun. Elle le savait à présent. Mais le cœur de Vivek appartenait à Divya. Et, même si Divya ne l'aimait pas en retour, cela ne l'empêcherait pas de se languir d'elle. Tout comme sa mère se languissait de cet Anil et son père de sa femme qui ne l'avait jamais aimé.

Elle sentit un grand vide en elle.

Pourrait-elle vraiment passer sa vie à aimer un homme qui en aimait une autre ?

16

Quand elle rentra chez elle après sa discussion avec sa mère, Hema trouva Vivek endormi. Ce qui était une bonne chose ; elle n'avait pas envie de discuter.

Rien n'avait été résolu. Sa mère lui avait demandé du temps pour réfléchir ; elle n'était toujours pas disposée à avouer à son mari que sa fille chérie… n'était pas sa fille biologique.

De nouveau elle fut prise de nausée. Elle essaya de l'atténuer en se préparant une infusion au gingembre. En vain. Tout à coup, quelque chose la frappa. Elle avait du retard…

Tapant frénétiquement sur son téléphone, elle vérifia dans son calendrier… Elle avait deux semaines de retard. Cela lui était déjà arrivé. Dans des périodes de stress important. Elle se souvint avoir oublié sa pilule, une fois. À son arrivée aux États-Unis, à cause du décalage horaire. Elle ne pouvait tout de même pas être enceinte ? Non. C'était impossible.

Il fallait qu'elle en soit sûre.

Elle commanda un Uber. Il y avait une pharmacie ouverte vingt-quatre heures sur vingt-quatre à un kilomètre de là.

Au cours de la demi-heure qu'il lui fallut pour s'y rendre et obtenir le test, son niveau de panique avait atteint un seuil critique. Si elle était enceinte, ce serait la fin de son internat. Ils ne la renverraient pas de l'école de médecine, c'était illégal, mais sur le plan physique elle ne parviendrait jamais à tenir le rythme.

Quand elle revint à l'appartement, Vivek était réveillé.

— Tout va bien ? s'enquit-il. Où étais-tu passée, si tard dans la nuit ?

Vêtu d'un pantalon de pyjama et d'un T-shirt blanc, il était assis sur le rebord du lit. Merveilleusement beau avec ses cheveux ébouriffés et ses yeux ensommeillés.

Elle serra fort le petit sac de la pharmacie. Inutile de l'inquiéter tant qu'elle n'avait pas de certitude. Elle allait faire le test, voir ce qu'il dirait, puis décider de la façon de procéder avec Vivek.

La salle de bains se trouvait à une dizaine de mètres de là, mais elle ne bougeait pas. Ses pieds étaient cloués au sol, ses genoux prêts à lâcher.

L'air inquiet, Vivek se leva pour lui prendre le sac des mains et vérifier son contenu.

— Tu es enceinte ?

— Peut-être.

Un grand sourire se dessina sur son visage. Mais il disparut aussitôt.

— Pourquoi n'es-tu pas heureuse ?

Elle ne répondit pas.

— Hema, qu'est-ce qui se passe ? Si tu es enceinte, c'est merveilleux.

— Il faut que j'attende la fin de mon internat, pour avoir un enfant.

— C'était le plan, c'est vrai, mais si ça se produit maintenant, on fera avec. On embauchera des nourrices. Et je suis sûr que mes parents seraient prêts à nous aider.

— Il faut d'abord en être sûrs.

Elle se rendit alors dans la salle de bains pour faire le test. Il fallait attendre cinq minutes. Après avoir programmé un minuteur sur son téléphone, elle s'assit sur le rebord de l'immense baignoire.

Au bout d'un instant, Vivek frappa. Après avoir longuement regardé la porte, elle finit par se décider à lui ouvrir.

— Je peux attendre avec toi ? demanda-t-il, visiblement inquiet.

Elle fit signe que oui, et ils s'assirent ensemble sur la baignoire.

— Je n'ai pas envie de regarder les premiers pas de mon bébé en vidéo, dit-elle soudain. Je veux être là quand il ou elle ira à l'école la première fois. Je veux être là pour ses spectacles de fin d'année, à applaudir, au premier rang. Je ne veux pas qu'il y ait une nounou à ma place.

En résumé, elle ne voulait pas être le genre de mère que la sienne avait été.

— Tu pourrais peut-être reporter ton internat de quelques années ? suggéra-t-il.

— Combien, exactement ? Un an ? Ce ne serait pas assez. Le bébé ne marcherait même pas. Deux ans ? Jusqu'à son entrée à l'école primaire, c'est-à-dire cinq ans ? Ils ne garderont pas ma place d'interne indéfiniment et une longue pause dans ma formation nuirait à mes capacités. Il n'y a pas de bonne solution. Je vais devoir choisir entre mon bébé et ma carrière, conclut-elle d'une petite voix, les yeux remplis de larmes.

Tendrement, Vivek la prit dans ses bras. Appuyant son visage contre son torse puissant et musclé, elle laissa sa chaleur l'envelopper.

— On trouvera un moyen de s'organiser, dit-il après avoir déposé un doux baiser sur le sommet de sa tête. Tu pourrais peut-être travailler aux heures où le bébé dormira ?

Brusquement, elle s'écarta de lui.

— Bien sûr ! Parce que je suis un robot qui peut s'occuper d'un bébé la journée et travailler la nuit ! Je pourrais aussi le mettre dans un porte-bébé pour l'emmener à l'hôpital avec moi !

Il ne méritait pas cette colère, mais elle n'avait pas d'autre cible. Tout s'était brusquement effondré autour d'elle.

— J'aurais dû me montrer plus prudente. Toi, tu as obtenu ce que tu voulais du contrat. Mais moi, je suis la grande perdante.

Le minuteur sonna. Elle sentit son cœur s'emballer. Quel que soit le résultat du test, elle ne pourrait pas retirer ce qu'elle venait de dire.

Ce fut Vivek qui se leva pour vérifier.

— Félicitations, Hema. Ta vie n'est pas ruinée.

Il lui remit le test, et elle resta un long moment à fixer le symbole négatif.

Après le départ de Vivek, elle décida de faire un autre test, par mesure de prudence. Négatif aussi.

Quand elle retourna dans la chambre, encore sous le choc, elle trouva le lit vide. Vivek lui avait laissé un petit mot : il était allé dormir dans la chambre d'amis.

Hema ne dormit pas de la nuit. Elle était en colère contre sa mère, et cette colère, elle l'avait projetée sur Vivek. Elle ne s'était pas montrée juste envers lui. Mais le pire, c'était que le soulagement qu'elle avait attendu quand les deux tests s'étaient avérés négatifs n'était jamais venu. Plutôt que soulagée, elle s'était sentie vide et s'était même demandé si elle n'était pas un tout petit peu déçue.

Elle se leva et se rendit dans la cuisine, où elle remplit une casserole d'un mélange de lait et d'eau. Étant donné que ni elle ni Vivek n'avaient le temps de prendre un petit déjeuner, le personnel de maison arrivait tard. Elle ajouta au mélange de la cardamone, du gingembre frais, un peu de poivre, de la cannelle et quelques feuilles de thé noir. Après avoir laissé infuser le chai quelques minutes, elle en remplit deux tasses.

Quand elle entra dans la chambre d'amis, Vivek dormait toujours. Allongé sur le ventre, les bras au-dessus de la tête, les draps rejetés sur le côté. Quand il finissait dans cette position, c'était qu'il avait passé toute la nuit à se tourner et se retourner dans son lit.

Après avoir posé les deux tasses sur la table de chevet, elle l'embrassa doucement sur la nuque. Lentement, il s'étira, se retourna et la prit dans ses bras. Suivant le mouvement, elle s'allongea sur son corps viril, et tandis qu'il la serrait fort contre lui, elle releva la tête pour plonger son regard dans le sien.

— J'étais un peu stressée hier soir et je me suis défoulée sur toi.

— Syndrome prémenstruel ou hormones de grossesse ?

— Je vais laisser passer, répondit-elle en riant. Mais juste pour cette fois.

Sensuellement, il glissa les mains le long de son dos, et son corps réagit immédiatement. Un éclat malicieux brilla dans les yeux de Vivek, et quand elle joignit ses lèvres aux siennes, elle eut l'impression que son cœur allait éclater de tout l'amour qu'elle avait pour lui. Ils se débarrassèrent de leurs vêtements et firent l'amour lentement, prenant le temps de savourer chaque caresse. À la fin, il la tint longtemps serrée dans ses bras, et elle se lova dans la chaleur de son corps, essayant de prendre un peu de sa force pour affronter ce qu'elle allait devoir endurer au cours de la journée.

— Je me trompe ou ça sent le chai ? s'enquit-il.

— Il doit être froid, maintenant.

À contrecœur, elle se releva pour lui tendre l'une des deux tasses. Après en avoir bu une gorgée, il l'embrassa tendrement.

— J'aime ton thé, murmura-t-il.

Et moi, je t'aime, toi.

17

Quelque peu stressée, Hema frappa à la porte de la chambre d'hôtel de ses parents.

Après avoir préparé une omelette ensemble, Vivek et elle avaient pris leur petit déjeuner dans la cuisine. Un moment tellement parfait qu'elle n'avait pu se résoudre à lui parler du drame qui avait ébranlé sa famille. Elle pensait pouvoir se raccrocher au bonheur de cette matinée pour endurer la journée. Mais à présent elle se demandait combien de temps encore ils allaient pouvoir supporter ce mariage arrangé. À un moment ou à un autre, Vivek finirait par se rendre compte qu'il ne pouvait être amoureux d'une femme et construire sa vie avec une autre.

Elle regrettait que sa mère n'ait pas compris ce genre de choses plus tôt pour leur épargner, à son père et elle, la vie sans amour qu'ils avaient vécue.

La veille au soir, en s'endormant, elle s'était rendu compte qu'elle avait troqué un conte de fées pour un autre. Elle était tombée amoureuse d'Arun parce qu'il lui avait fait miroiter le couple de rêve qu'elle avait toujours souhaité pour ses parents. Et elle avait abandonné ce rêve avec Arun pour un autre avec Vivek, pensant d'abord que son métier pourrait être son seul amour puis que, si elle tombait amoureuse de lui, il finirait par tomber amoureux d'elle et qu'ils vivraient heureux et auraient beaucoup d'enfants.

Elle devait en finir avec ses rêves. Et, malgré toute la souffrance que cela allait générer, elle en avait un autre à briser : celui dans lequel son père avait vécu.

Son père vint lui ouvrir, et aussitôt qu'il la vit, un large sourire illumina son visage. Il la fit entrer dans le séjour de la suite. Le grand espace était artistiquement meublé et décoré de canapés gris argent et de tapis bleu roi. De chaque côté, une porte donnait sur une chambre.

Elle s'installa sur l'un des canapés. Un chariot de *room service* se trouvait au centre de la pièce. Tout en servant du café, son père appela sa mère qui finit par sortir de sa chambre. Ses traits étaient tirés, ses muscles crispés. Elle prit place en face de Hema.

— Ta mère pense que nous devrions avoir une discussion de famille, dit soudain son père en s'installant sur le côté.

Hema jeta à sa mère un regard interrogateur. Lui avait-elle dit ? Sa mère secoua la tête.

— Je pense que nous devrions lui dire ensemble, dit-elle.

Hema attendit donc que sa mère commence, mais cette dernière garda le silence.

— Tu as des problèmes avec Vivek ? lança son père.

À bout de nerfs, Hema se borna à soupirer.

— Ne t'inquiète pas, lui dit son père en se penchant vers elle pour lui tapoter doucement le genou. Tu peux tout me dire. Je me rends compte maintenant que j'ai peut-être été un peu trop dur avec toi. Je n'aurais pas dû insister autant pour que tu te maries.

— Pourquoi étais-tu tellement sûr que je devais me marier ? demanda-t-elle d'une toute petite voix.

Ce n'était pas la conversation qu'elle souhaitait avoir mais, si son père l'avait soutenue dès le départ, elle n'aurait jamais accepté la proposition de Vivek et ne serait par conséquent jamais tombée amoureuse de lui.

— Tu jugeras peut-être cela traditionaliste, ma chérie, mais je craignais que, si tu t'installais en Amérique sans être mariée, tu te retrouves tellement prise par ta carrière médicale que tu ne te maries jamais. Tu es passionnée par ton travail, mais tu as beaucoup souffert après ce qui s'est passé avec cet Arun. Et je voulais que tu aies une vie épanouie.

— Tu pensais que le mariage me donnerait une vie épanouie ? Est-ce que ça a vraiment fonctionné comme ça pour toi ? Est-ce que le mariage t'a apporté du bonheur ?

— Je ne regrette pas d'avoir épousé ta mère. C'est grâce à notre mariage que tu existes, que je t'ai dans ma vie.

L'ironie de ces propos tira à Hema un petit rire dépourvu de gaieté.

— Tu as raison, papa. C'est grâce à votre mariage que je suis dans ta vie.

Elle se tourna vers sa mère, lui laissant une dernière chance de faire ce qu'elle aurait dû faire des années plus tôt.

— Hema est la fille d'Anil, dit-elle soudain d'une voix si faible que Hema eut du mal à l'entendre.

— Je te demande pardon ? répliqua son père qui s'était brusquement crispé.

— Elle sait, précisa sa mère.

— Papa, je suis au courant pour la liaison de maman. Je l'ai appris il y a quelque temps déjà. Ce qu'elle essaye de te dire, c'est que je ne suis pas ta fille biologique.

Son père reprit son souffle.

— Mais je veux que tu saches que cela ne change rien au fait que tu es mon père et que tu seras toujours le seul père dont j'ai besoin et dont j'ai envie. Et que j'aime.

Son père garda le silence un long moment avant de demander :

— Qu'est-ce qui vous a poussées à me le dire ?

Hema sentit un goût amer remonter le long de sa gorge. Et si elle avait commis une erreur ? Et si sa mère avait raison en pensant qu'il valait mieux ne rien dire ?

— Je trouvais injuste que tu ne sois pas au courant, répondit-elle. Cela ne change rien pour moi, mais cela pourrait changer les choses pour toi. Tu as le droit de prendre ta décision en toute connaissance de cause.

— Quelle décision ? Tu as peur que je te déshérite ? Que je cesse de verser de l'argent à ta fondation ?

Interloquée, Hema le fixa en fronçant les sourcils. La conversation ne s'orientait pas du tout comme elle l'avait imaginé. Son père était-il en état de choc ? En colère ?

— Ça m'est égal si tu me rayes de ton testament, déclara-t-elle. Ce que je ne veux pas, c'est que tu me rayes de ta vie. Tu es le seul père que j'aie jamais eu, et je t'aime.

Sa voix se brisa, et au même moment, son père se leva pour s'asseoir à côté d'elle et la prendre dans ses bras.

Appuyée contre son épaule, elle éclata en sanglots.

— Ma petite chérie, tu crois que je ne le savais pas ?

Brusquement, elle se redressa pour le regarder. Il souriait. Son regard était vif, pétillant. Amusé.

— Dès que ta mère est tombée enceinte, j'ai su que je n'étais pas le père de cet enfant.

Sa mère laissa échapper un petit cri étouffé.

— Ça se voyait sur son visage quand elle me l'a annoncé, reprit son père. On avait attendu si longtemps cette grossesse, et pourtant, il n'y avait que de la peur dans ses yeux, pas de joie. Je savais déjà qu'elle voyait Anil.

Sidérée, Hema ouvrit et ferma la bouche plusieurs fois avant de parvenir à formuler une phrase cohérente.

— Pourquoi n'avoir rien dit ?

— J'y ai pensé. Mais j'aimais ta mère et je voulais laisser à Anil le temps de faire les choses bien. Tes grands-parents étaient morts, et si j'avais répudié ta mère, elle se serait retrouvée à la rue. Je n'aurais pas pu vivre avec ça sur la conscience.

Il s'interrompit, sourit et conclut :

— Puis je t'ai prise dans mes bras et j'ai su, sans l'ombre d'un doute, que je voulais que tu sois ma fille.

Bouleversée, Hema se remit à pleurer.

— Tu es resté avec maman à cause de moi ? murmura-t-elle.

— Non. Je vous aimais toutes les deux. Et c'est toujours le cas, répondit-il en se tournant vers sa femme qui s'était mise à pleurer, elle aussi. Hier, tu m'as demandé pourquoi je restais avec ta mère.

Il s'adressait à Hema, mais son regard était rivé sur sa femme.

— C'est parce qu'elle est l'amour de ma vie. Même si ce n'est pas réciproque. Tu es devenue ma fille parce que tu étais la sienne.

— Je te demande pardon, Mukesh. Hema a raison. J'aurais dû te le dire dès le départ. Si je l'avais fait, peut-être que...

Sa mère s'interrompit, la voix brisée par un sanglot.

Hema regarda ses parents tour à tour. Pour la première fois, elle ne voyait que de l'honnêteté entre eux, et il y avait quelque chose de plus doux dans les yeux de sa mère.

— Comment as-tu pu me pardonner et continuer à vivre avec moi, Mukesh ? demanda cette dernière d'une voix pleine de douleur.

— Je savais que je n'étais pas ton premier choix, mais j'espérais être ton dernier, répondit son père en se levant pour aller s'asseoir à côté d'elle. Nous avons eu une jolie vie, non ? Nous avons vu la tour Eiffel ensemble pour la première fois. Nous avons regardé notre petite fille apprendre à marcher. Et puis elle est partie et nous nous sommes retrouvés coincés tous les deux.

Hema sentit son cœur se serrer face au sourire plein d'ironie et de tendresse que son père adressait à sa mère.

Sa mère ferma les yeux. Puis elle s'excusa et se rendit dans sa chambre.

— Ta mère n'aime pas montrer ses émotions. Elle a besoin de quelques minutes pour se reprendre.

— Tu la connais et tu la comprends si bien. Tu n'as pas trouvé cela usant ? De l'aimer alors qu'elle ne t'aimait pas en retour ?

— Tu sais comment j'ai compris que tu n'aimais pas vraiment cet Arun ?

— Non.

— Je l'ai compris, parce que tu as réussi à vivre sans lui. Quand on aime vraiment une personne, on ne peut pas vivre sans elle. Il m'est arrivé à de nombreuses reprises d'envisager de quitter ta mère. Mais à chaque fois que j'essayais de m'imaginer ma vie sans elle, je comprenais que ce serait impossible.

— Et si elle passe toute sa vie à aimer Anil ?

— Ça m'est égal, répondit-il en haussant les épaules. Parce que, moi, je passerai toute ma vie à l'aimer elle.

Elle dévisagea son père, étonnée. Comment pouvait-il se contenter de ça ?

— Je vais voir si maman va bien, dit-elle en se levant.

Déterminée, elle frappa à la chambre de sa mère et y entra sans attendre sa permission. Par la porte de la salle de bains restée ouverte, elle la vit, devant le lavabo.

Sa mère l'aperçut dans le miroir et la fusilla du regard.

— J'espère que tu es contente de toi, dit-elle sèchement.

Déstabilisée, Hema s'arrêta. Sa mère était en colère. Pourquoi ?

— Tout est dit, maintenant. Mais pendant toutes ces années, j'ai vécu dans la culpabilité. Alors qu'il savait tout !

— N'est-ce pas ce que tu voulais, maman ? Tu ne trouves pas ça bien, d'être libre de tous ces secrets ?

— Si je ne voulais pas parler de toi à ton père, c'est parce que j'ai décidé de le quitter. Anil est à New York, en train de signer les papiers de son divorce.

À ces mots, Hema eut l'impression que le sol venait de s'ouvrir sous ses pieds. Elle fit un pas en arrière, s'adossa au mur. Soudain, elle comprit.

— C'est là que tu étais, hier soir, dit-elle. Tu n'es pas venue dîner avec nous parce que tu étais avec le père de Nisha.

Bouleversée, elle se laissa glisser le long du mur pour se recroqueviller sur elle-même.

— Pourquoi, maman ? Pourquoi fais-tu ça à papa ? Il t'aime plus qu'Anil ne t'aimera jamais. Cet homme n'a même pas reconnu sa propre fille, et papa a élevé la tienne !

Sa mère vint s'accroupir à côté d'elle.

— Tu crois que je n'ai pas essayé d'aimer ton père ? Tu crois que je ne sais pas que c'est lui, le plus respectable des deux ? J'ai essayé de l'aimer. J'ai passé plus de trente ans à essayer de faire ma vie avec lui, d'oublier Anil.

— Alors pourquoi n'as-tu pas réussi ? Comment se fait-il que tu n'aies pas trouvé un moyen d'être heureuse avec papa ? Avec moi ? Pourquoi as-tu besoin de cet homme ?

Des larmes se mirent à couler sur les joues de sa mère.

— Parce que je ne pourrai jamais aimer quelqu'un comme j'aime Anil.

Hema sentit son cœur se serrer douloureusement, et une immense tristesse la submergea. Elle était triste pour sa mère, qui s'était languie d'un autre homme toute sa vie. Elle était triste pour son père, qui s'apprêtait à perdre la femme qu'il aimait. Et elle était triste pour Vivek, qui n'aurait jamais la femme qu'il voulait vraiment.

18

Hema avait désespérément envie de parler à Vivek, mais il semblait avoir l'esprit ailleurs tandis qu'il s'habillait pour la remise de prix des jeunes entrepreneurs.

Elle entra dans son dressing vêtue de sa longue robe de soirée noire au décolleté asymétrique. Magnifique dans son smoking noir et sa chemise gris argent, il était occupé à attacher son nœud papillon.

— Tu es sublime. Je serai prêt dans une minute. Je n'ai plus qu'à mettre mes boutons de manchettes.

Ce fut elle qui lui attacha les boutons en or blanc et en diamant qu'il avait choisis.

— Marta m'a dit que tu ne serais pas disponible pour le dîner avec les Malik et les Reyman, dit-il. Ton emploi du temps a changé ? Marta vérifie toujours, avant d'organiser nos rendez-vous du soir.

À ces mots, Hema se raidit. De toutes les choses dont ils devaient parler, celle-ci figurait au plus bas de sa liste de priorités.

— Tu sais bien que je dois toujours rester à l'hôpital après ma tournée pour travailler au labo et observer les opérations, répondit-elle. J'ai déjà pris beaucoup de congés cette semaine pour la visite de mes parents et l'événement de ce soir. Je ne peux pas me permettre d'écourter mon temps de travail maintenant.

— Ce sont des investisseurs importants, Hema. Ne pourrais-tu pas assister au dîner et retourner travailler ensuite ?

Agacée, elle lui jeta un regard noir.

— Tu ne peux pas y aller sans moi, pour une fois ? répliqua-t-elle.

— Ce ne sont pas des dîners d'affaires, mais de courtoisie. Le but étant de nous féliciter pour notre mariage. Voilà pourquoi il était si important pour moi de me marier. C'est comme ça que marchent les affaires, chez les Indiens de New York.*Et c'est l'accord que nous avons conclu.*

Il n'avait pas eu besoin de le dire à voix haute. La lune de miel était terminée. Il avait fini par réaliser à quel point elle était fade comparée à Divya et à l'amour qu'il avait pour elle. Et il se comportait en parfait homme d'affaires : il faisait son deuil de ce qu'il avait perdu et essayait d'obtenir un maximum de bénéfices du contrat qui avait été signé.

— Alors essaye de reporter ces dîners à mes prochains jours de congé, suggéra-t-elle. Je ne peux pas prendre de temps sur mes heures de travail. Ce sont des études très compétitives, et si je ne m'accroche pas, je finirai par échouer. Si ce mariage était important pour moi, c'était à cause de mon internat.

— C'est ce que tu m'as bien fait comprendre, hier soir.

Elle sentit son cœur se serrer douloureusement à la dureté qu'elle perçut dans sa voix. Cette conversation… Ce n'était pas le bon moment. À cause des révélations que sa mère s'apprêtait à faire à son père. Elle allait devoir passer la journée du lendemain avec eux, à prétendre qu'ils étaient une famille heureuse. Sa mère avait réclamé un dernier jour ensemble avant d'annoncer ses funestes projets. Dans un premier temps, Hema avait refusé, mais le sourire que son père avait affiché quand sa mère avait proposé cela l'avait convaincue. Son père méritait ce moment de bonheur. Mais cette comédie avait brisé quelque chose en elle. Elle ne pouvait plus continuer à faire semblant.

Vivek ne savait plus que penser. Depuis sa conversation avec Divya, il ne cessait de se demander s'il n'avait pas brusqué Hema en la forçant à se marier avec lui. Et depuis l'incident du test de grossesse, il en était certain. Ils étaient allés trop vite pour tout : le mariage, leur relation physique. Tout aurait pu s'effondrer, la veille au soir. Si elle avait été enceinte et contrainte d'abandonner ses études, elle lui en aurait voulu pour le restant de sa vie.

De crainte d'envenimer la situation, il tourna les talons pour s'éloigner, mais elle le retint par le bras.

— On ne peut pas faire ça, Vivek. On a toujours discuté très librement.

Elle avait raison. Elle méritait mieux de sa part.

Il lui indiqua la seule chaise de la pièce et prit place sur un petit tabouret.

Elle lui adressa un faible sourire, et il sentit son cœur se serrer. Au cours de la semaine passée, il s'était à de nombreuses reprises surpris à regretter de ne pas l'avoir rencontrée avant Divya. Si seulement il avait pu redevenir l'homme qui était disposé à tout abandonner par amour...

— Je te trouve distant depuis que tu as vu Divya la semaine dernière, dit-elle.

Il soupira. Comment lui expliquer ce qu'il ressentait alors qu'il ne le comprenait pas lui-même ? C'était comme si revoir Divya avait rouvert une ancienne blessure. La douleur était telle qu'il craignait d'en perdre la raison.

— Ça a été dur de la revoir, avoua-t-il. Et surtout de la voir si heureuse et si amoureuse d'Ethan.

— Tu l'aimes encore ?

C'était la douloureuse question qui lui trottait dans la tête depuis qu'il l'avait revue.

— Je veux donner une chance à notre mariage, répondit-il. Je veux que les choses soient réelles, exactement comme toi.

— Mais ?

Elle le fixait en retenant son souffle. Il ravala sa salive avec peine. Il aurait pu lui mentir. Lui dire qu'il l'aimait. Mais il ne pouvait pas faire ça. Il lui avait promis l'honnêteté.

— Mais revoir Divya m'a fait comprendre que je ne voulais plus jamais ressentir ce que j'avais ressenti avec elle, ajouta-t-il.

Le regard qu'elle lui jeta lui fit l'effet d'un coup de poing dans l'estomac. Il n'avait jamais voulu faire souffrir quelqu'un comme

Divya l'avait fait souffrir. Et certainement pas Hema. N'avait-il pas fait tout ce qu'il pouvait pour éviter cette situation ?

— Qu'est-ce que cela signifie, pour nous ? s'enquit-elle.

— Cela ne change rien pour moi. Je veux toujours de ce mariage et je veux que cela fonctionne entre nous.

— Mais ?

— Mais j'ai peur que tu me quittes comme Divya l'a fait.

— C'est pour ça que tu m'as fait toute une histoire pour ce dîner avec les Malik et les Reyman ? Tu crois qu'au moment où quelque chose menacera mes études de médecine, je te quitterai ?

Abattu, il baissa la tête.

— Après ce que tu m'as dit hier soir, je suis inquiet. Il se passe beaucoup de choses dans ma tête en ce moment.

— Dans la mienne aussi.

— Tes parents ?

Il regrettait de ne pas avoir pu les accueillir à l'aéroport la veille, mais il avait eu une urgence à régler au bureau. Une nouvelle tentative de rachat hostile, qui avait nécessité toute son attention.

— Oui, répondit-elle. J'ai découvert hier soir que je suis l'enfant illégitime de ma mère et d'Anil Shawla.

— Je suis désolée, Hema, dit-il en lui prenant la main. Je regrette encore plus mon comportement idiot maintenant.

Il n'était pas totalement surpris. Le détective privé qu'il avait embauché pour enquêter sur la famille de Hema avait noté que le moment de sa naissance rendait l'identité du père incertaine, mais il n'avait jamais osé évoquer ce sujet devant elle.

Il sentit son cœur se serrer en la voyant se mettre à pleurer.

— Ce sera toujours ton père, tu sais ? Ce n'est pas la biologie qui fait les parents.

— Je sais, murmura-t-elle en hochant la tête. Je lui en ai parlé hier, et il s'est avéré qu'il était déjà au courant.

— J'imagine que c'est une bonne chose.

— Anil Shawla s'apprête à divorcer et ma mère envisage de quitter mon père pour lui.

Cette fois, il se retrouva totalement pris de court.

— Je suis désolé de l'apprendre, dit-il. Comment te sens-tu ? Et ton père, comment le prend-il ?

Avant de répondre, elle enfouit son visage entre ses mains.

— Ma mère ne le lui a pas encore dit et je n'ai pas trouvé le courage de le faire.

— Ce n'est pas ton rôle.

Il se rapprocha d'elle pour passer son bras autour de ses épaules nues, dont il essaya d'ignorer la douceur soyeuse.

— C'est peut-être une bonne chose qu'elle le quitte, reprit-il. Si son cœur ne lui appartient pas vraiment...

Se rendant compte de ce qu'il venait de dire, il s'interrompit brusquement. Le regard qu'elle portait à présent sur lui était si intense qu'il sentit un frisson glacial courir le long de son dos.

— J'ai passé toute ma vie à contempler mon père vivre au sein d'un couple où il ne recevait rien en retour de l'amour qu'il donnait à ma mère. Il aime ma mère, mais elle en a toujours aimé un autre.

Il retira son bras de ses épaules.

— Je suis tombée amoureuse de toi, Vivek. Mais je ne veux pas vivre une vie semblable à celle de mon père. Je ne peux pas rester avec toi en sachant que tu ne m'aimeras jamais en retour. Je te veux tout entier. Je mérite de t'avoir tout entier.

Bouleversé, il ferma les yeux un instant.

— Je ne peux pas pour le moment, Hema. Il faut que tu me laisses du temps.

Rouvrant les yeux, il posa sur elle un regard implorant.

— Le temps n'y changera rien, rétorqua-t-elle. Ma mère a essayé pendant trente ans d'aimer mon père, et pourtant, elle est toujours revenue à son premier amour.

— Cela ne se passera pas comme ça.

Elle secoua la tête, et il crut bien que son cœur allait s'arrêter.

— Tu te souviens du pari que tu as perdu le soir du *mehndi* ? demanda-t-elle.

Elle lui tendit les mains. Les couleurs du *mehndi* s'étaient estompées, il n'en restait presque rien. Elle pointa du doigt son poignet, sur lequel on distinguait les restes d'un cœur.

— Ton nom était écrit là, là où bat mon pouls, dit-elle.

Il avait à présent peine à respirer. Il redoutait ce qui allait suivre.

— Tu avais accepté de me donner ce que je voudrais quand je te le demanderais, Vivek. Je veux divorcer.

19

— Enfin, je te tiens !

Hema se retourna. Divya venait de s'asseoir à côté d'elle. La cérémonie de remise des médailles allait commencer et Vivek avait été appelé en coulisses. Illuminée par d'élégants lustres rouges et des nappes dorées, la salle de bal de l'hôtel Midtown Sheraton comptait plus d'une centaine d'invités, regroupés par tables de dix. C'était un grand moment pour Vivek comme pour Nisha. Hema essayait désespérément d'être heureuse pour eux.

— Divya ! s'exclama-t-elle en la prenant dans ses bras.

— N'en fais pas trop. J'ai bien vu que tu cherchais à m'éviter.

C'était vrai, mais Hema ne pouvait l'admettre devant son ancienne amie.

— C'est un peu délicat. Tu sais... à cause de Vivek.

— Je comprends, répondit Divya en hochant la tête. Et je regrette infiniment que cela ait un impact sur notre amitié. Il faut laisser le temps passer. Je suis sûre que Vivek finira par s'en remettre.

Surprise, Hema se mit à la dévisager. Ne savait-elle vraiment pas ?

— Je ne crois pas que le temps pansera ses blessures, fit-elle remarquer. Tu lui as vraiment brisé le cœur.

— Mais tu as réussi à recoller les morceaux.

— C'est ce que je croyais.

Divya l'observa avec attention avant de demander :

— Tu ne penses tout de même pas qu'il a toujours des sentiments pour moi ?

Comme elle ne répondait pas, Divya secoua énergiquement la tête.

— Hema, je veux que tu saches qu'il n'y a rien entre Vivek et moi. Entre lui et moi, il n'y a jamais eu d'étincelles, et je suis maintenant très heureuse avec Ethan.

— Je n'ai jamais pensé qu'il y avait encore quelque chose entre vous. En revanche, je pense qu'il ne réussira jamais à tourner la page sur toi.

Ouvrant de grands yeux, Divya prit un air incrédule.

— Je ne pense pas qu'il ait eu une véritable peine de cœur, dit-elle. Ce qu'il a eu, c'est un problème d'ego. Il avait l'habitude de toujours avoir ce qu'il voulait et il n'a pas accepté que je le quitte. Il se sert de moi comme excuse pour te tenir à distance, de peur que tu le fasses souffrir.

Hema prit le temps de méditer ces propos. N'était-ce pas ce qu'il lui avait dit ? Qu'il ne voulait pas développer de sentiments trop forts pour elle parce qu'il craignait qu'elle finisse par le faire souffrir, comme Divya ? Et si c'était là que se trouvait le problème, parviendrait-il à le surmonter ?

La cérémonie commença et leur conversation s'arrêta là.

Quand Nisha et Vivek eurent tous deux reçu leur récompense, Hema s'approcha de la table de ses parents. Aussitôt qu'elle vit le visage de son père et la chaise libre à côté de lui, elle comprit que sa mère avait fini par lui parler. Elle ne l'avait jamais vu aussi triste.

— Retournons à l'hôtel, papa.

Il acquiesça mollement.

Elle envoya un message à Vivek pour lui dire qu'elle partait avec son père.

À leur arrivée à l'hôtel, ils trouvèrent la chambre de sa mère vide.

— Je suis désolée, papa.

Elle le serra fort contre elle, espérant de tout son cœur que sa mère finirait par recouvrer ses esprits et comprendre qu'elle avait commis une erreur.

— Pendant toutes ces années, toutes ces années, je l'ai aimée, murmura-t-il.

Pour la première fois de sa vie, elle vit son père enfouir son visage entre ses mains et sangloter. Elle sentit alors son cœur se briser en un millier d'éclats. La douleur dans sa poitrine était si intense qu'elle avait du mal à respirer.

Peu importait que Vivek la tienne à distance parce qu'il avait peur ou parce qu'il était toujours amoureux de Divya. Le problème, c'était qu'elle ne voulait jamais se retrouver dans la même position que son père. Elle en était certaine à présent : elle avait pris la bonne décision en demandant à Vivek le divorce.

— Tu as beau être malin, tu peux parfois te comporter comme un vrai *gadha*.

Vivek jeta un regard noir à son frère. Être traité d'imbécile n'était pas la réponse qu'il attendait en réaction à l'annonce de son divorce. Il se pencha à nouveau sur la convention que son avocat venait de lui faire livrer à son bureau. Il avait appelé son frère dans l'espoir d'obtenir un peu de soutien moral de sa part, ainsi que quelques conseils pratiques sur la meilleure façon d'annoncer la nouvelle à leurs parents.

— Je ne comprends pas pourquoi tu es resté bloqué sur Divya. Vous avez dû être ensemble pendant même pas dix minutes.

— Je ne suis pas resté bloqué sur elle. C'est une question de confiance. Je pensais que je pouvais faire confiance à Hema. Elle m'avait fait des promesses. Mais nous sommes mariés depuis à peine un mois et elle a déjà trahi sa parole.

— C'est parce qu'elle pense que tu es toujours bloqué sur Divya. Pourquoi ne pas lui dire tout simplement que tu l'aimes ? Tu fais ça et tu tournes la page !

— Parce que je lui ai promis d'être honnête avec elle. Je ne pourrai jamais l'aimer comme j'aimais Divya.

— Je vais te dire ce que tu aimes, répliqua Vikram en se penchant vers lui. Tu aimes gagner. Et Divya est la première personne de ta vie à t'avoir fait perdre. Le problème ne vient pas de tes sentiments pour Hema. Il vient de ton ego.

Vivek le foudroya du regard, mais Vikram ne sembla pas comprendre le message car il poursuivit :

— Et cet ego, il est tellement surdimensionné, que tu refuses de reconnaître le point essentiel : tu es déjà amoureux de Hema.

Sûrement pas ! Il avait scrupuleusement veillé à ne pas tomber amoureux d'elle. Il n'y avait que de l'amitié entre eux et une entente sexuelle parfaite. Jamais plus il ne tomberait amoureux. Jamais plus il ne laisserait une femme disposer d'un tel pouvoir sur lui.

— Si j'étais amoureux d'elle, je ne signerais pas cette convention de divorce, fit-il remarquer.

Lentement, théâtralement, il prit son stylo Montblanc pour signer les papiers, qu'il montra ensuite à son frère.

— Et ses études ? s'enquit ce dernier.

— Nous nous sommes mis d'accord pour attendre au moins six mois avant d'officialiser le divorce. Cela lui laissera le temps d'obtenir un visa H1. Et quoi qu'il arrive, je continuerai à la soutenir financièrement.

— Laisse-moi résumer les choses : tu lui en veux de ne pas avoir respecté sa partie du contrat, et pourtant, tu te mets en quatre pour prendre soin d'elle. Mais tu n'es pas amoureux de ta femme qui, soit dit en passant, est amoureuse de toi.

— Je ne suis pas amoureux de Hema ! s'exclama-t-il.

Vikram tapa des deux mains sur le bureau.

— J'abandonne, dit-il. Tu ne comprendras pas tant que tu ne l'auras pas perdue.

À son retour à l'appartement, Vivek trouva leur chambre vide. La nuit précédente, il avait dormi dans la chambre d'amis. Il n'aurait pas pu supporter d'être près d'elle et de ne pas pouvoir la toucher. Comment avait-elle pu lui demander le divorce ? À chaque fois qu'il se rappelait ses mots, il sentait son cœur cogner dans sa poitrine.

Après avoir déposé la convention de divorce de son côté à elle du lit, sur un coup de tête, il alla ouvrir la porte de son dressing. Toutes ses tenues, occidentales et indiennes, étaient toujours là, parfaitement rangées sur des cintres ou dans des casiers.

Il ouvrit un tiroir et sentit les battements de son cœur s'accélérer. Ses vêtements de travail avaient disparu.

Où était-elle allée ? Il essaya de se remémorer la conversion qu'ils avaient eue le matin. Il lui avait dit qu'il signerait la convention, mais il ne lui avait jamais demandé de partir. C'était à lui de le faire. Elle commençait tout juste à se sentir à l'aise dans cet appartement, qui se trouvait être par ailleurs tout proche de son lieu de travail.

Sentant que ses jambes étaient sur le point de le lâcher, il se laissa tomber sur une chaise.

Hema était partie. Elle s'était enfuie et elle l'avait laissé dans une position où il s'était promis de ne jamais se retrouver.

20

— Je ne peux pas te laisser faire ça.

Hema commençait à être lasse d'avoir encore et toujours la même conversation avec son père.

— Tu ne m'en empêcheras pas, rétorqua-t-elle.

— Je ne te laisserai pas monter dans ce jet.

Ils prenaient leur traditionnel petit déjeuner dominical. Le restaurant de l'hôtel était bondé, mais ils avaient réussi à trouver un petit coin tranquille. Cela faisait un mois qu'elle s'était installée à l'hôtel Mahal avec son père. Un mois qu'elle n'avait pas vu Vivek. Elle avait lu la convention de divorce qu'il lui avait fait parvenir et s'était empressée de la signer et de la lui renvoyer.

— Alors je prendrai un vol commercial, dit-elle. J'ai de l'argent de côté.

— Tu gagnes à peine ce que touche un serviteur en Inde !

— C'est suffisant pour me payer un billet d'avion.

— Ce programme d'études est ton rêve.

— Les rêves changent, papa. De plus, il y a en Inde d'excellentes écoles où je pourrais me former, et avec ton argent, je pourrais payer l'un de mes camarades pour qu'il m'aide à rattraper les cours que j'ai manqués, conclut-elle en prenant le journal pour commencer à le lire.

— Je vois que tu as pensé à tout.

Sauf à un moyen de chasser Vivek de mon cœur.

Elle faisait bonne figure devant son père pour ne pas lui montrer qu'elle avait la sensation que son cœur lui avait été arraché, morceau par morceau, jusqu'à ce qu'il cesse totalement de battre.

Elle avait passé le mois dans un épais brouillard d'incertitudes. Si elle restait à New York, elle ne parviendrait jamais à tourner la page, à réaliser ses rêves.

Si elle restait à New York, elle ne parviendrait jamais à tourner la page, à réaliser ses rêves. Elle était distraite, elle passait beaucoup trop de temps à penser à Vivek. Tout, dans cette ville, la faisait penser à lui...

Le seul point positif de ce désastre total était qu'elle s'était rapprochée de Nisha. Le lien qu'elle avait instinctivement senti entre elles s'était renforcé, depuis que le secret de ses origines avait été révélé. Nisha était sa demi-sœur, et indépendamment de tout ce qui pouvait se passer entre leurs parents, elles étaient déterminées à approfondir leur relation.

D'un geste brusque, son père l'arracha à ses pensées en lui prenant le journal.

— Hé ! J'étais en train de lire ! s'exclama-t-elle.

— Tu ne peux pas quitter New York. En tout cas pas avant d'avoir parlé à Vivek.

— Je lui ai parlé, papa. Il m'a appelée hier pour me demander si je voulais qu'il me renvoie le reste de mes vêtements.

Elle oubliait simplement de mentionner qu'elle n'avait pas répondu à son appel mais qu'elle s'était repassé son message vocal des dizaines de fois, juste pour écouter sa voix.

— Ma fille, je pense que tu fais une...

— Une erreur, je sais.

— Si j'avais su comment les choses allaient se terminer, j'aurais tout de même épousé ta mère les yeux fermés.

— Ce serait la mauvaise décision.

— Ça ne l'a pas été pour moi. J'ai eu trente magnifiques années avec elle et avec toi.

Elle repensa au test de grossesse et au lien qu'il aurait pu établir entre Vivek et elle pour la vie. S'il avait été positif, elle n'aurait pas pu partir. Mais aurait-elle été heureuse si elle avait dû se demander s'il pensait à Divya quand il faisait l'amour avec elle ? Lutter pour déchiffrer ses humeurs et redouter le moment où il ne pourrait plus continuer de faire semblant ?

— Je repars en Inde avec toi demain, décréta-t-elle. J'ai déjà parlé à mon directeur d'internat. Tout est prêt.

Fou de rage, Vivek jeta le tas de documents sur son bureau.

— Je ne vois pas ce qu'il y a de compliqué là-dedans ! s'exclama-t-il. Ce n'est qu'un contrat. Comment se fait-il qu'on en soit à la troisième ébauche et que cela ressemble toujours à un brouillon ?

— Calme-toi, murmura son frère en levant ses deux mains devant lui.

Vikram ramassa les papiers sur le bureau et les remit à l'homme dont Vivek ne réussissait jamais à se souvenir du nom. Manifestement terrorisé, ce dernier prit les documents d'une main tremblante avant de quitter le bureau, presque en courant.

— Tu as faim ? demanda Vikram en sortant un sandwich d'un sac en papier.

— Ce type ne tiendra jamais dans la finance s'il continue à travailler comme ça. Il faudrait vraiment qu'il commence à apprendre.

— Tu as perdu ta femme. Alors tu te défoules sur tes employés.

— Tu veux bien arrêter avec ça ? C'est du passé.

— Si c'est du passé, pourquoi ne pas avoir annoncé ton divorce ?

— Je t'ai dit que je voulais laisser à Hema le temps de régulariser sa situation administrative.

— Elle n'a pas besoin de régulariser sa situation.

Intrigué, Vivek observa son frère qui s'était mis à manger son sandwich comme si de rien n'était.

— Je t'écoute, dit-il.

Vikram passa un long moment à mâcher avant de lui répondre :

— *Uncle* Mukesh a appelé maman pour lui dire que Hema arrêtait ses études et rentrait en Inde.

Vivek se leva d'un bond.

— Quoi ?

— C'est pour ça que maman m'a envoyé ici. Mukesh voudrait

que tu te rendes à l'hôtel comme un héros de film bollywoodien et que tu ramènes sa fille à la raison.

Tout en serrant les dents, Vivek se mit à arpenter son bureau de long en large.

— Pourquoi aurait-elle arrêté ses études ? marmonna-t-il. C'était sa principale raison de m'épouser.

— Il faut vraiment tout t'expliquer... Cette femme est amoureuse de toi. Or, tu as réussi à la convaincre que tu n'étais pas amoureux d'elle, alors que ce n'est pas le cas. Et donc, elle s'en va, parce qu'elle ne peut plus supporter d'être près de toi.

Vivek se prit la tête à deux mains. C'était absurde. Pourquoi faisait-elle ça ?

Il lui avait versé de l'argent, avait même appelé l'hôtel Mahal pour demander que les frais de séjour de son père soient facturés sur son compte. Il n'y avait aucune raison qu'elle abandonne l'internat. Avait-elle du mal à suivre les cours ? Le rythme de travail avait-il fini par l'épuiser ? Il avait vu combien elle avait travaillé dur au cours du premier mois. Elle faisait deux fois plus d'heures que lui. Se pouvait-il qu'elle ait fini par abandonner ? Il ne pensait pas, non. Il avait été le témoin de sa passion et de son engagement. Jamais elle ne laisserait la difficulté de la tâche se mettre en travers de son chemin.

— Tu ferais mieux d'arrêter de tourner en rond comme un lion en cage et d'aller lui parler, lui fit remarquer son frère.

— Je ne pense pas, non.

S'il la revoyait, il ne pourrait pas la laisser partir.

— Tu vas regretter ton entêtement, dit Vikram en secouant la tête.

— Je trouve très amusant qu'un homme dont la plus longue relation de couple doit se chiffrer à environ dix minutes se pose soudain comme un expert en relations conjugales.

— Je ne suis pas un expert en relations conjugales. Mais je suis un expert en Vivek. Tu veux toujours tout contrôler. Tu te souviens quand on t'avait nommé responsable du bal de promo ? Tu avais tout planifié dans les moindres détails. Puis

M. McClennan est arrivé et a remis en cause toutes tes décisions. Tu as quitté le lycée une semaine avant le bal.

— C'était un judicieux calcul de ma part. Si mes souvenirs sont bons, la soirée a été un véritable désastre, exactement comme je l'avais prédit. Si je n'étais pas parti pour marquer mon désaccord, tout le monde m'aurait tenu pour responsable du fiasco et détesté pour avoir gâché la soirée.

— C'est bien ça. Tu es parti. Tu t'es protégé. Et c'est précisément ce que tu fais maintenant. Cette histoire avec Divya t'a complètement embrouillé l'esprit. Tu avais planifié quelque chose qui, finalement, ne s'est pas produit. Et du coup, tu as peur que cela arrive à nouveau.

— Ça n'a rien à voir. Pour commencer, c'est Hema qui m'a quitté. Ce n'est pas moi qui suis parti.

L'air désespéré, Vikram secoua la tête.

— Ella partira demain à la première heure, dit-il. Il faut que tu ailles la voir ce soir.

Vivek se mit à pianoter sur son clavier d'ordinateur.

— J'ai un dîner avec les membres du conseil d'administration, dit-il. J'ai enfin réussi à remettre ma société et ma vie sur les rails. Je ne partirai pas à la poursuite d'une autre femme qui ne veut pas de moi.

21

Vivek jeta sa veste sur le lit. Il avait une heure devant lui avant d'aller rejoindre les membres du conseil pour ce dîner, organisé pour fêter sa réussite. Il avait enfin trouvé un moyen de mettre un terme définitif à la tentative de rachat. C'était pour lui une immense victoire, et il aurait dû se sentir heureux. Pourtant, il ne l'était pas. L'appartement lui semblait hanté. À chaque fois qu'il tournait la tête, il voyait Hema... Elle dormait sur le lit à la fin d'une longue journée, elle nouait la ceinture de son peignoir en sortant de la salle de bains, elle se haussait sur la pointe des pieds pour l'embrasser...

En fermant les yeux, il pouvait revoir leur vie ensemble. Elle préparant du chai dans la cuisine, lui, lui massant les épaules après une longue journée de travail. N'était-il pas heureux ?

Machinalement, il se rendit dans le dressing de Hema.

Juste après son départ, la pièce sentait encore son parfum, mais l'odeur avait fini par se dissiper. Il s'approcha de sa coiffeuse. Une photo d'eux était posée dessus. Pas l'un des portraits guindés réalisés par le photographe, non, juste une photo qui avait été faite par l'un des invités alors qu'ils se tenaient tous deux sur le pont du bateau. Ils se regardaient. Il se souvenait parfaitement de ce moment, pouvait encore sentir la douceur soyeuse de la peau de Hema sous ses mains, entendre son rire lumineux et cristallin... En y repensant, il sentit son cœur se serrer si fort qu'il lui fallut s'accrocher à la coiffeuse.

Quand était-ce arrivé ? Quand était-il tombé amoureux d'elle ?

Comment se faisait-il qu'il se retrouve encore une fois dans cette position, abandonné par la femme qu'il aimait ?

« Je serai sous le *mandap.* »

Il ferma les yeux.

« Je te veux tout entier. Je mérite de t'avoir tout entier. »

Était-ce vraiment elle qui avait pris la fuite ?

Sa montre bipa pour lui rappeler qu'il était temps qu'il parte pour son dîner.

D'un pas déterminé, il sortit.

— Comment ça, ils sont partis ?

Penché au-dessus du comptoir de la réception de l'hôtel Mahal, Vivek voulait s'assurer d'avoir bien entendu.

— D'après mes données, ils ont réglé il y a une heure environ, monsieur.

— Mais n'étaient-ils pas censés partir demain ? Où sont-ils allés ? Savez-vous à quel aéroport ils se sont rendus ?

Tout en jetant un coup d'œil anxieux en direction des vigiles, le réceptionniste secoua la tête.

Après l'avoir remercié, Vivek s'éloigna de la réception. Il tenta de téléphoner à Hema mais tomba directement sur le répondeur. Paniqué, il lui écrivit un message. Le mot « envoyé » apparut immédiatement en dessous mais, au bout de deux longues minutes, toujours pas de « lu ».

Si son père et elle étaient partis une heure plus tôt et, s'il n'y avait pas trop d'embouteillages, ils étaient peut-être déjà à l'aéroport, peut-être même déjà dans l'avion.

Son propre jet se trouvait à l'aéroport JFK. Il pouvait toujours retrouver Hema en Inde, mais ce serait trop tard.

Il téléphona à son directeur d'internat, qui montra quelques réticences à lui parler, mais finit par admettre qu'il espérait qu'elle changerait d'avis. Elle était l'une des plus brillantes internes qu'il ait jamais connues. Il ne l'avait pas encore remplacée mais s'apprêtait à faire une proposition le lendemain. Vivek le supplia de la laisser revenir. Les négociations ne furent pas faciles, mais le directeur finit par accepter de la reprendre, à condition qu'elle se présente à sa garde du lendemain.

Si elle était déjà partie pour l'Inde, en aucun cas elle ne serait de retour à temps. Il y avait dix-sept heures de vol, sans compter une éventuelle escale en Europe. Il fallait qu'il découvre de quel aéroport elle allait partir et qu'il trouve ensuite un moyen d'empêcher son avion de décoller. Il appela Mukesh et tomba aussi sur la messagerie. À bout de nerfs, il étouffa un juron.

Plusieurs messages pleins de reproches apparurent sur son téléphone. Les membres du conseil lui en voulaient de s'être décommandé. Il n'aurait jamais dû les laisser se réunir sans lui. Il n'avait pas totalement confiance en eux. Mais il avait fini par sortir la tête du sable. Il n'y avait qu'une seule chose qui était plus importante que son entreprise à ses yeux et il fallait absolument qu'il la récupère au plus vite.

Comment avait-il pu se tromper à ce point ?

Il regarda son téléphone. Il n'y avait qu'une seule autre personne qu'il pouvait appeler. Sans hésiter, il appuya sur le nom de Sameer.

Quelques minutes plus tard, Sameer le rejoignait dans le hall. Le sentiment de déjà-vu était horrible. C'était exactement de cette manière que ça s'était passé la première fois. Lui, dans un hall d'hôtel, désespéré, suppliant Sameer de lui révéler des informations sur l'endroit où pouvait se trouver Divya. Son cœur battait à présent à tout rompre, et il respirait difficilement.

— Ils annoncent du mauvais temps à New Delhi demain. C'est pour ça qu'ils sont partis en avance, lui expliqua Sameer sans même lui laisser le temps de poser la question.

— De quel aéroport doivent-ils partir ?

— Teterboro. C'était le seul qui avait de la place.

Nerveusement, Vivek se mit à pianoter sur son téléphone. Jamais il ne pourrait les rattraper, même s'il prenait le train. Ils avaient une heure d'avance.

— J'ai un hélicoptère sur le toit, lui dit Sameer. Viens.

Ne sachant pas trop comment réagir, il ne bougea pas. La dernière fois qu'il s'était retrouvé dans cette situation, Sameer s'était montré hostile ; ce soir, il semblait comprendre son désespoir. Intrigué, il finit par le suivre.

Sameer sortit son téléphone et, tout en se dirigeant vers les ascenseurs, se mit à donner des ordres. Soudain, Vivek comprit la différence entre ce qu'il ressentait à présent et ce qu'il avait vécu dans le passé. Quand il avait perdu Divya, il s'était senti désespéré, son esprit brouillé par l'image qu'il renverrait à la face du monde s'il ne parvenait pas à la récupérer. Et là encore, il se sentait désespéré. Mais pas pour lui. Pour Hema, qu'il voulait empêcher de commettre une erreur. Elle ne pouvait pas abandonner ses études à cause de lui. Obtenir son pardon, c'était peut-être trop espérer, mais il allait tout de même le lui demander. Oui, il le ferait. Même s'il lui fallait pour cela se mettre dans l'embarras devant le monde entier.

Ils ne tardèrent pas à se retrouver sur le toit de l'immeuble. Le sifflement des pales d'un hélicoptère dominait les bruits de la ville. Sameer se tourna vers lui et lui tendit la main. Cette main tendue, il la prit sans même avoir à réfléchir.

— Ils m'ont dit que tu pourrais décoller dans moins de cinq minutes, lui dit Sameer.

— Merci. Infiniment.

Sameer sourit.

— Disons que l'on est quittes. Je t'ai empêché de retrouver Divya, la première fois. Cette fois-ci, je t'aide à retrouver Hema.

Ému, Vivek lui retourna son sourire.

— Qu'est-ce qui se passe encore, papa ? demanda Hema, exaspérée.

Son père les avait fait arrêter à cinq minutes de l'aéroport pour aller aux toilettes et, maintenant qu'ils étaient arrivés à destination, il mettait un temps fou à sortir de la voiture.

— Tu es toujours pressée, ma fille.

En temps normal, elle était systématiquement à la traîne par rapport à lui. Quelque chose n'allait pas. Il cherchait délibérément à gagner du temps.

— Pourquoi fais-tu ça ? s'enquit-elle.

Elle se rassit dans la voiture et le fusilla du regard.

— Papa...

— J'ai appelé la mère de Vivek pour l'informer que l'on partirait aujourd'hui. J'avais espéré que Vivek...

— Que Vivek quoi ? s'exclama-t-elle sans chercher à dissimuler sa colère. Se présente à l'hôtel avec un bouquet de fleurs et me supplie de ne pas partir ? Se mette à courir sur le tarmac en agitant les deux mains devant lui pour empêcher l'avion de décoller ?

— Il t'aime, Hema. Ce matin, sa mère m'a dit qu'il était malheureux comme les pierres. Elle ne l'a jamais vu comme ça. Pas même après Divya.

— Mais où est-il ? S'il avait voulu me retenir, il se serait déjà manifesté. Allons-y. Je n'ai aucune envie de devoir m'arrêter en Europe si le temps à New Delhi continue de se détériorer.

Elle descendit de la voiture et, bon gré mal gré, son père la suivit. Mais, alors qu'ils s'approchaient du jet, il la prit par le bras.

— Même si j'avais su comment ça allait se terminer, j'aurais épousé ta mère, les yeux fermés.

— Je sais, répondit-elle, agacée. Tu me l'as déjà dit plusieurs fois.

— Répéter, c'est pédagogique. N'oublie pas que l'amour en vaut la peine.

Le cœur lourd, elle monta les marches qui menaient au jet.

Elle avait quitté l'Inde anxieuse, nerveuse et toute vibrante d'enthousiasme. À présent, elle se sentait vide, comme si elle avait laissé derrière elle toutes les parties de son corps qui importaient. Elle regarda la piste, espérant inconsciemment y voir apparaître Vivek, et pesta contre elle. La vie n'était pas un film de Bollywood. Elle n'était pas une héroïne impuissante. C'était elle, qui avait fait ce choix. Le temps était venu de vivre avec.

Lorsqu'elle entra dans la cabine, elle s'arrêta net.

— J'avais envisagé de faire atterrir un hélicoptère sur la piste pour empêcher votre avion de manœuvrer, mais je me suis dit que ce serait peut-être un peu trop dramatique, expliqua Vivek.

Elle n'arrivait pas à croire à la scène qu'elle avait devant les yeux : Vivek, assis dans l'un des fauteuils de cuir de la cabine, les jambes croisées, l'air décontracté, incroyablement beau dans ce pantalon noir et cette chemise bleue ouverte au col.

— Sans parler du fait que nous sommes à New York et que l'on peut sans doute se faire tirer dessus pour avoir ne serait-ce qu'essayé d'atterrir sur une zone non autorisée, ajouta-t-elle, surprise par le ton tout à fait normal de sa voix.

— Pourquoi cette inclination à toujours gâcher les plus parfaites scènes de cinéma ?

— Parce qu'elles ne sont pas réelles.

Il se leva pour s'approcher d'elle.

Elle avait très envie qu'il la prenne dans ses bras, mais il s'arrêta à quelques centimètres d'elle.

— J'ai parlé à ton directeur d'internat, dit-il. Il te laisse revenir si tu te présentes à ta garde de demain.

Il lui fallut quelques secondes pour bien comprendre le sens de ses paroles.

— Quoi ? Pourquoi as-tu appelé mon directeur ? Et pourquoi ferais-je ma garde demain alors que j'ai donné ma démission ?

— Parce que je ne vaux pas la peine que tu abandonnes ton rêve pour moi, ma chérie.

Son cœur battait si vite qu'elle n'arrivait plus à penser.

Vivek n'était pas venu pour lui dire qu'il l'aimait. Il était venu pour soulager sa conscience parce qu'il ne supportait pas l'idée qu'elle ait abandonné ses études pour lui.

— Voici les papiers d'annulation du mariage, ajouta-t-il en pointant du doigt un tas de documents sur la table.

Ces mots lui firent l'effet d'un coup de poing dans l'estomac. Annulation. Comme si leur mariage n'avait jamais existé. Une signature, et tout serait effacé. La séparation et la perspective du divorce étaient déjà suffisamment horribles comme ça. Mais une *annulation* ? Était-ce pour cette raison qu'il était venu ? Pour s'assurer qu'elle n'était plus liée à lui d'un point de vue juridique ? Pour l'effacer définitivement de sa vie ?

— Pas de contrat, pas d'accord. Je ne veux pas que tu te sentes coincée avec moi, lui dit-il en faisant un pas vers elle.

Elle avait à présent la gorge nouée. Il voulait qu'elle disparaisse de sa vie ? Comme ça ? Elle avait beau s'apprêter à mettre des milliers de kilomètres de distance entre eux, l'idée qu'il veuille vraiment que tout soit fini la frappa comme une rafale de vent glacée.

Son père avait raison. Elle avait espéré qu'il viendrait la chercher, qu'il finirait par comprendre qu'il y avait quelque chose de spécial entre eux, qu'il était disposé à tout lui donner.

Incapable de parler, elle se détourna de lui.

Mais il se rapprocha d'elle. Si près que son front touchait presque le sien.

— Je veux te conquérir de façon traditionnelle, Hema. Je veux te montrer combien je t'aime, et si tu me juges digne de toi, je veux t'épouser à nouveau. Je veux un nouveau départ. Je veux un nouveau mariage. Un mariage d'amour.

Elle passa un long moment à le regarder, sans même remarquer qu'elle s'était mise à pleurer jusqu'à ce qu'il essuie les larmes qui coulaient sur ses joues du bout de ses doigts.

— Tu m'aimes ? murmura-t-elle.

— Je suis tombé amoureux de toi pendant la croisière. J'étais juste trop bête pour l'admettre.

Ces paroles la firent sourire.

— Je t'aime tellement que ça m'a fait peur, poursuivit-il. Et j'avais tellement peur que tu me quittes que je t'ai poussée à le faire.

Tendrement, il lui prit le visage entre les mains.

— Même si tu ne veux plus jamais me revoir, tu ne dois pas abandonner tes études. Ton directeur m'a dit que tu étais l'une des internes les plus prometteuses qu'il ait jamais vues. C'est pour cette raison qu'il a accepté que tu reviennes.

Le cœur battant à tout rompre, elle releva la tête vers lui.

— Bien. Mais je ne suis pas d'accord avec les modalités que tu as exposées, répliqua-t-elle. Tu ne feras pas les choses à ta façon cette fois-ci.

— Comment ça ?

Elle recula un peu pour pouvoir le regarder dans les yeux.

— Je ne signerai pas ces papiers d'annulation, dit-elle en lui frappant le torse du doigt. C'est toi-même qui as dit qu'une fois que nous aurions décrit ces sept cercles autour du feu sacré, nous serions unis pour la vie.

La main posée à plat sur son torse, elle sentait à présent les battements de son cœur.

— Notre mariage a toujours été un mariage d'amour pour moi, Vivek. Et maintenant que tu es revenu à la raison, tu vas passer le reste de ta vie à me convaincre de tout l'amour que tu as pour moi. À chaque seconde, de chaque minute, de chaque heure qui passera.

Il la regardait à présent d'un air incrédule.

— Est-ce que cela veut dire... ce que j'espère ? demanda-t-il.

— Oui ! s'écria son père d'une voix tonitruante derrière eux. Elle reste avec toi. Mais elle ne t'épousera pas une deuxième fois. Sais-tu combien ce mariage m'a coûté, jeune homme ? Pas question que vous en fassiez un deuxième !

Ils éclatèrent tous de rire tandis que son père, en un geste tout à fait paternel, les prenait tous deux dans ses bras.

— Je suis content que cet imbécile soit enfin revenu à la raison. Et toi aussi, ma fille. Je sais que je te l'ai déjà dit mais...

— Je sais, papa, je sais. Si tu devais tout recommencer...

— ... je choisirais toujours l'amour.

Émue, elle se tourna vers Vivek, qui se pencha vers elle pour l'embrasser.

— Je t'aime tellement, ma chérie, et je vais passer chaque seconde de ma vie à te le montrer.

— Doucement, murmura-t-elle en souriant. Très doucement.